图书在版编目（CIP）数据

识卿/妾在山阳著.—武汉：长江出版社，
2024.4
ISBN 978-7-5492-9407-7

Ⅰ.①识… Ⅱ.①妾… Ⅲ.①长篇小说-中国-当代
Ⅳ.①I247.5

中国国家版本馆CIP数据核字(2024)第068807号

识卿/妾在山阳 著
SHI QING

出　　版	长江出版社
	（武汉市解放大道1863号　邮政编码：430010）
市场发行	长江出版社发行部
网　　址	http://www.cjpress.cn
责任编辑	钟一丹
印　　刷	北京盛通印刷股份有限公司
	（地址：北京市大兴区亦庄经济技术开发区经海三路18号）
版　　次	2024年4月第1版
印　　次	2024年4月第1次印刷
开　　本	880mm×1230mm 1/32
印　　张	11
字　　数	320千字
书　　号	ISBN 978-7-5492-9407-7
定　　价	45.00元

版权所有，侵权必究。如有质量问题，请与本社联系退换。
电话：027-82926557（总编室）027-82926806（市场营销部）

目录
CONTENTS

第1章 ◇ 新生
001

第2章 ◇ 谢应
025

第3章 ◇ 仙盟
046

第4章 ◇ 青枫
067

第5章 ◇ 不悔
109

第6章 ◇ 浮台
185

第7章 ◇ 十方城
239

第8章 ◇ 青云
272

全新番外
现代01 ◇ 初遇
337

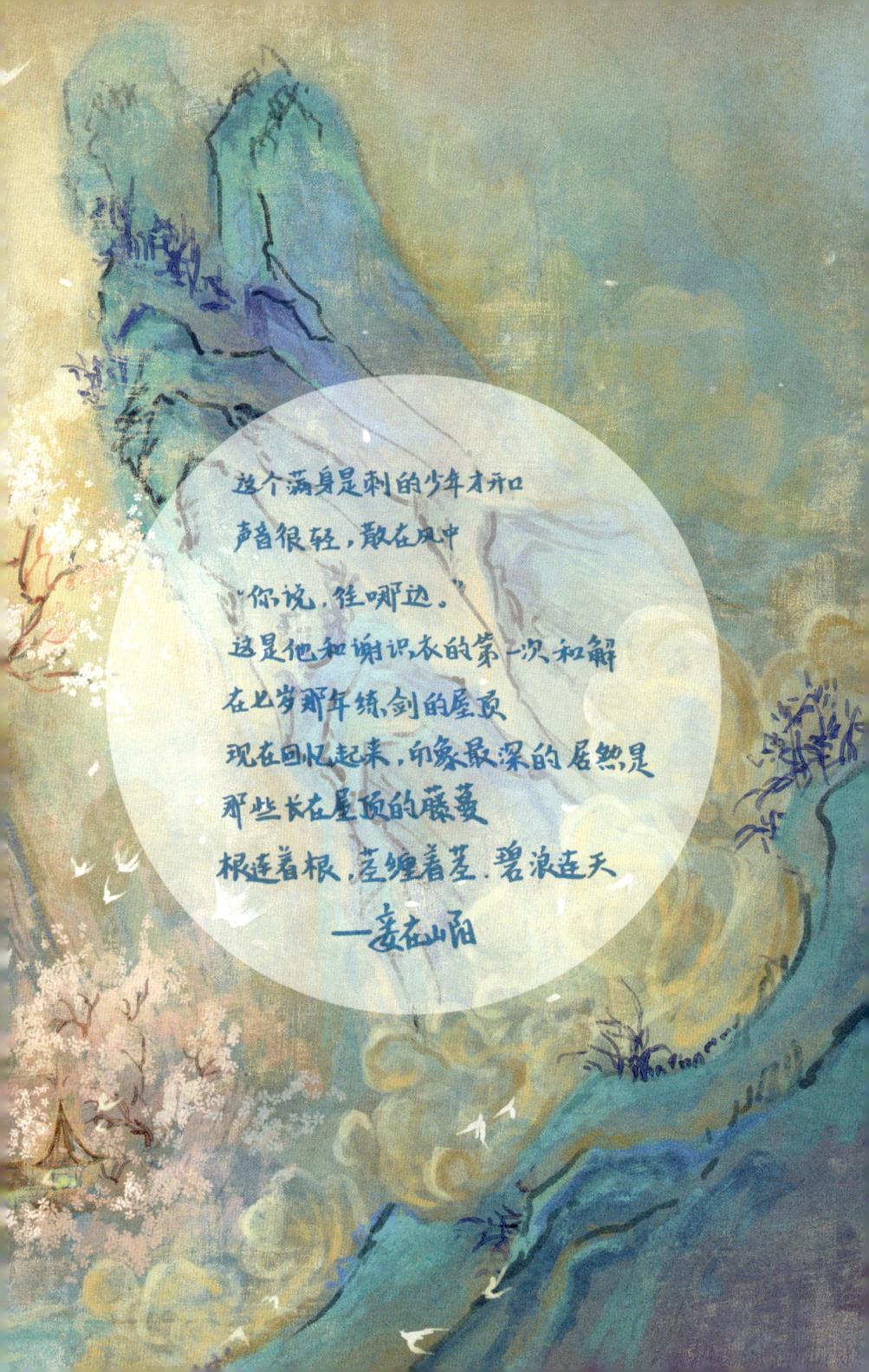

这个满身是刺的少年才开口
声音很轻,散在风中
"你说,往哪边。"
这是他和谢识衣的第一次和解
在七岁那年绮剑的屋顶
现在回忆起来,印象最深的居然是
那些长在屋顶的藤蔓
根连着根,茎缠着茎,碧浪连天

——妻在山阴

第1章 | 新生

春和元年。

忘情宗首席弟子谢识衣以身诱敌、深入魔域，摧毁红莲之榭，火烧十方城，诛灭大妖淮明子，举世皆惊。同年，谢识衣闭关南山峰，一去百年，无人知其原因。

言卿感觉大脑浑浑噩噩，像是有人拿锥子在他脑子里拼命搅动，剧痛难忍，旁边有人在说话，语气满是愤怒和失望。

"你怎么就那么傻呢！你真以为给他鞍前马后，他就会引荐你，把你放在眼中吗？！谁给你的胆子，居然敢擅入灵圃偷取罗霖花，宗门一百年精心浇灌的罗霖花，你就这么偷来给一个外人调理经脉？！你——"这人气到失语，最后怒吼道："蠢货！简直愚不可及！"

罗霖花？这是什么东西，他不是死在十方城了吗？

言卿勉力睁开眼，却只见房间内站着不少人。前方一位装扮华美的妇人眼眶通红，不断以袖抹泪，旁边两个丫鬟小心翼翼搀扶着她。光线很暗，应该是晚上。

言卿移开视线，发现正对面是一个神龛，红色案台上立着无数牌位。

妇人泣涕连连，哽咽道："家主，言卿知道错了，你这次就饶了他吧。"

男人怒不可遏："饶了他？我饶了他谁饶过我啊！罗霖花是宗主打算青云大会上奉给忘情宗的圣宝，现在罗霖花没了，我怎么跟宗主交代！"

妇人伤心得快要断气："家主……"

男人瞪她一眼："闭嘴，都是你教出来的好儿子，今晚叫这白眼狼先在祠堂跪一宿，明天就跟着我去宗主面前谢罪！"

妇人脸色煞白："跪一宿？万万不可啊家主，卿卿身子骨弱，这哪受得了啊。"

"来人，把夫人给我带下去！"

后面又是一番吵闹，男人甩袖转身、丫鬟的劝告、妇人的哭诉，乱糟糟像一百只鸭子叫。

等他们都走后，言卿耳边才清静下来，他缓缓舒口气，动了动发麻的手指。

罗霖花？

这名字他怎么觉得那么熟悉呢？等等，电光石火间，言卿反应过来："回春派，罗霖花，青云大会……"

大脑突然一阵刺疼，言卿脸色骤白，跪在地上以手撑地。记忆就像是闸门打开，模糊的画面纷纷而来，两辈子的记忆被他彻底回忆起。

暑假、《情魇》、飞机……

言卿豁然瞪大眼睛。

活了那么多年，死后他才知道原来自己来到了一本叫《情魇》的书里面？！

故事的起因是言卿那个因为沉迷小说成绩一落千丈的表妹，让小姨愁容满面。

作为一名暑假无所事事的大学生，言卿被迫担起了拯救"堕落少女"的任务。刚好他也闲得没事，秉着知己知彼百战百胜的念头，便将他表妹的所有朋友圈空间浏览个遍，然后顺藤摸瓜摸到了一本叫《情魇》的书。

《情魇》的简介：玄幻大神出道十年倾情巨献，妖魔横行的世道，谁主沉浮。

他表妹被里面一个叫谢识衣的配角迷得神魂颠倒，发了无数条朋友圈，还忘了屏蔽言卿。

表妹朋友圈原文：

谢识衣真是倒了八辈子霉遇到主角。心怀天下的白大善人，我求求你拯救天下靠自己好吗？看到障城篇白潇潇下跪求谢识衣放血来救那一城的人时，我直接气哭。

这是障城啊，当初囚禁谢识衣差点把他剥皮拆骨的障城啊，这么一群恶有恶报的畜生。关键谢识衣还答应了，啊啊啊好家伙，三更半夜我活生生气清醒了。

作者你不觉得人设崩了吗？合着谢识衣前期被你塑造的所有闪光点，都是为了后期衬托你那主角多么仁爱圣母吗？

我更气我自己，我为什么要对一本小说的配角动真情实感。

唉，可这是谢识衣啊，我看这本书就是为了他……好难过。

言卿琢磨半天，不知道她情绪那么激动是为啥，为了搞清楚原因，他找到那本叫《情魇》的原著看了起来。看完之后，言卿心想：就这？像他这样完全代入不了剧情的人，感觉这就是一个愿打一个愿挨的剧本嘛——有什么好气的，电视剧里主角的跟班不都是为主角洒热血的"工具人"吗？

少见多怪。就是谢识衣这个名字还挺好听，反正言卿第一次看到的时候愣了片刻，心里有种很微妙的感觉。

最后他给他表妹的忠告只有八个字：少看小说，好好读书。

同时截图她的朋友圈。

加油学习哦，你开学考试要是退步了，我就把这些发家族群。

表妹："……"他不知道那位当场"社死"的表妹内心有怎样的惊涛骇浪。反正后来他小姨是带着果篮上门的，喜笑颜开夸他督学有方，说她闺女最近学习就差头悬梁锥刺股了。

言卿微微一笑，深藏功与名。

结果没想到暑假结束大二开学，他在坐飞机回校的路上就出事了。

失去了关于现代的全部记忆，穿进了这本小说里。

第一世，穿的还不是别人，正是他表妹爱得死去活来的谢识衣。

更绝的是，谢识衣这狼崽子命硬得狠，身体被他这个异界来的灵魂占了，还能憋着口气活下来，拼命和他抢身体。他们在一个身体里吵吵闹闹过了好些年，后面得到机缘，言卿重新获得身体才和谢识衣分离。一离开，两人那真的就是跟避瘟疫似的远离对方，眼不见心不烦。

谢识衣去了上重天忘情宗，他直接去了魔域十方城。

言卿上辈子就是死在魔域十方城的大火中。

最后的记忆是宫殿倾颓，天拆地陷。

那位上辈子他入魔域就一直住在他体内的魔神，在他耳边森森怪笑，轻声对他说。

"言卿，你摆脱不了我的。"

"每个人心里都住着魔，就像影子一样，永生永世无法逃离。"

魔神男女同体，雌雄莫辨的声音也像最深切的诅咒，说："我们总会再见的。"

烟雾重重，红莲之火照天不夜。

红烛滴落在案台上，发出"滴答"声。一阵风从祠堂外吹来，吹得烛火摇摇晃晃。言卿从过去的记忆里回神。

他低头看着自己的手，恍惚了很久。弄清楚这个世界是本书后，以上帝视角看一切，上辈子很多他不理解的事都解释得通了。

原来谢识衣注定要认白潇潇为主啊。

那怪不得了。

怪不得手刃障城五大家时，独独放过白家。怪不得神陨之地怎么都不肯让他看他的记忆。

怪不得到最后，一人执剑，诛千妖万魔，独入十方城。

他曾以为自己最了解谢识衣，从两看生厌恨不得致对方于死地，到后面八荒九重同生共死。

见过谢识衣小时候委屈到哭的样子，也见过他长大后光风霁月剑破山河的时候。

却没想到，这些都只是他以为，他从来不曾了解真正的谢识衣。

一个会因为一碗白粥记一辈子恩的人。
一个会无怨无悔丧失理智用命成全主角野心的人。

更讽刺的是，他现在重生后的身体，就是以后谢识衣对白潇潇忠诚的见证人。白潇潇到后期，会屠戮天下苍生。

从罗霖花，言卿就推断出了自己现在的身份。

他重生成了书里未来谢应的徒弟，一个恶毒的喽啰，燕卿。身为回春派元婴长老的幼子，燕卿从小嚣张跋扈，一门心思想通过不劳而获而变强。他在偶然救下了流光宗少宗主殷无妄后，看出殷无妄身份不凡，妄想挟恩图报，把人偷偷养在后山。

结果殷无妄对他这个救命恩人只有厌恶，却对燕卿的小师弟，也就是主角白潇潇百般示好。

燕卿为了替殷无妄疗伤，不惜代价去偷盗宗门至宝罗霖花，但殷无妄转手就把罗霖花送给了当时着急寻药的主角。

故事的矛盾点就在这里了。

白潇潇着急寻药，是为了救一位偶遇的濒死老人，那位老人正是忘情宗渡劫失败的太上长老——紫霄。罗霖花虽然没有救下老人，可是老人临死前为感激白潇潇的善举，把自己毕生修为都传给了他，同时给了白潇潇一块令牌，可以命令忘情宗做任何事。

燕卿作为一个恶毒配角，在知晓这件事后气急败坏，抢了白潇潇的功劳，将令牌占为己有。

燕卿见殷无妄看不上他，幼稚又恶毒地觉得要打殷无妄的脸。于是拿着令牌给忘情宗提出了要求——要忘情宗现在的首席弟子、也是上届青云大会的第一名谢应收他为徒。

谢应，即谢识衣。

"……"

燕卿最后如愿拜入谢应门下，只是事与愿违。

他是谢应的徒弟，却只能日日夜夜看着他的师尊是如何对另一个人关爱有加，奉上各种天材地宝。

扭曲的嫉妒让燕卿入魔，燕卿开始对主角白潇潇下杀手，轮番作死，他也不出意料的名声败坏，身受剧毒，在千刀万剐的痛苦中死去。

搞清楚这一切是一本书的内容后，言卿也没心思却对这出狗血剧情发表感慨。他唯一想知道的是，他为什么会重生？还重生成燕卿。

"少……少爷……"身后突然传来声音。

言卿回神，转身却见一个提着饭盒的侍卫站在门口。

言卿问他："你是来给我送饭的？"

侍卫点头，小心翼翼说："对，夫人见您一天没吃饭，怕您饿着，专门要我给您送点饭菜过来。"

言卿又一愣："我难道还没辟谷？"

侍卫谨慎措辞道："对，您现在练气三层，尚未筑基。不过我相信凭少爷的天赋，若是认真修行，筑基指日可待。"

言卿："……行吧，谢谢。"

侍卫犹豫了会儿，又说："少爷您也别生长老的气。长老这也是迫不得已，您在祠堂先跪了，到时候去宗主那里就能少受点罪。"

言卿打开饭盒的手一顿。

哦对，他刚才梳理剧情太过投入，差点忘了接下来要遇到的事。按照剧情发展，现在是回春派宗主发现罗霖花被偷，查到偷花的人是燕卿，明天带他去主殿审判。这时燕卿已经强占功劳，用令牌向忘情宗那边提出了让谢应收他为徒的要求。

如果他没记错，接下来的剧情就是，宗主正要把他打入宗门禁地幽牢反省十年时，忘情宗来人宣布了这件事。

"……"这辈子没那么无语过。

原主你能不能有点出息。

拜谢识衣为师还不如直接被打入幽牢呢。

言卿瞬间没了胃口，饭都吃不下去了，可看了眼饭盒里的鱼香肉丝、宫保鸡丁、乳酿鱼和箸头春后，又觉得自己或许还能勉强试试。

他边吃边跟侍卫套话："你知道幽牢在哪里吗？"

侍卫大惊："幽牢？幽牢是宗门用来关押十恶不赦之人的地方。少爷，您问这干什么？"

言卿指了指自己问道："怎么，难道我看起来不像个十恶不赦的？"

侍卫觍着脸："当然不像！少爷您怎么会是十恶不赦之人呢！您单纯善良，都是殷无妄那个白眼狼对您下了迷魂术，才害得您犯下如此大错！"

言卿微笑："不错，我就欣赏你这睁眼说瞎话的能力。"

言卿打算今晚就走，丝毫没有兴趣参与到主角腥风血雨的故事里。但他脑子里突然想起一件事，瞬间一撂筷子、把饭盒合上，对侍卫道："走，带我去见殷无妄。"

侍卫被他这突然的举动震住了："少爷您找殷无妄干什么？"

言卿："讨债。"

言卿出了祠堂，直奔殷无妄现在的住处去。

外面的雨刚停，在地上积了一些水。言卿在踏出门槛的时候，借着水面，低头看了一眼现在自己的样子。月光清寒，照出青年的面容来。燕卿跟他同名不同姓，外貌却有七分像，乌黑的长发用一根紫木簪束起，穿着一身华贵的青色衣袍。借月色望去，青年未语先笑，眼睛看人总似含情，皮肤白皙，色若春晓，一看就是娇生惯养出来的公子哥。

言卿上辈子在十方城做少城主，一直都是副懒洋洋什么都不嫌事大的吊儿郎当样，所以现在融入角色也毫无违和感，给他一把扇子，那就是风流倜傥金枝玉叶。

言卿这次去找殷无妄的目的非常简单,把碧云镜给要回来。

他也是从记忆中才发现原主这个败家子不光给罗霖花,居然把他爹给他的成年礼物——碧云镜也给了殷无妄。

这可是碧云镜,能照出魔的碧云镜,在他心中,可比什么罗霖花重要多了。

当今世界九重天,上三重为修真界,下三重为魔域,中间为人间。

三界魔物横行,区别人与魔最大的特征便是"魇"。相传"魇"是万年之前魔神含恨灰飞烟灭前留下来的诅咒。它存在于世间万千微尘里,能够寄生于肉胎内,若婴孩在腹中不幸沾上,"魇"会寄生于识海。等未来"魇"悄无声息长成,被寄生之人就会失去理智,成为只知杀戮的傀儡。"魇"能够操纵人的灵魂、占据人的身体,使人癫狂、嗜血好杀。

修真界称被"魇"寄生的人为魔种。

发现魔种,人人诛之。

甚至九大仙门专门成立了一个仙盟,意在诛尽魔种,维护天下太平。

只是在"魇"未完全长成前,魔种的行为外貌与常人无异,甚至他们可能都不知道自己是魔种。仙盟需要借助很多外力,比如碧云镜——就是修真界窥探"魇"最为普通的仙器。

路转回峰,言卿来到了回春派的药谷后山。

殷无妄一直隐藏身份,所以整个回春派都不知道这人是上重天九大仙门之一的流光宗的少宗主,燕卿看出他身份不俗,但又不知道深浅,所以将他随意安置在荒凉偏僻的山洞里。

药谷后山也是个钟灵毓秀的地方,名为"谷"实为"崖",两座山峰挺拔陡峭,立在薄雾轻云里。

言卿边上山边跟侍卫聊天:"你叫什么名字啊。"

侍卫毕恭毕敬:"我叫聪明,少爷您唤我聪明就好。"

言卿左顾右盼道:"聪明,我怎么感觉后山今天有点阴森呢。"

聪明战战兢兢:"是啊,我也觉得,少爷要不咱们回去吧。"

言卿嗤笑:"那可不行,来都来了,半途而废可不是好习惯。"

这具身体还是凡人之躯,黑灯瞎火的,言卿走在路上发冠被树枝扯乱了。他嫌麻烦,直接把发冠给扯了,顺便抓了抓头发弄出凌乱美,为了匹配自己的发型,还龟毛地把自己衣领扯开了点,手里拿着把折扇,颇为拉风。

"……"聪明看他这自认为潇洒的一堆动作,纠结了半天,憋不住:"少爷,咱们还是回去吧。自从你偷了罗霖花给殷无妄后,长老就大发雷霆,对殷无妄用了酷刑,还把他囚禁起来。现在山洞外肯定有人守着呢,咱进不去的。"

言卿不以为意地道:"怕什么,兵来将挡水来土掩。"

言卿蹲在一丛灌木后,拿扇子指着前方,问:"你说的守卫是他吗?"

只见前方,两峰交界处,立着一男一女。

男人皮肤黝黑,长相憨实,手里拿着一杆长枪,脸憋成猪肝色。对面是个丫鬟打扮的少女,脸圆圆的,头戴碎花巾,正捂着肚子两眼含泪。两人言辞激烈,似乎在争吵。躲在灌木后的聪明和言卿对视一眼。

言卿从后面探出脑袋,神色惊讶:"两位怎么了,怎么吵起来了?"

阿虎像是在大海中找到了浮木,急得冒汗,转身对言卿眼泪汪汪道:"道友帮我。我未婚妻不同意和离,非要带我离开宗门。但长老对我有恩我不想走,她就威胁我说要跳崖。"

少女捂住圆滚滚的肚子,歇斯底里,痛哭道:"赵大虎,是不是就是因为他,是不是就是因为我怀了孩子你就不要我了,你简直就是'畜生'。"

言卿也惊讶:"你那么畜生的吗?"

阿虎脸憋成紫色,有苦难言。

阿花声泪俱下:"我辛辛苦苦十月怀胎生的孩子!你竟然嫌弃他不是你的!赵大虎,你还要不要脸了!"

"……"

言卿一噎,不再说话了。

阿花情绪非常激动,指着言卿和聪明两人:"你快叫他们滚,我们之间的事我们解决,我数三声他们要是还在,我就从这跳下去!三、二——"

阿虎急如热锅蚂蚁,直接把言卿往后推:"算了,道友你快走,再不走我未婚妻要跳崖了。"

　　清官难断家务事，言卿拍拍他的肩膀："哦，兄弟，你保重。"告别了这对夫妻，言卿拽着聪明直接往山洞里走。聪明频频回头："少爷，咱真的不管他们了吗。"

　　言卿嗤笑一声，走进山洞："管他们干什么，你忘了我们是来做什么的？刚好守卫跟妻子吵架，这不就让我们进来了吗。"

　　山洞幽暗不好走路，言卿从袖中掏出一个夜明珠来。聪明这才反应过来："不对啊少爷——我们就这么轻易进来了？"

　　言卿："是啊。"

　　言卿举着夜明珠往前走，忽然一道带着杀气的剑意从身边直削而过，削掉了他的——两根头发？？？

　　言卿："？"

　　与此同时，山洞里传来了清晰的对话声。

　　男人的声音低沉压抑着滔天怒火："潇潇，你就非要用这种方式救他？"

　　少年声音带着哭腔，胆怯地说："燕师兄，对……不起，可我想不到更好的办法。"

　　山洞上方有无数孔洞，让天光照进来。

　　言卿把夜明珠往袖子里一塞，摇着扇子走进去，发现山洞里有三个人——除了被他爹打得昏迷不醒的殷无妄，还有蹲在旁边不停流泪的主角小师弟白潇潇。而立在白潇潇旁边的紫衣人，正是那个一直视燕卿为过街老鼠的同父异母的哥哥燕见水。

　　言卿一惊："哎呀，大家都在啊。"

　　白潇潇前不久才被言卿抢功劳、威胁把忘情宗的令牌交出来，看到他下意识地害怕，身躯颤抖。

　　燕见水对自己这个草包弟弟厌恶至极，毫不掩饰鄙夷之色："燕卿，你来干什么？"

　　言卿摇着折扇："这不是殷公子一个人在这里，我不太放心嘛。"

燕见水冷笑:"呵,离他远点,就是对他最大的关心。"

言卿看了守在殷无妄旁边的白潇潇一眼,含蓄婉拒道:"那还是不了。怎么可以人人都关心殷无妄,而没人在乎大哥你呢,我绝对不允许这种事发生。"

"……"燕见水青筋暴跳想打人。

三人僵持之际,殷无妄的手指突然动了下。

"无妄!"白潇潇眼睛瞪大,大喜之下,手伸了过去。而在他握住殷无妄手的手一瞬间,殷无妄苍白干裂的唇突然重重喘息,俊脸上浮现一丝不正常的薄红。

白潇潇喊道:"无妄!"

下一秒,殷无妄突然睁开眼,一只手掐住了白潇潇的脖子。

"啊!"白潇潇骤然瞪大了眼睛,忘记反抗。

"殷无妄!"燕见水被这一幕刺激得完全失去理智,挥剑砍向殷无妄。

如今的殷无妄还不清醒,没有还击之力,这一剑下去必死无疑。白潇潇一咬牙,整个人护在他身前,打算为他挡下这一剑。

燕见水道:"潇潇!"

剑在空中猛地止住——

燕见水一脸痛苦:"潇潇,你居然愿意如此护他。"

聪明也若有所思:"少爷你是不是给殷无妄下了药?"

言卿:?

殷无妄昏迷不醒,身躯炙热如铁。白潇潇眼含热泪回头道:"不,师兄,殷无妄是因为我才变成这样的,你不要杀他!"

燕见水:"你放开他,我去找大夫来。"

白潇潇泪如雨下说道:"不行啊师兄来不及了。"

"白潇潇!"燕见水怒吼。

就在场面再度陷入僵持之际,突然整个山洞剧烈震动起来。山石滚滚而下。

"不好!"燕见水震惊——他的两次发怒,剑气震荡,竟得山洞坍塌。

言卿看戏被波及,完全是无妄之灾。好在他上辈子的武器就是"丝",之前不舍得扔掉的头发，没想到这个时候竟然派上了用场。发丝在指间穿插仿佛活了过来，瞬间分裂如枷锁又如长蛇，在天崩地裂时，将一切袭向言卿的乱石挡了下来，再死死缠住。

"少爷！"聪明惊慌失措地叫喊。

言卿想开口叫他别瞎操心，只是还没说话，忽然青丝给他扯回来一个温热的东西。洞内漆黑一片，言卿稍稍一愣，但他马上就知道了这是什么东西，这是殷无妄的手。

山洞崩塌之时，白潇潇动都不敢动，燕见水护住他，而被他们遗忘在一边的重伤昏迷的殷无妄，自然就没人管了。

言卿对救殷无妄其实没太大兴趣，可殷无妄死了就没人知道碧云镜在哪儿了。

他手指用力，还是把殷无妄带了过来。言卿厌恶与人肢体接触，于是青丝缠在五指和殷无妄的手腕上，中间还隔了一段距离。

殷无妄发冠早就落了，脸色苍白，嘴角溢血，额心有一个菱形的红色印记。

言卿在黑暗中冷眼打量着他。

不远处，白潇潇受到惊吓，哽咽不已。燕见水心疼之余，一下子都顾不上生气了，低声道："潇潇别怕，有师兄在，别怕，我会保护你的。"

白潇潇哭道："师兄，这里怎么塌了！"

山洞外面还传来阿虎的声音，惊慌失措："老天爷！山洞怎么塌了？这俺怎么跟长老交代啊！俺不如死了算了！呜呜呜！"

阿花沉浸在自己的世界里哭诉："白眼狼，我跳下悬崖你也不用拦，反正你也没良心，我算是看透你了，你就是个人渣。"

下一秒阿花的声音一顿，紧接着她发出了今晚最惊天动地的尖叫。

"——赵大虎！老娘还没跳，你居然敢先跳！"

一阵天旋地转后，一群人落地。燕见水触动了设立在后山的阵法，出现在他们面前的是一个地牢。

言卿落地后果断松开了手，头发直接在手中化为齑粉散于空中，他看着心疼了好一会儿。殷无妄闷哼一声,倒在地上,滚到了角落阴影里。

旁边跟菜市场一样,吵吵闹闹。

"潇潇你没事吧。"

"燕师兄。"

"俺在哪里?"

"少爷!少爷!"

言卿先看周围的环境。他们处在一块平地上,四周都是漆黑的水,前面有座横在水上的石桥,通向水中央的一个金色的笼子,金色的笼子里燃着一团火,周围缠有浓重的红色雾气。

聪明见到他,喜极而泣。委屈巴巴凑过来:"少爷,我还以为再也见不到你了。"

言卿问他:"这是幽牢吗?"

聪明揉揉眼,往前看,大吃一惊:"对,还真是幽牢,没想到幽牢居然在后山的下面。"他又看到池中笼子:"不对啊,幽牢已经好久没进过人了,为什么笼子里会有东西?"

言卿看着笼子里的一团火,若有所思。在赤火中心似乎是一只鸟,金色羽翼,碧色瞳孔,翅膀微微颤动。鸟苏醒的一刻,笼子外的红雾风起云涌。

突然,角落里响起一老者威严冰冷的声音。

"来者何人。"

气势深不可测,浩瀚森冷。

众人循声望去,纷纷倒吸了一口气,只见幽池角落里,一具白骨骷髅靠着墙,头骨微微抬动,两个漆黑的眼眶静静看着他们。这人已经死了,身体被幽池水腐蚀得干干净净,只剩骨头,躯壳仅存一丝意念竟然也有这种威力。如果言卿没猜错,这应该就是书里前面被白潇潇所救的忘情宗太上长老紫霄仙尊了。

白潇潇看到眼前的一幕,问道:"前辈?"

燕见水一愣,道:"潇潇你认识他?"

白潇潇犹豫一会儿,点头:"对,我之前误打误撞进过这里,燕师兄,这就是我跟你说过的我遇到的前辈。"白潇潇睫毛垂下，低落道："前辈之前受了重伤，我寻来罗霖花，却还是没有救回他。前辈大限将至，送我出去后就叫我别再来了。"

白骨凭遗念操纵，被惊动后释放铺天盖地的剑气，警告道："无论是谁，都给我滚出去！"

罡风四起，幽池水泛起涟漪，杀意让人头皮发麻。白潇潇瑟缩一下，扯了扯燕见水的衣袖道："燕师兄，我们还是赶紧离开吧。"

只是他话音未落，忽然一个古怪诡异的声音从后方响起。

"走什么走啊，紫霄老头都死了，还怕他干什么？"

众人俱惊，抬起头面面相觑。

马上那个声音又响了起来，仿佛隔着什么东西说："哼哼，我躲进来一年，可算是把这老不死的熬死了。"

——声音竟是从阿花的肚子里传出来的。

阿花先是一脸茫然，随后脸色煞白发出一声尖叫："我的肚子，我的肚子！"

她瘫倒在地，整个人神情惊恐。

阿虎扑过去抓着她的手："阿花你到底怀了个什么啊！"

阿花泪眼婆娑："我哪知道啊，我那天走着走着突然就怀孕了，你问我我问谁啊？"

阿虎愣住："所以你没背着我找野男人？"

阿花："我没有！"

言卿："……"

所以你们之前是没长嘴吗？

阿花肚里的"孩子"再度发出冷笑，仿佛天生自带欠揍的能力："笑死，本座也是你们能生得出来的？"

"……"

阿花、阿虎："啊！"

"孩子"非常不耐烦："都闭嘴！本座要生了，吵什么吵！"

聪明也惊恐地喊道:"少爷,她要生了!"

言卿今天耳边不是哭声就是尖叫声,微微一笑,非常平静:"怎么着,你去帮她接生?"

阿花的脸褪去全部血色,额头冒汗,手指痉挛捂住肚子:"好痛,好痛,肚子好痛,我的孩子要出生了。"

阿虎根本不知道如何是好,耳边听到言卿说的"接生"瞬间扑过去,扯住言卿如同救命稻草,涕泪横流:"道友,道友。我媳妇要生了!帮帮我!帮帮我!我该怎么办!"

言卿:"……"

他上辈子虽然自诩无所不能,但也不包括接生啊。

可视线落到阿花的脸上,言卿被那股诡异的妖气所吸引,还是捋起了袖子走了过去。他从头上扯了根头发,绕在手指间,刚想先帮阿花镇下痛。

结果一道紫光突然在阿花的身上亮起。

言卿的青丝缠住她的手腕,刺入几个穴位。阿花稍微镇定下来,张开嘴,一道紫光从她的喉咙射出。

紫光最后汇成一个影子,一下子蹿到了空中,狂笑出声:"哈哈哈紫霄老头,没想到吧,本座又回来了!"

紫霄的遗骨察觉到熟悉的妖气,一道命令启动,顷刻间万千浩瀚剑意成实质,紫霄怒斥:"孽畜!当初叫你逃了,没想到你现在还敢回来!"

言卿看清楚了空中的东西。

黑色的,骨翼,红眼睛,一只……蝙蝠?

挥着骨翼的"蝙蝠"冷笑:"紫霄老贼,当初明明是你先抢老子的鸟在先。老子好不容易找到一只凤凰,打算烤来吃就被你偷了。"

紫霄冷冷说道:"孽畜,那是老夫当初见你未犯杀戒,如今看来饶你一命就是个错误。畜生终究是畜生,冥顽不灵,不可教化!"

"蝙蝠"气得翅膀都快变风扇了:"你莫名其妙把老子关起来还好意思说!老不死的,不要脸!一年前你渡劫失败时日无多,带着老子藏身在这破落门派等死。幸好当时老子聪明逃了出来，今天总算把你熬没了——我要把我的鸟抢回来！"

然后紫霄的剑意和这只蝙蝠就打了起来。

各显神通，火花四溅。

阿虎抱着神志不清的阿花痛哭，白潇潇和燕见水站在一起。

燕见水左看右看，转身对众人以命令的语气道："此地不宜久留，你们都快点想办法怎么离开。"只是没人理他。

燕见水他怒吼道："你们都想死吗？"

这时白潇潇突然扯了扯他的袖子，焦急说："等等，燕师兄，我们好像刚刚忘了无妄。"

燕见水难以置信地低头看他："所以你要我现在去找殷无妄？！"

另一边，聪明发问："少爷，这蝙蝠为什么会到阿花肚子里去啊？"

言卿："我也想知道啊。"

阿花突然脸色煞白，肚子又开始不舒服了。

"道友……"阿虎那双含泪的眼再次看向了"接生婆"言卿。

言卿看他一眼，这只蝙蝠给他的感觉特别古怪。

他刚好也想了解清楚这件事的缘由，就走了过去。

言卿蹲下，身上的天青色衣衫曳地，黑发垂落，衬得皮肤冷白唇色鲜红。他的手指修长，很瘦，隐隐有青色经脉藏在皮肤下。视线一移，看到阿花的腰带上挂着一个香囊。

言卿问阿虎："这是什么？"

阿虎答道："这是我给阿花的定情信物。"

言卿又问："你一年前来过幽牢吗？"

"没来过。"阿虎仔细回想后，补充道："但是我妹妹有次给我带来一堆会发红光的黑色的草很香，哦对了，我给阿花的香囊就是用那些草做的。"

言卿点头："你妹妹送来的那些草估计就是当时这只蝙蝠变的，被你放在香囊里，后面钻进了你未婚妻体内。"

阿虎："什么？！"

聪明非常体贴解释："我们少爷的意思就是说，你未婚妻肚子里的孩子，是你和你妹妹搞出来的。"

阿虎一头雾水："啊？"阿花稍微苏醒，就听到聪明这堪比惊天巨雷的一句话。

她整个人瞳孔震动，失魂落魄，声声泣血："什么？！赵大虎，原来我肚里的孩子是你背着我和别的女人搞出来的。"

言卿："……"你们的脑子是不是都有病，还有大姐你这话是不是从逻辑上就有问题？

下一刻，阿花直接暴起，扑过去掐住阿虎的脖子，痛哭流涕："我辛辛苦苦十月怀胎生的孩子居然不是我的，我要杀了你们这对狗男女。"

阿虎被掐着脖子白眼直翻："唔——"

他们动静太大，在场人其余人不得不注意。

燕见水内心的苦涩凄凉直接被这群人冲散了："……"

一群疯子！

白潇潇的眼泪同样止住了，愣愣看着言卿那边。

他手指微微蜷缩，一直在宗门备受宠爱的小师弟，还是第一次……觉得这个世界所有人都在无视他。

聪明落泪道："少爷，阿花好惨啊，居然怀了丈夫和别的女人的孩子。以后要是我的孩子是我媳妇和别的男人生的，我肯定也接受不了呜呜呜。"

言卿敷衍说："是啊，好惨。"

他往后退了一步，打开折扇，怕这三个人智商太低会传染给他。

突然察觉到一道冰冷的视线。

言卿回身一看，见角落里的殷无妄醒了，正目光冷冷地看着他。

言卿一愣，随即朝殷无妄露出一个笑来："你醒了啊？"

其实殷无妄早就醒了，他感觉身边的世界像是被割裂成三个部分。

上方是激烈的寻仇打斗。左边是白潇潇和燕见水。右边是言卿一行人，每

017

一句话都听得他脑仁疼。

殷无妄手指在地上抓了下，艰难地半撑起来，他睁开眼睛，眼神冷如刀刃。殷无妄对言卿这个不识好歹，挟恩图报的人只有厌恶。他身为流光宗少宗主，巴结他的男女犹如过江之鲫。言卿所做的一切无论好的坏的，都只让他恨之入骨。

言卿合扇说道："醒了好啊，殷无妄，我给你的碧云镜你打算什么时候还？"

殷无妄闻言豁然抬头，苍白的脸上浮现肉眼可见的怒气，目光恨不得在言卿身上剜下一块肉来，咬牙切齿："你说什么？"

言卿道："我说，我给你的碧云镜你什么时候还，你不会想耍赖吧？"

殷无妄何曾受过这种屈辱，怒急攻心，从袖子中直接取出一块巴掌大的青色镜子，扔向言卿。

言卿伸出手在空中接住。

碧云镜虽是最基础的验看"魇"的灵器，但也是修真界万中无一的珍贵法宝。

原主居然就这么轻而易举地送了出去，还是送给这么一个不知感恩的白眼狼，真是可惜。

言卿拿着碧云镜是打算照照自己的。

上辈子死的时候，魔神的话一直萦绕在他心头。

——"燕卿，你摆脱不了我的。每个人心里都住着魇，就像影子一样，永生永世无法逃离。"

言卿勾起唇角。"魇"么？他现在倒是还挺想知道自己是不是魇种的。

结果镜子在他手中一个翻转，镜面不小心照到了幽池水牢金笼子中的凤凰。下一秒，幽牢内传来一声悲惨无比的凤凰鸣叫。紧接着，铺天盖地的热浪卷动而来，以金笼为中心，灼灼离火越燃越烈。

言卿手里的镜子不受控制，居然直接飞向火海！

"？？？"

以他现在的身份，上哪去找另一块碧云镜啊。

言卿御气凌空，追了过去。

此时，幽牢上方。"紫霄老贼！你死都死了，一把老骨头就别折腾了吧！"蝙蝠占据上风，开始变本加厉放肆嘲讽，发出嘎嘎嘎的大笑声。

紫霄在渡劫失败时本就受了重伤，更何况现在身死道消，唯一留下的剑意估计只有本来百分之一的实力。在几番打斗之后，到底还是敌不过蝙蝠的攻势。

蝙蝠乘胜追击，直接俯冲向幽池中间的金色笼子，馋得口水都快流下来："啊啊啊，本座的凤凰肉我来了！"

蝙蝠冲向金笼子。

言卿冲向碧云镜。

他们几乎是同时到达幽池中央。

蝙蝠见到他暴怒："走开，休想抢本座的晚饭！"

炽热的金光把整片天空照亮，火焰燃烧在黑色池水上，吞噬白骨、融化金牢。

它本来还想好好做个叫花凤凰、撒点辣椒粉，美美地吃上一顿的。现在啥都顾不上了，张开血盆大口，就打算把凤凰吞进去。蝙蝠的头变得像个膨胀的气球，张开的嘴也仿佛能扭曲时间、成为黑洞。

金笼中初醒的凤凰，碧绿的眼静静看着它，渐渐地凤凰碧绿的眼中出现一丝阴森的邪光来。这种"邪"饱含杀戮和血腥，不是作恶无数，根本不会有。

只是蝙蝠没注意到。

蝙蝠的嘴太大了吧，吞完凤凰的同时，顺口把言卿的碧云镜"啊呜"吞了。吞完还不得劲，咂巴了两下，吐出一口气嫌弃说："啥玩意？硌牙。"

言卿："……呵。"

他立于空中，黑发、青衣，指间发丝化为千万残影，直接袭击向蝙蝠。

"你要对本座干什么？！"蝙蝠愤怒至极。它张开嘴，想要一口咬断言卿用来捆它的丝线，结果咔嚓一声——牙……牙没了……

蝙蝠："啊啊啊本座要杀了你！"

言卿微笑，他生而桃花眼，似笑非笑最含情。唇色殷红皮肤如雪，衬得笑容也从容亲和。当然，只有十方城的人知道，少主每次心情不好杀人前都是这表情。言卿手中的发丝一点一点勒紧，再用力一点似乎就能化为锋利的刃，寸寸割入蝙蝠的身体。

蝙蝠遇横更横，疯狂蹬起小短腿："格老子的！放开本座！娘希匹的，我要吃了你！"但是它最后一字落地，周身突然开始冒红光。蝙蝠低下头，眨了下眼睛："咦，我肚子怎么了。"

马上肚子就告诉了它答案。会被紫霄关在金牢里，布下玄天烈火一点一点烧死的"凤凰"根本就不是什么神兽，而是杀人如麻的魔种。

它在蝙蝠的肚子里没死，相反还打算吞噬蝙蝠，补充体力。于是蝙蝠现在的感受就是，身体被丝捆着，内脏被火侵蚀。

救……救命。

言卿其实从碧云镜不受控制飞过去时就已经猜出了那笼子里是邪物。碧云镜是与"魔"密切相关的东西，能够吸引它的怎么可能是好东西。如果他没猜错，这只凤凰早就被魔控制成了魔种。

"退开！"

察觉到凤凰魔种苏醒，紫霄遗骸用最后一丝念力大声喝道！

言卿立于空中，青衣翻飞，眼眸遥遥望向蝙蝠。蝙蝠豆大的眼睛里红色与碧绿交融。

凤凰魔种明显在吞噬它的灵魂，魔种朝言卿露出一丝轻蔑的笑来。

言卿也朝它一笑。他现在修为很低，在人类世界如同蝼蚁。但对上魔种，言卿就是开挂逆天般的存在。上辈子他直接和魔神打交道多年，甚至他当初选择织女丝做武器，就是为了对付"魔"。

火海把幽池中央覆盖，外面的人根本看不见里面发生了什么。凤凰魔种鸣叫一声，朝言卿扑过来。

言卿指间发丝直刺入凤凰额心、深入识海，利如剑、快如风，他稍微侧身,避开凤凰的攻击。

一缕发丝拂过沾血般的唇,抬眸间,杀意冰冷,手指猛地一扯。

凤凰骤然仰天长唳。

与此同时,紫霄的神念发出最后一击,伴随言卿此时的动作,离火翻涌,摧毁了回春派禁地千年的阵法,杀向凤凰!

轰隆隆——石壁裂开,乱石倾塌。凤凰尖叫一声,震怒不已,怨恨的视线投向他,下一秒几乎是抱着同归于尽的心,带着周身焰火,直接卷向言卿。

言卿于乱象中抬头。

谁料这一团赤火在冲过来时突然停下——蝙蝠和凤凰在抢夺身体。

"破鸟停下,你居然敢拉着本座去死!"

身体东倒西歪,一个不留神,直接从空中坠下,掉在了一时没反应过来的言卿头上。

滋滋滋——他听到了头发被烧的声音。

言卿:"……"

言卿上辈子的功法是"魂丝",在没能找到神器织女线替代前,一直用的都是自己的头发。因为有事没事拔一根,越拔越少,"秃"这个字直接成了他的逆鳞,后面长出来后心里也没能过去这个坎。

然后,现在,被这畜生带火一把烧了???

言卿面无表情,直接抬手,把这只蝙蝠拽了下来。

"你干什么?!"蝙蝠和凤凰抢身体已经筋疲力尽,突然被言卿提住后颈,耳朵一下子竖起。

言卿阴恻恻地笑:"你知道男人身上什么地方最不能碰吗?"

蝙蝠:"我知道个鬼啊!"生死存亡关头,它直接一口咬破了言卿的指尖,鲜血涌进嘴里。

言卿气笑了:"小畜生。"只是他还没来得及报复,蝙蝠喝了他的血后,马上口吐白沫,大脑发晕,倒地不醒。

言卿管它醒不醒，就打算弄死它。他手刚一用力，太阳穴就猛地抽痛，牵扯血肉灵魂，像是无形中有了避不开的羁绊。

言卿后退一步，瞪大眼，难以置信地看着自己手里的黑色玩意？

一下子反应过来——结契？！

言卿："……"

他上辈子身为十方城少城主，多少神兽魔兽送上门，一个都没能让他结契！结果现在被这只蝙蝠咬一口，就直接强行结契了？！

一滴血便可结契，这只蝙蝠到底什么来头？！

言卿气笑了。

蝙蝠慢悠悠转醒，翅膀捂住自己的头："本座怎么晕了。"

它抬起头看到言卿脸色铁青像尊冷面杀神，小心翼翼地挪了下身躯，等从魔爪逃生，舒口气后立马释放本性，嘎嘎大笑："笑死，就你也想凌辱本座？此等大辱，我一定会找回来的！给本座等着！"

它正打算开溜，但是还没飞远，一下子大叫一声，忽然掉在了地上。

修士与妖兽结生死契，就代表了修士对妖兽有绝对的控制权。

言卿平复心情，气消了后，非常冷静，弯身把这只丑得天怒人怨的蝙蝠捡起来："说吧，你到底是什么东西。"

蝙蝠非常不耐烦："关你屁事！本座行不改名坐不改姓，八荒六合雷霆灭世黑大蝠是也。"

这种蠢名字一看就是它自己取的。

言卿："给把我名字换了。"

蝙蝠：？

蝙蝠："笑死，就你？你叫我换我就换？——啊啊啊住手，我换我换我换！"

言卿忍下火气，心平气和："名字倒不是关键，做我的契约兽，先把这寒碜样子变了。"

蝙蝠："契约兽，什么玩意儿啊？"

它又听到言卿后面的话，瞬间恼羞成怒："什么叫寒碜？奇耻大辱！老子生为雷霆灭世黑大蝠，死也是雷霆灭世黑大蝠！"

言卿凉凉道："我不是叫你改名的吗？"

蝙蝠死鸭子嘴硬，恬不知耻说："我们一族就叫雷霆灭世，这是我们的族名。"

言卿："哦。"

蝙蝠："别别别动手！我错了，我这就变。"

它在言卿手中幻化，很快一只黑毛鹦鹉出现在言卿掌心，依旧丑得寒碜。

蝙蝠敢怒不敢言，心里骂骂咧咧。

它眼珠子往上一转，视线突然落到了言卿头上，凤凰火将头发丝烧得干干净净。

蝙蝠想了想，非常有眼力见地对新主人表达了关心："哇，你不长头发的吗？"

"……"很快，那么有眼力见的蝙蝠就获得了主人的奖励，直接被捆成了个粽子，扔进幽池水中，咕叽咕叽吐出好几口水。

"少爷！"聪明火急火燎凑上来："少爷你没事吧。"

言卿用法术让头发重新长出来，边走边束发，撩起额前的头发，摇开折扇，又是一副翩翩公子的样子："没事。"

幽牢的阵法崩塌，一条紧急逃生通道出现在众人面前。

言卿的碧云镜被那傻鸟吞了，等于他白来了一趟，心情不好，理都没再理幽牢内其余人，直接往出口走。

聪明屁颠屁颠跟上。阿虎阿花动用了毕生的语言表达能力和阅读理解能力，把事情搞清楚后泪汪汪互诉衷肠，搀扶着离去。

白潇潇仍处在一种犹如梦中的状态，他细长的手指抓着燕见水的胳膊，小声说："燕师兄，刚刚……"

"潇潇，我们走。"

燕见水觉得今晚简直不能更糟心，忍着怒气带着白潇潇离开。

白潇潇："可是无妄现在还生死未卜。"他话刚落，却突然见殷无妄从角落里走出来。

殷无妄脸色苍白，眼神幽寒，眉心的菱形印记泛红，直接无视他们往前走。

白潇潇愣住，局促不安地喊了声："无妄。"

这次，殷无妄没理他。

幽牢出事，不出意料直接惊动了整个回春派。言卿刚走出去，就看到了空中的一堆修士，好巧不巧为首的就是他的便宜老爹，怀虚长老。

怀虚硬生生要被他气昏过去："燕卿，我叫你在宗祠好好反省。就是为了到宗主面前好交代，不至于将你打入幽牢。你就是这么反省的？"

言卿回身看了下崩塌的山洞，委婉地说："对不起爹，不过我现在应该不会被打入幽牢了。"

众人："……"

这就是你炸了幽牢的理由？

怀虚气得浑身颤抖，怒吼："给我把他拿下！"

第2章 | 谢应

言卿被关在了回春派主峰惊鸿殿内，等着掌门明日出山，对他进行最终审判。

按照剧情，审判现场就是忘情宗来人向天下宣告他拜谢应为师的时候。

"……"造孽。

言卿决定今晚就走，不受这大庭广众下的羞辱。他和谢应的关系太过于复杂，如果可以，言卿这辈子都不想再见到他。

寒月中天，言卿推开窗，不出意料抬头就对上侍卫冷冰冰的视线。他爹现在长记性了，惊鸿殿外重兵把守，一只蚊子都别想飞出去。

殿外种着一排梨花，缤纷如雪，月下散发着清辉。

言卿手搭在窗台上，朝侍卫微笑："你别紧张，我就开窗透透气。"

侍卫冷冰冰说："少爷，我劝您别动歪心思。"

言卿心道，我要是动了歪心思，你们谁能拦得住我。但是他不能，大庭广众下暴露身份后，迎接他的可能是整个上重天的追杀。

言卿手指点了点，忽然粲然一笑："兄弟，站着不无聊吗？不如我们来聊聊天吧。"

侍卫不为所动："少爷，现在夜已深，还请您回去休息。"

言卿不管他，自顾自问："现在是春和多少年？"

侍卫到底是不敢得罪他，抿了下唇，回道："春和百年。"

言卿若有所思。春和百年，原来他已经死了一百年了啊。他重生后为碧云镜奔波闹腾一整晚，现在才静下心，认真去回想他生前身后的事情来。

言卿笑了下道："春和百年，那不是青云大会又要开始办了？"

青云大会是修真界的盛事，每百年举行一次，云集天下修士，就连九大仙门都会派核心弟子参加。大会设立青云榜，青云榜上一朝留名天下皆知。而上一届的青云榜榜首，便是谢识衣。

　　侍卫莫名其妙看他一眼，提醒他："您还记得这事啊，宗门养育百年的罗霖花，就是打算在青云大会上供忘情宗的，然后被您偷了。"

　　言卿："……"

　　尴尬地笑了两声。

　　一朵梨花飘到了言卿的眼前，言卿眼睛眨了眨，马上转换话题："你说，这次青云大会谢应会参加吗？"

　　侍卫一愣，他没想到会从言卿口中这样轻描淡写听到"谢应"这两个字。毕竟这个名字，在修真界更像个不能言说的传说，遥如天上月高山雪，难以企及。

　　侍卫含糊道："可能会参加吧。不过春和元年，渡微仙尊闭关南山，也不知道如今出关没。"

　　言卿惊怔："谢应闭关了？"

　　侍卫："对。"

　　言卿颇为好奇："为什么？"

　　侍卫道："渡微仙尊的心思，我等又怎么能猜测到呢。"

　　言卿轻笑："你给我说具体点，我来猜。"

　　侍卫："……"这大少爷是跟着幽牢一起把脑子炸没了吧，说的什么胡话。

　　言卿见他不信，也不多说。看着眼前飘舞的梨花，微微出神，感觉口有点渴，开口："你们这有酒吗？"

　　侍卫提醒他："少爷您现在是被关押的罪人。"

　　言下之意，你不要太放肆。

　　言卿摸下巴："罪人就不能喝酒吗？"

　　侍卫忍无可忍："少爷您回去吧。"

言卿懒洋洋一笑："回去多无聊啊我睡不着。都说了咱俩聊聊天、解解闷。"

侍卫臭着脸。

言卿手指拈着被风吹到他手心的梨花，说："聊下谢应吧。"

"……"

侍卫真的很想把这位祖宗绑回去让他好好睡着别说话！

谢应是他们可以讨论的吗！这位名动天下的青云榜首，除了忘情宗大弟子的身份外，还有个让人闻风丧胆的身份，是仙盟盟主。谢应的剑名"不悔"，这些年来死在不悔剑下的魔种数不胜数，可以说是血流成河，枯骨成城。最让人胆战心惊的是，谢应诛灭魔种，根本就不会通过仙器来鉴定是否识海有魇，生死全都在他一念之间。

侍卫："少爷，我劝你以后不要再这样口无遮拦。"

言卿愣了愣后，闷声笑起来，手里拿着梨花，懒懒道："这就叫口无遮拦了？"

侍卫冷冰冰说："渡微仙尊不是我等可以议论的。"

言卿嗤笑："他被人议论的还少了？你难道不知道他小时候在障城的事？"

"……"

侍卫现在恨不得言卿是个哑巴，恨不得自己是个聋子。

转过身去，再也不想理这个作死的人。

渡微仙尊年少时在障城的事不是秘密——可是哪个不怕死的敢讨论啊！而且那么遥远的事，是真是假谁说得清。

相传，谢识衣曾是人间障城五大家之一谢家的嫡子。少时也是惊才绝艳的天之骄子。只是这一切都因为一个找上门的乞丐改变了。

乞丐拿出信物，扒出了谢识衣的身份，直接让他盛名扫地、跌入深渊。原来那乞丐才是真正的谢家嫡子，而谢识衣不过是一个低贱的剑仆之子。被心思歹毒的剑仆狸猫换太子改了命，如今拥有的一切都是偷来的。

消息一出，一直被谢识衣风头盖过的另四大家当即陷入了一场近似疯魔的报复里——

他们认为他的修为都是依仗谢家得来，于是断他筋骨、废他脉络。

他们将他关在幽绝之室七七四十九天，试图把他逼疯。

他们认为他是小偷，是过街老鼠，出生便带着永生永世洗不掉的罪孽。

他们认为，谢识衣白享受了那么多年风光，不能什么代价都不付出。

他们做什么都是谢识衣罪有应得。

修真界最广为流传的，应该就是谢识衣从幽绝之室出来时的不悔崖之审。

当年那个找上门的乞丐因为旧疾死去了。白家家主正义凛然、义愤填膺说要让谢识衣偿命，父债子偿天经地义。

从幽绝之室到不悔崖，有一条很长很长的走廊，围满了整个障城的普通百姓、世家子弟、和外来的修士。

他们就谢识衣该不该死，议论纷纷。

那条走廊还有个很好听的名字，叫桃花春水。

言卿其实现在都还模糊记得一些画面。

那天下了很大的雨，雨雾朦胧，春来遍地桃花水。谢识衣手上戴着玄铁制成的镣铐，墨发披散，沉默着往前走。

旁边的山道上站满了人。众人交头接耳，目光或同情或嘲讽。

"我觉得谢识衣好可怜啊，这一切又不是他能选择的。"

"他可怜？你怎么不觉得死去的少主更可怜？"

"他的父亲害死了谢家主的孩子，父债子偿，一点都不无辜。"

"可那是他父亲的错误凭什么让他承担？"

"唉，别吵了，都是被命运捉弄的可怜人啊。"

那些目光穿过春水、穿过桃花，落到谢识衣挺拔的背脊上。

似乎也要穿过他的骨骼、灵魂——用高高在上的傲慢态度审视他的罪、断定他的一生。

侍卫转过去后，又心痒痒。虽然他心里对谈论谢应很害怕，可又忍不住好奇，平时都没人敢聊这些。

他动了动脖子，转过身来，冷着脸重开话题："现在说这个又有什么意思呢？渡微仙尊少年时在障城遇到的那些恶人，后面都已经被他手刃了。"

言卿心中嗤笑：没呢，障城白家的小少爷现在还活得好好的呢。

侍卫看言卿不聊了，又心痒难耐。刚才逮着他聊天的时候爱答不理，不聊了后又实在是管不住嘴。

侍卫开始高谈阔论："当年的不悔崖之审，渡微仙尊当时应该是恨极了吧。幸而他最后活了下来，报仇雪恨。"

言卿闻言笑了好久，笑够了才道："你觉得他当时恨极了？"

侍卫："那可不是吗。这怎么能不恨呢，不过好在当时有不少外城来的修士，对仙尊抱有善意，心疼他遭遇的一切，为仙尊说了不少好话。也算是给仙尊一丝安慰吧。"

言卿伏在窗边，笑得差点肚子痛："安慰？你真的是那么想的？"

侍卫恼羞成怒："笑什么！那你说渡微仙尊那个时候在想什么。"

言卿修长的手指抚摸过冰冷的花瓣，唇角勾起，缓缓道："他吗？他当时想要一把伞。"

侍卫一愣，道："一把伞？"

言卿扯着梨花，点头："对，他想要一把伞。他那时候修为尽失，经脉寸断、浑身是伤。又在幽绝之室待久了，视觉听觉都出了问题。雨落在身上非常难受，而且他见不得强光，最需要的就是一把伞。想要一把伞很奇怪吗？"

侍卫："……你在逗我？"

言卿："我逗你干什么。"

侍卫咬牙切齿："渡微仙尊怎么可能想这个。"

"可他想的还真是这个啊。"言卿失笑："而且，对于那时的谢识衣来说，别人的善意和恶意其实没有区别。"

更多的是厌倦吧。毕竟谢识衣真正的罪，从来都是骄傲。

029

不悔崖之审，最后是一位上重天的修士无意路过，怜惜谢识衣，允诺五大家族一些好处，救下了他的命。

远山寒翠，烟雨湿泥。

谢识衣站在他漏雨的柴屋前，听着管事长老的叮嘱，心里想着——他需要一把伞。

管事长老轻声说："你也别恨家主，怪就怪天意弄人吧。他恨你也是正常的。你如今凡人之躯，见到他就躲着吧。"

谢识衣点头："嗯。"他想，后山有片竹林，或许可以用来做伞。

管事长老叹息一声，看着眼前这个脸色苍白的少年，轻声道："识衣，我相信你是个懂事的。等你身上的伤好了，就离开障城吧。"

谢识衣笑了下，接过长老给他送来的包袱，垂眸道："谢谢。"

管事长老带着两名弟子离开。

其中一名女弟子频频回头，望向他的眼中满是怜惜。另一名男弟子神情轻蔑，扯了扯她的衣服，说："走了，还看什么。"

女弟子声音很小，隔着雨幕传来："你不觉得谢师兄很可怜吗？"

男弟子反问："那死去的少宗主难道就不可怜？"

女弟子咬唇："可是这又关谢师兄什么事呢，他凭什么要遭受这些啊。"

男弟子翻白眼："父债子偿，天经地义，错就错在他有那么一个爹吧。"

女弟子还想说什么。前头管事长老回头，眼神冰冷警告，两人都闭上了嘴。

谢识衣拿着衣服，面色平静听着那些他快要听出茧子的话，转身没走几步就扶着门，无声地干呕起来。他很久没吃东西，呕不出什么，只是肺腑翻涌的恶心感怎么都挥之不去。

喉咙如火烧。闭上眼睛，都是一张张脸，悲天悯人的、幸灾乐祸的。

他们说他没罪，说他有罪，为此争论不休。

谢识衣脸色苍白如纸，讽刺地扯了下唇，抬起手擦去嘴角的血。

立起身，他在山海间听到了熟悉的声音。

明亮清脆，却带着股懒洋洋的调子："你现在打算去哪里？"

谢识衣这个时候才卸下伪装，流露一些脆弱和疲惫来，轻轻说："我不知道。"

后面他们用竹子做了把伞，去了留仙洲。

大概是重生之后人的思绪总会不稳，言卿晚上回房间躺在床上，做梦又梦到了有关谢识衣的一些事。

其实外人口中的鸠占鹊巢、生而富贵都是假的。

谢家家主风流成性，一生不立妻只纳妾，孩子多得数不过来，对子嗣也没有任何情感。

谢识衣所拥有的一切都是他一步一步在吃人的谢府夺来的。

最开始，他们住在长年漏雨的破屋。

七岁那年，谢识衣学御剑，没有师傅指导，只能用最笨的办法，踩着剑从屋顶上跳下去。也是幸亏修仙之人皮糙肉厚，不然就他早不知道死多少次了。

一次意外，谢识衣在从屋顶上下坠的时候不小心让石头戳到了眼睛。虽然没瞎可也要恢复好久，眼睛被黑绫罩住，什么都看不见。

而登仙阁一个月后招人，要求必须会御剑。时间急迫，谢识衣只能每天瞎着眼摸索着爬楼梯上屋顶，因此跌跌撞撞弄出不少伤口。

言卿冷眼旁观，一点都不想管他。那时他们相看两厌——两个同样骄傲的少年在一个身体里根本不可能和谐相处。

可如果谢识衣重伤昏迷，言卿就会被动承受他所遭受的痛。那种痛堪比粉身碎骨，每次都让他骂天骂地。

痛了好几次后，言卿实在忍不住了，暴躁开口："谢识衣，停下。"

谢识衣完全无视他。

言卿深呼口气说："谢识衣，朝东走。"

谢识衣步子微顿，还是不理睬。

言卿直接爹毛："你走的方向前方是一个深坑，你想死也找个轻松点的方式行不行！"

谢识衣语气冰冷："关你什么事。"

言卿更冷："要不是你死了我也跟着魂飞魄散，你以为我愿意管你？"

谢识衣："那你就不要管。"

言卿："滚！"

对于谢识衣来说，言卿就是一个试图霸占他身体的孤魂野鬼，每句话都让人厌恶。

对于言卿来说，谢识衣就是个时时刻刻带着他送死受伤的瘟神，他恨不得啖其血肉。

谢识衣从小就有股不怕死的狠劲，像个疯子。

好几次言卿因为怕死强行抢夺谢识衣的身体，很快又会被抢回去。在抢夺的过程中遍体鳞伤，两人都没得到好处，周而复始，彼此的恨意越压越深。

谢识衣恨他是应该的，但穿越这事对言卿也完完全全是无妄之灾。他那时候彻底失忆，和谢识衣同样是小孩子心智，讲个屁的道理，反正他不想死！

"谢识衣，我们聊聊吧。"

言卿努力压住火气平静道。

夏夜的天空高远而澄澈，挂满了璀璨的繁星，他的声音在安静的深夜显得格外清晰。

言卿冷静地说："登仙阁的选拔很快就要开始了，你这样事倍功半，是不可能学会御剑的。"

谢识衣站在黑夜里沉默不言，背脊脆弱又坚韧。

"我知道你讨厌我。"说到这里言卿讽刺说："很正常，反正我也不喜欢你。但现在，你死了对我没有任何好处，你可以相信我。"

言卿深呼一口气后才慢慢说："我能看见，谢识衣，我来指引你。"

言卿说完这段话已经用尽了毕生的好脾气，臭着脸，不想再说话。

谢识衣脚踩在摇摇欲坠的碎瓦上，黑绫覆眼脸色苍白，手死死握着。他手上青青紫紫全是伤，流血结痂，风卷着带起密密麻麻的痛。屋顶非常安静，这里是谢府最偏僻的角落，半个月没有一个活人来。

也不知道沉默了多久。

这个满身是刺的少年才开口，声音很轻，散在风中。

"你说，往哪边。"

这是他和谢识衣的第一次和解，在七岁那年练剑的屋顶。现在回忆起来，印象最深的居然是那些长在屋顶的藤蔓。

根连着根，茎缠着茎，碧浪连天。

第二天言卿起得很早，昨晚的梦让他精神不太好。

言卿伸手揉了揉太阳穴，自嘲一笑，他和谢识衣果然就不该见面。

天光初破晓，东方还只有一层淡淡的鱼肚白。

言卿将衣衫系好，头发束起，拿走桌上的折扇，推开窗，梨花如雪落于空中。那个侍卫抱着剑在梨花树下呼呼大睡。昨晚聊天的时候，言卿就借着梨花香给这人下了迷药，迷药四散而去，估计惊鸿殿外镇守的人倒了一大片。

言卿根本就没想去走剧情，他这辈子没有被魔神缠上，天高海阔，四海都是逍遥之处。

蝙蝠吊挂在他屋檐外面，流着口水睡得贼香，被言卿用折扇一敲才悠悠转醒。

蝙蝠醒来先是蒙了会儿，随后就是气急攻心："格老子的！你到底给本座施了什么恶毒的咒法！为什么本座会被莫名其妙拽着过来找你！放我走听到没有！放我走！不然没你好果子吃！"

言卿直接给它上了禁言咒。

蝙蝠："……"

言卿微微一笑："待在我的身边就给我闭嘴。"

蝙蝠："……"

言卿的青衣掠过沾染露水的芳草，人往山下走。

一个时辰后，蝙蝠的禁言咒被解开，爪子抓在他肩膀上，问道："你要走了？"

言卿："嗯。"

蝙蝠得意扬扬道："好耶，本座早就看回春派这破落地不顺眼了。本座带你去我以前住的地方，让你见见世面。"

言卿说："你以前住哪儿？"

蝙蝠挺起胸膛道："留仙洲听过没有！上重天三洲！九大仙门坐落南泽洲，三大世家坐落紫金洲，然后我家坐落留仙洲！"

言卿嗤笑："留仙洲不是连接人间和上重天的地方吗？通行无阻、随意进出，是人是鬼都可以去。"

蝙蝠想了想，强行挽尊："但我在留仙洲有洞府。"

言卿："这年头随便在山里挖个洞都能算洞府？"

蝙蝠："……你懂个屁！"

言卿没理这只气急败坏的蝙蝠，走在朝云缥缈的路上，看向重峦叠翠的山。

蝙蝠："你打算去哪？"

言卿："走到哪儿算哪。"

蝙蝠："走到魔域去？"

言卿："魔域就算了吧。"待腻了。

蝙蝠哼哼两声："就知道你没这胆子。"蝙蝠扑棱了两下翅膀，忽然出主意说："要不我们去沧妄之海吧！"

沧妄之海在九重天的尽头，茫茫无界，常年雾气浓稠，用什么法术都驱不散。万年来，也从来没有人能渡过沧妄之海，看清楚海另一边是什么。

言卿听到他这句话，脚步顿了一下。

蝙蝠兴奋起来："怎么样！你也心动了是不是！我们去看看海上的雾也好啊！"

言卿没有说话，只是唇角溢出一丝意味不明的笑来，调子懒洋洋地慢慢说:"沧妄之海?"

蝙蝠:"对对对,你是不是也早就想去了?"

言卿摇头:"没有,只是想起有个人会死在那里而已。"

蝙蝠撇嘴:"每年死在沧妄之海的人多了去了。"

言卿:"嗯。"

他并没有看到《情魔》的最后结局,因为当初他看这本书只想查清楚他表妹无心学习的原因,所以看到谢识衣死就弃书了。

书里面写谢识衣就死在沧妄之海。

死心塌地的一生,连死都是死在忠诚之人手中。

他为白潇潇毁无情道、碎琉璃心,叛出宗门,颠沛流离。

最后获得的,却是白潇潇含泪的一剑。

白潇潇泪如雨下说:"你恨我吧谢应,从一开始,我就是带着目的接近你的。是我在利用你。"

白潇潇哭着说:"虽然你救了我很多次,虽然你帮了我那么多。但你杀了我的父母。谢应,血海深仇,不得不报。"

《情魔》作者自称"狗血"真不是吹的。言卿那时候一目十行,实际上对于一个根本不感兴趣的读者来说,他的观点很理性。

谁都不值得同情。

而现在回忆起剧情,言卿手指捻碎一朵花,讥讽地扯了下嘴角。

谢识衣,你居然也有今天啊?

蝙蝠被他的表情吓了一跳:"你咋了?不去就不去嘛,干啥子脸色那么可怕?"

言卿:"你喝过粥吗?"

蝙蝠:"你问这干什么,"

言卿:"想喝粥了。"

书里面谢识衣因为一碗粥而肝脑涂地,真的是那么敏感缺爱的人吗?

按这逻辑，他陪谢识衣挨饿受冻几十年，怎么着也担得起他喊一声"爹"了吧。

《情魔》这本书主打的另一个点在"救赎"，主角是无数人的"救世主"。如果不曾了解，言卿根本不会去深究其逻辑。可因为了解谢识衣，越想越不对劲。或许不对劲是其次，更主要的是，他不想谢识衣落到那个结局。

不想他再次众叛亲离。

不想他再次跌入尘埃。

不想春水桃花那条漫长的路，他重新走过。

寂寥的长风卷过言卿的指尖。

言卿在山门口，转过身："回去吧。"

蝙蝠：？？？

蝙蝠扑棱翅膀非常不理解："你怎么又反悔了？回去干吗？"

言卿："回去看戏。"

蝙蝠："啊啊啊？看什么戏？看谁的戏？"

言卿挥袖，衣如流云："看我未来'师尊'的戏。"

言卿把蝙蝠禁言，重新回到惊鸿殿的时候，侍卫还没有醒。

他把高束的头发放下来，看着镜子里和自己七分像的脸，突然有点犯难。人的性格总是会在蛛丝马迹中暴露的，要是加上相似的脸，他被谢识衣认出来怎么办。

"快，帮我想个毁容的办法？"

蝙蝠已解开了咒，第一件事就是大骂："本座与你不共戴天！！！"

言卿："我发现你这鸟除了不会说话，还脾气特别大。那么暴躁，生活一定很苦吧。"

蝙蝠噎住："什么玩意儿？"

言卿说："我知道给你取什么名了。"

他伸出手拍了拍蝙蝠的头,微笑说:"你们族的名字不都喜欢七八个字的吗,既然你那么喜欢抬杠,以后就叫'似诉平生不得志'吧。"

蝙蝠:?

言卿:"好了,不得志,快帮我想个合情合理的毁容方案。"

不得志吃了没文化的亏,还真觉得名字越长越厉害,红色的眼珠子转了一圈,居然也没反对,心满意足接受了这个名字,顺便还消了火:"你要毁容干什么?"

言卿指着自己的脸:"你觉得我长得怎么样?"

不得志看了一下,优越感十足:"还行吧,虽然皮肤不黑、眼睛不红,丑绝人寰,但你也不用太自卑。"

言卿嗤笑:"皮肤黑眼睛红,我要是长你这样,那我还毁什么容啊,直接自杀算了。丑到不想活了。"

不得志:……忍住脏话。它气鼓鼓扇着骨翼往外面飞,不想理这个审美有问题还不自知的丑八怪。

言卿倚在桌前,漫不经心看着镜子的自己,随手拿起桌上的毛笔,取了点朱砂,兑了点墨汁,就对着镜子在脸上作起画来。只是画到一半,又低笑一声,拿袖子将那些痕迹都擦去。

但他还是在脸上留下了些"血"。

"少爷,宗主让我带您去主殿。"

侍卫推开门过来道。

言卿说:"嗯,走吧。"

侍卫看着他满是血迹的脸,好心劝告:"少爷,您没必要自寻短见,怀虚长老会为您求情的。"

言卿谨记自己现在的人设,朝他一笑,幽幽道:"我人将死,我爹会为我求情。可我心将死,又有谁来救我呢。"

侍卫:???

言卿被他带着往回春派主殿走。惊鸿殿通往主殿的路有一条悬于空中的索

037

桥。山花被流风卷过空谷，浮雾氤氲。

"少爷！"聪明早早就在索桥的另一边等着他了。

幽牢阵法被破，事态严重，昨晚的所有人都被叫到了现场。

言卿以这么一副病弱样子出现，阿花阿虎都惊呆了："恩人，你脸怎么了？"

言卿摸了下脸上的血，解释："没事，不小心摔了一跤。"但在众人眼中，越是掩饰越是心虚。

燕见水冷笑一声，嘲讽道："燕卿，你就那么脆弱，动不动就寻死觅活？"

白潇潇抿着唇，目光带了一些不解和怜悯。

而殷无妄目光只停留在言卿脸上一秒，便很快离开。这世上很多人仰慕讨好他，燕卿只是其中最不起眼的一个而已，唯一的不同或许是手段更卑劣些。

他看到言卿脸上的血，也终于想清楚了昨晚幽牢里他的行为。

这个疯子走投无路开始跟他玩苦肉计？

阿虎上前："恩人你别自寻短见啊，这世上没有什么过不去！你看我，我当初还以为媳妇跟别人好了不想活了呢，结果不也什么事都没有吗？"

阿花娇嗔说："死鬼，你要是敢自寻短见，我一定追到地府骂死你。"

言卿："……"他为什么大早上的要听这些。

不得志见言卿吃瘪，放肆大笑："嘎嘎嘎嘎嘎嘎！"

言卿谢过他们的安慰，拍了拍肩膀上的不得志，指着他们说，"来，叫爹娘。"

不得志笑声止住："……"

阿花对在自己肚子里待了十个月的蝙蝠情感非常复杂，眼睛一下子红了。言卿巴不得他们一家三口待一起别来烦他。伸出手，拎着不得志的翅膀递给阿花，微笑体贴道："来阿花，看看你的孩子，多像你啊，这两个眼睛一个鼻子的，居然都长在嘴巴上面。"

"真的欸少爷。"阿花感动得热泪盈眶，转身拉着阿虎惊喜地说："阿虎哥快看，这是我们的孩子。"

阿虎喜当爹，喜极而泣："看到了看到了。这孩子长得像我，这眼睛是眼睛，鼻子是鼻子的。"

燕见水、白潇潇、殷无妄："……"

不得志被紧紧抱着，差点喘不过气，翻着白眼，气若游丝：狗崽子……格老子的别让老子逮到你……

阿虎听不清楚，憨头憨脑："恩人，我们的孩子在说什么？"

言卿："没什么。在诉平生不得志吧，不用理。"

言卿摆脱这一家三口，无事一身轻，穿过悬桥，飞花如流雪，衣袂遥遥。殷无妄抬起脚步，紧跟其后。

白潇潇对幽牢的事一直记在心中，咬咬唇，主动去跟殷无妄搭话："无妄……"

殷无妄垂眸看了少年一眼，再看着他善良的面容、清润的眼，抿唇，还是选择不理白潇潇。他恨透了回春派，现在恨这里所有人。

白潇潇无措地站在原地。

燕见水走上去，轻蔑地说道："潇潇，我都说了殷无妄就是这么一个白眼狼。"

主殿。

回春派一群长老看着水镜里悬桥上的纠纷，鸦雀无声。

宗主看着自己的师弟："这就是你说的——燕卿已经知道悔改，洗心革面？"

怀虚长老觉得自己这辈子的脸都被言卿丢尽了，但他死鸭子嘴硬，硬邦邦道："对，我儿子是被那个人带坏了，现在已经重新悔过了。"

宗主冷笑连连："好啊，我倒要好好看看他是怎么个鬼迷心窍法。"

言卿一入大门，从上空便遥遥飞下一块令牌，重重砸在他面前。

砰！

"燕卿，你可知罪？！"威严庄重的声音响彻整个宫殿。

"你偷窃宗门至宝罗霖花，擅闯宗门禁地，摧毁幽牢！三条罪名，每一条都够你千刀万剐！你可认罪？"

言卿抬头，看着殿正中央的一众长老。回春派只是一个不入流的小门派，整个宗门只有两个元婴修士，就是怀虚和宗主。如今大殿内黑压压的人，皆是金丹筑基修为，他们平日里就对他这个草包纨绔恨之入骨，此时都幸灾乐祸地看着他。

怀虚急得不行，开口诱导："燕卿，你将事情如实讲出，在座的都是你的师长不会平白冤枉你的，你修为低下筑基都还没到，哪来的能力去偷罗霖花，更别说炸毁幽牢。说吧，到底是谁陷害你。将人的名字说出来，我们会为你主持公道的。"

他字字句句都在把祸水往殷无妄身上引。毕竟殷无妄只是一个无门无派的散修，他们弄死他轻而易举，拿来顶罪再合适不过。

殷无妄后一步走入大殿，听到怀虚的这些话，嘲弄一笑，手一点一点握紧。

回春派这样的做法早在他意料之中。

修真界本就欺软怕硬，倘若他真的是一个没有背景的散修，恐怕现在只有一条死路了吧。

幸好他早已通知流光宗，等人来了，他要将回春派加诸他身上的耻辱百倍偿还。他的视线落到言卿身上——尤其是燕卿！

言卿听完他这位便宜老爹的话，差点笑出声：爹，炮灰剧本你不要拿得那么熟练行不行？

实际上，他找殷无妄只打算要碧云镜。至于罗霖花，这在言卿看来更倾向于是一种因果。

书里面说是燕卿的行为是"抢功劳"，可白潇潇愿意吃着这哑巴亏的最关键的一点就是，罗霖花确实是燕卿偷出来的。

他既然打算走剧情，那么这些因果也得一并承担。

怀虚急了："燕卿！你快说句话！"

回春派主殿站满了人，众人目光都落在大殿正中央的青年身上，看他黑发如瀑，肌肤苍白，脸上鲜血纵横，身躯单薄如同一张薄纸。可是立在天地间，却又有股说不出道不明的韵味，似劲草，似长风。众人一时间不由愣住。

怀虚见他迟迟不说话，一下子站起来："燕卿——"

宗主把他拦住："怀虚！坐下！"

怀虚毕竟要给师兄面子，咬紧牙，臭着脸坐下。

宗主眼风如刀，落到言卿身上，沉沉问道："燕卿，你可认罪？"

言卿眉眼如画，微笑："认罪。"

瞬间满殿哗然。

怀虚目眦欲裂："燕卿！"

紧接着，宗主的质问像是狂风暴雨朝言卿扫去。

"是不是你偷窃罗霖花！"

"是。"

"是不是你擅闯禁地！"

"是。"

"是不是你摧毁幽牢！"

"是。"

宗主被他的坦然震惊了，难以置信地看着言卿，最后一字一字艰难地问："燕卿，你可曾后悔？"

天光从高堂明镜折射而下，言卿微微一笑，眸光清澈，似剑上寒霜说了一句："不悔。"

"不是这样的，宗主，幽牢崩塌不关小少爷的事啊！"阿花阿虎在外面听得清清楚楚，当即傻眼，火急火燎跑了进来。他们不能让恩人受这委屈。

"宗主，小少爷冤枉啊！"

宗主已经被言卿气得脑仁疼，见这两人跑进来，立刻怒斥："你们又是何人？胆敢擅闯主殿，给我滚出去！"

心灰意冷的怀虚见事情有转机，立刻眼放光芒："不不不，宗主，他们也是昨夜幽牢中人，让他们把话说完！"

咚咚咚。

阿虎跪在地上，先重重磕了三个头，马上开口："宗主，俺是守在山洞外的侍卫，俺做证，昨夜洞中不止燕少爷一人，还有燕大师兄和白小师弟。"

宗主觉得匪夷所思："你身为山洞守卫，居然一下子放了三个人进去？"

阿虎这才发现自己失职，当即涕泪横流又砰砰砰磕了三个头："对，呜呜呜都是俺的错，宗主你就惩罚俺，饶过小少爷吧。"

　　阿花急得不行，开口为他解围："不不不，宗主，他昨晚是被我缠着分心才犯下这种错误的，宗主你罚我吧。"

　　宗主怒斥："闭嘴！主殿是任由你们放肆的地方？！"

　　他一掌下去，两人直接倒地重伤。

　　阿虎口吐鲜血，但还是挣扎着抬起头来说出真相："宗主，俺昨天虽然在洞外！但俺知道山洞是因为两道剑气崩塌的，那是燕大师兄的碧血剑！"

　　怀虚傻眼了——他是希望祸水往殷无妄上面引而不是燕见水啊，每个孩子都是他的心头肉！

　　怀虚威胁："你给我好好想想，到底是谁毁的幽牢。"

　　阿虎一口咬定："就是燕见水。"

　　燕见水听到阿虎的指认，轻蔑道："我只是催动了山洞的阵法。幽池被毁，明明是燕卿招惹了笼中的妖物才引起的。"

　　宗主皱眉，察觉事情不对劲："笼中妖物？什么妖物，幽牢不是几百年没关人了吗？"

　　怀虚现在只想拿殷无妄定罪，循循善诱："见水，你昨日为什么会在洞内啊？"

　　燕见水讽刺道："还不是因为殷无妄。"

　　"殷无妄，果然又是殷无妄？！"怀虚终于等待这句话，得偿所愿，直接激动地站起来，说："宗主我就说吧，这个散修就是个祸害！他先是蛊惑我儿燕卿偷取罗霖花给他，后又是造成幽牢崩塌的罪魁祸首！我看把他处死，就门派太平了！"

　　他这通话逻辑就跟狗啃的一样。

　　只是作为宗门内的元婴长老，谁都会卖他这个面子。

　　宗主现在的心思已经被幽牢妖物牵住。

　　怀虚抓住这个机会，只想将今日之事速速做个了断，马上眼含怨毒，斩钉截铁:"来人,给我把殷无妄拿下!"

殷无妄黑发黑袍,面无表情,孤身一人对抗整个宗门。

"无妄……"白潇潇目露怜悯,轻轻地站到了他身后。

殷无妄的目光却只看向言卿。满殿的嘈杂,其实都不如言卿刚刚轻描淡写的"不悔"二字让他震惊。可震惊也就是震惊一瞬间。言卿对他再好又如何呢,被囚禁被轻慢的耻辱,他终究会报复回来的。

殷无妄移开视线,又冷眼看过这殿中黑压压一群人。

愚蠢易怒的宗主,恶毒护短的怀虚,狗眼看人低的燕见水。他哑声道:"回春意在救世济人,你们真的侮辱了这个名字。"

怀虚恼羞成怒:"给我把他拿下!"

"我看谁敢!"

就在主殿一片乱哄哄时,忽然天外飞来一道锁链,金色的锁链如同长蛇,狠狠捆住怀虚的身子,让他动弹不得。

怀虚大叫一声,眼中满是惊恐。

一紫衣博冠的人御剑而来,身后跟着三五修士,竟然都是元婴修为。

满殿震惊。

"他们是谁?"

"大乘期!!"

紫衣人气势逼人,威严肃穆,斥道:"尔等蝼蚁,竟敢对我流光宗少宗主动手!"

流光宗?这三个字更入惊雷落地,把在场所有人震得神魂发抖,脸色煞白,话都说不出口了。

言卿幽幽叹了口气。他站在殿中心,墨发青衣,手指间红丝缠绕。虽然早有预料,但这种龙王归位的打脸剧本落到自己头上,他真是不愿再笑。

回春派在书中只是一个微不足道的新手村,它宗门落魄、立地偏僻,远离整个世界的风云中心。平日里对仙家圣地的南泽州都只道是传闻。宗门弟子修为低微,只有百年一次的青云大会才能有幸见到九大宗门的人。可想而知,流光宗三个字对他们的震撼有多大。

紫衣人明显是大乘修为，威压笼罩整片天地。

回春派宗主一下子站了起来，额头冒汗诚惶诚恐："前辈……"

紫衣人理都没理他，自剑上跳下，走到了殷无妄身边，毕恭毕敬道："少宗主。"

殷无妄淡淡应道："嗯。"

宗主瞳孔紧缩差点瘫倒在地："少……少宗主？"

殷无妄见主殿一群人露出震惊、悔恨、恐惧的表情，完全在意料之中。果然都是些欺软怕硬，趋炎附势之辈，知道他的身份便吓破了胆，露出这副模样。

"无妄……"白潇潇出声，微微发颤，显然也被眼前发生的事吓到了。

殷无妄偏头，看着少年清澈的眼，想到他刚刚站到自己身后的举动。一时心里才微微柔软，回春派或许只有白潇潇是善良的人。

怀虚倒在地上，人吓傻了，他只想给自己的儿子找个替罪羊，怎么会惹上流光宗。

紫衣长老表情阴鸷，语气低沉不屑："刚刚你们说什么来着？我们少宗主蛊惑谁？他吗？"

他的目光落到了言卿头上，眼神跟刀子一样，溢满恶毒和嘲讽，阴沉一笑。

"就他，也配？"

"南泽州不知道有多少人费尽心思想攀我们少宗主的高枝，你们回春派又算个什么东西。"

"灵根残废，修为低微，心思恶毒，还贪慕虚荣，敢把主意打到我们少宗主身上。跳梁小丑，不知死活！"

他话音落地，眼眸冰冷，手中的金锁直直朝言卿袭去。

"少爷！"阿花阿虎顿时大喊。

那金锁来势汹汹，以言卿现在炼气期的修为，接下只会是死路一条。

电光石火之间，突然一道清锐的剑意破空而来。漫过云霞天光，卷雷霆之势，令风云变色。碧色长剑将紫衣人的锁链定在空中。

紧接着，一道苍老低沉的声音冷冷传来："我们忘情宗的人，也是你能动的？"

言卿："……"救命，为什么尴尬的却是我？！

第3章 | 仙盟

南泽州，霄玉殿。

寒殿深宫，灯火次第点亮，照出帘幕重影。

宫殿正中央摆放着的数百盏魂灯，自上而下状若红莲。焰火上方缠绕着诡异的碧色雾影，随风一点一点上浮。

静守在台阶之下的仙盟弟子一袭黑衣、腰佩长剑，态度严肃，毕恭毕敬道："仙尊，您百年未出关，秦家如今行事越发放肆，已经把手伸到了九大宗的浮花门和流光宗内。不久前紫霄仙尊陨落，属下怀疑就是秦家所为。"

说完他沉默了一会儿，小心翼翼地看着高座上的人。

白玉台阶层层往上，红莲烛的光落到一双苍白的手上。那只手握着朱笔，悬腕若玉，正在纸上写字。

握笔的人出声。

"继续。"

仙盟弟子舒了口气，但还是小心翼翼，说一段停一下，时刻留意着盟主的反应。

"第一个疑点，我们调查了紫霄生前行踪，发现他死前曾受浮花门门主所托，去留仙洲捉拿一只凤凰魔种。紫霄在归来的路上被魔种所伤，灵气动荡，提前进入大圆满，于是就地在一个叫回春派的小宗门上空破虚空、开芥子，提前渡劫……这才不幸陨落。"

"第二个疑点，紫霄三日前才魂灯寂灭确认陨落，可流光宗的少宗主殷无妄很久之前就已经去了回春派。洞虚期修士渡劫陨落，会在芥子内以毕生灵气,形成秘境洞府。殷无妄资质平庸,流光宗四处为他搜寻能提升修为的办法——属下怀疑他一开始就是冲着洞虚秘境去的。这说明,流光宗早就料到紫霄会死。"

"近些年来秦家和浮花门、流光宗联系密切,他们不满仙盟和忘情宗久矣。属下认为,紫霄之死,必和这三家有关联。那只凤凰魔种,必有古怪。"

咚。

朱笔搁下。

长风卷过红莲烛火,吹起帷幕,纱幔徐徐展开,一如宫殿主人清冷的眼波,笼罩整个上重天九大宗三世家。

他拂袖起身,伸出手,一柄长剑破开星月落入手中,雪色衣袂滑过台阶,径直往外而去。

仙盟弟子惊讶:"仙尊,您要去哪?"

哗啦啦,一时间桌案上的纸落下,打断了他的问题。

那张纸随着袅袅碧烟落到了他掌心,上面写着几个字名字,猩红笔迹带着渗入灵魂的冷意。

仙盟弟子愣住:"这是……"

谢识衣的衣角拂过门槛,声音清晰平静:"在我回来之前,都杀了。"

……

不得志趁乱飞到了言卿肩膀上,豆大的红眼溢满惊恐:"我的妈耶,忘情宗怎么会出现在这里!"

回春派位置荒凉,离灵气浓郁的仙家圣地南泽州十万八千里。别说九大宗门,就是稍有名气的门派弟子都不会到这种穷山恶水灵气微薄的地方来。

言卿挑眉:"你都敢对忘情宗的太上长老出言不逊,怎么还怕这阵仗。"

不得志:"啥子太上长老,你在说什么?!"

言卿古怪地看他一眼,微笑:"没什么。"

不知者无畏。这傻鸟居然不知道紫霄的身份，果然傻鸟有傻福。

忘情宗是九大仙门之首，天下第一宗，门中弟子正己守道、一诺千金。紫霄说令牌能命令门中弟子做任何事，就不是假的。

连一个毫无资质的弟子拜谢应为徒这种离奇的要求，忘情宗都敢答应，真不愧是顶级宗门。

言出必行，我辈楷模！

言卿手动点赞。

就是不知道，现在谢应知不知道自己的收徒之事。

言卿想到这，幸灾乐祸，差点笑出声。

哐当。金链落地，流光宗的紫衣长老难以置信地抬起头来，震惊道："忘情宗？"

咻。

众人只见碧色长剑凌空回旋，回到了一只苍老的手中。门口两人白衣御剑而来，一老一少皆是大乘期修为。老者眉发皆白，精神矍铄；少年是个圆脸的，笑起来和善可爱。

白衣、玉冠，浅蓝色薄纱，翩若惊鸿，光风霁月，赫然是忘情宗内门弟子的装扮。

老者踏入殿中，挑眉："承影，对一个筑基未到的小孩使出金铃索。以势压人，恃强凌弱，这是你们流光宗的做派？！"

紫衣长老承影怎么都没想到会在这里遇到忘情宗的人。

像回春派这样的小门派，在修真界千千万，摧毁它犹如捏死那一只蝼蚁。他握着手中的金锁，阴鸷道："天枢，这是我们流光宗的事，与你无关。"

天枢冷声道："你动了我们忘情宗的人，怎么与我无关？"

"你们忘情宗的人？"承影气笑了："天枢，你想来找碴也不用编这么可笑的理由吧。谁不知道你们忘情宗招弟子非百岁元婴不收，非天灵根不收——

048

这满殿你找出一个符合条件的人来!"

天枢后面的少年微微一笑,开口:"承影长老此言差矣,谁说我们忘情宗的人一定要是门内弟子,难道不可以是我门内弟子的徒弟?"

承影愣住:"徒弟?"

"对啊。"小少年嘴角的酒窝很浅:"承影长老怕是不知。你要惩罚的那位公子,可是我们忘情宗的贵客呢——就算放眼整个忘情宗,怕也无人敢招惹。"

说罢少年看向言卿,目光充满审视意味,上上下下打量他半天。最后朝言卿半勾了下唇,唇角虽然带笑,但眼里一点笑意都没有,只有那种藏不住的鄙夷和讽刺。

不得志:"他咋瞧不起你呢?"

言卿说:"你还没发现吗,在这里,人人都看不起我。"

在回春派眼中,他是个吃里爬外的窝囊废物。

在殷无妄眼中,他是个恶毒愚蠢的笨蛋草包。

在这少年眼中,他估计是个挟恩图报的无耻之徒。

好吧,最后这点言卿无法反驳,确实有点无耻。紫霄留下这块令牌,肯定也没想到有人敢提出这样的要求,直接给忘情宗扔去一个炸弹。

居然有点好笑。

不得志很愤怒:"为什么?这你能忍?"

言卿微笑:"没事,三十年河东,三十年河西,慢慢来。"

他拿的可是"莫欺少年穷"的剧本!

回春派立派以来就没见过这样的场面。自那道剑气横过长天,众人尖叫一声,便都两腿战战,瘫跪下来。

宗主额头豆大的汗往下落,脸色煞白。

——他们连在青云大会上供罗霖花,都是交由世家做中间人的,不可能真正见到忘情宗的人。然后现在,直接来了两个长老?

白潇潇乌睫轻颤，有些害怕，可看向忘情宗弟子那质地华贵、精致清雅的衣袍。又下意识蜷缩手指，心里涌现出无限羡慕来。他愣愣地想。原来这就是九大宗门，这就是南泽州吗？他好像一只见识浅薄的青蛙，坐井观天。从一片小小叶子，窥探出另一片五光十色的世界。

　　那是修真界真正的权势之巅，风云中心，属于惊才绝艳的天之骄子，属于各种闻所未闻的神器仙兽。

　　承影慢慢反应过来，警惕开口："你什么意思？！"

　　少年脸圆圆的，酒窝浅浅，笑起来很可爱。

　　"这话应该是我问你才对吧。承影，你刚刚什么意思？"

　　"你说谁巴结谁？——你说我们忘情宗渡微仙尊的唯一弟子，去巴结你们流光宗这位百年都未结丹的少宗主。"

　　少年讽刺道。

　　"承影，你可真敢说啊。"

　　他的话如同惊雷落地，劈得人大脑一片空白。

　　如果说九大仙门、南泽州、青云大会这些词能让他们如雾里看花去一窥那缤纷斑斓、风起云涌的修真世界。

　　那么渡微仙尊这个名字，则更像天上明月，遥不可及但举世瞩目。

　　无人不知，无人不晓。

　　承影瞳孔紧缩："你说谢应？！"

　　少年笑出两个酒窝，居高临下看着他："是啊。"

　　他话语却像是毒蛇："真是稀奇。你们这位青云大会都不敢参加、靠仙丹灵药堆砌修行的少宗主，也配去跟我们首席师兄比？承影，那话你是怎么说出口的啊。"

　　"住口！"

　　殷无妄一直躲在流光宗众人后面，这时彻底忍不住了，怒目而视。

　　少年讽刺一笑，潇洒散漫。

　　承影还是难以置信："你说这个人是谢应的徒弟？！"

"我骗你干什么。"

怀虚人傻了,声音发颤:"燕……燕卿,这是怎么回事?"他现在都顾不上面前的神仙打架了,心脏骤停,只想要一个解释——

怎么可能?怎么可能?他儿子怎么可能和那位扯上关系?!

言卿幽幽叹了口气,享受着满殿堪称惊悚的目光。先朝他的便宜老爹一笑,而后朝忘情宗两位长老一笑,从容道:"多谢两位前辈今日出手相助,不过有些事情大庭广众之下说不方便,我们还是私下谈吧。"

圆脸少年瞥他一眼,嗤之以鼻,他虽然瞧不起承影,但更瞧不起他。天枢长老倒是对言卿态度温和:"没事。小公子对我忘情宗有恩,没有什么是不能说的呢。"

言卿含蓄地接受称赞。

天枢道:"紫霄遗言中说,你在他渡劫失败垂死之际,还特意寻来天材地宝为他疗伤,至纯至善,是个好孩子。"

"那块令牌本是道祖传给紫霄的,紫霄又传给了你。"

"得此令牌,就是忘情宗的大恩人,能要求忘情宗做一件事。虽然你提出的要求,有些……惊人。"

天枢停顿片刻,找出个合适的词,咳嗽了声说:"但我们,还是会尽力帮忙的。"

言卿微笑。

尽力帮忙?

哦,果然就是没通知谢识衣。

其实天枢完全是被推着过来接手着烂摊子的。

——天知道忘情宗收到那块令牌时,场面多壮观:整个经世殿鸦雀无声,宗主和几位长老面面相觑,表情都跟被雷劈了一样。要求拜谢应为师?!可是谢应明确表示过不收徒啊。

谢应虽然名义上是宗门的首席弟子,但"弟子"这两字或许还得加个引号。无他，谢应修行的功法，承自上古神魔时代，早已陨落的忘情宗立宗人南斗帝君。帝君亲传，论辈分整个忘情宗谁能凌驾谢应之上？也是因为不想外传此事，才有了个首席弟子的称号。

天枢心虚说："不管怎么说，你先跟我们回忘情宗吧。"说不定到南泽州见了大世界，你这小孩知道了差距，就没这痴心妄想了。

言卿眉眼一弯，笑道："嗯，好的。"他上辈子一直在十方城，和淮明子斗智斗勇争权夺势，对上重天还蛮好奇的。

承影整个人都像是石化，疯了一样看着言卿："他真是谢应的徒弟？！"

少年挑眉："怎么，他不是难道你是？"

承影恶狠狠剜了他一眼。

"够了。"

殷无妄脸色煞白，手握成拳，眉心的红菱如一道鲜红的口子，浑身血液冻结，大脑空白。

他喊了声："承影。"

承影这才从和忘情宗两人的较劲中回神："少宗主。"

殷无妄轻轻闭了下眼，又睁开，虚弱说："我们回去吧。"

他现在一秒都不想待在这里。在流光宗他就是兄弟中资质最差的，一直活在南泽洲各种天才的阴影之下。青云榜是见证天才的漫漫天梯，而谢应就站在这条天梯的顶端。

越是自卑，就越是自负。所以来到回春派，知道言卿试图巴结他，他理所应当地享受着他一切的付出，却同时端着架子。言卿稍微敢轻慢他一下，他就觉得受到羞辱、恨意滔天。

刚刚承影袭向言卿时，他一直等着看言卿的表情——

想看言卿后悔、惶恐！

想看他吓得跪到地上、狼狈不堪！

想看言卿终于明白自己是尘埃！

谁料……

谁料……

天枢道："既然你们流光宗少宗主都说走了，那就请你们赶紧离开吧。"

承影心里对忘情宗再记上一笔。

圆脸少年若有所思看向殷无妄："等等，我突然有点好奇的。殷无妄，你是怎么突然跑到这里来的？"

殷无妄心脏漏掉一拍，瞬间警惕。

他来到回春派并非巧合。是他娘告诉他这里有机缘，要他瞒着任何人偷偷过来。结果他刚过来就因为受伤被言卿缠上，根本无心去找所谓秘境，一直耽搁。

而且他娘只肯告诉他在回春派，其余闭口不言，连人手都不肯给他派，让他现在都一无所获。

他简直怀疑他娘是被什么野书给忽悠了。

殷无妄冷冷道："无可奉告。"承影也不知道这小祖宗是怎么跑到这里来的，他接到宗主夫人密令就过来接人了，只当少宗主是出门历练，轻蔑道："滚，就你们还不配管我们流光宗的私事。"

言卿看戏看半天，现在终于产生点参与感，笑道："要走了呀。"

"……"听到他的声音，在座所有人心情复杂。

言卿挥挥衣袖，眨眨眼："要不要我送你们一程？"

殷无妄手指微颤，眸光深深看向言卿。

回春派坐落山谷间，门前种满了桃花树。三月芳菲正盛，娇艳花朵在春光中绽放，枝丫缀满嫩色，风吹过像一场粉色的雨。

承影出门，神情便冷淡下来，他立于云上，最初的震惊过后，只剩屈辱。他回身俯视言卿，眼神流露出森寒的阴毒之色来，幽幽道："燕卿，南泽州危机四伏，仰仗他人可终究不是长久之计。"

言卿说:"好的。"

承影被他这副吊儿郎当的样子直接激怒,长袖一挥,一枝桃花化为锋芒剑刃,直直袭向燕卿!

"承影!"天枢震怒,长剑一挥,让那花枝碎在空中。可是灵气还是有一抹波及言卿脸上,左脸上划了一道很小的伤口。

言卿面无表情,抬起手,摸到一点血,看着那浓郁的红色,眼神微微变化。

承影冷笑:"我劝你早日清醒别痴人说梦!你以为谢应会护你无忧?你是他徒弟又如何。谢应修的是无情道,又是仙盟盟主,近百年跟个疯子一样,杀人如麻。这个身份带给你的只有灾难,我这一剑,就是给你的第一个教训。"

承影说完,便拂袖踩在飞舟上,要离开此地。

谁料在他出谷的一刻,意外发生——

他直接从飞舟上掉下来!

一道剑气袭来,粉碎了整座山谷的桃花。

承影肺腑受到重击,吐出一口鲜血,神色大变:"这是——"

漫天桃花成煞,血雨纷飞。

浩瀚冰寒的气息笼罩整片天地。像是来自寒泉深处,又像是来自九幽绝狱。

天空中出现了一群人,黑衣带剑,衣袂上绣着赤色莲花,以剑为阵,将整个山谷封锁——

飞鸟都插翅难逃!

承影猛然瞪大眼睛说:"仙盟!"

与此同时,空中传来一道声音,非常平静,带着濯冰碎雪般的凉意。

"我让你们走了吗?承影长老。"

听到这句话的瞬间,言卿愣住,都顾不得脸上的血了。像是一道闪电从天灵盖劈下,劈得他识海震荡、大脑空白。

这声音太过熟悉，又太过陌生，极平极冷像是荒原的雪。

……谢识衣？

桃花片片都变成刀刃。这场花雨落在回春派山谷，成为世间最严酷的刑罚。

众人惊慌失措。"退后！""小心！"

仙盟弟子无一不是大乘期修为，他们的黑色衣袍震响，衣上红莲刺目猩红。

在山谷上空，立剑于身前，分散四方，以浩瀚剑意布下樊笼大阵——

将所有人困在其中！

承影石化了般僵硬在原地，抬头望向声源处，难以置信地一字一字道："谢……应？"

两个字落地，瞬间天地鸦雀无声。

言卿虽被桃花迷了眼，却也能模糊看见那人握着剑慢慢走来。

雪色的衣袂淡若烟云，上面的浅蓝色鲛纱暗转流光，清寒彻骨如同一个遥远的旧梦。

握着不悔剑的手苍白像玉雕，跟它的主人一样。谢识衣走过桃林，眉眼、发丝、衣袂却没有一处为桃花所触，像是一道无形的屏障隔开这浓艳绯红的三月春色。

承影身躯剧烈战栗，字眼从牙缝中蹦出："果然是你。"

谢识衣闻言，遥遥望过来，他的目光极轻极淡，像一片落雪。初看只觉得剔透如琉璃，等触及皮肤才惊觉冷意早已渗入骨骼。

承影一下子浑身僵硬，喉间涌血，话都说不出来了。

谢应这个名字，在修真界象征了太多东西。

他是忘情宗首席弟子，是青云榜首，是仙盟盟主。

在上重天很多修士眼中，是遥不可及的寒宫明月。

可对于一些身处修真界权势中心的人来说，谢应这两个字，更像一个你到死也无法挣脱的阴森梦魇。

言卿也懵了——为什么谢识衣会来啊？

不得志察觉主人身子僵硬，继续发挥没眼色的本性，兴高采烈地用翅膀戳他："喂喂喂，你咋吓傻了？外面到底发生了什么啊，怎么突然那么安静。快快快！放我出去，我也要看！"

言卿之前嫌不得志这只胖蝙蝠压得他肩膀痛，直接把他塞到了袖子里。没想到不得志在袖子里也能那么生龙活虎。言卿被他吵得烦，干脆直接用手把这傻鸟捏晕，让其闭嘴。

"唔唔唔——"不得志眼冒金星，气得头顶冒烟。

言卿有些崩溃。

为什么会这时候遇上谢识衣！他还没做好准备啊！

言卿左看右看，发现没人注意他后，悄悄地一退再退，藏到人群末端。同时用红线缠住手腕，一圈一圈缠绕住命门。言卿上辈子的功法是"魂丝"，说来也讽刺，这个传承自魔神。继承于神祇的功法，不受修为桎梏，可一旦使用，他的身份绝对马上曝光，能被上重天追杀到天涯海角。因为魂丝最危险和最恐怖之处在于，它能操纵人的神魂。

这暂时不能使用的功法，现在倒帮了他大忙。

言卿红线缠在手腕上，捆紧。

红线末尾从青色衣袖中垂下，像是流苏一样。

他害怕谢识衣认出他，以防万一，直接锁住了自己的魂息。

等做完这一切，言卿才缓缓舒了口气。

忘情宗的天枢长老和圆脸少年也傻了。

谢应虽然在忘情宗有灵峰，但是他常年行踪缥缈，又身居高位，根本没人敢去打扰。正是因为谢应经常不在宗内，宗主和几位长老才想出这么个主意，先假意答应下这件事，把燕卿接回忘情宗，再让他知难而退。

反正就是瞒着谢应，神不知鬼不觉处理掉。

结果在这里撞见了？

圆脸少年磕磕巴巴，喃喃："谢师兄？"

"哎哟，闭嘴，别说话。"天枢苦不堪言，捂住他的嘴，把他拉到一边，也躲了起来。

承影到底是一宗长老，震惊之后擦掉嘴角的血，眼神阴沉地站起来："谢应，你这是在做什么？"

修真界九宗三门，南泽州九大宗以忘情宗为首，紫金洲三世家以秦家为首。自谢应继任仙盟盟主后，直接剑指秦家，与之决裂。流光宗与秦家交好，与忘情宗交恶，所以承影对于谢应，除去畏惧只有憎恶。

承影气得吐血："你在天上布下杀阵，你想屠光这里？！"

谢识衣道："忘情宗紫霄仙尊被魔种所害，陨落于此，我只是前来调查此事罢了。"

他墨发垂泻，立在桃花雨中，五官似霜雪般冷硬。眼皮极深，瞳孔极黑。可是若是盯久了，隐约能看到一点鬼魅的幽蓝。

承影怒不可遏："调查？你这是在调查？樊笼大阵一经开启，便是血洗人间。谢应，你要是调查不清楚死因，是不是打算就把这里所有人杀光啊？！"

谢识衣垂眸看他，似乎是勾唇笑了一下，又似乎没有，尾音带着浓浓的嘲讽："或许。"

或许？

或许？！

或许！！！

承影急怒攻心，但也知道这个疯子说的是真的。修真界的疯子很多，可位高权重如谢应的只独一份。

承影青筋暴跳："谢应，你暴戾残忍杀人如麻，迟早会遭报应的。你杀我，你凭什么杀我？！我非魔非妖，你没资格杀我。我看你才是这世间最大的魔！"

谢识衣没有理他，只是偏头，淡淡问属下："查出来了吗？"

仙盟的人布下阵法后，便都从空中落下，规矩有序地站在他身后。一弟子上前，毕恭毕敬道："回盟主，查出来了。紫霄仙尊的肉身死在回春派幽牢池水中，如今尸骨都已经被腐蚀殆尽。至于紫霄渡劫时破开的虚空秘境，就在幽牢上方。"

谢识衣点头，语气平淡："继续。"

弟子深吸口气："不过我们没有找到凤凰魔种的踪迹，甚至方圆万里，没有察觉到一点魔气。"

谢识衣："嗯。"

弟子小心翼翼问道："那盟主，我们现在要怎么办。"

谢识衣抬眸，视线落向回春派的后山，湛若冰玉的衣角掠过遍地桃花，往前走，平静说道："封锁山谷，启阵。"

他的声音很轻，杀意漫散在空中，跟雪一般簌簌落下。

承影瞳孔一缩，现在终于开始慌了。

"不，谢应！你不能杀我们！我只是偶然经过这里！什么都不知道——什么紫霄，什么魔种，我都不知道。"

"我是来接我们少宗主回宗的，这里发生什么都不关我的事！"

至于山谷内的其他人，从那场杀机四伏的桃花雨开始，就已经被吓得失去知觉。

天色大变，乌云聚拢。青灰色的苍穹下紫电暗涌，照着每个人惨无血色的脸。

他们的大脑只有一个念头。

——他们要死在这里了？

而对于承影的挣扎，谢识衣恍若未闻。

步子没有半刻停留，他墨发雪衣，握着长剑，气质如清雪寒月，不染纤尘。出现在这偏僻落魄的山谷，也让人觉得，自己是跪在霄玉殿层层铺展的台阶前，俯下身躯，抬头只能瞥见一抹遥远缥缈的衣角。

"不，谢应！你不能杀我！"承影被两个仙盟弟子制住，半跪地上，披头散发、他满脸的血，恶毒威胁道："不！谢应你不能这样，你杀了我们少宗主，流光宗不会放过你的。"

谢识衣停下了，这次是真的笑了，讥诮道："是么？"他自来到这里开始，目光看过所有人，可又好像没有落于实处。

无论是殷无妄，还是忘情宗的人。

人群中言卿都被这阵仗吓蒙了。

这是在干什么？为什么百年不见谢识衣，他的气势变得那么可怕？

还有——

言卿想吐槽，谢幺幺，你这真的是仙盟盟主，不是魔教教主吗？

你比我这个以前的魔域少城主看起来还要危险。

"放我出去！"不得志起死回生，精神来了，又开始在他袖子里乱窜翅："放我出去！放我出去！"

言卿手指弹了它一下："闭嘴，放你出去，你命就没了。"想了想，他又补充一句："哦，我的命可能也悬。"

不得志："啥子玩意？？"

言卿懒得解释，又把它捏没气了。

谢识衣是过来是调查紫霄和凤凰魔种的事的，之前不得志在幽牢里，直接把凤凰魔种连皮带骨一口吞了。虽然吞噬完后它活蹦乱跳什么事都没有，但言卿心里还是觉得古怪。

毕竟魔种体内的"魇"，是来自上古魔神的诅咒，只能由神兵摧毁。难不成不得志的胃是神器做的？能吞万物？

哇哦，那他可真是捡到宝了。

"等等，渡微……"事情闹到这种地步，天枢也不好意思再躲着了，从人群中站出来。

谢应虽名义上是他师侄，可是天枢喊出这一句，还是头冒冷汗，心都提到嗓子眼。

谢识衣抬了下头，仿佛早在意料之中，握着不悔剑转过身来，从容平静道："师叔。"

天枢艰难地笑了笑。世人给谢应贴了很多标签,好像他是座不通人情只知修行的冰山。但忘情宗的长老们悉知,谢应其实是一个教养极好的人。平心而论,他知分寸,懂礼貌。甚至按世俗的标准来看,谢应的为人处世无懈可击。没人知道,为什么一个天之骄子会有这种洞察人情世故的品质。

但即便如此,谢应依旧难以接近。

因为他的疏离不在严酷的表情和冰冷的谈吐中,而在每一个不经意的抬眸和每一个细微的动作里,哪怕淡淡笑着,眼神也告诉你他在拒绝。

圆脸少年前面的趾高气扬一下子消失了,跟着站出来,低头不敢说话。

天枢抬头,对上无数双恳求惶恐的眼,心中微微叹气,而后对谢识衣道:"渡微,紫霄之死,我们宗门上下都感到遗憾痛心。但修真之人本就是与天斗,生死有命,枯荣有数。你不必如此大动干戈。"

谢识衣平静陈述:"师叔,紫霄仙尊死于魔种之手,事有蹊跷。"

天枢愣了愣,但还是道:"话虽如此,可是⋯⋯"

承影原先受到袭击,丹田便已经隐隐有碎裂之象,又被两个仙盟弟子挟持,现在气血翻涌,他愤然道:"谢应,紫霄的死有蹊跷,可这跟我们又有什么关系?难道就因为身在回春派,我就有罪?"

谢识衣:"嗯。"

承影直接要被他气吐血。他先前对于回春派想杀就杀,可现在谢识衣无缘无故要他的命,他又觉得愤怒不甘心。

"就算是这样,那我也罪不至死!"

谢识衣眼眸深处暗光似雪,笑了下,轻轻道:"承影长老。"

"你罪不至死,和我想要你死,二者并不矛盾。"

天枢愣住。

"渡微⋯⋯"

其实以他对谢应的了解,并不认为谢应会真的滥杀无辜。布下樊笼阵,杀掉这里所有人应该另有原因。可他还是被这句话里漫不经心的杀意震惊到了。

承影彻底疯了,大笑起来:"好啊!谢应你杀啊!你把这里的所有人都杀光——这里不仅有我,还有你那未来的关门弟子——谢应,你杀啊!"

言卿人都傻了。

承影你这叫罪不至死??我看你罪该万死啊!

好端端的扯我干什么!

你最好以后别落到我手上!

言卿咬牙切齿,暗自给承影记了一笔账。

关门弟子四个字出来,傻的或许不是言卿,还有忘情宗的两人。"……"天枢现在只想撕了承影的嘴,我好心好意救你,你就是这么害我的?!

他仪态都顾不上了,直接扑过去,捂住承影的嘴,脸色扭曲:"承影,你在说什么疯话!什么弟子!休要胡言!休要胡言!"

承影眼睛充血,直接一口咬开他的手:"怎么,你们之前那么威风现在就不敢认了?"

他伸出手指向偷偷躲到人群中的言卿,面目狰狞:"难道不是你们之前口口声声说,这个废物就是谢应的亲徒!"

圆脸少年被噎得脸色涨红,恼羞成怒:"承影你休要胡言乱语、血口喷人!"

承影冷笑:"你们敢做不敢认。你们说的那些话,在场的所有人都听得清清楚楚,你真以为你能瞒得住?"

天枢头痛欲裂,觉得人都要晕过去了:"哎哟。"

"……"

言卿崩溃:放过我吧。

他静静握着手腕上垂下的红线。现在,只有这条锁住魂息的线能让他安心一点。

他和谢识衣太早认识,过于熟悉。他了解谢识衣,也知道他有多心细如发,敏锐到可怕。

言卿低着头,只希望谢识衣的视线不要落到他头上。

万幸的是，魂丝真的有用……

谢识衣一直没看过来！没认出他？！

圆脸少年听完承影的话气势瞬间没了。

他小心翼翼抬起头来道："……谢……谢师兄，承影说的话并不全，这件事我们可以回宗门解释的……"

可是很快他那些说辞就咽了回去，吞进肚子里。

苍穹之上白云翻涌，紫雷黑雾，气势浩大。

谢识衣一袭雪衣珠玉华光。

他握着不悔剑，目光看向这里，清冷遥远，像是在漠然注视一场并不好笑的闹剧。

在他的注视下，圆脸少年大脑空白，脸上赤红，一下子连手都不知道怎么放了。

像是被一道雷劈开四肢百骸。

也是。

……为什么，他们会觉得谢师兄在意这种事？

天枢作为长辈，是现场唯一一个能说点话的人，他犹豫轻道："渡微，这件事说来话长。紫霄死在回春派，最后关头是这位小友照顾的他。他算是我们忘情宗的大恩人……关于这事，其实有些误会……"

谢识衣颔首，笑了下，没什么情绪，道："嗯。师叔还有什么要说的吗？"

天枢骤然哑然："我……没有了。"

谢识衣偏过头去，对手下淡淡道："将洞虚秘境打开。"

"是。"

谢识衣转身，语气冰冷："启阵吧。"

"是。"

一时间每个人大惊出声——

"谢应！"

"渡微！"

"谢师兄！"

倏忽间天地变色，回春派山谷上空的剑阵启动，一直隐藏在乌云中的金雷滚滚落下，般落到山峰上，

罡风四起，卷起桃花万千，漫过天地人间。

"谢应！"

承影目眦欲裂！

但是很快，他就愣住了。因为漫天的桃花拂过他的脸颊，这一次却没有带着熟悉的属于谢应的杀机。

这不是杀阵？！

承影抬头，透过桃花雨，看着布满金雷紫电的天空。只见一个肉眼可见的半圆形屏障出现在回春派上空，所有人不得出，也任何人不得进。

言卿还在憋笑呢。这群人是真的不了解谢识衣。

你以为突然告诉谢识衣他有一个徒弟他会很惊讶？哈哈哈哈哈哈天真。

锁魂息果然有用，只要谢识衣没认出他，他们就不可能有任何交集。

言卿之前回忆起原著剧情的时候，就特佩服忘情宗，好奇他们是用了什么方法让谢识衣归宗的。太厉害了吧。毕竟在他的印象里，长大后的谢识衣自我到可怕，做的每一件事只会是计划之内；同时也冷静到可怕，基本没有好奇、惊讶这类情绪。

言卿不由暗自得意：不愧是我。

"放我出去，放我出去，放。我。出。去！"不得志在他袖子里嚎叫，后面脾气上来，在他袖子里横冲直撞，"放我出去！放我出去！"

言卿太得意忘形，以至于捏着它翅膀的手微微松开，竟然让这只生龙活虎

的蝙蝠找到了机会——

"放我出去……"不得志正咬着他手腕上的红线,突然看见了一丝天光。

不得志骤然大喜,喜极而泣:"啊啊啊本座活了!"

它扑哧扑哧扇着骨翼,从言卿袖子里钻出。

重见光明的一瞬间,不得志骤然发出嘎嘎大笑:"哈哈哈!"

它的爪子缠上了言卿手腕垂下的红线,在它冲出去的一瞬间,言卿猝不及防,被它扯着前踉跄一步,直接倒在了地上。

言卿瞳孔一缩,笑容直接僵在脸上。

承影还不明白谢应布这阵是为了什么。但是下一秒,他就知道了。

不得志出来的瞬间,突然风雷静止!

紧接着,一股瘆人的幽寒之意从大地弥漫。桃花凝固在空中,万物静音,犹如时光暂停。

所有人都愣住。

"这是?"

轰一声!

忽然大阵重新转动。风雷伴桃花,捕捉到不得志肚子里"魇"的气息,以雷霆千钧之势,破开苍穹,直直劈过来——

紫电金光,绯红如血,缤纷壮丽!

"不容易啊,我可算重见光明了。"

不得志扑腾着翅膀,还没来得及好好享受自己争取而来的光明,就已经差点被眼前的光照瞎了眼。

"?"

不得志傻了。

天啊!!

"光明"竟向它奔来!!!

"不——得——志!"言卿青筋暴跳,一字一字咬牙切齿喊它的名字。

但他马上也被铺天盖地涌过来的桃花风雷给惊住了。

这杀阵出自谢识衣之手，于前世的他都是苦战。

何况现在。

言卿把那傻鸟扯回来，瞳孔一缩，出声："去！"指间的红线瞬间在功法下延长，残影如蛇、变化万千。

只是他还没完完全全施展出功法——

突然之间，那些桃花突然碎裂于空。

嘭。桃花裂开的声音轻而空灵，如同一个易碎的梦。

齑粉簌簌落下，在三月里落了一片细雪。

言卿愣住，他手里拽着不得志，跪坐地上，墨发青衣，衣袂长长的拖曳，手腕上的红线也没入这场桃花雪中。

不得志小名可能叫不知死活，它从言卿的手里钻出一个脑袋，不知死活语气惊喜又得意："你看到没，刚刚光明奔我而来！"

言卿只想把它掐死，事实上他也真的掐了。言卿看着口吐白沫的不得志，轻轻说："……现在死神也要奔你而来了。"

万籁俱寂里，他听到了脚步声。

言卿低着头，视线中只能看到那靠近的白色衣袍。冰蓝薄纱清寒华贵，拂过细雪桃花，只是这么走着，也让人有种心脏骤停的压迫感，喘不过气来。

言卿一时间微微愣住。不知道为什么，这样的谢识衣让他想起了七岁那年，那个在屋顶上闷不吭声沉默练剑的小屁孩。谢识衣瞎了眼后更自闭了，因为有了把柄，吵架吵不过他。最常做的，就是被他气得无语后，直接从屋顶上跳下去，回房睡觉。

旧瓦屋檐的藤蔓轻轻吹动，仲夏夜澄澈明净，那个气急败坏的自己好像也在昨日。

"谢识衣，你是东西不分吗，我说的是东！是东！是东！——还是说你耳朵不好使！！楼梯在那里！你往这走干什么，啊啊啊别跳！要是痛晕过去，我掐死你！——谢识衣！！！"

岁月就像是这一日的风，乱花成雪，也一点一点把当初那个虽然冷酷，可还是会跟他吵架瞪眼气到自闭的小孩，变成如今身居高位心思难测的霄玉殿主。

　　言卿回神。谢识衣脚步停下，衣角似流云垂落。

　　"抬头。"他忽然轻轻开口，语气轻淡，像薄冰碎裂。

　　言卿没有动，下一刻他感觉下巴一凉，不悔剑冰冷的剑尖缓缓挑起他的下巴。

　　言卿紧急关头硬把自己逼出几滴眼泪——他根本就不敢让谢识衣有时间去打量自己，去看他手上的丝！

　　电光石火，言卿一咬牙，干脆直接把晕死的不得志抛出去，涕泪横流直接扑了上去，抱住了谢识衣的腰："仙尊！"

　　他放声大哭：

　　"啊啊啊，吓死我了仙尊！我刚刚差点死了啊，仙尊！"

第4章 | 青枫

天枢："……"

承影："……"

圆脸弟子："……"

言卿抱过去的瞬间，只感觉跟扑进雪堆一样。谢识衣身上的衣袍质料华贵冰冷，用天地间最为精细的魄丝织就。清雅微凉，一尘不染。

他这一哭一闹的，脸上乱七八糟的血迹全都蹭了上去。

言卿还在那不怕死地哇哇："仙尊呜呜呜吓死我了吓死我了！"

"……"

仙盟弟子呆若木鸡，表情如被雷劈。他们从没遇见这种事，因此都不知道该做什么反应——是该直接出手拎开那人？还是该大骂一句'放肆'！渡微仙尊盛名在外，虽然仰慕者无数，但修真界有资格真正见到他的人很少。常年与他交涉的不是九大宗宗主就是紫金洲三世家，各个心思诡谲，不动声色，哪会发生这种事？！

言卿抱着谢识衣的腰，一边哭着一边偷偷抬脸去瞥谢识衣的表情。

但是他的视线一点一点往上，越过那如雪的衣襟，锁骨、喉结，刚看到谢识衣下巴，耳边就听到一句很冷很淡的话。

"松手。"

"哦，好！"言卿马上松开手，正襟危坐在桃花里。同时摸了摸脸让脸上的血乱七八糟糊在一起。

言卿含着眼泪抬头，终于第一次对上了谢识衣的视线。

谢识衣鼻梁高挺，唇色淡薄，眼眸冰冷。他通身的气质疏离清冷，不食人间烟火，让人觉得好像他的眼神也应该是琉璃般干净纯粹的。但真正见到，才发现他眼珠子极黑，神秘冰冷，蕴藏万般危险。

　　言卿抽抽搭搭，吸鼻涕，又道："仙尊，谢谢你救了我。"

　　谢识衣不说话。

　　"哎哟喂。"不得志起死回生刚醒过来，抬脑袋就看到前方他那脾气差到人神共愤的主人，居然跪在地上可怜巴巴地哭？这是什么情况？不得志赶紧扑腾着翅膀飞了过去："你咋了，咋回事啊！"

　　"……"言卿心惊胆战地等着谢识衣下一个反应呢，耳边就听到了不得志的喊话。

　　虽然他和不得志结契后，交流都被自动加密，但是这是谢识衣啊。修真界万年仅见的天才，怎么可能听不到。

　　果然，下一秒不得志靠近的瞬间，地上安静的桃花齑粉就轻轻震动。

　　谢识衣身形未动，周遭就已经布下漫天杀机。

　　言卿今天真是被这傻鸟给坑惨了。他再次急中生智——在不得志跟个小旋风撞过来时，扑过去把它抓在手里，同时大喊："仙尊小心！"

　　不得志："唔唔唔？！"

　　言卿死命握着不得志给他下了禁言咒，又一个鲤鱼打挺、迅速站起身，朝谢识衣露出一个讨好的担忧的笑来："仙尊你没事吧？"

　　他桃花眼一弯，眼神格外清透明亮。

　　谢识衣终于垂下眸。手中紧握的不悔剑化为星辉流光，藏入袖中。

　　天枢怕他下一秒就弄死人，赶紧跑上前来："渡微渡微，这小兄弟刚刚是被吓到了，冒犯也是无心之举，你别杀他！"

　　谢识衣没有理天枢，淡淡道："你手里是什么？"

　　言卿："啊？"

　　言卿瞪大眼，后知后觉反应过来他在问不得志。

本就岌岌可危的主仆情谊立刻碎成渣。言卿献宝似的伸出两只手，把晕头转向的不得志递过去："仙尊你说它吗？啊，好像是只蝙蝠。"

谢识衣平静道："它身上有魔。"

"什么？！"言卿立刻露出了浮夸至极的惊恐表情，难以置信道，"仙尊你说它身上有魔？！天啊，好可怕！"

当今世道，魔就是恐惧的根源。凡魔复苏的地方，必是血流漂杵、尸骨成堆。

谢识衣又问："它是你的？"

"不是不是。"言卿把头摇得跟拨浪鼓一样："我见它冲过来，怕它伤到仙尊才伸手抓住而已。仙尊要的话，那给仙尊了。"

被禁言的不得志："……"默诉平生不得志。

言卿把手伸得更前了，在桃花春光里露出灿烂的笑容来，"谢谢仙尊救了我，这是我给你的谢礼。长得丑了点，希望仙尊不要嫌弃。"

不得志："……"怒诉平生不得志！！！

谢识衣伸出手，他的手很好看。就在言卿以为不得志要落到谢识衣手里，开始它的大冒险时，谢识衣的手忽然一转方向，越过不得志，瞬息之间，拂开他的衣袖，修长冰冷的手指不容反抗强制地握住了他的手腕，拽着抬起。

言卿愣住，谢识衣的力气很大，似有山雨欲来的压迫感。言卿的手上扬，上面混乱错杂的红线露了出来。

谢识衣声音很轻，平静问："这些线，是哪来的？"

言卿："……"

人傻了。

其实不止他傻了。

天枢也傻了。

围观的人也傻了。

谢识衣掌心带着薄薄的茧。

言卿眨眨眼，急中生智，又挤出几滴眼泪来说："仙尊，这是我姥姥给我

069

的。小时候算命的说我天煞孤星要孤独终老,于是我姥姥专门为我求了这红线来,说戴在手上能有桃花运。"

谢识衣淡淡看他一眼,语气平静:"从哪求的?"

言卿闭眼说瞎话:"从一个云游四海的道士手里。"

谢识衣:"云游四海的道士?"

言卿:"对,那道士说自己踏遍八荒九重,哪都去过。"

谢识衣:"道士长什么样子?"

言卿:"不记得了,反正是个老头,神神道道的。"

谢识衣道:"你叫什么名字?"

言卿:"言……燕卿。"

言卿差点咬掉舌头,幸好他机智。这么一连串问题下来,突然再问一个寻常不过的问题,精神高度紧张的情况下真的很容易下意识搭话。

言卿心里吐槽:谢幺幺你好阴。

谢识衣问:"你娘有说什么时候可以摘下吗?"

言卿惊魂未定,有气无力说:"没有,我娘没说。"

"于是我姥姥专门为我求了这红线来"

"你娘有说什么时候可以摘下吗?"

原来。

重重的铺垫过后。

真正致命的是最后一个问题。

说完,言卿猛然抬头,果不其然对上谢识衣静静垂下的视线,漆黑的眼眸深不见底,深处似有寒光流转。

言卿到这一刻算是明白了,为什么天枢承影等人对谢识衣那么恐惧害怕。无情道,琉璃心。谢识衣从来就不是世俗固定印象里高冷寡言、迟钝木讷的仙尊;相反他洞悉人性人心,甚至利用得炉火纯青。

他在他面前还是太不警惕了。

谢识衣唇角似有一抹讥诮的笑,语气薄凉:"姥姥?"

言卿干脆重新扑过去，撒泼大哭："仙尊啊仙尊，你饶了我吧，我不该骗你。但是这绳子是魔物啊。我不骗你，我怕你杀了我。哎哟我就想要个道侣才戴的，这不是红绳吉利嘛，我戴也戴了好些年了。你不要把它拿走啊。"

"……"

围观他的所有人已经被他这不怕死的行为给镇住了。

天枢头晕目眩。

他觉得刚刚发生的一切像是在梦中，以至于他现在还晕乎乎的。这是谢应？

他一点都不惊讶谢应能拆穿这个少年的谎言。毕竟谢应能与九宗三门盘旋那么久，还高高坐在霄玉殿上，就不可能心思简单。他惊讶的是，谢应会把时间浪费在这个少年身上、费这些口舌。

言卿哭得正欢呢，突然感觉下巴又被抬起，这一次是谢识衣的手。

桃花粉碎成细雪，铺了薄薄一地。谢识衣俯下身来，神情冷淡，什么情绪都没有，只是静静看着他。没有面对众人时的高冷杀伐，也没有刚刚对他的心机算计，只有安静，沉默。

言卿眨了下眼。

谢识衣说："别哭了。"

言卿吸吸鼻子："好的，仙尊你不要杀我就好。"

谢识衣平静道："我杀你干什么，我未来的徒弟。"

言卿："……"

众人："……"

谢识衣轻描淡写收回手，立起身来，乌发如瀑、广袖如云。这一瞬冷风卷过他鬓边的发丝，却好似梅花落满南山，弥漫开经年累月的寂寥冷漠来，朝朝暮暮，深入骨髓。

不得志被禁言了，也还能用身子去冲去撞，去表达他的不满："气死了气死了气死了……"

言卿有点出神，眼中的泪都还凝在睫毛上，把它牢牢摁在怀里，小声说:"别动。"

仙盟弟子虽然还搞不清状态,但依旧守职有序地上前:"盟主,既然已经找到了那凤凰魔种体内的魔,我们怎么办?"

谢识衣只道:"把秘境打开。"

仙盟弟子看向不得志:"那这魔……"他收到谢识衣垂落的眼神,立马一咬舌头,神情冷肃:"是,属下听令。"

谢识衣往后山走去,不悔剑重新出现在他手中。

言卿看着他的背影,有点懵。

谢识衣认出他了吗?

认出了吧。没认出吧。

没认出的话,瞎子也能看出他的反常。

认出的话,这反应又太不对劲了?

其实他们在分道扬镳后见过的,而且最后相处的时候有些尴尬。十方城,红莲之榭。

言卿不想暴露身份也是因为这个原因。

要是认出的话,谢识衣绝对不是这个反应,谢识衣见到他应该是有点恨的……吧?

大概是起了点疑心,又懒得去深究?算了,似是而非也无所谓吧。

谢识衣的衣角消失在桃花深处。

言卿叹息一声,把不得志的咒解开。

不得志怒吼:"啊啊啊,我好心救你!你就是这么对我的!白眼狼!没良心!"

言卿拍下它头上的花瓣,道:"给你看桃花。"

不得志:"你让老子脸着地是让桃花看我吧!"

言卿笑说:"好看吗?"

不得志:"好看个屁。"

言卿想了想,抬头看着这漫天的细雪桃花,突然笑了声,若有所思道:"

我送给殷无妄罗霖花,然后谢识衣送了我一场桃花。"

不得志:"咋了,你们都有人送花。笑死,你以为我会羡慕?"

言卿安慰它:"不用羡慕,花而已,你死后坟头也会长的。"

不得志:"……"

不得志愤怒的用它的小牙齿去咬言卿。

"小公子。"天枢神情复杂,过来扶他。

言卿站起来:"天枢长老。"

天枢目光过于复杂,都不知道说什么好。

谢识衣离开后,那种令人窒息的压迫感才如潮水退去。

众人呆愣在桃花中。知觉才恢复。

他们,愣愣望着前方谢识衣消失的方向。桃花树下,清冷的气息似乎还弥散在空中。

山谷内的人很多,本来大家修为各异、性格各异,但在谢识衣到来的一刻,他们是什么身份都不重要了。在绝对的实力之下,竟然都卑微如尘埃蝼蚁,连呼吸和言语都不受控制,被无视,被统治。

回春派是个小宗门,这是众人第一次真正意识到,什么叫天壤之别,什么叫修真界强弱有序……什么叫,真正遥不可及的天下第一人。他握剑而来,雪衣拂过,没有看众人一眼。刚刚能够与谢应交谈的只有那三位来自九大宗的大乘期长老。

哦,还有……燕卿。

想到那疯疯癫癫的草包。

众人瞬间心情万分复杂。

承影在谢应走后,立即恢复了冷脸,他刚刚在谢应面前声嘶力竭丑态百出,此刻心情糟糕至极,片刻也不想留在这里。

承影道:"少宗主,仙盟这阵也不知道要布到什么时候,我们先找个屋子休息吧。"

殷无妄的脸还是白的，人如同僵硬的傀儡一样，朝承影点了点头。他是流光宗的少宗主，但是他之上有无数杰出的兄弟姐妹，门内有无数优秀的弟子。在整个南泽州，他好像只有身份拿得出手。父母给他天材地宝，给他绝世功法，可他的修为怎么都提不上去。

他厌恶死了那些天之骄子落向他身上的目光。天知道，他有多想成为谢应。

若是他有谢应这样的资质、能力、地位。

那么……那么……

那些以前瞧不起他的人，只能跪在他面前求饶。

"少宗主？少宗主？"承影发现他情绪不对，皱眉，又开口喊了声。

殷无妄冷汗涔涔，回过神，朝承影笑了下，藏在袖子里的手颤抖地握紧。

承影毕竟是大乘期修为，一眼就能看出他现在的道心不稳，叹息一声道："少宗主，修行一事莫强求，每个人都有每个人的道。你也不必羡慕谢应，要知道整个修真界两百年化神的，也只他一人。"

殷无妄低头，道："嗯。"

承影摇头说："你更不用羡慕他现在的身份，霄玉殿主这个位置，可不是修为高深就能坐上去的。"殷无妄压根就听不进去，他烦躁地说："好，我知道了。"

承影又看了他一眼，心中叹息，却也没放心上。只要少宗主不冲到谢应面前去送死，那就没什么可担忧的。

"我们走，先找个地方。"承影完完全全把回春派当作自己的地盘，带着殷无妄和一众流光宗弟子，去了回春派的主殿。

言卿扶起他已经腿软跪地的爹，出声道："爹，我们也先回殿内吧。"

谢识衣封锁了这里，他未出秘境，就没人能离开。

怀虚双腿颤抖，扶着言卿的手臂才能站起来，他难以置信地看着自己的幼子，声音发颤："燕……燕卿，刚刚那是怎么一回事？你怎么……你怎么……"

言卿想了想，说："这件事嘛，说来话长。"

回春派，惊鸿殿。

众人围坐在一块，尴尬地面面相觑。

言卿现在才知道那位忘情宗的圆脸弟子叫衡白。虽然看起来很小，但是修为已经大乘期，是忘情宗的一峰长老。衡白自从谢识衣那番话后，对他的态度大变。从最初的瞧不起，到现在的好奇。

言卿受不了衡白频频望过来的目光，叹了口气说："想问什么就问吧。"

衡白一下子从窗边跳下来，咄咄逼人："你和谢师兄什么关系？"

言卿认真地看了他一眼，难以置信："这个问题怎么能从你嘴里问出来呢。我们什么关系你不是最清楚吗，你都说了多少遍了。"

衡白一噎，咬牙切齿："闭嘴！我那是看承影不爽，故意吓他的！"

言卿说："哦，那你吓对了。"

言卿摇了摇腕上的红线，微笑："没错，我正是你们谢师兄未来的徒弟。"说完又举起摊着肚皮呼呼大睡的蝙蝠，道："喏，这是我给你们谢师兄的见面礼。"

不得志睡得正酣，冒了个鼻涕泡。

"……"

衡白冷着脸："说吧，你到底给我们谢师兄下了什么迷魂药。"

言卿顺手一抛，把不得志丢地上，微笑："我一个练气三层的废物给你们青云榜榜首的谢师兄下迷魂药？我看是你脑子里进了迷魂药吧。"

衡白："……"衡白气得又飞到窗边了。

天枢看着他扶额叹气，坐到言卿身边，道："小公子以前和渡微认识？"

言卿眨眨眼，面不改色道："没有。"

天枢苦笑："今天渡微的反应，我还是第一次见。"

言卿好奇："为什么？因为我冒犯了他，他却没有杀我吗？"

天枢摇头，神情复杂："不。我第一次见有人能冒犯到他。"

言卿："……啊？"

天枢道:"渡微从不让人近身,也不会给人机会近身。"

言卿一噎,说:"可能是,他见我是我凡人,一时间不设防没反应过来吧。"

天枢又摇头:"你错了小公子。这种低级的错误,不可能出现在渡微身上。"

言卿:"长老此话怎讲。"

天枢说:"你觉得渡微是怎样的人。"

言卿乐了,怎样的人?刻薄,傲慢,脾气执拗。

如果细数谢识衣的缺点,言卿能写一本书,但是面对天枢那种"你还是太天真"的眼神,言卿勾起唇角,桃花眼一弯,笑着轻声道:"渡微仙尊清风霁月,天人之姿,令人景仰。"

天枢一副"果然是这样"的神情,而后又道:"你不了解渡微。"

言卿装作惊讶:"啊?为什么?"

天枢说:"渡微若只是我忘情宗的首席弟子还好,偏偏他如今接手仙盟,成了仙盟盟主。小公子可知仙盟?"

这言卿倒是真的不知道了。

他上辈子刚开始和谢识衣只在人间摸爬滚打,所以下九流的红尘烟火地处处走遍,但上界的事一点都不了解。到了上重天,也只敢在留仙洲寻觅机缘。

对于那时候的他们来说,南泽州就像一个遥远的神话,只能从酒馆的说书人那里一窥究竟。

没想到,时隔多年,谢识衣已经走到了这一步。

天枢说:"仙盟是九大宗为诛魔种专门成立的组织,位于南泽州云梦境,主殿霄玉殿。即便是九大宗弟子入仙盟的要求也极其严苛。能拜入其中的,都是些心性坚毅、修为强大之人。他们为表表心,一入仙盟就会先饮下死药,断绝尘世关系,将命直接交在盟主手中。"

言卿:"……那么恐怖,为什么还要进去?"

天枢笑:"虽然恐怖,可仙盟弟子的权力也非常大。九宗三门为维护天下太平而生，自是秩序森严，尤其是南泽州，门人不得残害无辜，不得伤及百姓。可是仙盟弟子除外，他们握有没有任何约束也不需要任何理由的生杀之权。"

言卿听完差点笑出声，南泽州这叫"不得残害无辜，不得伤及百姓"？就承影这种？就这？

言卿眼神里的"不屑"明明白白，天枢看得一清二楚，笑了下，又接着说下去。

"确实，修真界太大太广，即便是有九大宗门坐镇，南泽州也不能全部顾及，修士间杀人夺宝随处可见。我说的仙盟可怕，其实是针对九大宗而言。"

"因为仙盟无论杀谁，九大宗都不能出手相护，不能心存不满，不能提出异议，不能暗中报复。"

言卿这才止住讽刺的笑，神情微微凝重起来。

——不能出手相护，不能心存不满，不能提出异议，不能暗中报复。

天枢道："魔没有苏醒之前，没人知道自己是不是魔种。魔有可能出现在任何人身上。世家和宗门强者云集，师门亲友间关系错综复杂，所以必须有这一把脱离于尘世的剑来判定生死、维持秩序。仙盟就是这把剑。"

言卿抿了下唇，不说话。

天枢笑道："我跟你讲清楚仙盟的来历，你大概就知道渡微现在的身份了。他是霄玉殿主，如果只知道修行，是不可能活到现在的。"

言卿把玩着手中的红线，垂下眸，不作声。

魔域和修真界不同，魔域根本就不会有这些道貌岸然的规矩，那里都是万年间上重天偷渡过去的极恶之徒，强者为尊，以杀止杀。

如果仙盟在修真界真的拥有这样生杀予夺的权力，那么与之伴随的就是仙盟盟主身边不可预测的杀机，和无数双觊觎此位的眼睛。

言卿突然开口问："仙盟真的是想杀谁就杀谁吗？"

天枢道："嗯。"

言卿："仙盟杀人前，不会先去确定是不是魔种吗？就是用仙器去确定'

魇'的存在。"

天枢愣住，随后哑然失笑，轻轻道："小公子，你还是太天真了，窥魇之事可没你想得那么简单。"

"修真界能探出魇的仙器有很多，黄级的有碧云镜、陈魂谱等上百种，玄级的有瑶光琴、黑异书等数十种。地级九种仙器，分别位于九大宗门禁地内。而世间只有一种天级的窥魇仙器，在仙盟手里，叫'千灯盏'。"

"魇是魔神分裂的诅咒，本身强弱就有不同，且随着寄生之人修为越高，魇的能力也会慢慢增强。就比如碧云镜这种黄级法器，它最多只能探出凡人识海内的魇。你猜猜仙盟手里的千灯盏，能够测出什么人识海的魇。"

言卿愣住，小心翼翼给出一个："化……化神期？"

天枢被他噎住，擦擦汗："你也是真的敢说啊。千灯盏，它需要化神期修士耗费精血启动，但它只能窥出大乘期修士识海内的魇。"

当今世界的修为体系为练气、筑基、金丹、元婴、大乘、洞虚、化神。

天枢道："而且魇生来狡诈古怪，躲在识海中，变化万千。没有谁能绝对保证，一个人不是魇种。"

言卿又抓了抓自己手里红线。

天枢道："罢了，跟你讲这些你也不清楚，等你到了南泽州，就会明白了。"

凡人体内苏醒魇，最大的变化也不过是力气变大，暴躁易怒。

而修士身体内苏醒魇，那或许是天灾，动辄毁一城、屠一国。

稍有苏醒的预兆，就必须诛杀之。因此世道表面太平，但底下却风起云涌。

天枢又瞥了眼被扔在了地上、换了个姿势继续睡的不得志，心道：估计就这么个凡鸟，体内有魇也弄不出什么风浪，谢应才懒得搭理它吧。

言卿扯红线扯着扯着，差点给他扯断。他察觉到天枢的目光，扯了下嘴角。

越发好奇不得志到底是个什么玩意了……

不得志识海里没魇，但它肚子里有魇。

还是害得紫霄一个洞虚修士陨落的凤凰魇种的魇？

不得志直接吞了，还与之共存？还丝毫不受影响？

其实仔细回想，之前在幽牢里，他能以练气期的修为对付凤凰魔种，最重要的或许是紫霄已经拿命和它斗争了一回，凤凰魔种濒死，所剩修为不多。

言卿的魂丝能够无视任何强大的魔，直入识海、将其束缚、将其摧毁。但是他自己却不能无视魔种本身的修为……毕竟如果修为差距过大，遇到类似谢识衣这种强者，谁给你机会入识海啊！他现在的实力就是，说强也强，说弱也弱。

给他机会，把魂丝伸进人的识海，那化神期的修士他也可以弄死。但事实上元婴期以上的修士，就已经不可能让一个练气期的人近身了。

万幸，这魂丝好歹是个神器，能跟"神"扯上关系还是有它的特别之处的，遇到危险算个比较好用的保命玩意，所以言卿不至于在修真界举步维艰。

何况他还有一堆奇奇怪怪的符咒阵法。

言卿郁闷："还是得修行啊。"

其实言卿对于原主的杂乱灵根并不怎么担心。因为等到洞虚期，临化神的最后一步，就会发现肉体凡胎灵根资质都是虚无。

……

"前……前辈，这到底是怎么一回事啊？"怀虚终于鼓起勇气走过来。

天枢是出了名的平易近人，对上满殿的人或敬畏或好奇的目光，摸着白色胡须笑了下。

将事情的原委一一道来。

"我们忘情宗的太上长老紫霄仙尊一年前，曾去留仙洲捉拿一凤凰魔种。归来途中为魔种所害，灵气动荡提前渡劫。当时路过此处，便在你们回春派的山谷上方破开虚空闭关。谁料渡劫失败，最后关头仙尊躲入你派的幽牢之中，将凤凰魔种关押，静候死期。然后，遇到了燕卿小友。"

天枢微笑道："其实洞虚期修士渡劫失败，身死道消是必然的结果，但是燕卿小友还是上下奔忙，甚至为仙尊寻来了罗霖花。罗霖花是地级至宝，百年一株,能在这种地方找出来,还无私赠予陌生人,可见小友的至善之心。"

"紫霄仙尊感其善心,便将我宗先祖传于他的令牌送给了燕卿小友。拥有此令牌的人,能够命令忘情宗做一件事。然后……"

说完,他目光复杂又欣慰地看向燕卿:"我没想到燕卿小友,竟然对我忘情宗的渡微仙尊敬仰不已,提出的要求是,拜渡微为师。"

所有人:"……"

这人为什么可以那么不要脸。

言卿:"……"

天枢现在说出这事的心情完全不同了。谢识衣那句"我未来的徒弟"简直让他如获新生。天枢现在丝毫不觉得自己是被迫背锅的,相反,他觉得自己简直是忘情宗的恩人,宗主不奖励他一个峰头都说不过去吧!

他已经迫不及待回去看忘情宗那些人知道这件事后的脸色了。

天枢摸着胡须,不让自己飘飘然,笑道:"万幸的是,渡微对小友也不讨厌,这真是一桩美谈啊。"

满殿的人这次再看向言卿的目光,真的是五味杂陈,什么都有。

言卿:"……"

言卿已经知道这些人心里怎么骂自己不要脸的了。唉,别骂了别骂了,他当初回忆剧情的时候,已经骂过自己了。

就在这时,一个声音怯怯响起:"前辈,紫霄仙尊可是身佩紫色长剑,眼下有一道疤痕?"

天枢放眼望去,只见是个身形单薄,穿着白衣,脂粉气有些重,跟个女娃似的少年。

天枢和善地道:"没错。"

出声的人是白潇潇。

言卿望过去,其实他以前在障城就没见过白潇潇,这位白家的小少爷身体虚弱常年卧床不出。言卿朝白潇潇一笑,其实只是冷淡地打量。他只是非常好奇这位曾经的白家小少爷,当初是怎么到回春派的。

可这在白潇潇眼里,就成了完完全全的炫耀和讥讽。

白潇潇的指甲狠狠掐进肉里,死死看着他,一脸的震惊和难以置信,大脑一片空白,整个人僵在原地。

令牌!

令牌!

令牌!

——今天的一切起因都是那块令牌?

可那块令牌——明明是他的。

紫霄是他救的。

所以谢应的徒弟……也该是他。

不是燕卿,现在被众星捧月的人,不该是燕卿!

白潇潇只感觉自己整个人摇摇欲坠,甚至委屈到浮现一抹泪水来。

"潇潇,你怎么了。"自闹剧开始,就一直沉默不言脸色苍白的燕见水看到师弟这样的神情吓了一跳,伸出扶住他。

白潇潇觉得一股气憋在胸口。

就在这时他忽然听到回春派的宗主开口。宗主知晓原委,也不生气了,喜笑颜开:"哎哟,原来燕卿你千方百计盗取罗霖花是为了救人啊,早说清楚嘛,我们也不至于对你发这么大的火了。毕竟我们回春派,取意妙手回春,没有什么比人命重要的啊。哈哈哈哈,别说是罗霖花,你把整个药铺搬过去我们也没关系的啦。"

言卿也"哈哈"两声,被他这不要脸的程度给折服了。

罗霖花。

白潇潇愣住了。

罗霖花,原来是因为罗霖花吗……

他其实只见过紫霄两面,殷无妄因为太过厌恶燕卿,随手将罗霖花给他,他不知道罗霖花为何物，只知道是疗伤的草药，便随意拿去给了紫霄，从头到尾没费什么力气。

原来，一切都是因为燕卿偷出来的罗霖花……

——可是那又如何！

救紫霄的人明明是他！

令牌也是他的！

言卿再次收到白潇潇的目光，扯了扯嘴角，偏头对众人从容笑道："其实这事有误会。我之前盗取罗霖花，不是为了紫霄仙尊，是为了殷无妄。"

宗主："……"

怀虚："……"

众人："……"

天枢："啥？"

言卿笑吟吟看向白潇潇，说道："真正救紫霄仙尊的，是我们回春派的这位小师弟。来，小师弟，说出你的故事。"

白潇潇："……"

言卿的一句话让他如被雷劈，整个人僵在原地，单薄瘦弱的身躯颤抖，通红的眼眶还含着泪，我见犹怜。

白潇潇感觉舌头都在打结，轻轻开口："我……"

天枢又开始头痛了："这……这是怎么一回事啊？"

言卿拎起在地上睡觉的不得志，笑道："让小师弟好好解释吧。我有点困了，这里人太多，我重新找个屋子睡。"

他现在练气三层的修为，基本上就是个凡人。

在场的人只能傻眼看着他离开。

言卿手腕上几缕细细的红线坠下，青衣墨发，风姿天成。他手里还拿着只鸟，似笑非笑地看了白潇潇一眼。

白潇潇只觉得那一眼让灵魂都冻结了。

言卿走出门就松了手。

不得志飞到他的肩膀上:"大晚上的不睡觉,你要去哪里?"

此时已经是晚上,皓月当空,回春派上空的樊笼大阵一片冰蓝,地上的桃花末泛着寒光。

仙盟的人镇守四方。他们一袭黑衣,只有衣袍边缘有一层浅浅的红线勾出的莲花轮廓,隐匿在黑暗中时,挺拔冷酷,像是只知杀戮的兵器。从天枢那里了解完仙盟后,言卿现在也完全理解了这种冷酷。

仙盟在修真界的地位,凌驾于九宗三家之上,拥有不容置喙的生杀之权,霄玉殿那层层台阶下,不知道闪烁着多少豺狼虎豹贪婪的目光。

言卿道:"带你去看你的老仇人?"

"谁?"

"紫霄。"

不得志:"……"

不得志大怒:"不!本座不要!本座不要再看那个糟老头子!"

言卿对他在留仙洲的事颇为好奇了,出声问道:"你是怎么被紫霄捉到的?"

不得志说起这个郁闷:"那天晚上我在家里饿了,就出门去找吃的,然后在湖边抓到一只凤凰当晚饭。我刚把凤凰带回了家后,紫霄老贼就杀上门了。"它说着来气,翅膀狠狠地拍言卿的肩膀,"然后这个老贼,上我家门!抢我凤凰!还把老子关了起来!"

言卿问道:"紫霄把你关起来做什么?"

紫霄是为捉拿凤凰魔种去的,不得志现在就是只还没长大的蝙蝠,也没杀过人,就只会吃,按理来说,紫霄不会对付它。

不得志委屈巴巴说:"不知道。紫霄老贼说我长得不像个好东西。就算现在不为恶,以后也会为恶。"

"……"

言卿偏头看了不得志一眼。见它黑漆漆的身躯,奇奇怪怪的翅膀,红色眼睛，和两个竖起的耳朵。

言卿说："这理由竟然还挺有道理。"

如果不是结完契后，发现它又憨又蠢，第一眼真觉得不像个好东西。

不得志："啥意思？"说完让它生气的遭遇，不得志马上开始吹牛："不过本座怎么可能让他给关住，笑死。我变成草，偷偷溜了出去。隐忍一年，终于大仇得报！"

它说完，正打算把自己在幽牢里的事迹添油加醋说一遍，忽然想起最后耻辱的结局，一下子怕了，愤怒地用牙齿咬言卿的头发。

言卿凉凉说："你敢弄断我一根头发，我就把你烤了。"

不得志："……"

它"呸"的一声吐出了嘴里的头发。

言卿往后山走的时候，整个仙盟的人都在看他。眼神跟刀片似的刮身上，宛如酷刑。但是没有一个人喊住他，也没人出手做什么。一众天赋异禀的大乘期修士们选择沉默。

不得志红眼珠小心翼翼地瞅那些人。它家在留仙洲，见识浅薄，知道也就只有九宗，对于仙盟一知半解。

"那些人看起来像是想杀我们。"

言卿小声说："嗯。"

不得志："你到底要去干什么？"

言卿："调查清楚，你到底是个什么玩意儿。"

不得志：？？？

言卿一个人来到了的后山，这里早就成了一片废墟。

山石崩塌、幽牢损毁，紫霄的骸骨也在与凤凰魔种的最后的对抗中灰飞烟灭。

如今幽牢废弃的荒土上方出现了一个秘境。紫色的入口灵气汹涌盘旋，卷着金雷银电，澎湃汹涌。

这大概就是紫霄渡劫失败留下的洞虚秘境了。

洞虚期的修士能够破开虚空修行，若是身死道消，则体内的所有灵气就会破体而出，浓聚在那块虚空里，形成秘境。秘境里不仅有修士的灵气，还有修士一生的爱恨牵挂，内心深处化为执念的记忆，会渗入秘境的每一个角落。

洞虚秘境难寻，毕竟这种修为的大佬，放眼上重天也找不出几位。

言卿刚重生，直接见识了上重天实力最顶尖的那部分人，也不知道他的运气是好是坏。

"你要进去？！"不得志虽然不知道这秘境里有什么，但是对危险天生敏感，惊得浑身的毛都竖起："你不要带着老子去送死！"

言卿笑了下，道："放心，我进不去的。"

言卿伸出手，想去碰那紫色秘境的入口，结果刚碰到，果然，冰冷的霜雪就已经在他的指尖凝结，他瞬息之间就收回了手。

指尖被裹了一层淡淡的霜，苍白剔透，但是言卿并不觉得美。

因为这冰不是结在皮肤表面的，是真真切切连着你的筋骨血液一起冰结。

——多一秒，就会毙命。

言卿摸着自己的手指，抬头看着这紫色秘境，叹口气说："你看，不可能进去的。我只知道谢识衣住的地方不会让任何人踏足，没想到他去的地方也不让任何人进。"

简直是谨慎到了变态的地步。

现如今，除非是秘境的主人紫霄亲自前来，不然不可能打开。

不得志夯拉翅膀："回去吧，本座困了。"

言卿左右看了看，说："不，再想想有没有其他办法。"

不得志死命拽着他的头发："别想了！你想搞清楚我什么事，你问，我什么都跟你说！"

言卿悲悯地看着这只傻鸟："我想问的，你自己肯定都不知道。"

……

惊鸿殿。

"事……事情就是这样。"白潇潇细白的手指不安地卷着衣衫，低下头睫毛颤抖得厉害，"紫霄前辈给我的令牌，就这样被燕卿少爷抢了过去。我，我不知道那是忘情宗的令牌，也不知道燕卿少爷会向忘情宗提出这样无理的请求，抱歉，都……都是我的错。"

他的话说完，整个殿内鸦雀无声。

衡白倚在窗边，白眼翻到天上去："我只道燕卿是个挟恩图报的无耻小人，没想到还是个抢别人功劳的骗子。呵呵呵，果然是他干得出来的事。"

天枢只觉得头痛欲裂，扶着脑袋直摇头。

回春派的宗主和怀虚现在都恨不得把白潇潇的嘴撕了——天大的喜事！你现在过来多什么嘴！

宗主面目狰狞怒斥："白潇潇！"

天枢长叹一声，出声制止他："欸，别凶小娃娃啊。"

其实紫霄身死，在忘情宗并不算什么大事，忘情宗作为天下第一宗，宗门内最不缺的就是强者和天才。修士本就是在无常里求有常，生死枯荣皆为命数。加上紫霄常年在外游历，与宗门之间感情淡薄。如果不是那块令牌，他们甚至不会过来。

令牌承自宗门上古道祖，正是因为道祖有令，才赋予了那块令牌那么高的地位。拿着这块令牌，可以向忘情宗提出任何请求。

可以说，重点是"令牌"，而不是紫霄。

修真界讲究因果和缘分，既然最后是燕卿拿着令牌找上门，那么燕卿就是令牌的主人。

天枢看着那小娃娃眼里的泪光，扶额叹息。他是大乘修士，活了不知道多少年，怎么可能不理解这个少年现在的心情。少年虽然嘴上说着"都怪我"，实际上对燕卿充满嫉妒，眼里流露的每一分恶意，都被天枢看得清楚明白。但是他对着小娃娃，还是充满怜爱的，少年人嘛，有点小情绪小心思很正常。

天枢和善地招招手："来，小娃娃，坐我身边来。"

白潇潇眼睛红鼻子也红，抽泣了声，想要起身，发现燕见水担忧地看着他。愣了愣，还是走了过去。

天枢柔声问道："是你救了紫霄。"

白潇潇嗫嚅："嗯。"

天枢点头："不错，是个心地善良的孩子。"

白潇潇暗中眼波微闪，小心翼翼开口："那前辈，燕卿拜渡微仙尊为师一事……"

天枢叹息一声，道："变不了的。我知道此事荒谬，但这是道祖留下的规矩。他既然已经拿着令牌上门提出要求，那这事我们就必须答应。"

白潇潇豁然出声："凭什么？！"

但他很快发现自己情绪过于激动，马上重新颤抖瑟缩着身体，眼泪啪嗒啪嗒往下掉，"凭什么，他燕卿何德何能，能配得上渡微仙尊。我只是替紫霄前辈感到不值，他留下那令牌给我，估计也没料到会被人抢走，还提出这种……这种荒谬的要求。"

衡白在窗边又翻了个大白眼——还替紫霄不值？令牌不是你轻而易举就给别人的吗？他不像天枢，老好人看谁都是小娃娃。他年轻气盛，青云榜留名，只觉得这破破烂烂的回春派找不到一个让他顺眼的。

呵，一时间比较不出谁更讨厌。

白潇潇越哭越委屈："都怪我，都怪我不好，是我没守好前辈留下的令牌，被燕卿小少爷抢了过去。可燕卿小少爷他根本不是忘情宗的恩人啊，他也没有救下紫霄前辈。相反，他一点都不善良。渡微仙尊若是知道，怎么可能会答应这桩事。"

天枢："……"

完了，他又觉得头疼了。

他真的不知道该怎么跟这个小娃娃解释。

恩人只是忘情宗的客套话罢了。紫霄不重要，恩情不重要。

重要的是令牌！令牌！令牌！

没有令牌，纵然是你让紫霄起死回生，那也只是紫霄的因果，跟忘情宗没有一丝关系。

至于渡微答不答应收徒的事……

呵呵呵，那就不是任何人可以操心的事了。

不过天枢毕竟是个大善人，和颜悦色安慰道："好了小娃娃你别哭了，这事我回去会禀报掌门的。我看你也委屈，不如到时候你和我们一起回忘情宗吧。"

白潇潇一下子止住了眼泪，怯怯道："跟你们一起回忘情宗？"

"对。"天枢点头，心想他都促成了渡微收徒一事，奖赏一座山峰顺便带回一个人应该没关系吧。

白潇潇："那燕卿……"

天枢都不知道他怎么还在纠结这件事，无可奈何说："这是道祖的命令，令牌已经生效，是不可能改变的。"

白潇潇脸色苍白，藏在袖子里的手狠狠攥紧。

一瞬间气血翻涌，只觉得心一阵冰凉。

这明明……这明明是他的功劳，所以忘情宗，现在是打算息事宁人吗，把他带回去，就当作这件事过去了。

然后他的功劳，成全了燕卿以后万人之上的无限风光？

白潇潇眼中一行清泪又流了下来。

天枢慈祥的笑容都差点凝在脸上，"……"

天枢忘情宗第一老好人不是吹的，好言好语把白潇潇劝回去后，觉得自己今天可以羽化登仙。白潇潇坐回去后，满脑子里是都这件事，他其实并不是个挟恩图报的人，行善举时也没想过有什么回报。但不代表他愿意被人抢功劳，愿意受这种委屈。

天枢的安慰和燕见水焦急的问话，他都听不进去。

"潇潇，你要去哪里！"

白潇潇的理智全失，一下子流着泪站起来，往外面冲去。他浑浑噩噩的大脑里，突然想起一个人。

想起那道清冷的背影，和掠过桃花的雪色衣袍。

他不甘心！

——他要将燕卿的本性告诉渡微仙尊！

——要将燕卿的所作所为公之于众！

"潇潇！"

白潇潇过于难过，以至于没有意识到自己体内灵气涌动，甚至隐隐有紫色的光芒。

天枢在后面看到，猛地一眯眼——

等等，这是，紫霄的功力？

……

言卿和不得志又在废墟里转悠了几圈。

谢识衣不想让人进，果然就不会留下一点可能。

随便找了个石头坐下，言卿拽了根杂草在手里玩。

不得志累到虚脱道："都说了不可能，回去睡觉。"

言卿幽幽叹息说："睡不着。"

他抬起头，看着天空，冰蓝的阵法让夜幕也似乎有极光流转，繁星缀在其中。

他手指折着草。

腕上的红丝随风摇曳。

不得志也跟他一起看向天空，被那冰蓝色刺了下眼，拿翅膀捂住眼后突然想起来："哦，那天站在你面前的是谁啊。"

言卿："谢识衣。"

不得志："谁？"

言卿："谢应。"

不得志直接掉到了地上。

言卿拿脚踢了踢它说："忘记说了，你嘴里的紫霄老贼，就是忘情宗的太上长老，而谢应这次正是为了调查此事过来的。"

"……"

本来试图挣扎起身的不得志，瞬间整只鸟又没劲了，扑在地上不想起来了。

言卿还想说什么，耳边忽然听到了好几声呼唤。

"潇潇！""潇潇！"

他回过头，发现是白潇潇抹着泪从惊鸿殿跑出来，一路跑到了后山这里。白潇潇身躯娇小瘦弱，被风一吹就跟要倒一样，却倔强地扬着小脸，眼睛里满是泪水。

只是他冲过来也就算了，跑的时候周身居然还带了点紫色的浮光。

言卿把手里的草一折，脑子里瞬间闪过一些剧情。

对啊，原著里，紫霄不仅给了白潇潇令牌，还将毕生功力传给了他！

这就是主角的"外挂"了。虽然白潇潇还不能完全掌控，但是好歹体内也有紫霄的修为啊。

果不其然，白潇潇在大恸大悲之下，冲了过来，体内翻涌的紫霄内力，竟然直接和这挂在天上的秘境引起共鸣！一瞬间碎石滚落、草木颤抖，紫色的秘境入口处的一层薄冰也慢慢碎了。

谢识衣只是不想被人打扰，所以立下的阵也很随意。

当然，那只是他的"随意"。现在紫霄的力量和紫霄的秘境相呼应，主人归来，阵法自然就破了。

言卿都没想过坐着就有这种好事上门，笑起来，拎着不得志道："走。"

不得志在考虑推卸责任："紫霄老贼死得早，本座也没做什么吧……"

言卿心道，现在谁管你干什么啊！他从石头上站起来，纵身一跃，就直接跳进了秘境内。

只是瞬息之间，言卿感觉天翻地覆。

落地时，脚踩的地方微微下陷。水流声从耳边而过，言卿睁开眼，发现在自己置身在一个漆黑的山洞里，或许不是山洞，是一个地下的通道。洞内漆黑一片，空气潮湿，带着浓郁的水汽。

地上手边长满的青苔，小虫子的鸣叫声随着水声一起响动。

不得志仿佛回到了老家："这是什么地方？"

言卿道："紫霄陨落的洞虚秘境。"

不得志："啊，怎么这么黑啊？"

言卿："你一个蝙蝠还怕黑？"

不得志愤怒："等下你别找本座带路。"

言卿勾唇："用不着。"

他轻车熟路地在黑暗中往前走，让不得志都愣住了。

"你来过这里？"

"没有，只是去过一个类似的地方。"

"啥？"

言卿的眼前掠过一只在夜空中散发着微蓝光芒的蝴蝶，在黑暗中思绪微微延展，笑了下，轻轻道："黑水泽。"

在来到留仙洲的第三年为了修补经脉，他和谢识衣要去黑水泽取一株灵芝。

灵芝长在一个贪婪好色的妖道洞府内，以他们那个时候的实力只能智取，恰逢妖道逼着村人献祭新娘。

言卿劝说道："谢识衣，要不要你扮成被献祭的新娘接近他？"

谢识衣想也不想："不要。"

言卿让步："行行行，那我扮成新娘得了吧，不让你丢这个人。"

谢识衣冷漠反问："你扮新娘不也是用我的身体？"

言卿："……"

言卿："哦！！！那我们就在这里待到天荒地老，等死吧！"

当然，最后妥协的还是他。言卿用了一个灵魂暂时出窍的邪术，进了被献祭的新娘体内，谢识衣则扮成了他的侍卫。

沿着漆黑的河流，木船带着他们进了一个深不见底的山洞，漆黑的世界里只有水声。

　　蝙蝠倒挂，苔藓遍布。

　　言卿在船上有些害怕，哆嗦："谢识衣，你有把握吗？"

　　谢识衣淡淡说："没有。"

　　言卿炸了："没有？！"他穿戴着厚重的凤冠霞帔，气得直扑上去用手掐少年的脖子："我再给你一次机会，你给我重新组织一下语言说一遍？！"

　　谢识衣躲开他的攻击说："没有就是没有。"

　　于是还没见到妖道，他们已经犹如仇人见面，在船上扭打起来。这一架打得莫名其妙，多半是彼此在发泄平日里早就聚积的不满和怨气。

　　等言卿到达妖道老巢时，发钗掉了一地，衣衫凌乱，妆也花了。

　　洞穴深处诡异非常。

　　红烛点起，喜字高挂，那些紧张惶恐心惊胆战的交锋都只剩片段。

　　谢识衣进来一剑刺死了因为中毒修为被压制的妖道，他们得到了灵芝，而言卿的腿被落下的山石压折了。

　　最后是谢识衣背着他出黑水泽的，说得山洞里有蓝色的蝴蝶和茂密的水草。

　　言卿趴在谢识衣肩膀上，痛得吸气："为什么受伤的总是我。"

　　谢识衣冷冰冰说："别说话，省点力气。"

　　言卿气不过，愤愤地锤了一下他的肩膀。

　　少年闷哼一声，薄唇紧抿，冰姿雪貌，像尊没有烟火气的玉雕。

　　言卿气消了。他看着那些蓝色星火一般的蝴蝶，嘀咕："算了，太痛了，我先睡一觉，到了洞口你再把我喊醒。"

　　他闭眼，却怎么都睡不着，睁开眼，又开始和他聊天。

　　"谢识衣，我们这三年去了多少地方啊？"

　　谢识衣回话硬邦邦："不知道。"

言卿扳着手指："我数数，黑水巷、留仙洲、岭南秘境、十八山寨……我发现了一个共同点。"

谢识衣垂下眼睫，安静地听他说这些琐碎的事。

言卿大喜道："你看，我们换了那么多地方，在黑水巷就是靠乞讨为生，结果到现在也还是乞丐。你发现了没，我们是真的很喜欢要饭啊。"

谢识衣："……"

谢识衣忍无可忍，少年的嗓音清冷纯粹："你能睡觉了吗？"

言卿当然不可能闭嘴睡觉，相反变本加厉，一个劲地问："为什么？我睡不着。怎么？难道我说得不对？"

谢识衣深深吸口气。

这时，一只幽蓝色的蝴蝶飞过来停留在了谢识衣的眉眼上。言卿眼珠子一转，反正闲着也是闲着，干脆直接伸出手把那只蝴蝶用手指抓住。一时之间，手掌也覆盖在了谢识衣的睫毛上。

谢识衣身体僵硬，语气跟冰碴儿一样："放开。"

言卿只感觉谢识衣的睫毛剧烈颤抖，扫得他掌心痒，他探头道："别动，我帮你打虫子。"

谢识衣说话颇有点咬碎冰玉的感觉："你要是不想被扔进河里，现在就给我放手。"

言卿从小跟他吵到大，哪可能受他威胁，"呵呵"两声。

他觉得谢识衣那个时候是很想把他扔进河里的，最后却忍住了。

其实他们之间，大部分时候都是这样，恨对方恨得咬牙切齿，却又无可奈何。甚至最后那一次，他都觉得谢识衣是真的想杀了他。

当然他也差不多。

然而讽刺的是，当言卿得到身体真正站在他面前时，谢识衣却已经握不住剑了。

小时候吵吵闹闹，还总以为魂魄分开时，两人会有一场决战，不是你死就是我亡。

但是意料之外……那场分别很安静。

他们在神陨之地分别。

拔出不悔剑的瞬间，万骨齐哀，悲鸣震天。谢识衣刚经历恶战，丹田受损、灵力四蹿。在那浩浩荡荡的威压之下，他踉跄一步，半跪下来，不悔剑插入地中，谢识衣向来仙姿佚貌、湛若冰玉，这样狼狈的模样少之又少。可他却只是漫不经心地用手背擦去嘴角的血，乌黑长发落了一肩，然后抬眸漠然看了过来。

谢识衣的眼睛很好看，眼眸如流光璀璨，最后没入漆黑薄冰深处。

言卿见多了他各种样子，怒的笑的刻薄的冷漠的，却是第一次见他这样的……安静。

安静得像一面湖。

谢识衣在想什么呢？

那时言卿就在想这个问题。

但他知道自己不能多想，多想想……可能就离不开了。

言卿刚获得身体，脸上也都是血，深呼吸，束发转身，再没看过谢识衣一眼。往埋骨之地出口处走，一句话没说。

他们之间的分离，没有道别，就像他们之间的相遇，没有预知。

狂风呜呜地吹过皑皑白骨，旷野无声，时间归于永夜。

言卿抿唇，麻木地想着：这样挺好的，不用闹得太难看。

只是那道目光一直在他身后，固执得一动不动，明明那么安静却恍若刀剑，刺进他的灵魂深处。

……

翩翩飞舞的蓝色蝴蝶将呼啸的记忆卷来，又卷去。

言卿心里幽幽地叹了口气。

不得志看到前面有光，兴奋地大喊："诶？我们进来了。"

言卿捂住它的嘴："小声点，这里是紫霄的洞虚秘境，要是惊动了他的意识，没我们好果子吃。"

不得志就是个白痴："洞虚秘境是个啥玩意？"

言卿道："你可以当作我们现在在紫霄的回忆里。"

不得志傻鸟震惊："啥？紫霄不是死了吗。"

言卿笑笑："都活到洞虚期了，能力那么强大。一辈子到头，总会想着留下点东西的。"

留下，那些生平足以构成障念的回忆。

言卿是过来找紫霄关于不得志的记忆的。虽然可能性不大，但是万一呢——不得志出现在紫霄死前，人对于自己死亡总不至于印象不深刻吧！

洞虚秘境变化万千，没人知道下一秒会发生什么。

言卿抱着不得志，转眼间，出现在一个炊烟袅袅的农村阡陌间。

乌云密布，快要下雨了。

不得志："这是哪里。"

言卿看着一个穿蓑衣戴帽，握着刀出现在田野尽头的黑衣青年，轻声道："闭嘴。"

那个雨夜握刀走来的人就是紫霄。

十八岁的紫霄缓缓走来，雨水流过他紧握刀的手，闪电惊雷下露出一张眉目威严的脸。

脸被一条从颧骨到嘴角的疤贯穿。紫霄的右眼好像受了伤。

他眉毛很浓，戾气很重，不怒自威。

言卿以为这回忆会像电影一样，声情并茂。但是并不是，这就像一出无声的默剧。

他看到紫霄拿着刀，走进屋中，杀了两个老人和一个小女孩。

紫霄握刀的手颤抖，整张脸在雷电下愤怒异常，眼睛赤红，声嘶力竭地说着什么。屋中的两个老人根本就没反抗，他们错愕、震惊，被大刀捅穿肺腑时，眼睛瞪大，眼中的担忧甚至胜过了恐惧。

一个小女孩从屋子里出来，看着庭院中发生的一切，吓傻了。女孩光着脚，头发扎成两个小辫子，鼻尖上有一个小小的痣。她赤红着眼，冲过去喊了声什么.但是紫霄跟入魔一样，一刀横过去。白光瞬闪，女孩滚到了庭院的积水里。

不得志眨眨眼，它灵智初开，对于人类的七情六欲并不是很理解："紫霄在干吗？专门回忆自己杀人，难道他觉得自己很威风？"

言卿摇头说："不是。"

他能看懂嘴型，那个小女孩最后喊的……"哥哥"。

十八岁，杀父，弑母。之后是一块青山，三座孤坟。

大刀插地，一跪三十年。

不得志探出头："紫霄这是咋回事？"

言卿给他解释："他应该是中幻术后，误杀了他的父母和妹妹。"

不得志差点骂出来。

言卿倒是没什么感觉。

这世上本来就有太多看似荒谬却又真实的事情。

言卿入这秘境，不是来看紫霄的爱恨情仇的，他对他的生平也一点兴趣都没有。所以言卿拎着不得志平静跟在紫霄的身后，以局外人的视角看过紫霄嫉恶如仇风风火火的一生。

紫霄不用剑，用刀。他的刀叫"时怼"。

——天时怼兮威灵怒，严杀尽兮弃原野。

连刀的名字都透露着一种气息。

跟紫霄这个人一样，暴躁易怒，杀尽不平。

言卿以为能这么一路跟着紫霄找到不得志。没想到，在第六幕的时候，就卡住了。

第六幕，某次宗门间的互相拜访。

香炉青烟直上九天，仙雀灵鹤齐鸣，白云横成玉带缠在青山碧水间。飞舟上跳下一个水蓝色衣裙的少女，身姿曼妙，巧笑嫣然。

她跟在另一位模样相似的白衣女子后面，不经意间朝紫霄看了一眼，旋即露出个明艳清丽的笑容。琼鼻朱唇，肤如凝脂，鼻尖……有一颗痣。一颗和当初那个死在雨夜的女孩，一模一样的痣。

不得志嘀咕："这女的又是谁？咋看起来不像个好东西呢。"

言卿没忍住笑出声："你这算是同类有感？"

那个蓝裙少女年纪轻轻元婴修为，虽然放到外面也算得上天赋出众，但在群英荟萃的九大宗里还是稍显逊色。

她旁边的白衣少女就比她优秀很多，相同年龄已大乘初期。

二人是孪生姊妹。

前者温柔动人，落落大方；后者明艳灵动，媚色横生。同种样貌，不同风情，一个叫镜如尘，一个叫镜如玉。

言卿还想看下去，回忆就止住了。

倏忽间，整个洞虚秘境就跟风雪过境一样。画面里，每个人维持着或怒或笑的表情，走路半抬的脚还停在空中，饮酒高举的杯还留在手里——

身躯却在风雪中粉碎。

言卿："……"

洞虚秘境变化多端，存在于虚空中，由死者全部的灵力构造，是死者万千跳跃的生平记忆。运气好的在里面可能还会窥到死者的功法、法器、符咒，获得莫大机缘。

——就这样的几率，他在里面还能撞到谢识衣？

不得志在经过一番敲打后，也终于不是那么不知死活了，察觉到危险就一溜烟地钻进了言卿的袖子里。

紫霄的回忆是某次仙宴上。

青郁山峦间花瓣千万，似流风回雪。

谢识衣从高台上走下，乌发绸缎般垂落，衣袖如云。

他已是化神巅峰的修为，连秘境都可以随意掌控，让里面的时间暂停轻而易举。

仙宴上一派其乐融融的景象。镜家姐妹云鬟雾鬓，姝色无双；周遭仙客推杯换盏，把酒言欢。

可谢识衣雪白的衣角不染纤尘，凡他走过之处，幻境一寸一寸，灰飞烟灭。

言卿："……"

他刚刚才回忆了上辈子黑水泽和神陨之地的事。现在再见谢识衣，不由心里感叹，谢识衣的变化确实挺大的。

小时候的谢识衣比现在更冷酷更不爱笑，但那时他更像一个别扭且骄傲的狼崽子，故意在身上竖起冷漠的刺，虽然板着脸，可你知道他内心鲜活的喜怒哀乐。

而长大后，这种疏离直接从表面，渗入灵魂深处。

你再也看不懂他的心思。

言卿的视线落在他手中的不悔剑上。不悔剑是上古神兵，通体光亮，寒光照人。

谢识衣平静说道："是你？"

言卿瞬间卡壳，然后心思电转想好了剧本——他傻愣片刻，马上眼中迸发出希望的光，喜极而泣道："对对对，是我，仙尊！渡微仙尊，能在这看见你可真是太好了，我还以为自己要死在这里了呢。"

谢识衣对他的装疯卖傻十分冷淡，问道："你是怎么进来的。"

言卿假惺惺挤眼泪，直接把袖子里的不得志拎出来，苦不堪言道："我苦啊仙尊，我是被这畜生硬拽着带进来的，迷路了。我就在这里瞎走，然后发现根本出不去！气死我了！"

不得志："……"

不得志敢怒不敢言。

它自从知道了面前的人叫谢应后，恨不得自己是块石头。

谢识衣收剑，垂眸，清冷的目光扫过这主仆二人，什么都没说，继续往前走。

言卿牢记自己的人设，抱着不得志屁颠屁颠跟上："仙尊等等我，仙尊别留我一个人在这里啊，仙尊我们现在怎么出去啊？"

谢识衣入洞虚秘境，似乎也是为了找什么东西。

他这种大佬走洞虚秘境和言卿完全不同。言卿如今修为低微，只能跟着紫霄一段回忆一段回忆地看，纯靠运气去碰。

而谢识衣不是。

他冷酷强势，不是他想要的回忆，直接粉碎。

言卿："……"

好狠。

这就是差距吗？

言卿明知故问："仙尊，我们这是出去的路吗？"

谢识衣没理他。

言卿乖乖不说话了，怀里抱着不得志，左顾右盼。

接下来的回忆都是紫霄平生斩妖除魔的经历，紫霄性格易怒易躁，时怼刀斩尽人间不平。斩不忠之人、斩不义之人、斩不仁之人、斩不智之人。他行事雷厉风行，疾恶如仇，如火如风。

这样一个铁血威严的人，唯一的沉默让步或许都给了那个水蓝衣裙的女子。

言卿后面也知道了她的身份。蓝裙女子名叫镜如玉，是浮花门门主的幼女，有个双胞胎姐姐叫镜如尘。

谢识衣完整看完的两段紫霄回忆，都跟镜如玉有关。

没有什么刻骨铭心的爱，只是两场雨。

第一场雨，是镜如玉撑着一把油纸伞站在紫霄的洞府前。她衣裙的边角上有一圈纯白绣边，细雨蒙蒙，衬得那衣袂也跟碧浪浮花一样。镜如玉细白的手指握着伞柄，身躯微微颤抖，像是飘零风中的叶子。

她在自言自语，牙齿战栗：“前辈，今天母亲又骂我了。

"母亲说我心术不正，从来不把心思放到修为上。她扇了我一巴掌，并在门中一众长老面前大声地辱骂了我，让我在无数人面前颜面扫地。”

"可我不知道我到底做错了什么，我到底哪里心术不正？！”

"我没日没夜修行，从来没有一刻敢松懈——就因为资质低下、天赋不如姐姐，所以什么努力都是笑话吗？”

镜如玉说着说着，眼眶红了。

"凭什么？凭什么？”

"凭什么我就是晚出生了那么一会儿，差距会那么大！”

"她镜如尘是未来的浮花门主，是备受器重的天之娇女。世人夸她温婉大方，优雅得体。而我在浮花门里就是个跳梁小丑，无论是母亲还是长老，都只会觉得我不过她。镜如尘，镜如尘，凭什么她镜如尘千万般好！凭什么我又要受到这种折磨——凭什么？！”

紫霄的洞府前种满了青枫。那些青枫鲜翠欲滴，叶子上流淌过晶莹的雨滴，滴落在她的发上。镜如玉的眼中猩红一片。"哗"，她一下子将手里的伞丢掉，跪在了满林的青枫里，单薄的身躯跟雨中蝴蝶一样。

"前辈……”

镜如玉低声抽泣着。

"前辈，你帮帮我，你帮帮我。我真的走投无路，不知道该怎么办了。浮花门中，我没有任何可以相信的人。母亲和长老都不喜欢我。前辈……前辈……求求你帮帮我。”

这是紫霄的回忆，所以是以紫霄的视角去看的。他站在洞府内，沉默地看着那个在雨中哭泣的少女，看她掩面而哭，青丝披散，那么脆弱又可怜。看着她抬头的一刻，细雨滑过鼻尖上细小的痣，跟记忆里的故人一模一样。

就连少女可怜发抖的声音，也和记忆里妹妹的清脆笑声重叠。

那个竖着两个小辫子，眼眸清澈的小女孩。会在长满青枫的山野乡陌间，赤足奔着他跑来。眼中满是孺慕之情，笑声清脆跟银铃一样，喊他"哥哥"。他常年握刀，手中满是茧子，怕弄伤小孩细嫩的皮肤，往往都会先笨拙地用衣袖裹着，才敢去摸她的脸。

"哥哥。"
——"前辈……"
"哥哥，你终于回来了。"
——"前辈，你帮帮我啊！"

紫霄猛然睁开眼，眼中有疯狂的痛苦翻涌。他长相凶恶沉默寡言，脸上的疤就如身躯里的逆骨一般扎根生长。从小到大犹如恶鬼，人见人怕。只有家人对他不会流露畏惧和厌恶，朝他露出温暖的笑容。只是那样的温情，亲自葬送在他自己手中。

杀父弑母，夜屠家门的那一晚，他的灵魂好像也被自己活生生剜下。
此后每一个淋漓的雨夜，彻骨的冷意都会渗入骨髓。
一生负碑而行。
一生走不出的血色梦魇。

树上的青枫被打落，飘零在地上。镜如玉依旧掩面而哭，忽然从指间的缝隙里，看到一双绣着紫色雷云的黑靴。

她愣住，哭声渐止，缓缓松开手，在斜风细雨青枫如织的林中抬起头，眉眼间满是惊喜之色："前辈……"

紫霄不说话，他面无表情时样貌狰狞犹如杀神，眼神也是不怒自威。望向镜如玉的视线很冷，没有一丝爱恨，也从来没有透过她去看谁。

可他就是走了出来。

如行尸走肉般。

镜如玉高兴地从泥泞中站起来,伸出手死死抓住紫霄的袖子,眼眸中的委屈还未散去,就已经流转出浓浓的恨意来。

她像个跟兄长撒娇的小女孩一般:"前辈,你帮帮我。"

"你帮我杀了浮花门的那个叫千巧的毒妇吧。"

"她轻我、贱我,她恨不得让我下地狱——她如果不死,以后死的人肯定是我。前辈你帮帮我,你救救我。"

"前辈,你帮帮我。"

"前辈?"

"前辈!"

——哥哥!!!

一片青枫四分五裂,碎于空中。

这场雨下个不停,画面定格在最后镜如玉倾身扯他袖子的一幕。

满林的青枫静默无言,紫霄握着时怼刀,背影也像把生锈的刀,又钝又静。

……

言卿心中颇为唏嘘。

他一个练气期,能这么亲历亲见看九大宗这些风云人物的爱恨情仇,真是沾了谢识衣的光。要是把他一个人丢到南泽州,怕不是要先从入门弟子做起。连镜如玉都见不到一面,哪能知道这些隐秘往事呢。

不得志冒出一个脑袋,好奇道:"不是啊,这女的和她姐姐关系不是很好吗?前面还一起手牵手下飞舟呢。"

言卿心道:傻鸟,这你就不知道了吧,世间复杂的关系多了去了。

言卿抱着蝙蝠,又偏头,目光悄悄看向谢识衣。

谢识衣握着不悔剑站在一边,侧面望去,睫毛若鸦羽,鼻梁高如玉山。他视线隔着青枫林落到镜如玉身上,那是一种早已习惯的俯视姿势和眼神,清冷、漫不经心而危险。

言卿惊奇地发现,谢识衣的睫毛比小时候还要长出那么一点。他还没来得及去细看,突然就与谢识衣四目相对。

谢识衣道:"看完了吗?"

言卿:"看……看完了。"言卿咽了下口水,想起自己的人设,又马上亡羊补牢道:"仙尊,这里是什么地方啊?这两个人都是谁啊。"

谢识衣握剑,淡淡问他:"你进来找什么?"

言卿长记性了,现在跟谢识衣聊天,再轻松的氛围都不敢掉以轻心,装傻充愣:"啊?仙尊你问我吗?我进来肯定找出去的地方啊,找不到路真是愁死我了。"

谢识衣步子一顿,回头看了他一眼。其实谢识衣看谁都会不由自主带一点审视的意味,大概是久居霄玉殿带来的习惯。漆黑的眼眸里浮着薄冰,蕴藏无限危险。

言卿精神高度紧张,揪住不得志翅膀的手一下子没注意力度。

痛得不得志差点把眼珠子瞪出来。

谢识衣静立于青枫细雨中,像是笑了下,那笑意碎在冰雪中,他语气冷淡地说:

"你觉得我不会杀你?"

言卿脸色煞白,磕磕巴巴:"什么?仙尊,你你你你要杀我?"

谢识衣面无表情看他一眼,而后拂袖而去,只留下崩塌粉碎的幻境。

紫霄洞府前的整片青枫林随着他的离开"轰隆隆"化为烟云,那些枫叶呼啸坠下枝头,言卿只能抱着不得志快速跟上去。

言卿心里乱骂。他在这里说话都不敢大声,结果谢识衣直接走到哪里毁到哪里,这就是强者的任性吗?酸得他磨牙。

回忆中的第二场雨,也是关于镜如玉的。父母死后,紫霄就像个沉默的杀器。他跟师门不亲,活在自己的世界里,握着大刀,背着石碑,行走天涯。

镜如玉能出现在他的生命里,纯粹也只是因为鼻尖上的那一颗痣。

这一次镜如玉到来时,似乎心情极好。她还是穿着一袭水蓝色的衣裙,却再也没装模作样地撑把伞，显得我见犹怜。

雨从青色屋檐上如断线滴落，镜如玉莲步轻移，穿过回廊，环佩叮当。她今日上了妆，更显得容貌倾城。

镜如玉站到了紫霄门前，没有敲门，只是站在门外笑着喊了声。

"前辈。"

紫霄从来就不喜和她交谈，坐在屋内，烛火在窗纸上照出一个盘坐的身影，纹丝不动。

镜如玉早就料到了他会将自己拒之门外，丝毫不惊讶。

"前辈，我是来跟你道别的。"

她伸出细长白皙的手，在门扉上描摹着什么。那指甲上涂满了鲜红的蔻丹，举手投足间，仿佛血光剑影起起落落。

镜如玉微微笑着："感谢前辈这么多年的照顾帮忙。"

"三日后，我将成为浮花门的下一任门主，以后就不会麻烦你了。"

她提到这一件事，额头抵在门扉上、自顾自笑起来，眼波流转，像是叹息又像是庆幸。

"不久前，浮花门璇玑殿起火。"

"我的姐姐被困其中，让赤灵天火烧瞎了眼，也烧断了腿。丹田被毁，再无修行的可能。"

"姐姐觉得自己已经是一介废人，不配门主之位。便主动退位，由我继承。"

"前辈你说，这算不算世事无常呢。我虽然嫉妒姐姐，却也从来没想过，让她落得这个地步。虽然宗门中人人都拿我和她比，但是姐姐对我却是极好的。我见她坐在轮椅上的模样，其实心里也不好受。"

她说着说着，声音突然轻了下来。眼神里肆意滋长的野心，这一刻好像都如燎原的火被风吹灭，留下沉沉灰烬。她低头，看着自己的指甲，神情在变幻莫测的烛光里晦暗不明。

青砖黛瓦上的雨滴落到台阶上，清脆悦耳，接连不断。

滴答。

滴答。

好像要一声一声滴到天明。

镜如玉沉默很久，自言自语喃喃说：“那一晚璇玑殿中的火，真的好大……”

"万幸，都过去了。"

镜如玉的声音散在风中，手指从窗户上离开，整理鬓发，将不经意间流露的情绪收敛得干干净净。蓝色衣裙风姿亭亭，再抬眼又是那个明艳娇俏的少女，负手而立，勾唇微笑：“前辈，今日一别，我们再见可能就是另一种身份了。望前辈多多珍重。”

镜如玉转身离开，步子刚踏出。

屋内的紫霄突然开口了。

"镜如玉。"他喊她的名字，声音沙哑僵硬，干涩一如生锈的刀剑，但他还是出声了。

紫霄说："你心术不正，作恶多端，总有一天会后悔的。"

镜如玉沉默，头也没有回，幽幽笑了："心术不正，前辈，什么又叫心术正呢？像您一样吗？"

"我听说，您十八岁那年误杀父母。"

"您斩尽恶人头颅，被人怀恨在心。他们报复你，用幻术诱导你，用言语迷惑你——让你以为家人早为人所害，让你以为屋内亲人皆是妖魔所变。"

"于是您提着时怼刀回家，怒火冲天——杀父、弑母、害死亲妹妹。"

她话锋一转，又平静问道："您心术正吗？"

紫霄骤然怒吼："镜如玉！"

镜如玉讥刺地笑笑，伸出手，掌心接住从屋檐落下的雨，抬头看着苍灰色的天："我听说您的妹妹在鼻尖上也有一颗痣？"

"前辈，多可笑啊——你为了弥补误杀亲人犯下的错，为了赎罪，竟然仅仅因为一颗痣，就甘心成为我这样的人手里的刀，供我驱使。我们之间，到底是谁更可悲一点呢？"

"你这样的人，又有什么资格劝我回头？"

"镜如玉！"紫霄眼睛赤红，骤然出手，声震如雷："——滚！"

一阵罡风从窗户呼啸而去，卷着狂风暴雨、万分怒意，直直落到镜如玉身上！她踉跄地退后两步，脸色骤白，从嘴角溢出一丝血来。紫霄是洞虚期圆满的修为，放在当世都是举足轻重的强者，他的一击，让那时只有元婴期的镜如玉只觉得五脏六腑都要被活生生撕裂。

镜如玉捂着胸口，重重闷哼一声，站在台阶前，缓缓抬头，对着那扇紧闭的门，沉沉道："紫霄，我感谢你这些年的帮忙，才跟你说这些话。你若继续执迷不悟，我看你至死都会一直痛苦。"

她擦去嘴角的血，道："我言尽于此。以后，我都不会再来找你了。"

镜如玉的衣裙进入雨中，可走了两步却又停下来。她低头看着地上的青枫，乌黑的发睫在雨中凝着光，沉默不言。

那些青枫被雨打落到地上，铺成了一条漫长的路，随风翻卷飘扬，扬向回不去的过往，扬向旧日里的故乡。

镜如玉在雨中伫立，声音跟今日的雨雾一样轻："紫霄，如果把我当成你的妹妹，能让你觉得减轻些孽障，那就这样吧。"

她讥刺地笑了下，在满林的青枫中回身，视线看向那扇紧闭的门，蓝裙静立，样貌倾城，鼻尖的痣是最绝妙的一笔。

镜如玉又沉默片刻，开口说："哥哥，谢谢你。"

青枫卷着故人的魂丝，下一任浮花门门主声音很轻，好像来自天外。

她说。

"哥哥，我原谅你了。"

哥哥，我原谅你了。

门内闭关盘坐的紫霄骤然喷出一口鲜血来。

灵力乱窜、内功反噬。

血溅了满地！

他手撑在席上，黑发散下去，遮住狰狞凶恶的脸。很久，静室之内，只有疯狂沙哑的重重喘息，伴随绝望痛苦的笑，浑浑噩噩恍若疯狂。

刚刚被他震开的窗户被风拍响。

一片青枫从外面吹入窗来，落到他的手背上。

飞舞飘零的叶子带着潮湿雨气。

紫霄牙齿发颤，看向那片叶子。枫叶的边缘锋利不平，如一片薄薄的刀，在他的神魂上，刻下永生永世抹不去的伤痕。

爷娘送我青枫根，不记青枫几回落。

当时手刺衣上花，今日灰不堪著。

……

言卿也是看了紫霄的生平，才知道原来他用的刀，不是剑。

之前在幽牢里，紫霄的每句话都带着怒火威压、震得人耳朵发麻，言卿只以为是个暴躁老哥。虽然事实证明，紫霄确实是个暴躁老哥——

疾恶如仇、暴怒狰狞，但如果不是这洞虚秘境中的种种，没人知道，那些愤怒后面藏着怎么样的过往。

这样一个人……死前到底是怀着怎样的心情，将令牌给白潇潇，将功力给白潇潇的呢？

言卿东猜西想的这一会儿时间，谢识衣已经径直往前走去。

他赶紧抱着不得志往前跑："欸仙尊，你走慢点，等等我！"

谢识衣对紫霄生前的爱恨情仇没有一丝半点的兴趣，言卿甚至觉得，哪怕是刚才雨中的对峙，谢识衣的目光也只是在冷淡审视镜如玉而已。听到浮花门璇玑殿大火时，谢识衣似乎是笑了下，极轻极淡，意味不明，不过那笑意转瞬即逝。

谢识衣对于这两人流露的情绪，恐怕还没刚刚问他问题时多。

"仙尊，我们这到底是要去哪里啊！"

谢识衣说"调查此事"，还真的就是调查而已。

踏碎无数紫霄的回忆之后，谢识衣停在了一片明镜宫殿上。

他是仙盟盟主，主审判主杀戮，不是云游四海的正义侠客，也不是古道热肠的多情修士,看到死者生前的爱恨还要唏嘘一会儿,为此停留。谢识衣所谓的寻真相,或许也不是紫霄死的真相,而是他想要的真相。

言卿跟在他屁股后面,发现应该是走到了回忆的尽头。

紫霄死前,也许是过了几百年,当初元婴期的少女如今一转眼成了化神期的浮花门门主。

镜如玉容色如初,她站在同一片青枫林,笑道:"紫霄,好久不见。"

第5章 | 不悔

紫霄对镜如玉的态度百年如一日，沉默不言。

镜如玉说："坐下聊聊吧。"

青枫林中，有一方凉亭。

镜如玉的手指捻起落到桌面上的一片枯黄枫叶，轻声开口道："好快啊。听说谢应闭关已经一百年了？"

紫霄将大刀插在旁边，脸上的疤和眼神一样凶恶："你想说什么？"

镜如玉微笑："紫霄，谢应是你们忘情宗的首席弟子，你身为长辈，难道不该多关心一下他吗？"

紫霄："他的事，轮不到你来管，更轮不到我来管。"

镜如玉道："放心，我还不至于蠢到去招惹谢应。我只是很好奇罢了。"

"这位年纪轻轻的霄玉殿主，拜入忘情宗只两百年而已。两百年间，夺青云榜，破化神境，惊才绝艳莫过于此。他接受仙盟后，以杀止乱、立威九宗，却又在最好掌控权势的时候，推掉一切事情，孤身一人闯入魔域。你说谢应在想什么呢？"

紫霄低头看着枫叶发黄蜷曲的边缘。

镜如玉又道："更让人惊讶的，谢应从魔域出来，又闭关南山峰一百年，真令人猜不透心思。一百年啊，人心诡谲、风云变动，紫金洲三家蠢蠢欲动。我可真好奇谢应出关后，面对这一堆烂摊子会怎么做？"

紫霄说："你若是只是想说这个，不如直接去问他。"

镜如玉自顾自笑起来："问他？"

她手指描摹过枫叶上细细密密的纹路，摇头，眼神晦暗："不，我不想见谢应。"

紫霄沉沉道："你怕他。"

这次换镜如玉沉默了。

紫霄伸出手握住刀，站起身来。

镜如玉手中的叶子粉碎，她抬头很自然地问："紫霄，你不觉得谢应做的是错的吗？"

紫霄反问："做得最错的难道不是你吗？"

镜如玉幽幽笑了："我做错了什么——我那些年里拜托你去杀的人难道有哪一个是不该杀的吗？"

紫霄沉默。

镜如玉尖锐追问："当初浮花门那个千巧长老，难道不是作恶多端？"

紫霄深沉地看着她，沙哑道："镜如玉，你哪怕做事再滴水不漏，伪装得再好，骗过自己骗过我，也终有露馅的一天。"

镜如玉不以为意："哦，我等着那一天。"

紫霄的背影立在青枫林尽头。镜如玉忽然站起身来："紫霄，我们做一个交易如何？"

他们之间，倏忽几百年的岁月，各有算计，各取所需，到头来，干净利落得像擦肩而过的陌生人。

镜如玉说："我门下有人在留仙洲发现一只凤凰魔种，你去帮我抓回来。而作为回报，我告诉你当初给你下幻术的人是谁怎么样？"

紫霄背影僵直，骤然握着刀回过神来，眼睛充血怒意汹涌，似乎下一秒就要雷霆大作。他牙齿咯咯直响："幻术？！"

镜如玉微笑："对，幻术。当初让你误以为父母妹妹是妖魔的幻术。"

刹那间，紫霄的回忆开始崩溃！满林的青枫哗啦啦震动，那叶子中满是紫霄的怒意，化为最锋利的刃！言卿暗道不好，站在一棵树下面，差点被刀子雨埋了。好在他一直跟在谢识衣身边，周围仿佛有个无形的屏障，隔绝一切危险。

不得志死命拽他的头发，声嘶力竭："离他远点！离他远点！离他远点！"依它的直觉，谢应就是危险之源。言卿对它忍无可忍，直接拽了拽谢识衣的袖子："仙尊。"

谢识衣垂眸，漠然地看着他。

言卿把不得志举起来，小心翼翼眨巴着眼说："仙尊，这鸟又开始发疯了，好可怕，你说它会不会伤人啊？"

不得志："……"

谢识衣看他一眼，抬手，指尖流出一丝寒光，化神期的灵力注入其中，直接成为一个冰雪造的笼子，把不得志囚禁在了里面。

不得志气到拿头撞栏杆。

真不知道自己是该感到荣幸还是屈辱，化神期大神亲自给它做鸟笼。

言卿喜笑颜开接过笼子："好的，谢谢仙尊。"

傻鸟，叫你那么吵。

有了这么一茬，言卿瞬间觉得自己和谢识衣之间的距离更近了些，开始重新放肆。抱着冰晶做成的鸟笼子，左顾右盼道："仙尊，我们什么时候才能出去啊。"

谢识衣这一次回答了他："等紫霄死去。"

言卿："哦，好的。"他说完，突然又想起了镜如玉的话。

"在最好掌控权势的时候，推掉一切事情，一人独入魔域。你说谢应在想什么呢？"

几乎是不经大脑，言卿突然开口。

"仙尊，您去过魔域吗？"

谢识衣："嗯。"

言卿："魔域是怎样的？"

谢识衣道："与上重天无二。"

言卿心道，骗谁呢，魔域那常年只有一个月亮的鬼地方，能和上重天无二？但他嘴上却震惊地说："真的吗？可我看那些话本里，都把魔域描写成吃人的地方——里面真的有鬼吗?"

谢识衣语气平静,却问:"你怕鬼?"

言卿不假思索:"怕。"

谢识衣不说话了。

言卿抱着笼子继续找话题:"我怕得很呢,小时候我不睡觉,奶奶就经常拿鬼来吓唬我,让我早点睡。"

谢识衣抬眸淡淡地说:"你小时候到底是和姥姥住还是和你奶奶住?"

"……"言卿一噎。满嘴跑火车跑顺了,一时间竟然又忘了之前撒过的谎。

言卿不假思索说:"嗯,一三五七睡姥姥家,二四六睡奶奶家。"

谢识衣垂下眼眸。

言卿又问:"仙尊,你去魔域做什么啊?"

谢识衣轻描淡写说:"杀人。"

言卿心道:你当初那架势,哪是去杀人的啊,你明明是去屠城的!

言卿没有感情地夸赞:"哇,仙尊不愧是正道魁首,我辈楷模。"

谢识衣眼眸望向前方,突然道:"凤凰魔种出现了。"

言卿:"嗯?"

"哈,到我出场了!"不得志兴奋地站好,红眼睛一眨不眨满是期待,颇有种主角登场的激动感。但是它注定失望了——因为紫霄的回忆里没有它,紫霄的回忆里只有一只流金赤红的碧眼凤凰。

它探头探脑,找半天没找到自己。

心灰意冷,恼羞成怒。

这个故事本座竟是局外人?!不得志气得炸毛,怒而再咬栏杆。

这是紫霄渡劫失败的时候。

他元婴死去,丹田破碎,浩瀚的灵力如水一般喷涌而出,在虚空中化为道道紫色流光。

洞虚期修士渡劫失败就意味着死,紫霄盘坐在黑暗中,看着那只疯了一样朝他袭来的凤凰,嘴角扯出一抹笑来,是自嘲、也是解脱。

只一眼，他就知道了这是阴谋，是镜如玉要他死的阴谋。

如果他能活着回去，他定要与镜如玉同归于尽！

凤凰魔种的眼睛碧绿，望向紫霄的瞬间却流露出冰冷的猩红来，癫狂、贪婪、愤怒，种种情绪交汇融合。最后，凤凰仰天长唳一声，翅膀扇动，又俯冲过来——尖锐的喙直取紫霄的眼睛。

紫霄重重喘息，时忿刀上鲜血淋漓。

凤凰见血癫狂之色更甚。

千钧一发之际，谢识衣抬手让时间停止了。

冰蓝薄霜凝固一切，凤凰的身体停滞在空中，它与紫霄应该是一样的洞虚期修为。与当初言卿在幽牢笼子里所见的垂死之态不同，全盛时期的凤凰魔种，身躯要庞大数十倍，翅膀燃着涅槃火、气势吞天。

谢识衣握着不悔剑，雪衣拂过混沌世界。他没有去看濒死的紫霄，视线只冷冷地看着这只凤凰。

魔有一个重要的特征，就是苏醒时，宿主眼睛会变成碧绿色。

生于脑，现于"眼"。

谢识衣举起不悔剑，直接刺穿了凤凰魔种的眼。

剑身穿刺的瞬间，汩汩的碧色血液从凤凰的眼中流了出来。

如果说一开始言卿还在那里看戏，那血流出来的瞬间，他的身体僵住，瞳孔一缩。

他感受到了熟悉的气息。

等等，那是……淮明子的御魔之术？！

"谢识衣，避开！"

言卿脸色瞬间冷下来，骤然大喊。

……

虚空混沌一片。唯凤凰之羽流光璀璨，像赤金曜日破开漫长黑夜。

自凤凰眼中流下的碧血，沿着不悔剑冰冷的剑刃，落到了地上，而后触地反弹，竟然在瞬息之间轻忽飘转。

113

碧血染带着浓郁的黑色，浮现空中，变成一条狰狞细蛇——淬着满身毒液，袭向谢识衣。

言卿都没想到居然会在这里看到淮明子的"御魇"之术。

为什么？淮明子已经死了一百年了，为什么这种邪功会在上重天出现？？

御魇之术，以血控魇——那碧色的血里，是从凤凰体内蹿出来的魇。淮明子实力深不可测，他研究的功法也是上古邪术。这老头在化神期巅峰待了不知道多少岁月，未必找不到谢识衣的破绽。

言卿心一急，神色凝重，倏然出手，指间魂丝从袖中穿梭而出，幻影变成重重枷锁。红线绕过虚空、绕过凤凰燃烧的羽翅，打算直入凤凰的眼，直接束缚住那些魇。

可结果并没有如他所愿。

他的红线落入一只手中。

苍白的、冰冷的，像是玉，又像是雪。

言卿愣住。

这一刻，不悔剑的剑意席卷四野八荒，属于紫霄的回忆渐渐消散。虚空中浮现出一点一点白色的星光来。凤凰的身躯也在消逝，金色、红色的星火漫天，织成璀璨的长河。

干燥、炙热的风，拂过耳边好像有细微燃烧的声响。

之前袭向谢识衣的那一点碧血，谢识衣本可以躲开，却不知为什么失神了片刻，迟疑一瞬，让那碧血入了眼。血色染湿睫毛，晕开在眼中，他没有去理，只是垂眸，静静看着掌心的红线。

延伸的魂丝都不过是幻影，在言卿收手的一刻，通通消失。

谢识衣看着掌心的线消失，平静地收手，在黑暗虚空万千星火中，冷静地抬起头来。

言卿一时间哑然，最后抱住关着不得志的笼子，没忍住，低声笑起来，笑了好久。

不得志都不知道主人笑什么。

他的主人在笑自己傻。

是淮明子的御魇之术没错。

但这是紫霄的回忆中啊。

谢识衣如果遇到危险,直接像之前一样停止一切就行了。

他操什么心呢?真是关心则乱。

而且,谢识衣一早就认出他了吧。即便锁住魂息,也不一定能瞒得过谢识衣。

谢识衣观察一个人行为举止的能力本就很可怕。那些做作的装疯卖傻,有时候他都觉得很假。

不过本来……桃花细雪中,一切就在虚实之间,他也从来没认真伪装过。

言卿没说话,谢识衣也没说话。

后来紫霄血肉之躯落入回春派幽牢中,但是那时他已经离开虚空,于是洞虚秘境中的记忆便也就停在了这最后一幕。时忿刀被留在虚空中,随着主人的消亡,自动解体。

天时忿兮威灵怒,严杀尽兮弃原野。十八岁杀父弑母,数百年疾恶如仇。颠倒狂悖的一生,尽悉湮没虚无。黑暗消散,回忆尽头,永恒留存在这片秘境里的,是紫霄洞府门前的那片青枫林。

言卿走过去,眼中漾开笑容,揶揄道:"仙尊,紫霄死了,现在我们可以出去了吗?"

不得志本来就在生闷气、咬栏杆,听到他主人这吊儿郎当的语气,瞬间差点喷出血、磕到牙。

喂喂喂你找死不要带上我啊!

谢识衣漫不经心地抹去面上的血,看他一眼,淡淡"嗯"了一声。

这片青枫林贯穿了紫霄的一生,就跟他颧骨到嘴角的那条疤一样。

疤是逆骨,是愤怒,是杀伐;这片青枫是故乡,是回忆,是混乱一生最后的柔情。

言卿再看这片青枫，又回忆起了那两场雨，想起了镜如玉在第一场雨中跪地请求的无助模样，白梅油纸伞落到旁边，她扬起的脖颈苍白脆弱，像孤零的鸟。

又想到第二场雨，她在争吵过后拂袖而去却又停下步子沉默很久，在青枫中回首，讽刺一笑，轻声说"哥哥，我原谅你了"。

九大宗浮花门门主，果然擅长玩弄人心。

言卿不由感慨，道："镜如玉演技真的挺好的。"

谢识衣将手中的不悔剑隐去，不置可否，轻轻道："是吗？"

言卿忽然来了兴趣，抱着笼子，指着自己说："谢识衣，我的演技怎么样？"

谢识衣这才又看了他一眼，霄玉殿主清冷的面容上如往常一样没什么表情："你要听实话吗？"

言卿："听！"

谢识衣轻声笑了下，没什么情绪："这几百年，敢在我面前演戏的人里，你是演技最拙劣的。"

言卿："……"

哦！真是难为你了！纡尊降贵看我装疯卖傻那么久。

至于吗？演技差就演技差，为什么还要拉踩。言卿呵呵一笑。

不过想到镜如玉那种似真似假，爱恨交织的表演，言卿回忆自己的表现，又诡异地沉默了一会儿。

他抱着笼子，选择尴尬地转移话题："你进这秘境为了什么？"

谢识衣道："找秦家的线索。"

言卿："秦家？"

谢识衣颔首："嗯。紫金洲，梅山秦家，那只凤凰应该就是他们所为。"

言卿想起之前发生的事，提醒他说："这只凤凰魔种内有御魔之术。"

谢识衣："好。"

言卿："我怀疑秦家和魔域有联系。"

谢识衣："好。"

一叶青枫从眼前坠落，接下来又是漫长的沉默。

言卿有点愣神，手搭在冰笼上方，把这些看似重要却又无关紧要的话聊完，他突然又不知道该说什么了，心不在焉地摸着不得志的翅膀，眼神飘忽地看着眼前的枫林。他和谢识衣上辈子从神陨之地分离后，仿佛就无形中多了一道屏障，再也回不到以前亲密无间打打闹闹的岁月，换陌路殊途。十方城再见时，危机重重，没什么心情叙旧。没想到现在，居然是二人第一次心平气和走一段路。

他摆脱了魔神，摆脱了十方城少城主的身份，无拘无束，无忧无虑。

静下心，却发现对曾经最熟悉的故人，已无话可说。

金色的阳光穿行枫叶间，言卿微微发愣。

不得志牙齿还咬着栏杆，再没眼色都发现气氛不对劲，眼珠子左转右转，可还是畏惧谢识衣，只好耷拉翅膀趴地上，把所有叽里咕噜想说的话吞进肚子里。

穿过青枫林，又是那条他来时的长长的隧道，也是出口。出口处有蓝色的蝴蝶翩跹飞舞。

言卿刚想说什么，忽然就听到谢识衣开口，平静问他："你呢，你想做的事做完了吗？"

言卿："啊？"

谢识衣耐心很好："你进洞虚秘境。"

言卿再次把不得志祭出来："没有，我是来找这蝙蝠到底是什么东西的，不过没想到，这蝙蝠在紫霄的回忆里不值一提，影子都没出现。"

不得志："……"无话可说，继续用栏杆磨牙。

谢识衣停顿一会儿，从言卿那里把笼子拿了过来。

他的手指在黑暗中从雪袖伸出，苍白而修长。专心咬笼子的不得志鸟身僵硬，差点从红色的眼睛里飞出眼泪。呜呜呜，它不要！啊啊啊，它不要落入这个人手里！

谢识衣垂下眉眼，浩瀚强势的化神期灵力，直接注入不得志体内。

不得志生无可恋，觉得肚子里一片冰雪，就要魂归西去。

言卿好奇地在一旁说："你发现什么了吗？"

谢识衣道："没有。"言卿不得志拿回来，意料之中："我之前就觉得他的肚子像是个黑洞，什么都能吞进去。"

谢识衣说："带回南泽州，或许会有办法。"

言卿："嗯。"

等等，南泽州。言卿听他提到回南泽州，思绪回笼，想起之前发生的事。

——罗霖花，回春派，令牌，收徒之事，白潇潇。

之前不觉得有什么，和谢识衣挑明身份后，言卿浑身血液冻结，手指狂扯红线，郁闷烦躁。

分离之时恨不得亲手杀死对方，以为这辈子不会再见。他们现在算什么呢。似敌似友，似亲似仇。

言卿说："谢识衣。"言卿刚喊完他的名字，忽然发现已经出洞虚秘境了，天光入眼。

外面齐压压站了一大群人。

寒月清辉下，桃花如雪，白潇潇跪在地上，在他面前是盛怒的回春派宗主和怀虚。

宗主气得脸色通红："罗霖花本就是燕卿拿的，关你什么事？！你又在可怜什么？！"

"唉。"

天枢现在看到这小娃落泪就头痛，选择眼不见心不烦。

白潇潇咬碎银牙，抬起头来，眼中全是泪："可令牌是我的啊！是他燕卿以势压人逼着我交出令牌！然后又不知廉耻向忘情宗提出要求！他费尽心思想拜渡微仙尊为师！可他凭什么？他燕卿凭什么啊？！"

白潇潇说完闭上眼，以为宗主会忍无可忍扇他一巴掌。但没想到，巴掌迟迟没落下。白潇潇睁开眼，见面前的所有人就跟石化一样，瞪大眼，一动不动。

凉风卷着地上的桃花，月色漫漫，也带来熟悉的当初在桃花下初见，就刻入人灵魂记忆深处的清冷气息。

白潇潇察觉到了什么，脸色煞白，转过身去。视线所及，只能看见那遥远的雪色衣袍。

白潇潇说不出话来,身躯颤抖匍匐在地上,道:"仙……仙尊……"

一时间万般情绪涌上心头,是恐惧,是惊艳,是敬仰。但随之而来的,是暗自得意,是所有委屈拨云见日的欣喜。

渡微仙尊听到了,渡微仙尊听到了……

他听到了。

他知道令牌原来是他的!

他知道燕卿是个抢功劳的无耻小人!

他知道燕卿虚伪恶毒的真面目!

言卿:"……"

言卿只能折磨不得志。

一片桃花从他鬓边飞过,落入他后方谢识衣的手中。

谢识衣掌心接过桃花,垂眸静视它。沉默好一会儿,才低低笑了一声。

他开口,说话的声音很轻,跟云烟细雪一般,缥缈幽微。

"你真的费尽心思,想拜我为师?"

言卿:"……"

这又关他什么事,他醒过来的时候,原主就已经走到这里一步了!

言卿上辈子刚和谢识衣认识时,不是冷嘲热讽就是指桑骂槐。遇到什么事都不会让步,面子比天大。没想到一朝重生,直接里子面子丢了个遍,呵呵。

白潇潇手指紧紧抓着地上的碎石,身躯颤抖,也不知道自己在期待什么。他再度小心翼翼地抬头,对上的是谢识衣遥遥落下的目光。

刹那心里的期待烟消云散。

他大脑空白,呼吸停滞。一不小心,手指被细石划破。

那种尖锐的痛,却不敌现在大脑轰隆隆的响声。白潇潇面无血色,感觉自己像是突然被拎出来,身处空旷的大殿里,四周无人,绝望无助。他深深俯身下去,脸触到光滑冰冷的台阶。

大乘期以上的强者,都会有着浑然天成的威压。他从未去过南泽州,也没遇到过这样的人,更何况是……谢应。

言卿抱着不得志后退一步,选择装聋作瞎。

他都把惊鸿殿的舞台交给白潇潇了,没想到那么多人还不够他舞,居然能舞到谢识衣面前,不知道该不该夸他一句勇气可嘉。

谢识衣又道:"为什么?"

这话也还是问言卿的。

言卿揪着不得志的翅膀,差点被口水咽着,回过头:"什么为什么?"

谢识衣之前对于天枢承影衡白三人的争吵,像看一出并不好笑的闹剧,没放在心上。可是即便如此,他现在冷静下来,也能很轻易地推测出原委。

"令牌。"谢识衣道,"你得了忘情宗的令牌,提出的要求是拜我为师?"

言卿头皮发麻,维持着笑容,桃花眼里满是警告,皮笑肉不笑道:"是啊,渡微仙尊名动天下,我心生仰慕难道不是人之常情吗?"

闭嘴!

谢识衣看见他警告的眼神,指间的桃花随风而落,勾起唇又笑了下。

这一笑,在场的所有人都看傻了。天枢眼珠子都快瞪出来,这真的是他那位师侄?!

细碎的桃花瓣,擦过白潇潇的脸,他还在发呆呢,忽然感受到了细细密密的痛。花瓣上淬着的冷意深入骨髓,破开他的皮肉,鲜血迸溅。

"啊!"他惊恐地大叫一声,更深地跪下去,不敢抬头。

谢识衣突然道:"手给我。"

言卿心情糟糕,没好气:"干什么?"

谢识衣平静重复:"手。"

言卿沉默了一会儿,伸出一只手去。

他腕上红线错乱纠缠,掌心洁白如玉。

谢识衣想去碰他,但是指尖在空中顿了下,垂下眸,自雪袖中飞出一颗血玉珠,直接落到了言卿的手里。言卿看到那珠子的瞬间,疑惑地眨了下眼。他上辈子也是化神修为,身为十方城少城主对天材地宝屡见不鲜,什么神器仙器没见识过。这颗珠子，言卿一眼就知道不是凡物。

"这是什么？"

谢识衣道："仙盟信物，见它如见我。"

言卿："……"

他突然觉得那血玉珠散发的不是寒气，是热气——烫得他差点手抖丢掉！

仙盟信物？谢识衣你知道你在说什么？！前面言卿才被天枢老头告知了一堆仙盟的事，还对这修真界的权力巅峰发表过感叹，没想到一转眼，盟主信物就到了他手里。

他这个练气三层的弟子，一下子凌驾九宗三家之上了，主掌生杀？

言卿不要。

他说："你给我这个干什么？！"

谢识衣道："你若想向我提出什么要求，不必通过忘情宗。"

言卿："……"

众人："……"

谢识衣平静解释："我常年不在宗门内，而且，忘情宗并没有人能直接接触到我。"

言卿扯了下嘴角，还是将那血红色的珠子收了起来。在腕上随便找了根红线，穿过它，绑在了手上。

天枢和衡白面面相觑，两人都从对方眼神里看到了惊悚神情。天枢觉得自己果然年纪大了，人都站不稳，差点又要晕过去了。

——回春派的人不知道仙盟在南泽州的地位，但是没有人比他们更清楚那颗血玉珠代表了什么！

言卿受不了这些人的眼光，扬手道："折腾了一晚上，我先回去睡了。"

谢识衣这才想到什么，抬眸："睡觉？"

言卿："对啊。"

谢识衣漫不经心地问："你还没筑基？"

言卿倍感耻辱："对。"不愧是青云榜首，可能几百年没接触过他这种修为的人了吧，这都要多嘴一句。

121

谢识衣:"嗯。"

白潇潇脸上手上全是血,这一刻什么话都说不出来了,身躯在地上抖如筛糠。

脑子里紧绷的那根弦"咔"的一声断了。那些委屈、不满、愤怒,一巴掌重新甩回脸上,扇得他大脑嗡嗡响。他眼泪凝固,现在才发现原来自己一直耿耿于怀的事情,在别人眼中就跟笑话一样。

令牌。

令牌。

——忘情宗并没有人能直接接触到我。

白潇潇如五雷轰顶,手指一点一点蜷缩,恨不得自己现在就是尘埃。

言卿打算开溜,他和谢识衣现在这客客气气的场景也真够奇怪的。也许谢识衣一时半会儿也不知道怎么跟他相处吧。

言卿抱着不得志刚想跑呢,谁料一转身,就撞上了因为洞虚秘境崩塌匆匆赶过来的承影一群人。

承影脸色铁青,隐忍怒意,厉声道:"谢应,你竟然已经从紫霄的秘境出来了,查清楚结果没?查清楚了就给我把这阵打开,放我们回去。"

他身后跟着殷无妄和一些流光宗的弟子。

谢识衣在月色下抬头道:"承影长老,离开之前,回答我一个问题。"

承影现在一听到他的声音就觉得后背生寒:"你要问什么?"

谢识衣道:"你们为什么会出现在这里,让殷无妄来答。"他的声音很淡,却跟料峭寒风般,堵住所有的人退路。

殷无妄听到这话,在承影背后瞬间脸色煞白,呼吸急促。

他和谢应同辈,可彼此之间天差地别。谢应的身份、修为、权力,让他们注定不可能有过多交集。他甚至有些恐惧和谢应打交道。

承影往前一步,把殷无妄护在身后,脸容扭曲:"凭什么要我们少宗主来回答!谢应,你别欺人太甚——唔!"

承影突然瞳孔紧缩闷哼一声，吐出一口血直接跪了下来。他捂住胸口，难以置信地抬头去看谢应。可嘴里全部的话，都在对上谢应那双深黑的眼眸时咽下。

谢识衣眼眸深处似乎有幽蓝寒光，说道："我说话不喜欢重复两遍。"

承影牙齿咬得咯咯响，目眦欲裂，眼里一片血红。

他原以为来回春派，撞上忘情宗的天枢和衡白就已经是倒大霉，没想到真正的噩梦在后面。

笼罩整个上重天的噩梦！

"长老，我来吧。"

殷无妄握紧拳头，从后面站了出来，哑声说。他身上本来就还有很多伤，脸色发白唇也干裂，眉心的红菱是殷家人的标志，成为脸上唯一的血色。

殷无妄深吸口气："我……我是为机缘而来。"

谢识衣没说话。

殷无妄知道，他不可能骗得过谢应。也是在这时，殷无妄才后知后觉懂得，为什么他娘除了地点在回春派之外什么都不肯告诉他，连人也不叫他带过来，或许就是害怕现在的这一幕吧。上重天的权势中心，这群人的博弈虚虚实实真真假假，而他根本上不了棋盘。

他涩声道："我娘告诉我这里会有一个秘境，我从南泽州过来，就是为了寻它。其余的，我什么都不知道了，真的什么都不知道，我娘什么都没告诉我。"

承影性格乖张，护短至极，他看殷无妄的背影只觉得呕血，充满戾气的眼珠子一转，大掌一伸，把旁边瑟瑟发抖的一个流光宗弟子直接扔了出去。

"你去说！"承影厉声，咬牙切齿道："你去说！你去跟仙盟盟主好好说清楚，我们为什么出现在这里！"

弟子被承影直接摔过来，跪倒在谢应面前，嘴角还在流血，颤颤巍巍地跪下来，泪如雨下："仙尊，仙尊饶命，仙尊饶命。"

谢识衣垂眸看他，神态自若："嗯，你来继续说。"

没有一丝同情，也没有一丝犹豫。

承影的狠在表面，而谢识衣的狠在骨子里。

流光宗弟子快要吓破胆，哭着说："仙尊，我们是专程过来接少宗主的，少宗主在此地被回春派所害，我们跟着承影长老过来接他回家，事情就是这样。"

流光宗弟子重重磕头："仙尊！我没有半点隐瞒！若有一丝隐瞒我天打雷劈不得好死！仙尊饶命！仙尊饶命啊！"

全场寂静。所有的人又一次被感同身受的恐惧扼住了咽喉、不敢呼吸。

其实平心而论，今天的谢应比那日在桃花谷中、气势要柔和了些，若春风细雨般，可即便如此，也依旧令人胆寒。

承影眼睛赤红："谢应！现在你可以放过我们了吧！"

谢识衣尾带着音浓浓的嘲讽："不可以，我不满意。"

一语惊起千层浪。

承影终于崩溃："谢应！你到底要怎样！"

他犹如困兽："你到底要怎样才肯放过我们！"

谢识衣没理他，指尖的桃花汇着寒光冷意，汇成一条线，呼啸穿行，灌入了殷无妄眉心的红菱里。

那是流光宗殷家主脉的命魂线——

桃花入命门！

这一刻怕是流光宗的宗祠禁地内，都刮过一阵卷着桃花的煞风！

承影说不出话来了，手指都在发抖。

他知道谢应是个疯子，他知道谢应冷酷无情、手段冰冷，却也是第一次真正意义上接触这位年轻的霄玉殿主。不满意回答，他真的不会问第二次，直接越过所有人，剑刃指向流光宗。

谢识衣转身离去，乌发白衣似乎都在月色里散发清辉、干净无瑕，留下的话语冷淡，不允许有任何异议："三日之内，叫殷列到霄玉殿见我，说出一个让我满意的答案。"

殷列。现任流光宗宗主的名字。

殷无妄捂着自己的额头，崩溃地坐下，难以置信："长老，什么东西，刚刚那是什么东西？！"他像是溺在大海中，绝望无助，仓皇地抓住承影的手："长老，刚刚那是什么？谢应往我眉心里放了什么？"

承影眼里露出一丝恐惧来："不悔剑意。"

他声音颤抖："少宗主，你快点回去将此事告诉宗主吧。不然，三日之内，魂飞魄散。"

魂飞魄散四个字落地，殷无妄瘫坐在地，脸色发白。

言卿抱着不得志在旁边看着这一切，能感受到不得志的身体是如何一点一点僵硬的。它本来嫌笼子闷，用牙齿磨了半天，磨出一个小洞，好不容易钻出来。

结果还没得意一会儿，就又想回去了。他奶奶的……外面的世界好恐怖。

不得志想了想，试探着问："之前他往我肚子里放的是不是也是这个玩意儿。"

言卿笑起来："不错啊不得志，长进了，变聪明了。"

不得志："……"

不得志拿头撞言卿，气得语无伦次："我就说了离他远点！离他远点！离他远点！"

言卿摁住他的头，吐槽："你胆子怎么那么小。放心，死不了。"

这时，谢识衣走了过来，看到他还在原地，收剑平静地问："你是没找到睡觉的地方吗？"

言卿没好意思说看戏看入迷了，点头："没错。"

谢识衣沉默一刻，道："跟我来。"

言卿："嗯。"

洞虚秘境前。黑压压跪了一群人，傻了一群人。

他们就看着那抱着蝙蝠的练气期废物，理所当然地跟在了谢应身边。

言卿回身看一众面毫无血色的人，手指轻轻动了下红线，眼中晦暗不明……

掌管杀戮,不受规则约束。这样的身份,似神也更似魔吧。

谢识衣是化神期修士,变出一个休息的房间轻而易举。

言卿觉得如果不是他这一句"睡觉",谢识衣应该会直接就打开樊笼大阵,然后今晚离开这破地方。

言卿突然有些好奇问:"谢识衣,霄玉殿是什么样的?"不知道为什么,虽然没见过,但他已经能想象那是一个怎样华贵清冷的地方了。

谢识衣看他,问:"你想见吗?"

言卿生怕他变出一个霄玉殿来,婉拒道:"等我有机会再去看,但是现在我不想睡在里面。"

谢识衣收回视线。

随后云雾散开,一个言卿熟悉的地方出现在面前。

言卿眼中露出恍然之色,笑出来:"是这儿啊!"

青瓦白墙,窗边种着很多的芭蕉树,檐角下有一个红绳挂的小银铃,风一吹,丁零作响。

他们住过很多地方。

好的坏的,旧的新的。

从住在谢府落雨后院的小可怜,到障城人尽皆知的天之骄子,再到后来身份揭穿,跌落尘埃,重头来过。言卿回想起上辈子,很多时候都是在和谢识衣吵架。可是伴随着那样的吵闹,他们真的走过了无数个人生的起起落落。

言卿左右看了下,嗤笑:"居然是登仙阁的厢房,这得是你七八岁的时候住的吧?哇,你那么念旧,怎么不再往前一点,干脆把五岁住的那个小破屋变出来。"

谢识衣淡淡道:"变出来,你睡屋顶吗?"

言卿没理会他语气里的戏谑,反讽道:"说得好像你那时不是睡屋顶一样。"

谢府后院的那个小房子,屋顶上长满了藤蔓,底下蛇鼠虫蚁杂聚,根本就不能睡。所以夏天的时候,他们更喜欢到屋顶待着。

不过……

言卿视线落到谢识衣的衣袍上，看上面魄丝鲛纱，一针一线都凝着清辉。

他扯了下嘴角。

谢识衣以前就有洁癖，不过为了活下去也不会太矫情，但现在，当初被压抑的洁癖可能直接变本加厉了。

别说睡屋顶，让他来到回春派这灵气微薄的破落地方，可能都嫌尘埃染了身。

一提到小时候，针锋相对过后，又是良久的沉默。登仙阁的这个厢房内只有一张很长的桌子，配着两张椅子。

桌子和椅子其实都是自己做的。言卿的手指摸到了桌角的划痕，上面跟占地盘一样幼稚地写着数字，"十一"。

是言卿写的。谢识衣从来不会承认这两个字是他的名字，甚至对言卿为了气他喊的"幺幺"也只当听不见，忍无可忍，就拿东西堵住耳朵。

故地重游，两个人都神色莫测。

之间隔着数百年的倥偬岁月，没人再是当初只想活下去的少年。

不得志前面一番折腾，早就困得不行，进屋就呼呼睡在了言卿怀里。

言卿嫌碍事，直接把它丢在地上。

谢识衣忽然开口道："你为什么想去南泽州？"

这是谢识衣问的第一个有关重生后的问题。

言卿一时愣住。

谢识衣不问他怎么重生的？不问重生多久了？问为什么去南泽州？

什么脑回路啊？

谢识衣坐在桌前，也不催促，静静地等他说话。他的墨发迤逦到案上，人间的烛火照耀下，眉宇间的清冷意味似乎都淡了点，薄唇紧抿着。

言卿想了片刻，说："为什么问这个？"

谢识衣淡淡笑了下，眼眸里却没有笑意，凝视他："想去南泽州，难道你真的是为了拜我为师？"

言卿："……"

你还别说，真是，但言卿怎么可能承认？他别开视线，把玩着指间的红线，随意道："想去九大宗看看罢了。"

谢识衣："嗯。"

言卿又说："之前一直没出魔域，好不容易有了机会，总得见识见识上重天的风光。"

谢识衣："嗯。"他说完，手指点在桌上，平静地开口说道："南泽州九大宗，忘情宗或许是风光最好的地方。"

言卿："嗯？"

谢识衣说："你可以跟我回去。"

言卿这才反应过来，谢识衣是在给他规划之后的事。也是，由忘情宗的令牌扯出的一堆破事，对于谢识衣来说，可能真的连玩笑都算不上。

言卿奇怪："你不是不常住忘情宗的吗？"真正能够见到谢识衣的地方，估计也只有霄玉殿了。

谢识衣愣了下，淡淡道："我闭关出来，会先回宗门待上一段时间。"

言卿："哦。"他想到镜如玉的话，颇为好奇地问："你闭关这一百年，是为了破化神巅峰境？"

谢识衣听到他这话，想到什么，笑了下："可能吧。"

言卿难得见他这么有问必答，没忍多久又问了一个问题："那谢识衣……我是以什么身份，跟你回忘情宗呢？"

谢识衣抬眸，把这个问题轻飘飘丢给他："你想以什么身份？"

言卿微微一笑，不是很诚心地："我当然是想名正言顺拜入宗门啊。可是渡微仙尊，听说你们忘情宗弟子选拔极其严格啊，非百岁元婴不收，非天灵根不收。仙尊，我的资质好像进不去？"

谢识衣："确实进不去。"

言卿："……"

我是要你点评我资质的吗？！我是要你给我开后门的！！！

谢识衣忽然又静静开口道："言卿。"

言卿："干什么？"

128

谢识衣黝黑的眸子静静看着他,带着言卿熟悉的疏冷神情,说话的内容却很遥远。或许他也很少跟人说这些,嗓音清冷,说得很慢,哪怕说的每句话在外人眼中都是惊天动地的大事,由他道来,也跟月色般平淡。

"南泽州九大宗争权夺势,联合梅山秦家、灵渠萧家、沧海微生家,对除魔之事心怀异议,建立四百八十寺,与仙盟相抗。你现在修为尚未恢复,与我扯上关系,必然被他们盯上。"

言卿满不在乎:"所以?"

谢识衣道:"你若去南泽州,待在我身边。"

言卿:"哦。"

言卿阴阳怪气又接着说:"问题的关键难道不是我进不了忘情宗吗?"

谢识衣听到他这个问题,道:"不,你现在有个最名正言顺的身份。"

言卿:"……"

兜兜转转绕了一圈,结果最后是回到最初?

真是难为谢识衣了,其实没必要那么麻烦。

不过言卿总不能说:留下来的本意,就是拜师之事吧。

那真是太丢人了。

言卿哑了片刻,装模作样问了句:"你是说拜你为师?"

"嗯。"

"……也行。"

谢识衣将手收入袖中,重新开口道:"你的修为……"

言卿忽然一愣,急声道:"等等,谢识衣,别动。"他说完,手指落到了谢识衣的眼睑上。一刹那,腕上的红线垂落,擦过谢识衣的脸颊,带来白日里在漫天桃花中沾染的冷香。

谢识衣:"……"

谢识衣声音冷若玉碎,道:"松手。"

言卿只说:"你的眼睛。"

那碧血里的魔,是魔神诅咒,超脱一切生死外物。即便只是出自紫霄的回忆,也不一定没有影响。

言卿一手撑着他的肩,一只手落到他的眼睛上,俯身,神情严肃盯着他的瞳孔。

外面的芭蕉叶下有蝉鸣声,檐下的铃铛响个不停。谢识衣很少仰头,他坐在霄玉殿上,能近他身的,只有百年孤寂的风雪。

这一刻因为言卿的姿势,谢识衣不得不抬起头来。墨发倾泻,深黑幽紫的瞳孔里薄冰碎裂,翻涌着任何人都不懂的情绪。

在年少时的故居,抬头看着年少时故人。

言卿早在第一次装疯卖傻后,就把脸上乱七八糟的东西弄干净了。乌发垂泻,露出脆弱白皙的脖颈。他并没有在意现在的气氛多诡异,从魔一出现,他的心情只剩凝重。

谢识衣的眼睛黑白分明、清明纯粹。

现在一丝碧色的血从他的瞳仁正中央,在慢慢扩散。

言卿指间绕过一根红线,幻影直接入了谢识衣的眼睛。

谢识衣纹丝未动。

魔种的碧血遇到魂丝,开始惊慌失措,却根本无法逃脱。碧色的血顺着魂线出来,里面的魔嘶声尖叫,最后,落在地上,被四散的不悔剑意彻底粉碎。

言卿嘀咕道:"淮明子的邪术,还真的防不胜防。"

他将魔解决,问谢识衣道:"你怎么样?"

说完愣住,言卿做完事才反应过来姿势有点问题。他和谢识衣之间太近了,他像在靠近一捧雪。

言卿怔了怔,收回摁住他肩的手,后退一步,尽量隐去内心的不自在,散漫笑道:"别生气啊,这不是帮你吗。"

他的手正要从谢识衣的眼睛上离开,却被握住了。

手腕上的魂丝交缠在两个人的手指间。登仙阁厢房外的蝉鸣一年比一年浓烈。这幻化的一切,完美重现了以前的每一分记忆,包括那窗外的花,檐角的铃。

言卿怔怔看着谢识衣,却听谢识衣用一种很平静的语气道:"言卿,我看不见了。"

言卿大惊:"什么?!"

言卿脸色发白,他再度去看谢识衣的眼睛。发现虽然那一小丝魇被取了出来,可是魂丝本就是魔神之物,加上谢识衣小时候眼睛受过伤,现在那双清冷的眼眸里,的的确确如遮了一层雾般。

言卿端详后,舒了口气,讪讪道:"还好,不是什么大问题。这大概就是后遗症了,你可能会瞎那么……几天。"

谢识衣还保持着握住他的手的姿势,听到这话,意味不明地笑了下。

"你可真是个好大夫。"

那熟悉的嘲讽味道,让言卿顿时气不打一处来,翻白眼道:"这就是你跟恩人说话的态度?"

谢识衣淡淡道:"我三日后要见殷列。"

言卿:"那……那时候,应该能好吧……"

谢识衣固执地问:"在这之前呢?"

言卿索性道:"你又不是没瞎过!怕什么!"

这话一说出口,两人都愣了下。

谢识衣抬头,他的眼眸被一层晦光覆盖,收敛了直入人心的冷意,更多出一分安静之感。

言卿突然就想起了那个在屋顶黑绫覆眼,闷声学御剑的小孩。虽然,现在的谢识衣,肯定不会那么笨拙了。

甚至是天下用剑的第一人。

但言卿玩心起,凑过去道:"没关系。"

他眼中满是揶揄笑意,道:"仙尊,我能看见,我来指引你。"

七岁仲夏夜的屋顶,少年的声音压抑着怒火。

"我能看见,谢识衣,我来指引你。"

现在错乱的红线、桃花、烛火、虫鸣。

恍如隔世。

谢识衣握着他手腕的手一点一点松开了。

言卿还不怕死地非要多嘴一句，语音带笑着说道："仙尊，你现在分清楚左右了吗？"

谢识衣说："当初分不清左右的明明是你。"

言卿倒也不气，他们七岁的时候就这件事足足吵了一年，现在再吵也没什么意义。

言卿端详着谢识衣现在眼睛好像蒙着层雾的样子，忽然福至心灵地说："等等，我去给你找个遮眼睛的白布。"

谢识衣淡淡问："你不睡觉了吗？"

言卿这才想起，谢识衣专门开辟的这个房间是给他睡觉用的，笑道："暂时还不困。"

谢识衣抬手，摸了下自己的眼睛，漫不经心地说："言卿，你现在是炼气期修为。明日从此处到南泽州，有千万里的路程。"

"……"

言卿真是谢谢他无时无刻不在提醒自己修为的事。

本来言卿并不认为恢复修为是迫在眉睫的事。

他有魂丝，熟知各种阵法咒符，只要不作死，横行整个上重天都没问题。

但是从谢识衣嘴里听完那九大宗三世家的事，心里又默默把修行提上了日程。

言卿坐到了他对面，随口问道："谢识衣，你上次夺得青云大会榜首的时候，是什么修为？"

谢识衣说："大乘。"

言卿装模作样鼓了下掌说："不错啊！"他说完又指了下自己，眼睛一弯："幺幺，你觉得以我的修为恢复速度，有没有可能这次青云榜夺魁？"

谢识衣慢条斯理道："我觉得，你青云大会都参加不了。"

言卿："呵呵。"

他对上谢识衣那有点暗淡的眼睛。

谢识衣的五官其实长得有点冷峻,可是墨色如缎的发和苍白的皮肤,又中和了那种疏离。他之前最让人不敢直视的是眼睛,如今眼睛覆盖了一层清濛的雾,敛去所有杀机审视,人都显得亲近很多。

言卿拍桌而起说道:"不行,我还是得给你找个东西把眼睛遮住。"没什么想法,就是怀念起了那个黑绫覆眼的小男孩。

登仙阁的这个厢房,他们居住了五年。五年,对比起修士漫长的一生来说微不足道。

但是人在少时经历的岁月,却总是和以后有所不同。

言卿现在还记得这里的一草一木和旧物摆放,站起身,说道:"你是真的全部都变了出来是吧?"

谢识衣说:"嗯。"

言卿说:"当初放剪子和布的地方好像在隔壁。"

他往外走去,推开门的时候,星月长河洒了一地。

谢识衣坐在案边,雪衣透地,静静抬头望着前方,黯色瞳孔青灰。寒月如霜,一片细小的白花随风卷进门窗,拂过他的衣袍,落入他手中。谢识衣垂眸,神色在半明半暗的光影里,望不见真实。

言卿在隔壁翻箱倒柜,找到了剪刀和布。

他其实更想剪一点谢识衣身上的鲛纱魄丝,这俩玩意在修真界贵得离奇,千金难寻。不过他都能想到,谢识衣冷冰冰的眼神了。

言卿撇撇嘴,用剪刀咔咔剪了条白布,然后捏在手里,走了回去。

"仙尊。"

大概是前面装疯卖傻时一口一个仙尊,言卿现在觉得喊他这个道号还挺有意思的。

渡微仙尊不想搭理他。

言卿语调懒洋洋,自娱自乐道:"仙尊,你看我一眼啊!哦,仙尊现在看不见。"

言卿绕过去绕到了谢识衣身后,没什么心理负担地将谢识衣一头乌发抓在手里。在他用白色的布在谢识衣脸上绕第一圈的时候。

谢识衣就开口了:"你用的什么?"

言卿:"布啊。"

谢识衣:"什么布?"

言卿说:"干净的布就行了,我劝你事不要太多。"

谢识衣语气清冷,嘲讽道:"事多的难道不是你?"

"哦。"言卿面无表情将那条白布打了个结。

谢识衣的发丝很长也很滑,鬓边垂落下几缕,唇紧抿着。

言卿往前走探头看了看,说:"可以了。"

谢识衣小时候蒙那层黑布,是为了不让眼睛再次受伤。而长大后,纯粹就是言卿闲得没事。他原本以为谢识衣带上层白布后,整个人会显得病恹恹。没想到,遮住了黯淡的眼,杀伐不减反增。

言卿愣了愣,咋舌:"你这仙盟盟主,当得可以啊!"

谢识衣漠然问:"闹完了吗?"

言卿还是非常有眼力见地道:"闹完了,我去睡了。"

言卿走到了屋子里的正中央,这里摆着一张床,被褥整齐,除此之外床上什么都没有。谢识衣小时候其实挺少睡觉的,不是在修行就是在看书,顺便和他吵架。

言卿一天一夜折腾下来,他精神也有些疲惫了。翻身躺上床,打了个哈欠。头沾枕的瞬间,言卿就觉得困意潮水一样向他涌来,眼皮打架。

外面细微的虫鸣和若有若无的铃铛声,成了最好的催眠曲。

言卿无论是上辈子,还是重生回来,都没怎么好好睡过觉。现在估计是谢识衣在旁边,有天下第一人守着,让他潜意识放松了对危险的警惕。

七岁那年,他们虽然磕磕绊绊,但好歹也学会了御剑,成功入学登仙阁。

然后到了登仙阁,马上面临了第二个难题,穷。

穷到后面只有一块灵石,怎么都过不下去。

于是言卿决定去赌一赌。

障城有个赌场叫清庄赌场,筹码由外往内,慢慢变大。谢识衣自己有安排,完全是被他软磨硬泡拽过去的,身体交给言卿,从头到尾冷眼旁观。

言卿在外面风生水起,不一会儿就赢得钵满盈盆,野心大了就往里面冲,结果和里面风水不和。三场下来又只剩老本,只能拿着一块灵石灰溜溜回外场。

言卿咬牙:"我不信这个邪。"

于是不信邪的言卿那一天都在赌场来来回回,外面赚了钱,里面输。太阳落山必须回登仙阁时,言卿才认命,唏嘘地在外场赚了点小钱就收手。

火烧云漫散天际,云霞绯红。

言卿看着天色,哦豁一声:"谢识衣,我们好像已经迟到了,要是被管事问起来怎么说?"

谢识衣淡淡道:"如实说。"

言卿震惊道:"啊?如实说,我们今天在赌场厮混了一天,如实说真的不会被骂吗?"

谢识衣讥诮笑了下说:"我们今天难道不是在劫贫济富吗?"

言卿哦了声点头。他以为谢识衣是打算编个劫富济贫的好人好事糊弄管事。

不过下一秒言卿反应过来,是劫贫济富不是劫富济贫,他差点想活生生掐死谢识衣。

什么劫贫济富啊!

登仙阁是人间赫赫有名的学府。

谢识衣在其中锋芒初露,谢家也开始重视,源源不断送灵石珍宝过来。

他们虽然不再缺钱,但是谢识衣还是维持着房中的东西。

床板、木桌、椅子,甚至生锈的铃铛。

言卿和谢识衣的修行学习差不多是同步的,因为很多时候,遇到危险他得顶上。

而且,最重要的理由是⋯⋯

七岁那年,他俩对彼此都还有很深很深的提防,觉得另一方过于强大,就会直接杀了自己。

翌日清晨，言卿起来的时候，谢识衣已经不在房间内了。外面天初晓，朝霞也是绯红色的。

不得志还在呼呼大睡，言卿直接把它拎起来。

不得志耷拉着耳朵，语气不满地说："把本座喊起来干什么？"

言卿道："带你去见世面。"

不得志当场笑死："笑死，你以为——"

言卿说："走，我们去忘情宗。"

不得志后面的"狂言"还没吐出口，就活生生咽了回去，红色眼珠子差点瞪出来说："忘、忘、忘情宗？"

言卿说："是啊。"

樊笼大阵打开，笼罩在回春派上方的那冰蓝流光消散，几乎是大阵取消的一瞬间，承影就带着流光宗一行人走了，片刻都不想停留。

言卿客客气气接受了宗主和他爹的一番嘘寒问暖。

宗主喜气洋洋地说："燕卿，不用留念回春派，青云大会上，我们还会再见的！好好修行，师叔等着看你青云榜留名。"

怀虚忧心忡忡："卿卿，你一个人去南泽州，一定要小心。"

言卿笑着点头。后面又经历过阿花和阿虎的一番感谢，以及聪明泪汪汪的祝福后。言卿绕着指间的红线，转身，视线望向了上重天。

他的眸色慢慢变得幽深。

天枢知道谢应要和他们一起回忘情宗的时候，兴奋得差点跳起来，笑到合不拢嘴，说："渡微要回宗门啊？哎哟这可太好了，这可太好了！"

衡白也是被这个喜讯砸得找不到北。

谢师兄要回宗门？！

这事传出去，怕是整个南泽州都要震一震吧。

谢应这个名字，在忘情宗也犹如神话。少年人心思单纯，仰慕强者，看到的从来并不是谢应手中的权力，而是他惊才绝艳的天赋和青云榜第一的身份。

忘情宗首席大弟子，清风霁月，名动天下。而在修真界，谢应也消失在众人眼中很久了。

哪怕没有这闭关的一百年。他久居的霄玉殿，也在万重飞雪中，在深冷的诛魔大阵上。非大乘期修士，难以逾越。除却九大宗宗主和三大家家主，霄玉殿，拒绝任何外人的拜访。

九大宗，浮花门。

此地得天独厚，灵气浓郁到仿佛要化为实质，白雾横在重峦叠嶂间。

浮华门主峰璇玑峰烟波浩渺，云霞明灭。

一名身着粉衣的侍女上前一步，轻声道："门主，紫霄的魂灯已灭，确认身死。"

浮花门门主镜如玉坐在池边，双足探入池中，黑发垂腰。水蓝色的衣裙衬托出窈窕身姿，娉娉婷婷。一朵飘零的红色小花从树枝坠落，落于她凝脂般的手里。

镜如玉把玩着手里的花，漫不经心地问："紫霄死了？"

粉衣侍女道："是。"

镜如玉得意一笑，说："那只凤凰早被秦家做了手脚，是专门用来对付紫霄的。它饮过紫霄的血，之后只会疯了一样攻击他。紫霄的修为在洞虚境大圆满，灵气不稳，为魔种所伤，陨落再正常不过了。"

粉衣侍女愣住，不说话。

镜如玉抬眸看了她一眼，语调温柔，笑道："你是不是觉得我很卑鄙？是我让紫霄去留仙洲捉拿这凤凰的。我利用了他的赤诚善害死了他。"

侍女垂眸道："不，我相信门主这么做肯定有自己的道理。"

镜如玉颔首："确实。"她眼眸一冷，摩擦着手里的花，语气森寒像把淬毒的刀。

"忘情宗不倒，谢应不死，这天下就永无宁日。"

侍女瞬间脸色煞白。

镜如玉突然问道:"你相信,有人生而为魔吗?"

侍女哆嗦道:"弟子……弟子不知道。"

镜如玉洁白的指甲像贝壳一般,她自顾自地说:"魔种诞生自万年前。当初九大宗成立,本就意在匡扶天下正义、维护百姓安危。

"为了不滥杀无辜,按道理都应该先用仙器探出'魔'的存在,确认是魔种,再进行伏诛。"

"可是自从谢应接手仙盟后,修真界就彻头彻尾乱了套。

"你细数,这些年谢应杀的人,哪一个提前被证实是魔种!

"他就是个疯子,暴戾独裁,残忍冷血,杀人仅凭一己之念。

"可偏偏他掌权仙盟,背靠忘情宗,修真界无人能撼动!"

镜如玉说到后面,语气越发激烈,眼中满是憎恨怨毒。她每每午夜梦回都仿佛能梦到那森寒的一抹雪衣,握着不悔剑的手苍白冰冷,跟鬼影恶魔一样。在外人眼中,谢应清风霁月,好似谪仙高不可攀。只有他们知道,谢应的威严无声笼罩在整个南泽州上空。

霄玉殿上遥不可及的身影只让人窒息绝望!

镜如玉猛地捏碎手中红色花,说:"紫霄之死,就是扳倒忘情宗的第一步!要我看,忘情宗这天下第一的地位早该让了——让给秦家。"

"和谢应不同,秦家是圣者大善之家。"

镜如玉幽幽冷笑道:"秦家家主张'仁爱教化',认为人性本善、没有人会生而为魔。他们认为即便是被魔寄生的魔种,也有向善的可能,也该有一线生机。

"是啊,那些魔种何其无辜,他们甚至不知道自己的做错了什么。他们也有自己的妻子孩子父母,有自己的人生,凭什么要他们死!

"两百年前秦家人从上古古籍中研究出了'除魔'之法,可以不伤性命就将人识海里的魔消除。并建立四百八十寺,收纳天下魔种,为魔种'除魔',让他们重获新生。

"修真界多数门派都听令秦家,设立审讯室,捉到未犯下错误的魔种,就送过去——

"独独谢应,也唯独谢应!

"他直接和秦家决裂,让整个九宗三门分为两派,势同水火!"

镜如玉狠狠蹂躏着手里的花瓣,红色花汁跟血一样染红手心,她咬碎银牙,说:"谢应……谢应……"

"谢应不死,世间永无宁日!"

侍女听完只感觉自己的脑袋是蒙的。

谢应……渡微仙尊?

哗。

镜如玉从池中起身,水蓝的衣裙绣着洁白花边,像碧花浮蕊。她的背影虽然纤细,但是那种来自化神期威严,依旧让人不寒而栗。

镜如玉缓过情绪,眉目森冷。

她走到一半,忽然道:"青云大会开始,九大宗也要开始招弟子了是吗?"

侍女从僵硬中回神,恭恭敬敬道:"是。"

镜如玉发出一声短促的冷笑:"很好。"

……

大乘期修士都是御剑一去千万里的。

忘情宗一行人选择乘坐云舟,全是在照顾言卿这个练气凡人。

言卿拎着不得志走上云舟的时候。

不得志这个土包子瞪圆了红眼,说:"哇,这上面随便抠点东西,都能换几百块灵石吧!"

言卿说:"格局大点,看到那个珠子没有,拿出去一颗能卖一万灵石。"

不得志肃然起敬,然后提问:"本座可以顺其自然拿点东西吗?"

"不错啊,都会用成语了。"虽然用错了,言卿说,"你试试。"

不得志心痒难耐,在言卿肩膀上探着个小脑袋左看右看,不小心对上一位仙盟弟子冷酷无情望过来的目光后,又吓蔫了。它把头埋进翅膀里,有气无力地说:"算了,本座还是睡觉吧。"

云舟非常大，言卿本来想去找谢识衣，没想到迎面撞到天枢长老。

天枢人逢喜事精神爽，整个人的脸都似乎散发着红光，见到他和蔼可亲地喊了声："燕小公子。"

言卿微笑着说："天枢长老。"

天枢犹豫一会儿，才说道："马上就要去忘情宗了，小公子，不如我们聊一聊？"

言卿也大概猜到他要说什么了："嗯。"

天枢带着言卿到了云舟的外面。

云舟漫入朝霞。

等真正到了天上，下方的青山河流房屋宫殿都变成渺小的缩影，才见天地广阔。

回春派地处上重天偏僻处，山不巍峨水不清澈，就连那漫天的桃花谷等入了高空，都只能见虚虚实实的白粉之色。

天枢摸着胡须，直入正题说："小公子可知，青云大会在即，如今正是一千万人涌向南泽州的时候。"

言卿对南泽州完全不了解，唯一一个熟悉的词大概就是："青云大会？"

天枢笑道："对，青云大会是修真界百年的盛事，九大宗都会在青云大会后招入弟子。天下各地的散修，想要拜入九大宗，这是唯一的机会。"

言卿点点头。

天枢道："青云大会耗时一月。在前期，散修和其他宗门弟子有他们的比试场地。而九大宗弟子有自己的比试场地，今年九大宗弟子的比试地点，就定在浮花门。"

言卿喃喃地道："浮花门？"他对其他宗不清楚，对浮花门却是记忆深刻。

毕竟走过紫霄的洞虚秘境，对这三个字无法不深刻。

言卿想到也就直接问了："浮花门的现任门主，是不是叫镜如玉？"

天枢摸胡子的手都僵了，一脸问号，谁？镜如玉？反应过来后天枢呆若木鸡："……"

难道这就是初生牛犊不怕虎吗？一宗之主、化神修士，这小娃也敢这么直呼大名。

天枢哑然，抬袖擦汗道："……对，浮花门门主确实是叫这个名字。不过小公子你以后说话还是不要那么随意。"

言卿接着问："她是不是有个双胞胎姐姐，叫镜如尘？"

天枢："……"天枢本来是想和他说一下忘情宗的大概情况的，没想到言卿一上来就把他给问噎了。

为什么言卿会问这个问题啊？！还有他怎么会知道这些的？！

镜如尘，镜如玉，当初艳冠天下的浮花门双姝，现在几乎成了南泽州的禁词。

所有的往事，都随着当初璇玑殿的一场大火，焚烧殆尽；那些眼泪、鲜血和真相，也深埋废墟灰烬里，被时间淡去。

天枢汗涔涔地说："是，她是有个姐姐。燕小公子啊，若是到了南泽州，你可千万不要这般口无遮拦。"

言卿直接问："镜如玉很可怕吗。"

天枢："……"

这都什么破问题啊。

可怕。

能不可怕吗？她的身份地位修为哪个拎出来不可怕？！

天枢神色严肃起来，郑重警告他："燕卿！浮花门门主，不是我们可以妄加议论的。"

"好的。"言卿笑起来，乖乖应下。

天枢又想到他现在的情况，语气复杂地说："燕小公子，虽然话不好听，但是我还是要提醒你。渡微应下这桩收徒之事，可能只是巧合。他性子冰冷，从未让人近身。若是回忘情宗……渡微不搭理你，我们也没有任何办法，不过别怕，我们会把你安顿好的。"

高兴过后，天枢冷静下来，他还是打心眼就觉得，谢应没把这桩事放在心上。为了言卿以后的安全，只能现在先咬咬牙，给他放点狠话。天枢道："还有，我劝你不要顶着渡微亲徒的称号出门，盛名之下必有危机。何况，渡微不一定会出手救你。就凭你刚刚的几个问题，在南泽州都不知道够死多少次了。"

言卿觉得有意思，眨眨眼说："天枢长老，你们南泽州不是有令，不得滥杀无辜吗？"

天枢说："……那也得看你招惹的是谁啊！"

如果是镜如玉，随随便便就可以把滥杀无辜的"无辜"变"有辜"。

甚至他觉得完全不需要镜如玉出手。

谢应根本就不会承认这个徒弟，没有这个身份，言卿哪有资格让镜如玉出手呢？

他把言卿当作偏远地方出来的天赋低下的愚钝修士，以为他对于南泽州的一切是憧憬、畏惧和期待的。到了那里一定谨言慎行，可能还会心生自卑。却没想到，言卿一上来直接这么大大咧咧地问浮花门门主？！

真是让天枢长见识了。

天枢聊着聊着思维完全被言卿带偏："你怎么知道浮花门的事？"

言卿如实说："之前在紫霄仙尊的洞虚秘境里看过一点点。"

天枢叹息一声："我劝你呀，把看过的全都忘掉吧。"

言卿问："为什么？"

天枢又叹息一声："每个宗门里总有些不能乱议的事。只要不是跟'魇'相关，不是祸害天下的事。身为外人，就最好不要多嘴，也不要好奇。"

言卿慢吞吞地说："哦。"看来浮花门璇玑殿大火果然有蹊跷。

他也算是明白了，镜如玉为什么明知道紫霄陨落，会留下洞虚秘境记录有关她的事，还不过来摧毁。

因为这根本就不是把柄。

仔细回想，镜如玉在紫霄面前的种种表现，又有哪一件是错的呢？

她只是不满母亲的偏心，她只是单纯地发泄委屈。甚至她让紫霄杀的，也都是本就该杀的恶人。

她提到璇玑殿大火时，神色晦暗、情绪哀伤，既有对姐姐遇难的唏嘘哀伤，又有即将成为门主的惊喜期待。情绪完美贴合心境。

青枫长林，对亭交谈。紫霄和她认识那么久，说她"心术不正"，可到死也没说出她错在哪一步。

骗过无数人的完美伪装，或许这世间只有镜如玉一个人知道，自己手中到底沾染了多少无辜的血，而那一日璇玑殿大火中又发生了什么。

——哦，不对，还有一个人知道。

言卿问："镜如尘还活着吗？"

天枢："……"

天枢要被他的固执活生生气晕过去——你能不能聊点正常人聊的事？你不怕死我还怕死呢？！

"活着活着。"天枢算是怕了他了，挥手，"算了，你别问问题了，我直接给你讲讲忘情宗的事吧。"

他本来还打算装模作样，跟言卿来一句"你对南泽州有什么想问的都可以问我"，现在……算了吧。

天枢清了清嗓子，说道："忘情宗，分为内峰和外峰，外峰有三百余座，内峰却只有十座……"

"天枢长老。"

突然，一个冷冷淡淡的声音打断他。

天枢听到这声音的瞬间，背脊瞬间挺直，跟被冻住似的。

他僵硬地转头，就看到谢识衣从云舟中走出来，墨发似绸缎，雪衣皎洁无瑕。大概是为了回宗门，他将头发用玉冠竖了起来，透彻疏冷的寒意淡了几分。谢识衣眼上覆盖了一层白布，可是遮住了眼睛，也并未让人觉得亲近。

"渡微，你怎么来了？"天枢尴尬地笑笑，但他马上发现了不对劲，瞬间拔高声音震惊道："渡微，你的眼睛怎么了？！"

谢识衣轻描淡写地说："被个庸医弄瞎了。"

庸医本人:"……"

天枢:"啊?!"

——被个庸医弄瞎了?!天枢震惊得魂都要飞到天外。

谢识衣没有理他,开口道:"过来。南泽州的事,我跟你说。"

这话是对言卿说的。

言卿面无表情地说:"哪能呢,我哪有那个资格麻烦仙尊。"

谢识衣转身离去说:"不麻烦。"

言卿暗自咬牙,阴着脸跟了上去。

天枢一个人原地风化。

谢应的身份太特殊,性格又太难测。所以他总是先入为主,觉得谢应哪怕答应收燕卿为徒,也不会在意。他能够和宗门交代此事就已经是大幸,压根儿没敢想谢应会真的对这个回春派的散修有感情。

可是,无论是让那人近身、还是答应收徒,赠出血玉珠。每一件事都全然颠覆他对谢应的认知。

好像那个遥远、高不可攀的身影从神坛一步一步走下来。

天枢感觉晕头转向,望着两人离开的方向。

南泽州的事问谢应……那确实什么都能有答案。

"谢识衣,你到底瞎没瞎?"言卿在后面,不断探头去看他。

谢识衣平静反问:"你觉得呢?"

言卿说:"……我觉得你没瞎。"

谢识衣笑了下,说:"你可以把你的线伸进自己眼睛试试。"

——最清晰平静的话,最嘲弄戏谑的语气。

言卿:"……"他真是太太太熟悉谢识衣这脾气了,没忍住翻了个白眼。

谢识衣是化神期修士，神识五感早已至臻，但言卿用的是魂丝，魔神之物，鬼知道有没有什么限制神识的副作用。

言卿认命了，自己惹的祸还是要负责的，于是他在后面喋喋不休，阴阳怪气。

"仙尊你现在瞎了，看得见路吗？"

"仙尊你知道往哪儿走吗？"

"仙尊你分得清左右吗？"

"仙尊要吃饭睡觉吗？"他说完立刻讽刺地说，"哦，仙尊已经辟谷，修为高深，不需要睡觉。"

"那仙尊你要洗澡吗？"

"仙尊你沐浴要人伺候吗？"

他边走边说，毫无顾忌。

云舟上的仙盟弟子："……"

渡微仙尊神识强大，眼睛被魂丝弄伤，也依旧能识人、认路。除却看不见细微的东西，跟往日没什么区别。毕竟谢识衣又不需要吃饭又不需要睡觉，除了言卿也没人有那个胆量凑到他面前。

言卿说的口干了，发现谢识衣把他当空气，非常惊奇地说："谢识衣你脾气变好了啊，搁以前，早就给我下禁言咒了吧！"

谢识衣用玉一般的手指推开一扇门，漠然地道："因为以你现在的修为，我对你出手，就不是禁言，是让你直接成为哑巴。"

言卿："……"哦！他发誓他一定要尽快恢复修为，不受这种侮辱。

言卿随着他一起进去，漠然说："挺好的，到时候我们一瞎一哑，绝配。"

云舟内部的布置简单，一桌一榻，但是处处都能看出精细和华贵。

白色烟雾漫过一尘不染的天壁。

谢识衣漫不经心问道："你对浮花门的事很感兴趣？"

言卿道："没有啊，天枢跟我讲到那里，我顺口问下去而已。"

谢识衣点点头。

言卿又问:"他还跟我讲了青云大会。我对这个比较感兴趣,你们大费周章搞这个东西,第一名有奖励吗?你之前的是什么?"

谢识衣淡淡地道:"忘了。"

言卿难以置信地问:"忘了?"

谢识衣:"嗯。"

言卿心痒难耐,催促道:"你快给我想想。"

谢识衣沉默了片刻,才开口道:"百年前的我忘了,但是这一次青云榜第一的奖励,是瑶光琴。"

言卿念了下名字,说:"瑶光琴?"

他怎么觉得那么熟悉呢?很快言卿就反应过来,说:"……玄阶的窥魇仙器。"

谢识衣不甚在意地说:"嗯。"

这一次换言卿沉默了。

谢识衣确实可以不在意,他手中就有千灯盏。哪怕瑶光琴在外人眼中是怎样千金难求的仙器,对谢识衣来说也不值一提。

可是言卿却不能不在意。

毕竟他重生回来第一件事,就是大费周章去找碧云镜,为了……看看自己。

他并不认为上辈子存在自己脑海中的魔神是"魇"。

那不是魔神的诅咒,那就是魔神本身。

魔神很少跟他说话,但一经出现,必然是在他心性不稳的时候。远古大魔非男非女、雌雄一体,说话也是诡异恐怖的。有时是妩媚的女声似斑斓毒蛇;有时是沙哑的男声如苍苍老者。祂会温柔且耐心地,引导言卿拿起魂丝,去杀戮,去血洗所过之处。

魔神留给言卿的最后一句话,才撕破这种亲和的表象,带了点尖锐之意。

"言卿,你摆脱不了我的。"

言卿敛去眼里的戾气,再抬头时,非常果断地说:"谢识衣,我想参加青云大会。"

谢识衣不为所动,平静地问:"为什么?"

言卿理所当然地说:"凑个热闹啊。我来南泽州刚好赶上青云大会,这难道不是老天让我去大放光彩吗?"

谢识衣眼睛被白绫覆盖,但是从微皱的眉和紧抿的唇,言卿还是能察觉到那种冷淡的拒绝和不赞同。

谢识衣说:"你现在的修为,参加不了。"

言卿:"……"

言卿:"那你们忘情宗有什么灵气充沛的山峰吗?我努力修行。"

谢识衣手指落在桌上,语气平淡地说:"有。你跟我回玉清峰。"

"行吧。"言卿又道:"你说对了,我昨晚就该好好休息的,我现在在云舟上困得要死。"

炼气期的身体真的很麻烦。

言卿在趴下睡觉前,低头的一刻看到了腕上的红线。殷红色,深得犹如鲜血凝结,衬得他手腕森白。沉默片刻,言卿抬起头来问了最后一个问题,声音很轻。

"谢识衣,你觉得'魔'是什么?"

上重天,敢问谢识衣这个问题的,他怕是第一人。

魔是什么?

是魔神的诅咒。

是人人得而诛之的邪物。

谢识衣语气淡若轻烟,道:"是恶。"

言卿喃喃地问:"是吗?"

其实在他的认知里,魔更像是一种病毒,一种寄生虫。等它苏醒发作时,就会让被寄生的人变成只知杀戮的怪物。这是来自上古魔神无解的诅咒,只能诛杀。

可从谢识衣嘴里听到"恶"。

言卿又不由自主地想到了魔神死前对他说的那句话。

——魔是永生永世无法逃离的影子。

所以真的是寄生那么简单吗？

谢识衣似乎不是太愿意聊这方面的事，转移话题道："你确定不休息吗？忘情宗门前有一条长阶，不得坐云舟、不得御剑，只能步行。"

言卿："……"言卿又蔫了，嫌弃了一通现在自己的练气修为后，开始嫌弃忘情宗道："你们忘情宗怎么事儿那么多。"

谢识衣不理他，淡淡道："你还有三个时辰。"

"哦。"

言卿赶紧趴下，他困得眼皮子都在打架了，一想到还要走忘情宗那见鬼的路就头痛。隔着一方玉案，言卿靠在手臂上只能隔着轻烟，看见谢识衣垂下的衣袖。雪白的魄丝暗转流光，常年握不悔剑的手，冷若冰玉。

言卿没说话，闭上眼，将所有的表情和情绪都隐于黑暗中。

紫金洲三家，四百八十寺，这些东西谢识衣只是简单地跟他提了一下，可是以谢识衣现在身处的位置，能被他单独提出来的，必然都是难以撼动的庞然大物。

紫金洲秦家还与十方城有关联。

虽然十方城毁灭在大火中，但魔域城池林立、恶徒横行，总有新的主城建立。

——秦家，到底要干什么？

云舟到达南泽州上空，刚好费时一整天。言卿醒过来的时候，窗外的云像被火烧一样，殷红如血。他靠在桌上，从窗边看去，能看到南泽州烟波浩渺、一望无际。上面的山峰岛屿星罗棋布，都笼罩在一层淡淡的雾里。那雾是灵气浓郁至极所化，只是一眼，水光山色仙鹤长鸣，仿佛灵魂都被洗净了。

"到了？"

言卿探头，对这里还挺好奇的。

谢识衣说:"嗯。"

他陪言卿在这里坐了一天,起身往外走去,外面仙盟弟子毕恭毕敬地站成一排。

天枢在人群末端,喜气洋洋道:"渡微,云舟到了,我已经把你此次回来的消息禀报师门了。"

谢识衣难得皱了下眉道:"告诉他们干什么?"

天枢心虚道:"呃这,你难得回一次宗门。宗主和长老都挺高兴的,我提前告诉他们。他们都说要专门出峰来接你。"

言卿没忍住,扑哧一声笑出来——忘情宗的这群人怎么跟对待多年游历在外的亲儿子回家似的?

还举门上下迎接。

可真有排面。

谢识衣反问:"出来接我?"

天枢说:"呃……对。"

谢识衣沉默片刻,说:"真要接我,不如把那九千九百长阶去了。"

天枢抬袖擦汗:"啊?那怕是不行,那是先祖定下来的规矩,这宗主都没法子去啊!"

谢识衣讥诮地勾了下唇角,没再停留,往外走。

言卿现在作为他的小跟班,当然要跟上。

入了忘情宗,那就是一众当世大佬。大乘如牛毛,洞虚不胜数。为了安全起见,言卿把不得志藏进了袖子里,让它能睡就睡。

谢识衣口中的长阶,言卿见到后,难以置信地瞪大了眼。这不是一般的山阶,是云阶。从一处悬崖上空飘浮而立,玉色台阶横于长雾里,九千九百层,直直通往苍穹之上。

言卿往下看了眼万丈高空,吐槽:"这真的是给人走的吗?我一个练气期掉下去会死的吧?"

谢识衣平静说:"能走到这里的,没有人是你这个修为。"

言卿咬牙切齿地笑道:"哇,那我岂不是你们忘情宗开宗最特殊的贵客?"

谢识衣不置可否。

忘情宗十座主峰,三百余座外峰。今日在收到天枢的消息后,都震惊和狂喜。

谢应成为仙盟盟主后,已经离开不知道多少年了。没想到年年寂静空无一人的玉清峰,如今竟然等回来了它的主人。

忘情宗宗主乐湛仙尊推开主殿的大门,迎面就撞上了彩玉峰峰主,席朝云。

修真界有容颜永驻的办法,但是席朝云却选择以妇人的一面示人。

她荆钗素衣,朝乐湛笑了笑,声音欣喜道:"渡微回来了。"

乐湛点头,似叹似笑地道:"是啊,我还以为以后只能在霄玉殿见他了呢!"

席朝云与乐湛一起往外走,一路上飞鸟白鹤振翅,两人身上是忘情宗标配的蓝白衣袍,男子潇洒儒雅,女子温婉窈窕,穿行松花青竹间,步履间似乎都有星辉浮动。

这是化神期修士拥有的与天地感知的能力。

席朝云眉眼间满是笑意,轻声说道:"转眼就两百年,好快啊。我现在还记得渡微第一次来宗门的样子呢。"

乐湛揶揄说:"怎么可能不记得呢?他上宗门的那一日,血差点把忘情宗外九千九百长阶染了个遍。"

席朝云失笑道:"我就记得他那时日浑身是血,脸色苍白,拿着不悔剑、一言不发地往云梯上走。我当时喊他,让他停下改日再上山也不迟,他不听。"

乐湛不以为意地说:"渡微那时封闭五感,怎么可能听得见你说的话呢?"

席朝云问:"封闭五感?"

乐湛道:"嗯,你没见他当时失魂落魄的样子吗?就是彻底封闭了自己的五感。他也不知道从哪儿经历了一场恶战,经脉受了重伤,骨骼碎了好几处,衣上发上都是鲜血。我见渡微伤势,觉得他应该是提不动剑,也走不动路的。可那个孩子就是抱着剑,沉默着不说话,一步一个血脚印,走完了那九千九百条台阶。"

席朝云抿唇想到那一幕还是有些于心不忍，叹息一声抱怨说："你说，渡微是你在人间选中的孩子，什么时候来忘情宗都行。为什么那一日偏要那么固执呢？"

乐湛伸出手，一片绿叶落在他掌心，犹豫很久，轻声道："……我觉得，渡微当时，应该是真的找不到去的地方了吧……"

席朝云疑惑道："嗯？"

乐湛说："其实我在人间救下渡微时，就跟他说过，以后有需要可以随时来忘情宗找我。可是之后数十年，这孩子都没出现。当时渡微已经被废了修为，被碎了灵根，在障城被家族遗弃、被众人所指。但在那样无助绝望的境地，这孩子也没打算向我求助。"

席朝云哑然："这，确实像渡微的性子。"

乐湛淡淡一哂："是啊。所以我也好奇，为什么那一晚渡微会来忘情宗，上云梯时，又会那么狼狈？"

"那血一路蜿蜒而下，足足九千九百阶。他最后上来时，灵力溃散、体力不支，感觉下一秒就要跪下来。我去扶他，他也僵得跟木头一样。我把他带到了玉清峰，问他是不是要拜入我门中，他也只是点头，什么话都不说。"

席朝云越听眉头皱得越深："渡微当时到底是怎么了？"

乐湛抿唇，说："我不知道。"

他在人间游历时，看那个孤身走过春水桃花路的少年，就为其心性所动。他很少见到渡微狼狈的模样。春水桃花路熙熙攘攘，是步步审判的人生长廊，即使这样，少年也冷静从容，不见一丝局促或者愤怒地走着。之后拜入忘情宗，更是成为修真界一个遥不可及的传说。永远的天之骄子，永远的高居云端。墨发永远一尘不染，衣衫永远洁白胜雪。

好像那一日，浑身鲜血尘埃，孤身走过九千九百阶的少年，只是一场梦。

"说来，还有一件事。"乐湛所过之处，青竹自开，云雾涌散，腾让出一片空空仙家之地。

他思绪延伸，笑道："玉清峰种着很多梅花，那一晚我让渡微先好好休息，可是他低着头不说话，一个人站在崖边，对着那隔岸满林的梅花，静立了很久。"

"玉清峰多雪，我看他发丝眉眼都要被雪染白了，还是没离开，不知在想什么。"

席朝云试问："他这般反常，你说，会不会是那一日渡微有至亲离世？"

乐湛摇头，道："没有，渡微在障城的时候就孑然一人了。"

席朝云越发困惑。

乐湛笑说："但渡微那时虽孤僻寡言，什么都不说，我能察觉到，他心里其实很迷茫。他根本不知道该去哪里，才一步一步来了忘情宗。"

席朝云再度诧异，失笑道："迷茫？真是有意思。你我看着渡微长大，可没想过这个词会出现在他身上。"

无论以前是惊才绝艳的首席弟子，还是现在主掌生杀的霄玉殿主。谢应在他们眼中，一直都是冷静自持的。

那一晚染血的长阶和散落的梅花，没人知道是为了什么。

二人自内峰来到外峰，路上不知道吓傻了多少忘情宗弟子。

凤凰仙鹤长唳盘旋。

清风扶山，云雾照空，弟子们恭恭敬敬跪了一路。

乐湛和席朝云随手招来一片雾，衣袂翻飞，落步云上。

"走吧，去接一下渡微。"

从踏上第一阶的时候言卿就开始在心里骂忘情宗了。

你们堂堂天下第一宗连竖个围栏的钱都没有吗？

这样怎么让客人上门拜访！

不过又想到谢识衣那句：能走到这里的，只有他是这个修为。

言卿沉默，呵呵冷笑两声，心想：看来忘情宗不是很稀罕他的拜访呢！

天枢在后面小心叮嘱："燕小公子你走慢点啊，记得看路。"

言卿挥手，吊儿郎当说：“放心吧，我又不瞎。”他说完这话，忽然愣住了，偏头去看谢识衣。

谢识衣眼睛上还覆着白绫，衣袂遥遥，卷着云雾白花。他现在眼睛被魂丝所伤，神识只能探寻大概的路，细节的台阶不一定能看清。

言卿为自己闯下的祸买单，非常热心肠地说：“仙尊，要不要我带你上去啊？”

天枢不解。

这云梯对渡微来说，没走过万遍，也有千遍了吧？到底谁带谁啊？

谢识衣惜字如金地说：“不需要。”

言卿好奇地问：“你确定你能看见台阶？”

谢识衣没理他，径直走上了云梯。雪色的衣袍拂过云梯，留下化神期的霁月清辉。

他对这一条路好像熟悉得不能再熟悉，言卿真怀疑他在装瞎。

言卿加快步伐走到了他前面，心想自己，总不能落后给一个瞎子吧。但因为频频回头想看谢识衣是不是装瞎，所以不留神，有一级台阶差点踩空。

言卿落空的一下，差点把不得志给甩出来，万幸手腕被谢识衣握住。

谢识衣说：“我觉得，你才该戴上这块布。”

言卿没理会他的讽刺，好奇地问：“谢识衣，你到底瞎没瞎啊？为什么走台阶都没问题？”言卿又继续说：“这能怪我？就忘情宗这个云梯设计，谁第一次走不会有问题啊？”

简直反人类。

谢识衣没说话。

言卿来了兴趣，说：“谢识衣，你第一次走云梯的时候，怕不怕？”

谢识衣皱了下眉。

"你七岁在屋顶练个御剑都能把自己的眼睛摔瞎，第一次走这条路真的没问题吗？"言卿想到什么就直接问了：“还有，你拜入忘情宗的时候，是不是特别风光？”

应该挺风光的吧？

琉璃心，不悔剑。风华绝代，天下第一。

他们在神陨之地分道扬镳。谢识衣去了忘情宗，他去了魔域。

其实刚分开那段记忆言卿并不想回忆。因为那时魔神刚缠上他，他也刚得到魂丝。跌跌撞撞初入魔域，面临的是漆黑永夜里，无数双贪婪恶毒的眼。

魔域恶徒遍地，处处是鲜血厮杀。

他一人走过尸山血海，走过漫漫长夜。

可红线在指间一圈一圈缠到最后，才发现……最后最可怕的敌人——原来是自己。

言卿将脑海里诡谲疯狂的画面抛之脑后，重新看着眼前的澄澈湛蓝的天空，眨眨眼，笑道："应该是很风光吧？"

谢识衣语气平静地说："你可以试试。"

言卿指着这条云梯："虽然忘情宗的待客之道不怎么样，但是仪式感很强啊！就像登仙梯一样，上方是大道尽头，下方是芸芸众生。我猜，那时你就从第一级台阶走上去，一步一步，成为天下第一宗的首席弟子，风光无限。"

谢识衣听完，低声笑了下，轻嘲："是吗？"

言卿反问："不是吗？"

九千九百阶。对于凡人来说好像遥不可及，可对修士而言，不过是一段较为漫长的路罢了。

越往高空走，言卿就越兴奋，虽然他不知道自己在兴奋啥。

这一步一步登仙梯，好像他隔着遥远的时空，和少年时的谢识衣一起走过。这叫什么，与有荣焉？

不得志醒了，从他袖子里钻出来，往下一看身处万丈高空后，直接魂都吓到九霄云外。瞬间又把脑袋钻了回去，当做什么都不知道。

打个哈欠，继续睡觉。

忘情宗山门前种满了梅花。此处地势高，温度低，这个时节梅花也漫山遍野开着。云梯旁是巍峨高耸的数十座外峰，梅花就开在每一座山崖悬壁上。红色的，灿若云霞。

花瓣随着清风拂过天地人间，施施落到云阶上，铺成一条红色的路。

言卿看着地上，发出疑问："为什么你们忘情宗种着那么多梅花啊。"

谢识衣步伐掠过之处，梅花花瓣自动散开，说："你问题真多。"

言卿前面就已经挣脱开了他的手，一个人走着。听他这话也不生气，左顾右盼，还真像个土包子进城一样，对这里处处充满好奇地问："这梅花是一年四季都开吗？你来的时候地上有梅花吗，也是这样红成一路吗？"

谢识衣沉默了一会儿说："忘了。"

言卿当即嘲讽道："哇，那你忘性很大啊，什么都能忘。"

谢识衣说："看路。"

言卿翻个白眼，可是越走越高，他也真得留心一下。越往上，花瓣堆积的越多，他踩在这花瓣上能明显感觉到下陷，软、轻，跟毯子一样。

谢识衣说："快到了。"

言卿说："到了？门在哪里？"

言卿抬头，没有看到门，却和一众人惊讶的、奇怪的视线对上。忘情宗宗门前不远处是个练武场，很多弟子会在这切磋修行。

如今他们的到来，直接打破了这份宁静。

人很多。白衣玉冠，蓝色薄纱，都拿着剑，散开在云梯尽头，张大着嘴巴看着他们。

言卿说："……怎么那么多人？"

谢识衣有神识，早就感应到了，但他习惯了被人注视，并未觉得有什么。衣袍胜雪，一步一阶走上去。

谢识衣闭关百年，如今又是蒙眼而行，外峰的这些杂役弟子不认识很正常。

他们就看着这漫漫九千九百云梯，两人缓缓走来。前方的青衣人，墨发似瀑，眉眼如画，笑起来风流动人，他腕上系着一圈红线，若游丝曳向天外。后他一步的人，身形颀长，白绫覆眼，清冷肃杀难以接近，步伐之间似有银光清辉流动。

155

众人小声交谈,话语间是疑惑,可是眼眸里满是惊艳。

"这两人是谁?怎么从未见过。"

"前一人好像修为并不高,只有炼气期,至于后面……后面那位,我看不出来。"

"不会是内峰的师兄吧?"

到了高处,梅花已经厚成重重的毯,将台阶本来的模样掩盖。

谢识衣停下步伐。

言卿看一眼,梅花堆积处,有些地方低、有些地方高,他眼睛完好无损,路都不好走,何况谢识衣了。哪怕谢识衣对这条路再熟悉,估计也奈何不了这错乱起伏的梅花。

言卿对于自己犯下的错还是勇于承担的:"谢识衣,最后这段路不好走,我带你走。"

谢识衣不说话。

言卿一噎,催促他道:"你在犹豫什么啊?手给我,难道被我带着很丢脸——怎么跟新娘子上轿似的。"

谢识衣慢慢说:"最后这段路,或许对你来说,才比较难走。"

言卿:"啊?"

谢识衣淡淡道:"台阶上有阵法。"

言卿:"嗯?"

他低头看去,就见一阵清风卷过,拂开那边缘处厚厚堆叠的梅花。露出的不是扎实台阶,是虚无的空气,一脚就能踏空。

言卿:"……"

言卿气笑了,咬牙道:"我单知道你们忘情宗没有待客之道,没想到你们是想让客人死。"

谢识衣说:"忘情宗从不迎客。"

言卿:"哦!"

谢识衣说:"跟着我。"

言卿不太情愿。

上面乌泱泱一群人看着，他被一个眼睛瞎着的人带上去，那多丢脸啊？

谢识衣皱眉，淡淡问他："你在犹豫什么，新娘子上轿？"

言卿："……"这绝对是故意的，绝对是故意的，绝对是故意的。

言卿面无表情把手给他，说："仙尊，希望你别带我跳下去送死。"

谢识衣语气若飞雪，说："不会，我的师长都在上面看着。"

言卿："……"

言卿差点狠狠一摔，瞪大眼，难以置信，一字一句地说："什么？你的师长？"

——能被谢识衣尊称师长的，随随便便拎一个出来都是化神期吧？！

所以一群化神期大佬就在上面看着？！

言卿倒不是尴尬，而是担忧和紧张。

他害怕自己暴露身份，直接面临九大宗的追杀。虽然他不用魂丝，也没人会发现异常——但一个化神期他或许能瞒过，一群化神期呢？

言卿瞬间觉得四面八方的风都藏着重重危机，吹得他发肤战栗。

或许是感知到言卿在担忧害怕什么，谢识衣冷静道："不用怕。"

谢识衣朝他伸出手，腕子从堆叠的雪袖中露出，手指修长莹白，精致如竹。

"手给我。"

言卿心神皆乱，把手伸过去时，依旧郁闷忐忑——

上重天这些人活了不知道多久，火眼金睛的真的不用怕？他腕上系着魂丝虽然锁住了一些气息。可是魂丝本来就是魔物啊？真的不会被发现吗？

但，所有电转般的心思，都在被谢识衣带着踏出第一步时烟消云散。

踩过厚重的梅花，像踩过沉淀的岁月。

仙鹤清钟遥遥传来。破开云雾，也破开光阴。

言卿抬眸，望着前方，一时间愣住。

天光漫过山河万里，余晖灿烂。

梅花如血，铺成鲜红长毯，之前的忐忑、紧张和害怕、担忧的心情，竟然也诡异地贴合。

万丈高空，九千九百阶，梅花缤纷，飐上九天。

乐湛和席朝云到来前，本以为会见渡微像往常一般。一人握剑，拾级而上。却没想到这次是两个人。

渡微还引着那人一步一步上来。

席朝云微愣，问："这位是？"

乐湛有些尴尬地咳了声，天枢已经在信里把有关燕卿的事，给他交代了一遍。他说："朝云，你有所不知，你出关之前，发生了件不大不小的事。"

席朝云蹙眉道："嗯？"

乐湛说起这个也是颇为难为情，只含糊道："紫霄渡劫陨落，把道祖留给他的令牌给了救他的一个小娃娃。那小娃娃对渡微说希望拜他为师。"

席朝云听完，神情微僵，眼眸里满是诧异。他们都是活了不知多久的化神期修士，放眼天下，能让他们震惊的事不多。这算是一件。不过作为天下第一宗的宗主和太上长老，两人也都并非狭隘之辈，虽然觉得匪夷所思，却也没震怒或者偏见，只当是因果缘分。

席朝云蹙眉道："那这件事，渡微是怎么看的？"

乐湛苦笑："我不知道。"

席朝云目光往下看去，轻声问："这就是那个小娃娃？"她看的是言卿。

乐湛道："应该吧。"

席朝云眉头皱得更紧了，轻轻地说："这小友……他的资质很不好，修为也低。现在这个节骨眼上，留在渡微身边，或许会很危险。"

这个"不好"和"低"还真是言轻了。以席朝云的眼光，言卿如今的资质简直就是恶劣至极。

乐湛想起近些年发生的事，慢慢地也严肃起来说："我会和渡微好好说说这件事的。"

言卿走到台阶尽头，马上抽出了手。

就在这时，云雾上走下两人。忘情宗宗门前很多围观的弟子，都大惊失色，齐齐下跪退散。

"拜见宗主。"

"拜见太上长老。"

宗主。

太上长老。

言卿看到一男一女降落云台。男的广袖博冠，样貌儒雅；女的环佩白裙，容颜温婉。

谢识衣平静道："师父，师叔。"

席朝云眼中是难以压抑的欣喜，微笑道："渡微，好久不见了。"

乐湛也叹道："你这闭关一去就是百年，也是有些时日了。"

谢识衣淡淡一笑，不作回答。

席朝云这时目光落到了言卿身上。

言卿立刻身体紧绷，悄悄把手藏进袖里。

席朝云的目光并不会让人觉得被冒犯或者被审视，她很温柔，眸光似水，甚至带着点淡淡的笑意。或许这样的温柔和笑意都是专门为了照顾言卿，让他不必紧张的。

席朝云看着言卿，却是轻声问谢识衣道："渡微，这位小友是你什么人？"

言卿卡了下壳，赶在谢识衣之前抢先道："故人。"

他到了忘情宗才发现，自己根本没想象中那么毫不在乎。尤其走过刚刚梅花染红的玉阶长路，下意识想先从魔怔里抽身。

谢识衣抿唇，没有说话。

席朝云愣住，说："故人？"她看向谢识衣。

谢识衣："嗯，故人。"

故人这个词说轻也轻，说重也重。

可是席朝云想不明白，渡微是怎么冒出这样一个故人的？

渡微在人间就已经一无所有，连不悔崖之审也是孤身一人走过。众叛亲离，踽踽独行。之后到了上重天，更是从未让人近身。空空寂寂的玉清峰，常

159

年只有飞鸟经过。若说是出门游历认识的，也不太可能。

渡微心若冰雪，无关紧要的人、无关紧要的事，不会看一眼。

哪里来的故人呢？

席朝云目光落向言卿，这一次眼中真真切切多了些惊讶，忍不住问道。

"小公子，你们和渡微以前认识？什么时候认识的？"

言卿心想：很早很早就认识了。

在天下谁都不知道谢识衣的时候，就认识了。

可是他面对席朝云，停顿了片刻，还是选择露出一个微笑，眼睛弯起道："就在前不久，长老，我和渡微仙尊应该算一见如故。"

一见如故，也算是故人吧。

席朝云还欲问些什么，乐湛先拉住了她，把视线放到了谢识衣被白绫覆住的眼睛上，眉心紧锁道："渡微，你的眼睛怎么了？"

谢识衣早就料到了会有这一问，平静道："闭关时，出了点事。"

乐湛更为忧虑地问："严重吗？"

谢识衣说："不严重，休养几天就好。"

乐湛舒口气："那就好。"

这时天枢也从九千九百阶爬了上来，见到席朝云和乐湛二人，先恭恭敬敬地做了个礼："宗主，席长老。"随后站起身来，喜笑颜开，颇有几分邀功的意味道："你们看，我没说错吧。渡微真的要回宗门住段时间。"

乐湛扬起唇来，他样貌儒雅英俊，仙风道骨，转身问谢识衣道："渡微这次打算回来多久？"

谢识衣沉默片刻，说道："未定。"

席朝云柔声说："回来多待一会儿也好。之前你一直待在霄玉殿，诛魔大阵上风雪万千，我一直很担心。"

言卿走完九千九百阶后，本以为自己会很疲惫，可没想到见到乐湛和席朝云后，却整个人又安静下来，连累和困都感觉不到。他在旁边绕着红线，看着忘情宗的梅花，再看着从云端缓缓走下的男女。他们二人皆是挥挥袖便会让整个上重天抖一抖的大佬。可在谢识衣面前时，却像是久等孩子归乡的父母，眉眼间全是温柔笑意。

言卿在前面把忘情宗的待客之道吐槽了个遍，却没想到，真正见到天下第一宗的宗主——人竟然比他在回春派的掌门还要亲和？当然，估计都是沾了谢识衣的光。

从这练武台上黑压压跪着的一众大气都不敢出的忘情宗弟子，就能知道乐湛宗主可不像他表面这样儒雅温和。

谢识衣说："我先带人回玉清峰，你们若有事传信与我。"他已然从当年的天才少年长大成权倾天下的仙盟盟主，虽在师长面前收敛了许多，可字里行间还是会不经意透漏一些说话的习惯。

席朝云颔首，温婉一笑道："好，你回峰吧，我百年未曾见你，现在见着终于安心了。"

乐湛开口道："渡微，你的玉清峰都空了一百年，现在重新住进去，要不要我安排些下人过来？"

谢识衣说："不用。"

言卿还在打量忘情宗的三百余座外峰呢，突然听到谢识衣的声音传来："走吧。"

"哦。"前方梅花落了一地，虽然不如云阶上漫漫一路铺成红毯，也依旧娇艳灿烂无比。

言卿能察觉到背后有万道目光。

属于乐湛和席朝云的，是复杂好奇，是欲言又止。属于那些跪在地上大气不敢出的弟子的，是天惊石破，是难以置信。

"宗主，席长老。"天枢见两人出神，小心翼翼喊了声。

席朝云收回视线，眉眼间的温婉之色褪去，说道："天枢，你把在回春派发生的事，都跟我们说一遍。"她笑起来轻柔动人，可不笑的时候，化神期的威压也似料峭寒风。

天枢对这位太上长老又惧又怕，擦擦汗道："席长老，那小娃就是拿令牌向我们提出要求的人。渡微为调查紫霄的事去了回春派，在那里，答应了这件事。"

席朝云语气诧异地问:"渡微答应了?"

天枢说:"是啊,这还把人带回了宗门呢!"

乐湛和席朝云对视一眼。两位年逾千岁的大佬一时间都沉默不言。天枢看着二人的脸色,多多少少也能理解他们的心情。

席朝云锁紧眉头。倒是乐湛看得开一点,叹息一声,笑着安慰她:"别多想了,你不觉得,渡微刚刚上云梯的那段路,是他百年来最轻松自在的一次吗?"

席朝云微愣,转身,目光望向那漫漫云梯。

梅花纷飞,蜿蜒铺成红色长廊,她突然有点晃神。

玉清峰是忘情宗十大内峰之一,占地中南。谢识衣带他走的应该是条不为人知的小路,一路上也没撞见几个忘情宗弟子。言卿歪头左看右看,这一天就没停过。

看花看雪,看树看鸟,像是要把他遗失的那段有关谢识衣成长的岁月,自己在脑海中乱七八糟拼凑个遍。

天地肃白,群山险壑。

言卿往上看,毫不吝啬地发出赞美,说:"你说得对,忘情宗不愧是天下第一宗,风光确实好。"

谢识衣道:"玉清峰有一处寒池,你可以在里面先洗经伐髓。"

言卿惊了,说:"你峰内还有这么厉害的池子?"

真不愧是首席弟子!

谢识衣没回答,又问:"你上辈子是怎么修行的?"他顿了顿,加了句:"到魔域后。"

到魔域后怎么修行的?胡乱修行啊……

但言卿怎么可能跟他讲这个,眨眼思考了会儿:"引气入体啊!怎么,难道你们上重天修行已经另辟蹊径了?"

谢识衣严肃说："你若是毁道重修，根骨重塑，不能这样修行。"

言卿对自己恢复修为的事，其实从重生开始就有了计划。修真界人人都把根骨看得特别重要，可修为至洞虚期得窥天命才会明白，肉体和凡胎不过是容器。

优异的灵根顶多让灵气更易入体罢了。

到最后真正重要的是对天地灵气的感知。熟知自己的五感、熟悉自己的神识，以最合适自己的方式，将其淬炼入丹田。不过他现在炼气期，从头开始修行，必然也是条漫漫长路。

言卿听谢识衣说这话，还有些困惑地说："为什么引气入体不行？"

谢识衣说："你现在的丹田，接纳不了太多的灵气。"

言卿说："真的？"

谢识衣现在是化神期的巅峰，天下第一，说的话还是很可信。

谢识衣淡淡道："嗯，你需要先碎丹。"

碎丹？粉碎丹田？

言卿说："那是不是很痛？"

谢识衣的语气在山林间很轻，静静说："不痛。"

言卿道："哦。"

乐湛说玉清峰百年无人，还真的就是百年无人。

峰回路转，是皑皑一地的雪，布满堆积散落的枯枝落叶。

不得志睡得昏天暗地，终于又醒了，觉得言卿的袖子里闷，拿爪子戳了戳他。

言卿见四下无人，干脆把它放了出来。

不得志高高兴兴出袖子，还没来得及发表感叹呢，一抬头看见旁边的谢识衣，所有话咽回肚子里，缩到言卿肩膀上，安静如鸡。

谢识衣带他到了玉清峰的主殿，这里华丽寥廓，清冷得只有长风回旋的声音。言卿首先看到的是玉清峰那藏在云海霞雾里的一林梅花，与之相比，忘情宗宗门前的梅花颜色都要逊色很多。这里是灵气正中心，生养的梅花颜色也格外殷红。梅花立于悬崖间，前面有一块石碑。言卿被石碑吸引视线，刚想探头

163

去看清楚上面有什么字。

谢识衣便拽着他的手腕把他拉了过来，对他说："玉清峰有无数阵法，不要乱动。"

言卿："哦。"

谢识衣穿行回廊，把他带到了一间厢房内，使了个小法术，屋内隔开了外面的寒风细雪，暖洋洋的。言卿一介凡人，到里面才感觉到了新生。纱幔床褥都看起来明贵舒适，里面的温暖和干燥更让他困倦，他舟车劳顿的疲惫一下子如潮水般涌上来。

谢识衣抬袖，一盏幽微的烛火亮起。他淡淡道："你先睡会儿，我出去处理一些事。"

"哦。"言卿以前也不是嗜睡的人，但不知道为什么，现在就困得离谱，随口问了句，"你要去哪儿？"

谢识衣步伐微顿，道："就在外面。"

言卿点点头。他很久没有这样毫不设防了，身心全然放松的时候，困意是真的会加重。

窗外隐隐约约传来梅花下落的声音。

不得志气到咬翅膀，震惊失色地说："你怎么跟他回家了！"

言卿说："嗯，这是你的新家。看看，喜欢吗？"

喜欢什么呀？

不得志气到离家出走，但是又走不出谢识衣布下的阵法，只能憋气蹲在房梁上。

言卿没理他，上了床，就感觉像是陷入一片云里，阖目而眠。

回春派。

衡白没有跟着天枢他们一起乘坐云舟回去，因为他被留下来处理一些后续的事。

将洞虚秘境封闭，再将紫霄的遗物收集完毕后，他一转身，看到眼眶微红的白潇潇，没忍住翻了个白眼。

天枢那个闻名三百座峰的老好人都被整怕了，选择溜之大吉，把烂摊子留给他。可想而知，这少年有多恐怖。

衡白冷漠道："别哭了。"

白潇潇其实也不想哭，但是他就是委屈，听到衡白的话，赌气地咬住嘴唇，不再说话。

衡白的尖酸刻薄在忘情宗是出了名的，他将时怼剑的粉末装在一个盒子里，又翻了一个白眼，说："你难道不知道其实你哭得很招人烦吗？"

白潇潇吸吸鼻子不说话了。

衡白说："扭扭捏捏、哭哭啼啼，我说你眼泪怎么那么多啊。"

白潇潇没忍住，嘟囔一句："又不是我想这样的。"

衡白冷眼看着他。其实抛去看笑话的心情，重新审视白潇潇这个人，他觉得还挺新奇的。贪婪也罢，嫉妒也罢，竟然全然写在脸上，一眼能望穿全部心思。

南泽州这样单纯的人很少见了。

衡白一个人被丢下来，失去了和敬仰的谢师兄一同回宗的荣幸，现在心里烦着呢。白潇潇送上门来，他没忍住又刺了两句："回春派上下待你不薄，你那么眼巴巴馋令牌干什么？"

白潇潇被拆穿心思，眼眶微红，却固执道："我没有馋那块令牌，我只是不喜欢燕卿那样的行为。"

衡白讥笑："你连我都骗不了，你觉得你还能骗过谁？"

白潇潇不说话了。

衡白道："给你一句劝，不要觊觎不可得之物。"

白潇潇眼眶更红了，握紧拳头。衡白冷冷俯视他，说："我那时也真是挺佩服你的，那样愚蠢的心思，你居然就这么明明白白地展现在谢师兄面前。"

"你当他是什么人？"

"白潇潇，我可以告诉你。世上如果真有人能骗过谢师兄，只会是他自己,或者是他自愿。"

衡白拎着盒子往外走,一秒都不想待在这鸟不拉屎的地方。

白潇潇在后面沉默很久,忽然轻轻开口:"你们为什么要这样对我?"

衡白抽了抽眼角。

白潇潇抬袖擦眼泪,语气轻微道:"我现在受到的所有屈辱和委屈,都只是因为我救了前辈吗?"

衡白又抽了抽嘴角。他算是明白天枢为什么逃之夭夭了。

衡白在离开前冷冷道:"你受的所有屈辱和委屈难道不是你咎由自取吗?你体内有紫霄留下的功力,这样的机缘,常人非历十方生死不可得,你还有什么不满?"

白潇潇擦眼泪的动作止住了,喃喃道:"紫霄前辈的功力?"

衡白的剑落到他足下,他抱着装剑辉的盒子离开,不愿再搭理他一下。他是忘情宗的长老,对机缘一事早就看得很透。是福是祸,全看造化。

谢识衣走后,满山谷的桃花都谢了。光秃秃的枝丫朝向天空,依旧是那落魄荒凉的回春派,好像那一日的桃花落雨都只是一场梦。

他坐在石头上,抬头还是青灰的方寸之地,困住视野、困住思维。

一片枯叶落到了白潇潇的发上,他下意识抬头,看向了衡白离开的方向。

那里是……南泽州。

谢识衣坐在玉清殿的玉台高座上。一只蜂鸟穿行过巍巍风雪灼灼梅花,驻留在他手边。

他伸出一根手指,蜂鸟用喙轻啄他的指甲。

层层加密的传音漫散在宫殿里,肃杀冰冷。

"盟主,您吩咐下去要杀的人,我们已经杀完了。"

"紫金洲秦家秦长风,秦长天;萧家萧落崖,萧成雪;流光宗殷关,殷献。悉已魂灯熄灭。"

谢识衣玉般的手指再一转。蜂鸟碎为齑粉,被长风卷过。

睡了一天一夜，言卿睡醒还是觉得腰酸背痛，九千九百阶真不是一般人能走的。不得志在认命过后，已经学会了自娱自乐，一个人蹲在墙角玩泥巴玩雪。

言卿头发乱七八糟地散着，毫不顾形象地打了个哈欠，赤着脚往外面走。

不得志的翅膀死死抱着他的头发，说："冻死我了冻死我了，这雪啥时候停啊？！"

言卿懒洋洋地说："这个你要看峰主的心情了。"

他的步子一踏入主殿，四下的青铜铃铛就开始响动。

谢识衣似乎也毫不意外。

言卿抱着不得志，站在宫殿门槛外，看他高坐殿堂，一时间恍惚了下。

其实很早以前，他就觉得谢识衣骨子里亦正亦邪。哪怕将来不为祸天下，也不会成为一个好人。没想到，他一步一步变成了现在清风霁月的渡微仙尊。

谢识衣见他醒来，起身，往下走，衣袍像雪覆盖台阶，说："去寒池吧。"

言卿："哦。"

他们走过挂满青铜铃，飘着梅花白雪的长廊。

言卿可能是睡过头，大脑有些昏，没忍住一看再看谢识衣，最后鬼使神差地轻声问："谢识衣，你为什么这么帮我？"

他很难去定义他们之间的关系。

这个问题，就像是把那层薄薄的雾驱散。

逼着二人久别重逢，重新清醒冷静下来。

谢识衣平静道："为什么这么问？"

言卿想了想，如实说："因为想知道答案。"

谢识衣沉默片刻，随后轻轻一笑，语气难测说："言卿，很少有人能不付出代价，从我这里得到答案。"

言卿揪着不得志的翅膀，不说话。大概是前面他们的交谈太过随意，仿佛时光倒流，回到毫无间隙的旧日。

所以当言卿跳出这刻意维持的温馨幻觉，谢识衣自然而然流露出了属于现在的锋冷。

言卿问："代价？"

谢识衣轻描淡写地说："寒池在梅林中，我在外面等你。"

言卿并未随着他转移话题，说："代价是什么？"

谢识衣见他那么执着，声音清冷，漫不经心道："真想知道，回答我三个问题。"

言卿疑惑道："啊？"

谢识衣前面看似对他耐心极好，纵容他的每一言每一行，可是并不代表，他是个温柔的人。相反真正的谢识衣，从来都是强势逼人的一方。

谢识衣的声音清晰平静："为什么不离开回春派？为什么在洞虚秘境中出手？又为什么，对这个问题那么执着？"

为什么不离开回春派？

既然想要看南泽州的风光，重生后就该走。

为什么在秘境中出手？

前面故意装疯卖傻都不想被他认出，到头来因为这功亏一篑。

为什么对这个问题那么执着？

——我为什么帮你的原因，很重要吗？

言卿就知道，在脑子不清醒的时候，不要去招惹谢识衣。估计从重逢开始，他言语中的每一个漏洞都被谢识衣发现了，只是谢识衣不想说而已。

谢识衣的语气很轻，问题却各个一针见血，像是虫子不痛不痒地蜇咬了他一口。风雪过回廊，冷意把言卿还有点蒙的脑袋吹清醒。

他心想，不愧是冰雪琉璃心啊。

这三个问题看似毫无关系，但是如果真的回答出来，却能乱成一团。言卿拒绝回答，同时反抗："为什么我就问你一个问题，代价却是回答三个问题？"

谢识衣没理这个问题，也没告诉言卿，别人都是拿命从他这里换答案的。遇到他不想说的答案，不会撒谎也不会逃避，有各种方法让问问题的人闭嘴。只是对付言卿，方式会复杂一些。

谢识衣意料之中，平静道："言卿，下次没想好代价，别轻易试探我。"他立在风雪中，收了些锋芒，说："进去吧。"

言卿把不得志丢给他，说："帮我看着这只傻鸟，别让它飞出去败坏我名声。"

不得志：？

谢识衣沉默地伸出手，将心灰意冷生无可恋的不得志接了过来。

言卿走进梅林的时候，脚步踩在薄薄的积雪上，发出细微响的响声。鸟雀被惊动，黑色枝丫摇晃，一瓣沾雪的红梅落到了他脸上，冻得他一哆嗦。

他把梅花从额心拿下来，咬在嘴里，同时默默地把谢识衣骂了一遍。

厉害死你了，还举一反三呢。

玉清峰的寒池在梅林的正中心，一座低矮的山崖下，处于冰天雪地中，旁边却诡异地长着一些青草。

言卿将头发理了下，非常自然地宽衣解带，伸出腿踏入了寒池中。他重生之后，也就那一晚借着地面上的积水看了眼自己的长相，匆匆一扫没留心，现在才有心思好好看自己的样子。

寒池的水能洗尽污秽，并排除脉络里的陈垢。

随着黑色游丝一点一点从体内排除，再被池水分解，言卿的皮肤也肉眼可见地白皙透亮起来。

他墨发微湿，低头看着水面浮现的影子。寒池若明镜，照出青年好看的桃花眼，眉眼精致，色若春晓。

言卿面无表情，摸了下自己的耳朵，指间的红丝湿漉漉，垂落在锁骨上。

他会在燕卿身上复活，说明燕卿跪在祠堂上的时候，就已经死了。

燕卿的死是个谜，他复活的原因也是个谜。

言卿看着自己的手中的红线，眼眸晦暗，隐去一切情绪。

流光宗，殷家。

天地凄清。殷家祠堂卷起了一阵大风，吹动灵幡，也吹起白色纸花。

169

纸钱在祠堂翻卷重叠,轻飘飘拂过摆在正中间的两副棺材上。

檀香木棺厚重无言,跪在棺前的流光宗宗主夫人一袭素裙,头戴白花,脸色苍白,一言不发。

旁边的老者出声安慰道:"夫人。殷关和殷献两位少宗主魂灯已灭,人死不能复生。您节哀顺变,千万不要因此再伤了身体。"

宗主夫人从唇齿间溢出哽咽,肩膀颤抖,明显是悲恸到了极致。

她旁边流光宗宗主殷列负手而立。殷列中年模样,五官偏凶,眉心的红菱颜色比任何人都要深一些,身上的黑色衣袍上刺着明黄的月亮,旁边星芒闪烁,随寒风阵阵。

殷列语气沉稳道:"哭什么?"他一双鹰眼冷冷看着那两副棺材,仿佛不是他的儿子,而是无关紧要的两个陌生人。

宗主夫人听他的话,豁然抬头,问:"我哭什么?这是我怀胎十月生下的儿子!我为什么不哭!"她压抑一路的恨似乎这一刻倾泻而出,眼睛都要红得滴出血来,"殷列,我说过多少次了,叫你不要和秦家纠缠,你不听,看到没有,现在这就是代价——你的亲儿子,你的两个亲儿子就这么活生生死在仙盟手里!死在谢应手里!"

她眼泪盈眶,呼吸颤抖,继续道:"他们就这么死去,我们却还不能心存不满,不能提出异议,不能暗中报复!"宗主夫人越说越激动,声嘶力竭:"殷列!现在你满意了吗?"

老者叹口气,走上前:"夫人,您身子骨不好,切莫气急伤身。"

宗主夫人甩开他的手,跪在地上,泣不成声。

殷列不屑地嗤笑一声:"妇人之见。"

宗主夫人闻言,赤红着眼抬头,说:"殷列,你既然斗不过谢应,就不要再带着我的孩子去死!"

殷列被她的话激怒,道:"闭嘴!你一介妇人懂什么?"

宗主夫人说:"我懂什么?我懂仙盟的权力遍布整个南泽州,我懂谢应现在的地位无人能撼动。秦家是秦家,他们远在紫金洲,仙盟的手再长也伸不过去,可我们现在就在忘情宗眼皮子底下。谢应杀谁都不需要理由——殷列,不悔剑总有一天会落到你头上的!"

啪!

殷列青筋暴跳,恼羞成怒,直接一巴掌隔空扇了过去,骤然叱骂:"贱人!我说了叫你闭嘴!"

宗主夫人惨叫一声,捂着脸别过头。

老人是殷家的老忠仆,见这场景一时间也不知道如何是好,颤巍巍走过去扶起宗主夫人,心急如焚地道:"夫人,要不您少说两句先回去休息吧。我来给殷关殷献两位少宗主守灵。"

宗主夫人默默哭泣着,低声呜咽。

清风挽起灵幡,这时有人踏入殷家宗祠来,声音清润,慢悠悠笑道:"宗主夫人,你这想法可真是奇怪,你不去怪那杀了你孩儿的谢应,在这里怪殷宗主是干什么?"

红衣白梅,银色面具。紫金洲,秦家人。

殷列愣住,随即道:"秦公子。"

秦家三公子秦长熙低头,似怜似叹,说道:"宗主夫人,您若是真的心疼您这两位死去的孩子,就该为他们报仇,把谢应杀了。"

宗主夫人哭声止住,只是死咬着牙,颤抖身躯看着他。

秦长熙手里拿着把折扇,轻轻道:"谢应心思难测,手段冷酷。再任由他掌管上重天的话,像您这样白发人送黑发人的人间惨剧不知道还要发生多少起。我看啊,九大宗当务之急,就是将他从霄玉殿的神坛上拉下来。"

"你到底想说什么?"

宗主夫人咬着唇,眼里的警惕不增反减,手指死死抓住衣裙。

秦长熙往前走,手指拂过棺材上的白色纸花,银色面具遮住了神情,语气却是低沉哀伤的:"夫人,您前面说错了。秦家哪怕身在紫金洲,也并不能幸免。我的堂弟长风、长天都在一日前死在仙盟之手。同时死去的还有灵渠萧家的落崖和成雪。"

秦长熙沉默一会儿,语气听不出喜怒:"果然是谢应的做法啊。闭关百年，百年后出关的第一件事就是连杀六人，无一不是你我血肉之亲。"

殷列听完他的话愣住，皱眉一紧，道："秦家和萧家也死人了。"

秦长熙道："嗯。"

殷列哑然："谢应他怎么敢做的那么绝……"
"谢应有什么不敢呢？"秦长熙反问，银色面具下的眼里满是讽刺的笑意："殷宗主，你莫不是忘了当年他初入霄玉殿那一夜？不悔剑直取三宗长老之首，血把霄玉的殿台阶染红。他抹去剑上血，一步一步往上走。"
殷列听他提起霄玉殿的往事，一瞬间沉默，藏在袖中的手紧握。
霄玉殿喋血的夜晚好像还在昨日。
谢应过于年轻，又过于受人瞩目。除却他的师父忘情宗宗主乐湛，当时另外八位宗主几乎没人愿意这个才两百岁的黄毛小儿凌驾于自己之上。
八大宗主顾忌乐湛的面子，沉默相抗。而浮花门的三位太上长老直接当堂质问。
他们受镜如玉的撺掇，对谢应的恶意几乎要从眼珠子里溢出。各种撒泼耍赖，以年龄辈分压人，质问他以何资格坐上了霄玉殿？
谢应立在人群中，淡淡抬眸，很快证明了他的资格。
没人猜到他会出手，就像当时没人能看到这个外表清风霁月的天之骄子骨子里的狠厉疯狂。
谢应那时是化神后期的修为，不悔剑从袖中出来的瞬间，森冷的寒光直接凝结霄玉殿万千的风雪。
刹那之间，还在张牙舞爪的三位长老身首分离。
血溅三尺，喷涌至谢应的脚下。
那鲜血溅到了谢应的眉眼上，也溅到了镜如玉艳艳的指甲上。
镜如玉骤然站起来，眼睛里的恨意和怒火，若火光灼灼，大喊了一声谢应的名字。

满座皆惊。

紧接着，无数仙盟弟子自黑暗中站了出来，威压四散。

霄玉殿的寒意覆盖天地，鸦雀无声。

那一晚的诸多细节，殷列现在都还记得。

记得次第亮起的长明灯。

记得滚到地上的头颅。

记得那三双死不瞑目的眼睛。

记得那层层往上的剔透玉阶。

记得谢应苍白冰冷的手，漫不经心地擦去剑上的血。

记得他一步一步往上走。

脚步声很缓，很慢。魄丝鲛纱从污血尸躯上掠过，一尘不染，留给他们的只有一个遥远清冷的背影。

衣袍像雪无声覆盖染血长阶，从此，也如永远无法挣脱的冰凉阴影笼罩整个上重天。

秦长熙在旁边轻轻说："殷宗主，你说，谢应有什么不敢的呢？"

就在这时，一声焦急的求救声从门外传来。

"宗主！宗主！快救救少宗主！"

殷列思绪回神，抬眸看清楚来人后，愣住了，开口："承影？"

承影自谢应撤下樊笼大阵后，就带着殷无妄火急火燎回宗门。不悔剑意入命门，殷无妄现在虚弱得只剩下最后一口气。他被承影背到祠堂前，唇色苍白，脸毫无血色，眉宇间的红菱泛着一层薄薄的霜。

跪在地上抹泪哭泣的宗主夫人听到这个名字，瞬间愣住。她摇摇晃晃站起来，出门看到虚弱不堪的殷无妄后，骤然发出一声悲鸣，扑了过去，道："无妄！无妄！无妄你怎么了？"

她已经失去了两个孩子，根本不能再忍受一次骨肉离世的痛苦。

宗主夫人抱着殷无妄泪如雨下，同时抬眸，尖声质问承影："承影！我叫你去回春派接人！你是怎么接的！"她眼中恨意疯狂："是不是回春派那群人！是不是那群低贱的凡人把无妄弄成这样的——我要把他们一个一个碎尸万段啊啊啊！"

承影颤抖了下唇，轻声说："不是的，夫人。让少宗主变成这样的人，是谢应。"

刹那间天地寂静。

宗主夫人所有的嘶喊咽在口中，身躯颤抖像风中白花，手指痉挛，最后死死抱住殷无妄，把头埋进他的肩膀中，呜咽大哭出声。

殷列彻彻底底僵了，见到垂死的殷无妄都没有一丝变动的表情，如今出现一丝裂痕，道："谢应？你们为什么会遇上谢应？！"

前面无论是殷关还是殷献、还是紫金洲四人的死，都是出自仙盟之手。谢应未曾露面，坐在霄玉殿，在背后布局下棋。为什么他所有子嗣里最不成器的废物会遇上谢应？

承影汗涔涔，如实说道："回宗主，谢应是去调查紫霄一事的。我们在那撞上他后，他重伤少宗主。让您明日去霄玉殿，见他……给出一个解释。"

殷列愣住，问："紫霄一事？！"

承影畏惧地点头。

殷列目眦欲裂地说："你们去了回春派？"

承影完全不知道宗主为什么震怒，颤声说："对。"

殷列只觉得气血攻心，回过头，快步走过去，抓起宗主夫人的衣服，逼着她仰头，质问："是不是你让殷无妄去回春派的？是不是你？！"

宗主夫人身躯颤抖，可是这一次却没说话了。

她在偶然一次偷听殷列和秦家的谈话中，知道紫霄之事。怜惜自己天赋低下的幼子，便偷偷让他去回春派试试运气，洞虚修士陨落留下的秘境，放眼天下都是可遇不可求的机缘。谁能想到……会出现今天的事？

殷列险些要被她气吐血，说："贱人！你知不知道，我这一次要被你害死了！"

秦长熙在一旁沉默很久，才出手，用扇子虚虚拦住他说："殷宗主别冲动，依我之见，谢应唤你去霄玉殿，未必不是一件好事。"

殷列眼睛充血，说："谢应心思难测，喊我去霄玉殿，怕不是有去无回？！"

秦长熙道："不会的。"他打开折扇，银色面具下的唇勾起："殷宗主你可能不知，谢应早在百年前入十方城时，无情道便碎了。这闭关的一百年。"他微笑，一字一字道："怕不是从头来过。"

殷列愕然，瞪大眼："你说什么，谢应的无情道碎了？"

秦长熙微笑，点头："对，哪怕谢应天赋绝伦，毁道重修，再至巅峰。如今估计也不会和九大宗直接争锋相对。这一次，我陪你去霄玉殿。"

玉清殿，厢房。

言卿洗完澡后，披着件黑衣就出来了，坐在谢识衣对面，看着焉儿吧唧的不得志，笑个不停，撑着下巴，拿手指戳它："哟，这不是不得志吗？怎么一个时辰不见，变哑巴了？"

见到他，一直无法无天作威作福的不得志硬生生从红眼睛挤出两滴泪来。

翅膀一扑、身体一滚就钻回了他袖里，自闭到好像再也不愿意出来面对着这残酷的人世间。

言卿哈哈笑了两声，随后抬头，好奇地问谢识衣："你对它做了什么。"

谢识衣似乎也真的是陪言卿玩够了这无聊的戏码，抬起手打算把覆盖在眼上的白绫解下来，冷漠道："你自己养的，问我？"

言卿对他这理所当谈的态度非常震惊地道："我把我的蝙蝠放你手里一会儿，回来它就蔫了，这不怪你？"

谢识衣满是嘲意笑了一声。

言卿翻了个白眼。果然，他和谢识衣以本性相处，没两句就会吵起来。

谢识衣估计是几百年没有自己动过头发了，加上言卿当初打结的时候刻意绑得花里胡哨。解了一会儿也没解开，几不可见地皱了下眉。

言卿见状，趴在桌上笑个不停，随后懒洋洋开口问："仙尊，需要帮忙吗？"

谢识衣没有搭理他。

言卿手撑在桌上，站起来，俯身过去，吊儿郎当说："幺幺，做不到的事别逞能啊！"

175

他刚从寒池出来,发丝还是湿的,带着似有若无的梅花香。脖颈和手腕被纯黑的衣袍衬得越发白,调子拖得很长,满是戏谑的味道。呵出的气却湿淡,如雾气氤氲。

谢识衣的动作停住了,薄唇紧抿。

言卿往上看一眼,恨铁不成钢地摇摇头,把他的手腕拽下来,说:"你真是年少不知头发贵啊!"

言卿帮他解开自己当初玩闹系上的白布。谢识衣的几缕发丝缠到了他的指间。窗外寒光映雪,殷色梅花飞舞飘零。屋内烛火乱晃,言卿将白布解开时,谢识衣也缓缓睁开眼。

他眼中的青雾之色散了很多,露出原本色泽来,深黑、幽冷,宛如经年落雪的夜。

煌煌灯火月色里,言卿手中握着白色的长带,身形挺拔高秀,低下头笑意盈盈。黑衣墨发,腕上的红丝蜿蜒到了桌上。

这样安静和睦的氛围,言卿一时间也心情好起来问道:"那我以后怎么办?就一直在你的玉清峰修炼?"

谢识衣说:"你先把丹田重塑。"

言卿问:"怎么重塑?"

谢识衣垂眸说:"手给我。"

言卿:"哦。"

他把右手伸了出去,谢识衣的指尖浮现一点白色的星芒。他的内力是霜雪般的冰蓝色。现在的白色星芒,是神识。

按理来说,化神期修士的神识灌入身体内,言卿一个炼气期最差的结果就是爆体而亡。

但是谢识衣没骗他,言卿一点都感觉不到疼。神识如暖流一般,轻柔地蔓延四肢百骸,再汇入丹田,将原身破损不堪的丹田粉碎。之后,灵力又在里面重新凝聚、重新筑巢,似春风微拂。

洗精伐髓,丹田重塑后,言卿整个人都感觉获得新生。

谢识衣鸦羽般的睫毛垂下,声音平静说:"你如今在忘情宗的身份,并不能够参加青云大会。"

言卿眨眼:"为什么?青云大会不是面向天下人的吗?"

谢识衣:"你若到外场与天下散修一起比试,会很麻烦。现在最好的办法,就是成为忘情宗弟子。"

言卿:"我怎么觉得后者更麻烦呢?你们要求好高啊仙尊。"

谢识衣说:"你既然是我的故人。资质灵根,宗门就不会对你要求过多。"

言卿:"……"那么正常的话,他怎么就越听越不对劲呢?

谢识衣继续说:"明日我去见一次宗主,帮你问问,故人。"

言卿讪讪一笑道:"你明日不是要去霄玉殿见殷列吗?"

谢识衣道:"我只是让他去霄玉殿给我答复,没说我会亲自见他。"

"哦,合着你之前是说见殷列是假的。"言卿想了想,没忍住笑出来,认真道:"谢识衣,你这些年结的仇家是不是很多。"

谢识衣说:"嗯。"

他起身,将厢房内的窗都静静关上,隔开风雪。

"丹田重塑后身体虚弱,你该睡了,故人。"

用化神期顿悟的天地感知,从头开始修行,言卿筑基结丹结婴就跟喝水一样简单。没修行一会儿,他就觉得无聊打算出去玩。

玉清峰空无一人飞鸟难越,在偌大的忘情宗像是单独开辟出的一处静地。

谢识衣身居高位,又闭关百年,其实手上的事要处理的事并不少。

言卿一不想去打扰他,干脆拎着不得志在梅林里转。他把不得志拽出来,幸灾乐祸问道:"来,你说说,为什么那么怕谢识衣。"

不得志抖抖翅膀,非常郁闷地道:"不知道,反正本座看到他就怕!你不要再把本座丢给他了!"

它说完就按捺不住,直接远离言卿在空中大展翅膀,沐浴着太阳。

言卿吐槽道:"你真的是一只蝙蝠吗?"

不得志偏头:"你说啥?"

言卿没再说话了，因为他看到了一群鬼鬼祟祟的人。玉清峰通向外界的只有一座悬桥。山崖险峻，流风回雪。那群人就站在树的影子里，扒拉着枝丫，你推我攘，踮起脚往这边看。形容之古怪，让言卿不得不注意。

言卿干脆从玉清峰走了过去。

他出现在悬桥上的时候，还在推搡的几人魂都吓没了，一个不留神，惨叫一声，齐刷刷地摔倒在了地上。

言卿没忍住扑哧笑出声，他穿着一袭青衫，走过去，立在雪中问道："敢问诸位是在做什么？"

几人都穿着忘情宗弟子的衣袍，修为在金丹元婴期，放在外面也都是数一数二的天之骄子。可见到言卿的瞬间，却脸都吓白了，磕磕绊绊说："师……师兄，我们就想看一眼，不做别的。"

言卿挑眉问："看一眼？"

其中一少年憋半天，小心翼翼开口："对，我听练武台那边有人说谢师兄回来了，就想来看一眼是不是真的。"

"哦，这样啊。"言卿点点头，然后给他们指路："是真的，现在人应该在玉清殿里。不过你们在这里怎么能看得到他——要不我带你们去？"

少年先是大喜后是大恐，眼睛瞪直，慌忙摆手："不不不，不用了不用了，谢谢师兄。玉清峰是清净之地，我们看看就好。"

言卿见他这样子，心里有点痒痒。

其实他还挺好奇谢识衣在别人眼中是什么样子的。

就回春派那几波人的表现来看：承影对谢识衣是恐惧大于一切，天枢对他是又爱又敬，而衡白则纯粹只有崇拜。这三人都是长老。同宗的、不同宗的，年轻的、老的，态度截然不同。

言卿想到这里，也就直接问了，似笑非笑地道："我可以冒昧问一句吗？你们谢师兄平时是个怎样的人？"

几位弟子还沉浸在谢师兄回宗门的欣喜中，就突然被言卿这个话题给问住了。

"啊？"

言卿重复:"你们谢师兄,是个怎样的人?"

几位弟子面面相觑,虽然眼前的青衣修士只有炼气期修为,但是他是从玉清峰走出来的,他们一点都不敢怠慢。听言卿重复两次后,为首的少年不好意思地抓抓头发,开口说:"师兄,我们才拜入忘情宗也没有多久,还没见过谢师兄。不过谢师兄是宗门首席弟子,天赋出众,百年前夺青云榜第一。又是仙盟盟主,专门惩恶扬善、斩妖除魔。想来也是君子般的人物。"

他说完,嘿嘿笑了两声,眼中全是对偶像最为赤诚的崇拜。

其余人附和说。

"对对对,谢师兄如今还未满三百岁,依旧可以参加青云大会。如果这次他还愿意出手,那青云榜怕是要创下新纪录、一人连任两届榜首。"

"你在说什么呢你!谢师兄现在都化神期了,又是仙盟盟主,怎么可能再参加青云大会?"

几个少年吵吵闹闹,但是朝气蓬勃,像雪地新生的竹,眉眼间全是意气风发。

言卿从他嘴里听到有关仙盟的描述后,默了片刻,大概能猜出这世上大部分对谢识衣的评价了。

说来也是离奇,他一重生居然直接接触到的就是天枢、紫霄和镜如玉他们,不是资历深厚,就是位高权重,所有关于谢识衣的谈话都讳莫如深。

以至于言卿对仙盟的第一印象,就是冰冷残酷——代表了至高无上的生杀权力。

实际上,对仙盟有这种印象的只有极少数人。在正常人眼中,仙盟就是一个为了诛灭魔种成立的机构,护天下太平,正气凛然、令人敬仰。

普通作乱的魔种都有修真世家子弟去伏诛。

仙盟出手诛的魔种,往往都是九宗三家内其他人不敢动的人。

它是一柄无声盘旋上重天的刀,寒光震慑所有人。

可是普通人，一辈子都未必能见一眼。

估计在这群忘情宗少年弟子的眼中：他们的谢师兄就是个一心向道，清冷出尘，干干净净的天之骄子。完全没想过这样的权力下，有多少鲜血多少倾轧。

想法单纯，却赤诚。

言卿终于找到了点属于上重天的感觉，并深以为然——对啊，仙家之地天下大宗不就该这么积极向上，大家一起修行一起历练一起参加青云大会！他之前回春派遇到的都是些什么玩意儿啊？

重活一次的少城主嘴角勾起，毫无违和感地融入其中。言卿套近乎问他们："你们几个都是什么峰的啊？"

为首的少年腼腆含蓄地说："回师兄，我叫明泽，来自静双峰，他们都是和我同师门的。"

静双峰，也是忘情宗的十大内峰之一。

言卿摆手，对着这群和他现在差不多的少年笑道："你们不用叫我师兄。到时候我拜入忘情宗可能还要叫你们师兄呢！"

明泽一时间傻眼了："啊？"

其余人也是，齐刷刷："啊？"

明泽难以置信："您，您还不是忘情宗弟子？"

"是啊。"言卿点点头，眼眸一弯："初来乍到，以后请多多包涵。"

明泽伸出手，颤巍巍指了指他后面的玉清峰："那，您……您是怎么从玉清峰出来的？"

言卿想了想说："这个嘛，我是被你们谢师兄带回来的。"

一群人被吓得哑口无言。

明泽看向他的视线更惊恐了："您难道是谢师兄在外收的弟子？"

言卿："嗯？"

谢识衣当他所谓的师尊？

做梦呢。骗骗外人而已。

言卿慢条斯理说："不是，我是你们谢师兄的故人。"

明泽和一干弟子瞬间哗啦啦跪了一地，道："拜见前辈！"

言卿叹息一声，蹲下身去，指着自己说道："你们看我这炼气期的修为，能当你们前辈吗？别跪了。我就是和你们谢师兄有一段机缘，然后被他顺便带了回来而已。"

他伸出手去扶明泽，明泽腿还是软的，可是眼睛里的惊吓在慢慢散去，认认真真看言卿现在的样貌。

言卿起死回生又在寒池淬体了一番，现在发黑肤莹，眉眼浓艳，可是唇角弯弯、气质疏朗清透，让人一眼看去就心生好感。

明泽开口道："你……"

言卿道："喊我名字就好，我叫燕卿。"

明泽："……哦，燕卿，你真和谢师兄有一段机缘？"

言卿："嗯，不过机缘这种事本来就是天机，我也不方便透露。"

明泽涌到嘴边的话硬生生咽了回去。

就在这时，忘情宗的午钟响了，浑厚的声音在群峰回荡。明泽瞬间直起身体，焦急道："糟糕，我们该回去了。"他在走前也不忘与言卿打招呼，挠了下头，说道："如果你到时候真的拜入忘情宗，燕卿，我们学堂再见。"

言卿："好啊好啊。"

不得志在梅林自由飞翔，飞了半天后，现在终于心满意足扑哧扑哧回到了言卿肩膀上，并惊奇说道："本座发现了一件事，那里面的梅花根本掉不完，只要有一朵落到地上，树上马上会新长出来！"

言卿毫无感情地敷衍道："哇，这都被你发现了，耳聪目明，太厉害了吧。"

不得志眼睛瞅他，随后问道："你在笑什么？"

言卿打了个哈欠，往回走，懒洋洋道："没什么，只是一想到我要艳惊整个忘情宗，抢走某位天才的风光，就觉得很爽。"

不得志："……"这人有病吧。

言卿回房间的时候，某位天才还在主殿。

言卿有了动力，又闭眼修行了一会儿，到达筑基后期后，已经是晚上了。他的丹田是在谢识衣的神识作用下重塑的，前期不稳定，谢识衣会过来帮他照看一二。

谢识衣走进来时，衣袂掠带一身风雪。

寒意还未散布厢房内前，他就已经出手将门窗关闭。

十五连盏的暖烛被点亮，红色火光照得室内温暖异常。

言卿在扯手上的红线玩。这些红线都是被他自己的血染红的。

能够做魂丝的线，必须与言卿本身有羁绊。要么是发丝，要么就是血线。为了不让自己太早秃，言卿只能选择后者。

言卿抬起头问："事情解决了吗？"

"嗯。"谢识衣其实并不欲跟他说太多关于仙盟的事，但言卿问了他也就平静答了。

言卿来了兴趣："殷列说了什么。这次你满意吗？"

谢识衣垂眸坐下，语气冷淡地道："他能把秦长熙带来，答案就不重要了。"

言卿问："秦长熙？秦家？"

谢识衣移开话题，问他说："你现在什么修为？"

言卿："筑基……"

谢识衣几不可见挑眉："筑基？"

言卿说："你这什么语气？"

谢识衣说："我以为你最起码今日会结丹。"

按理说应该可以，但他出去玩了。不过言卿想也不想，胡扯说："你懂什么？我这是碎丹田重修，前期会很麻烦的。"

谢识衣抬眸看了他一眼，眼波若洞察一切，却又重新低下去，"一直这么懒散，你怕是艳惊不了整个忘情宗了。"

言卿说："……你听到了？"

谢识衣说："嗯。"

言卿："下次麻烦神识不要伸得那么远。"

谢识衣没理这个问题，他从袖子里递出一颗玉白色的药丸来，"把这个吃下去。"

　　言卿好奇地眨眨眼问："这是什么？"

　　谢识衣说："稳定修为的。"

　　言卿："哦。"

　　他把那药丸吃下去的瞬间，惊奇发现本来筑完基，稍显堵塞炙热的感觉尽然全数消失了。

　　谢识衣又道："结婴的前一晚，跟我说一下。"

　　言卿："啊？"

　　谢识衣平静说："我不在场，不要擅自结婴。"

　　言卿乖乖应下："哦。"同时心里奇怪，忘情宗的藏书阁里难道真的什么都有？不然为什么谢识衣那么熟练一切——无论是为他重铸丹田，还是他之后重新修行的每一步。好像将他一切的不适和困难提前预知。

　　谢识衣轻描淡写道："我问了宗主，你若想成为忘情宗弟子，有个最快的办法，就是拜入玉清峰。"

　　言卿差点一口水喷出来，想也不想："不要！收徒一事你真当真了啊？"

　　谢识衣停顿片刻，语气凉薄："拜我为师就那么不情愿？"

　　言卿："说不要就不要，别想占我便宜！"

　　谢识衣都懒得说，在天下人眼中，到底谁占谁便宜。

　　言卿正襟危坐，颇有兴趣，跟谢识衣道："谢识衣，我今天遇到了几个鬼鬼祟祟在外面偷窥的静双峰弟子。你们忘情宗的学堂是个怎么回事？"

　　谢识衣抿了唇，说："浮台学堂，初入宗门的弟子都会进里面去学习一年。"

　　言卿问："那你去过吗？"

　　谢识衣："没有，我当初拜入忘情宗，就成了一峰之主。"

　　谢识衣几乎是一眼看穿他所想。重生后的言卿就跟完全放飞自我一样，随心所欲，情绪想法毫不遮掩。

　　"你想入浮台学堂？"

　　言卿点了点桌子，微笑道："没错。"

183

谢识衣道："浮台学堂教的是门规戒律,教的是三千道法。你去听这个做什么?"

言卿："总得走个流程吧!天枢长老是哪座峰的啊?你给我记名到他那里。"

谢识衣幽冷的眸子看他一眼："你问过天枢的意见了?"

言卿想了想天枢那个慈眉善目老好人的样子,点头说:"问过了。"

反正问和不问都是一个结果嘛!

谢识衣很少回宗门,与清净苦修的年少时代隔了百年。所以完全不能理解言卿为什么会愿意去浮台学堂。甚至如果不是言卿提起,他根本就记不得忘情宗还有这样一个地方。

不过他还是深深看言卿一眼,开口道:"言卿,三件事。"

"一不要惹事,二不要下山,三……"谢识衣语气清冷地说,"不要打着我故人的名号在外招摇撞骗。"

言卿:"……"

你到底是对故人两字有多大偏见啊?

第6章 | 浮台

"还打着你的故人名号招摇撞骗，谁稀罕。"

言卿嘀嘀咕咕，手里拿着一根被他随手扯下来的梅花枝，往外面走。

他来忘情宗的几天，一直待在玉清峰，现在可算是得了弟子令牌能够出门逛了。

忘情宗非常大，天枢的峰是三百座外峰之一的雁返峰。

天枢知道言卿要拜过来时，正在炼丹，一个手抖直接把炼丹炉给炸了。

所以言卿到雁返峰时，看到的就是他衣服破破烂烂、头发乱七八糟、脸上黑成一片的模样。

这阵仗把言卿都给看呆了，他斟酌一会儿用词，才忍笑道："天枢长老，我知道你很高兴见到我，但也不用高兴成这样吧？"

天枢满脸都写着"高兴"说："燕小公子啊，你怎么突然想着拜入我这——你不是来忘情宗拜渡微为师的吗？"

言卿略加思索，给出了一个能让天枢信服不已的理由："我也想啊，可渡微仙尊看不上我，我能怎么办？"

天枢听完这话完全在意料之中，又是重重地叹息一声："算了，你随我来吧。你就暂时记名在我这里，我当个你名义上的师父。"

言卿："好的，谢谢长老。"

再去前取弟子服饰佩剑的时候，天枢同他说道："刚入宗门的弟子都要去浮台学堂修行一年，浮台分为天地玄黄四个教室，以你的资质应该只能进黄阶教室。"

言卿好奇地问："那教学的老师都是些什么人啊？"

天枢没好气说："还能有什么人，宗门里面元婴期的师兄师姐教你就绰绰有余了。"

言卿卖乖道："长老说得是。"

天枢又耐心叮嘱道："在浮台学堂，除却日常修行、有时也会被带下山去除魔。你修为低下，躲在师兄师姐身后就行，不要伤着自己。"

言卿："好的长老。"

天枢突然想起一件事："说来也巧，你这一次浮台学堂的领事长老，就是衡白。"

言卿没忍住笑出声来，意味深长说："哦，那可真是太巧了。"

天枢无语地看他一眼，让他拿了东西赶紧离开。不过这小娃毕竟是自己带过来的，在言卿离开雁返峰前天枢又苦口婆心千叮咛万嘱咐道："燕卿，记住，以后说话要记得审时度势，千万不要口无遮拦！"

"好的长老，谢谢长老。"言卿换好衣服后，把玩着手里的令牌往浮台学堂走。

浮台学堂取名浮台也是有原因的，它立在几座山峰围起来的空地上，犹如一座浮岛，遍地仙葩、翠竹丛生。言卿走过去的时候，刚好赶上衡白在上课。

离开玉清峰，那真的就犹如大地回春，一下子从隆冬踏入仲春。窗明几净，阳光从青翠欲滴的竹叶上清晰而下，明晃晃照着白色石阶。

衡白的声音也慢悠悠从里面传出来："大衍之数五十，其用四十有九。分而为二以象两，挂一以象三……"

言卿走上前，非常自如地敲了敲门。

咚咚咚。

衡白作为一峰之主大乘修士，是因为太年轻资历不够才被扔到这浮台堂做领事，本意上就不情不愿，所以教学也是直接拖着调子对着书念。

听到敲门声，衡白紧皱眉头非常不爽道："谁？"

言卿直接推门而入，笑吟吟道："衡白长老，我是新入宗门的弟子，过来报道。"

衡白本来白眼都要翻到天上，结果转过头去看到言卿的脸，一下子眼珠子没转过来，僵住，翻白眼差点把自己翻晕过去。

言卿憋住笑，又喊了他一声："长老？"

衡白总算把眼珠子转回来，拔高声音问："燕卿？！"

言卿深沉点头道："对，没错，是我。"

衡白："……"真的好想把手里的书丢到那张脸上。

教室里静坐着的学生们都愣住，抬头望去。就见门口的人穿着忘情宗的衣袍，玉冠、白衣、蓝纱。手腕上系着错乱的红线，肩膀上停着一只黑色蝙蝠。

明明是非常诡异的画面。可是那人皮肤莹白，唇角弯弯，桃花眼带笑，说不出的散漫风流。周围的竹叶潇潇碎落金光，落入他眼底，好像漾开春色无限，一人风姿成画。

衡白看到言卿就牙疼牙酸，冷着脸道："你怎么在这里？你难道不应该在玉清——"他舌头一咬，改口说："反正你不该出现在这里。"

言卿晃了晃自己的弟子令牌，说："衡白长老，我作为忘情宗新入宗的弟子，为什么不能出现在这里？"

衡白警惕问："新入宗？你拜入了哪个峰？"

言卿："雁返峰啊。"

衡白："……"他迟早要被天枢这忘情宗名扬天下的老好人气死！

言卿往里面望了望，道："好多人啊！衡白长老，你怎么还不让新弟子进去？"

衡白气得书都念不下去，眼不见心不烦："进……进来给我闭嘴好好听课！"

言卿："哦。"

教室内弟子："……"

他们是近乎惊悚地看着这位样貌出众的新弟子走进来的。

言卿其实对书院生活并不陌生，毕竟上辈子他也在登仙阁学习过一段时间。说来也巧,那时候他和谢识衣就坐在教室最后一排的角落处,没想到这一次居然是同样的地方。

不得志进来后,非常自觉地飞到了窗边。言卿坐下时,窗外一片竹叶落到桌上,他用手指轻轻捡起,轻轻一笑,一时间觉得时光好像都慢了下来。

衡白读了两句,发现有言卿在这间教室根本读不下去了,干脆把书合上,跟大家吩咐道:"这两天你们回去都好好准备一下。后天宗门会给你们派任务下山。我辈修士以除魔卫道为己任,但是魔种觉醒时凶恶异常,你们也要注意保护自己。到时候宗门会给你们发放护身符,若遇到危险,就打开它。"

下山的消息立刻冲淡了言卿所带来的震惊。

教室里的弟子兴奋起来,交头接耳,眼中满是振奋。

有人提问:"那长老,我们这次是去哪里啊?"

衡白不以为意说:"不知道,反正到时候宗门会通知你们的。"

领事堂分给这群新弟子的任务,基本都些难度简单、轻而易举的基础任务,给他们长点阅历罢了。像衡白这样的一峰之主对这种都是嗤之以鼻的。

言卿完完全全没想到,还没听几节课就接到了任务。下课后,他周围的同学都过来和他打招呼。

同学们非常热情围着他问:"燕兄哪里人士啊?"

言卿如实道:"回春派。"

同学们:"……"啊,回春派?这是什么地方?上重天还有这个门派??

同学只能露出尴尬地而不失礼貌的微笑,说:"哦哦回春派啊,回春派挺好的挺好的。"

同学继续问:"燕兄现在什么修为啊?"

言卿继续如实地道:"刚刚筑基。"

同学们:"……"

同学们继续露出尴尬而不失礼貌的微笑:"哦哦,筑基啊,筑基挺好的挺好的。"

衡白听完他们的对话,忍无可忍道:"下了课还在教室停留什么?都先回去，准备两日后的下山！燕卿留下！"

同学们面面相觑，作鸟兽散。

衡白在弟子离开后，也就不端着姿态了，直接从蒲团上站起来走到燕卿面前，翻个白眼，阴阳怪气道："怎么？被谢师兄赶出玉清峰了？"

言卿关心老师道："衡白长老，别老翻白眼，要是眼珠子转不回来，很尴尬的，就像刚刚一样。"

衡白面容扭曲气急败坏道："燕卿，你既然入了忘情宗，就先给我学会尊师重道！"

言卿诚心诚意："哦，好的。"

衡白看他这油盐不进的态度就来气，告诉自己要冷静，咬牙切齿一字一字说："两日后的宗门历练，可千万别被魔种吓破了胆。"

言卿看看衡白愤然拂袖而去的背影，扯着不得志的翅膀，笑了笑，嘀咕一声说："我这辈子还没怕过魔种呢！"

一般都是魔种怕他。

他的魂丝简直就天克魔。

说到魔就要想到那位魔神。魔神生于混沌，但是最常用的两种形态，就是苍老的男人和年轻的女人。甚至在和言卿长久的接触中，他也琢磨出了最合适的样子。是个藏在雾里，穿着银色长袍的苍老女人。一半脸全是白骨，红唇殷红如血。魔神最独特的是眼睛，是天地间最为纯粹的碧绿色，碧色竖瞳仿佛洞彻灵犀，样貌狰狞阴森，像是噩梦里无法挣脱的梦魇。

两日后，宗门也终于发来了任务。

同时言卿得到了他的第一笔月俸。

天下第一宗就是出手阔绰，新入门的外峰弟子，一月竟然也有一百极品灵石。

不得志看得都傻了，把言卿的荷包抢过来。一块一块用牙齿咬，同时感叹不已："我的乖乖，怪不得人人都想拜入忘情宗。"

言卿在读玉简里的任务：南泽州外清乐城有一世家公子在洞房花烛夜被新

娘杀害。剥皮拆骨，血溅房梁。新娘翻窗离去，不知去向。但就她那样生食人肉的做法，确认是魔种无疑。

新入宗门的弟子，第一次接触魔种，任务都不会太难。

新娘即便体内的魔彻底觉醒，到底也还是一个凡人。

言卿把玉简收起，完全当这次任务是去山下游玩。

走到一半，又遇到了明泽。明泽是内峰弟子，在浮台学堂天阶教室和他不是一个班。

明泽主动上来跟他打招呼，视线落到言卿手里的玉简后高兴道："燕卿兄这次接的也是清乐城的任务？"

"嗯。"言卿点头，同时提出困惑，问："明泽兄，我有些奇怪。这清乐城是个凡人居住的城镇吧，为什么任务会传到忘情宗来？"

明泽笑了笑说："燕道友有所不知，南泽州外的凡人城镇都隶属九大宗门下。而且这次的死者身份有些特殊，死者是孙家人。孙家是清乐城的第一世家，祖上有位先祖天赋出众，如今是浮花门的一位长老。"

言卿："浮花门长老？"

明泽点头道："没错，浮花门。"

言卿笑了下，心道：那和浮花门还真是缘分不浅啊！

回玉清峰后，言卿自然而然把这件事跟谢识衣说了。

"我这次下山是宗门硬性要求的，不算违约吧。"

谢识衣垂眸，平静道："你想去吗？"

言卿斩钉截铁："我想去。"

谢识衣定定地看着他，眼眸漆黑透亮，烛火雪色下似有幽紫之色。

言卿语重心长说："谢师兄，除魔卫道是我辈分内之事，勿以善小而不为啊。"

谢识衣淡淡问道："任务是什么？"

言卿复述了一遍："清乐城有个新娘洞房花烛夜，体内的魔苏醒把新郎杀了，这次的任务就是去捉拿她。"

谢识衣甚至没对这件事发表一句看法，只问道："你现在什么修为？"

言卿道："金丹……"言卿为自己怠慢修行感到些许羞愧，对上谢识衣的眼眸，又补充了句："金丹圆满。"

谢识衣微愣："你要结婴了？"

言卿："嗯，快了。"

谢识衣几不可见地皱眉，道："我帮你跟宗主说一声，这次……"

言卿不假思索说："不，我需要历练。"

谢识衣看着他，沉默很久，轻描淡写道："我陪你去。"

言卿："啊？"

言卿人傻了片刻，最后差点笑喷了，问："你陪我去？谢识衣，你陪我去清乐城诛灭这个新娘？！"

放眼整个修真界，能让谢识衣出手杀的人都没几个吧？

这个人类魔种何其有幸，能让仙盟盟主亲自动手。

谢识衣见他笑成这样，语气冷淡疏离至极："这是你的历练，我不会出手。"

"哦。"言卿笑够了，问正经问题："你怎么陪我去？"

以谢识衣现在的身份，真要出现在清乐城，那他们还历练什么啊？

"新娘、新娘。"言卿念着，忽然眼里浮现笑意，道："幺幺，你还记得我们在黑水泽的那一次吗？"

谢识衣冷冷看他。

言卿把嘴里的"要不这次你扮新娘，你一次我一次"咽下去，轻咳一声，端正坐好说："谢识衣，你穿过忘情宗外门弟子的衣服吗？"

谢识衣没说话。他一入宗门就是玉清峰峰主。名为首席弟子，实际上地位尊贵无比。从未去过浮台书堂，三百外峰都懒得踏足，自然没有像言卿这样一步一步从外门弟子做起。

言卿再度斩钉截铁说："那就这样定了！我们明天就一起下山吧，组队去诛灭魔种！"

谢识衣轻嘲说："魔种？"

言卿眨眼道："你不觉得你的玉清峰冷得很吗？闭关百年，也得歇歇吧仙尊，不如也出门走走。"

谢识衣垂眸看着自己的指尖，神色在光影间看不分明。

第二日的时候，言卿还是说服了谢识衣。

其实他在百年后重见谢识衣，一直有种不真实的感觉。谢识衣身上似乎带着霄玉殿万年未散的风雪，容颜越发出众的同时，气质也越发冰冷。

他让谢识衣变成少年时的样子。玉清峰落雪落梅的回廊上，看到谢识衣静静抬起头来的一刻，言卿恍惚了很久。

谢识衣手里握了把木剑，墨发垂腰，若芝兰玉树。忘情宗外门弟子的衣衫就是简单的白和蓝，素静典雅，完全不同于鲛纱魄丝的华贵冰冷，让谢识衣整个人也如同从神坛走下，变得不那么遥远。

他抬眸的一瞬间，好像刹那岁月流转，回到两百年前，一切争吵、生离死别都未发生时。

言卿笑起来，声音很轻喊了声："谢识衣。"

十方城对言卿的描述总是离不开阴晴不定和喜怒无常，说他古怪、残酷，喜欢手敲头骨听声响。

实际上，言卿并不喜欢头骨，也不喜欢那种声音。

只是当时初入魔域，一个人坐在万鬼窟的尸骸上不敢合眼时，用手指敲过白骨，发现那声音轻轻响，竟然像极了十五岁那年屋檐下的铃铛声。

于是无数个不眠的夜晚里，言卿就赤足坐在白骨山上，任由指间染血的红线长长曳到毒蛇横生的旷野。

红衣翻卷，墨发披散。苍白的食指一下一下敲击白骨，垂下眼睫，一声一声，听至天明。

宗门专门为他们准备了云舟。

初入宗的弟子们年岁都不大，第一次下山，兴高采烈，缠着衡白问东问西。

"长老长老，这次的魔种长什么样子啊？"

"长老长老，我们这次要去多少天啊？"

衡白白眼又翻到天上，没好气："魔种长什么样你们自己去看一眼不就知道？要去几天不全看你们多久完成任务？问我干什么？"

衡白对这群小兔崽子一点耐心都没有，一个一个把他们拎上云舟。

他堂堂大乘修士，不就是年纪小了点吗？宗主居然说他性子躁，把他丢来这劳什子学堂磨砺一年！真是耽误他时间！

衡白不屑道："就一个凡人魔种，你们要是这都搞不定，可以直接从九千九百阶上跳下去了。"

弟子们恹恹道："哦。"

衡白赶着回去，结果一转身，肩膀就被人搭上了。

有人用熟悉的吊儿郎当的调子问他道："衡白长老，我们这次有没有带队的师兄师姐啊？"

衡白青筋跳动，他现在听到言卿的声音就来气，怒道："区区一个凡人魔种，还需要带队？我看你脑子……"他喉咙里那句"脑子被驴踢了吧"硬生生噎了回去，抬头的瞬间，活像一只被捏住脖子的鸡，眼珠子都要瞪出来。

言卿唇噙笑意，在他面前挥了挥手："衡白长老，衡白长老……"

衡白长老根本就看不到他，只是惊悚地看着言卿旁边的人。

谢识衣在看手里的木剑，他垂眸时黑而长的睫毛覆盖下，将眼神遮住。明明是简单素雅的忘情弟子衣衫，可在谢识衣身上似乎就自带一种清冷出尘的感觉，像晨雾、像朝露、又像疏离遥远的风。

衡白觉得自己舌头打结，话都说不清楚了，晴天霹雳："谢谢，谢师兄……"

谢识衣已经很久没用过木剑，他拿了一会儿还是觉得不习惯，手指微动，便将木剑直接粉碎，白色的碎屑自指间簌簌落下。听到衡白的声音，谢识衣抬头，漆黑的眼眸纯粹寒冷，视线遥望过来。

"……"

衡白只觉得腿软，在他扑通一声就要跪下去时。言卿的声音唤回了他的理智，懒洋洋道："衡白长老，云舟什么时候出发啊。"

衡白没理他，只愣愣地看向谢识衣，在震惊和畏惧过后，眼里涌现出浓浓的

193

狂喜和崇拜之色来，兴奋道："谢师兄，您怎么会出现在这里？您是要出宗吗？"

谢识衣淡淡道："嗯，去清乐城。"

衡白怀疑自己耳朵聋了："什么？清乐城？！"

言卿一直被无视也不尴尬，在旁边帮忙补充说："对啊，这不是清乐城有个新娘子变成魔种了吗，谢师兄下山除魔卫道。"

衡白真想狠狠瞪言卿一眼叫他闭嘴，但是碍于谢识衣，只能憋着，整个人难以置信地道："师兄，你去清乐城干什么？"

谢识衣淡淡一笑，音色却冰冷，漫不经心道："你耳朵不好使吗？"

衡白："……"

言卿在旁边没忍住哈哈哈笑了出来。衡白遇上他俩，真是处处吃瘪。

言卿憋着笑，幸灾乐祸对衡白说："衡白长老，下次麻烦我说话时，也请你好好听听。"

衡白对敬重敬仰的谢师兄生不起脾气，被挤对完只觉得羞愧。可一听言卿说话就炸，马上咬牙狠狠瞪他道："你这人还要不要脸！"

言卿心里笑疯了，还想嘴欠说一句什么，但已经被谢识衣拽着离开。

"等下！谢识衣，你干什么？你走慢点！你扯到我头发了！"

言卿惜发如命，但谢识衣这人从来我行我素。他只能被迫跟上谢识衣的步伐，一边护着头发一边叫嚷。言卿抬手时腕上的红丝落了下来，随着山风游弋。前方的谢识衣虽然没有回头，但是步伐还是放慢了点。两人的衣袂在霞光里翻飞，都是高挑的身形，气质截然不同却又能相处融洽。

衡白本来还气不打一处来，觉得言卿简直就是个得了便宜还卖乖的畜生！可抬头看到二人离去背影时，一瞬间，愤懑和抱怨都没了，僵住了。

前方，言卿终于把头发救了回来，有点好笑又有点好气，咬牙切齿跟谢识衣说了句什么。谢识衣微低头，安静听他说，听完唇角似有若无弯起，带点凉薄讥讽之意，抬眸与言卿对视。落崖惊风，白花卷过长空。他们四目相对的瞬间，光和影仿佛都成了背景，只剩彼此，一举一动、一言一行，熟稔到灵魂深处。

衡白僵在原地，久久不能回神，这是他第一次觉得……他这位立于上重天神坛上的首座师兄，有了那么一丝烟火气，有了那么一丝真实。

言卿这次坐的云舟和第一次坐的完全不能比。上次从回春派来南泽州时乘坐的云舟，绝对是整个忘情宗最贵的了。

现在这个，要啥没啥，连个单独的空间都没有。

言卿左看右看，最后假惺惺说："幺幺，跟着我真是委屈你了。"真不怪衡白把他视为眼中钉——瞧瞧忘情宗的金枝玉叶跟着他过的是什么落魄生活！

谢识衣冷冷道："你脑子里想的，最好别说出来，也别让我知道。"说完往云舟顶楼走，步下银辉寒光沉沉浮浮，直接与众人隔开一个屏障。

言卿："……"

言卿看着他的背影就离谱，咬牙切齿："谢识衣，你这真是来陪我历练的，不是来惹我生气的？"

云舟行驶了一天到清乐城。从其他弟子的交谈中，言卿也把事情仔细了解了个遍。死者姓孙，叫孙和璧，是清乐城孙家的二少爷。新娘则是清乐城另一名门望族，章家的五小姐章慕诗。在外人眼中，孙章二人郎才女貌、天作之合，谁都没想到洞房花烛夜会发生这样的人间惨剧。

赶巧的是，他们到来时，清乐城正值仲春之岁，满城的花都开了，车如流水马如龙地举办着浮灯节。因为城中这一起血腥残酷的命案，人心惶恐，浮灯节暂时搁置。

大街小巷上空无一人，却挂满了来不及拆卸的彩灯。一盏一盏，接连鳞次栉比的楼阁，浩如烟海，形成繁华热闹的一派盛景。

他们自云舟上走下时，正是晚上，灯市照夜如昼。

知道来人是忘情宗弟子后，孙家家主带着一群儿女家仆，十里相迎。他们一群人没有师兄师姐带队，明泽作为唯一的内峰弟子，自然而然成了领头人。

孙家家主拱手作礼，恭恭敬敬："参见各位仙长！"

他旁边的美妇人体态丰腴，这几日估计一直在哭，眼睛还是浮肿的，见到他们也盈盈一拜："妾身见过各位仙长。"

明泽点头出声道："你先带我们去看一看那魔种作案的地方。"

孙家家主诚惶诚恐："是，各位仙长随我来。"

言卿走在最后面，对身后清乐城满城的灯火非常感兴趣，频频回头望。其实他以前居住的红莲之榭也有很多灯，不过那些灯都是蓝色的，幽森森燃在白骨上。

言卿依依不舍地收回视线道："谢识衣，等诛完魔种，我们去街上逛逛吧。"

谢识衣只是为了陪他结婴而已。他连调查紫霄之死都是那样冷酷的态度，更别说清乐城这么起新娘命案。没理言卿的建议，只平静问道："你大概多久结婴？"

言卿想了想："我觉得，大概两三日内可以结婴。"

谢识衣："嗯。"

言卿左顾右看，又问："你进来有察觉到魔的气息吗？"谢识衣是仙盟盟主，又是化神期修士，可能不需要到清乐城，千万里之外都能诛杀那个新娘。

谢识衣闻言轻轻笑了下，语气却凉薄得让人心惊："这不是你梦寐以求的历练吗？问我干什么？"

言卿："哦！"

言卿开始了他"梦寐以求"的历练。

为了让修士们方便调查，孙章二人新房至今保持原样。

推开门的瞬间，那恶臭腐烂的味道一下子让不少第一次下山的弟子脸色青白，转头干呕起来。言卿往里面看，入目就是铺天盖地的血。血溅到地上，溅到桌上，溅到床上，溅到房梁上。孙二公子的尸体躺在喜床上，被啃得已经只剩一具骷髅架子。

除了血之外，地上还有很多黄黄白白的不明东西。

场景凶残血腥，犹如人间地狱。

孙夫人悲从中来，又拿起手帕抹泪，在旁边泣不成声。

孙家主也不忍再看，转头颤声道："仙长，这就是小儿遇害的地方。"

忘情宗一弟子脸色发白，问明泽："明师兄，那新娘真的是魔种吗？"

明泽出生在南泽州的一个修真世家，自幼也算见识广博，他往前走，去摸了下桌上的血，而后放到鼻子前嗅了下。

修真界判别魔种最根本的是魔，可世上窥魔的仙器凤毛麟角，即便是忘情宗也不可能给他们一群新弟子哪怕一个地阶仙器。

明泽皱了下眉，又看了眼屋内的惨状，轻声道："魔苏醒后，魔种会变得嗜血凶残、好吃人肉。看这里的情况，那章家小姐应该就是魔种无疑了，且体内的魔已经醒了过来。"

孙夫人闻言，顿时哭得更大声了，她声音绝望又悲恸地道："都是我的错，我当初怎么就瞎了眼选她作为儿媳呢。是我害了我的和璧啊，是我的错，都是我的错！"

孙家家主长叹一声，安慰她道："夫人，别自责了。若不是魔苏醒，谁又能知道她是不是魔种呢。这事不应该怪你。"

孙夫人泪水将妆打湿，浑身都在颤抖，道："不是的不是的，家主，不是的。你还记得章家的七姑娘吗。一月前，章家七姑娘就是和她一块上山拜佛失踪的，后面找到时，听说人章七姑娘已经被豺狼啃得干干净净。可这清乐城方圆百里，哪里有豺狼啊。那时就有人跟我说，章慕诗自寺庙回去后，阴沉古怪，有些不正常。我没放心上，现在看来，她是魔种早有预兆！

"我看啊，那章家七姑娘就是死在她手中的，章慕诗就是那豺狼。"

孙夫人越哭越伤心，活生生要断过气去，"都是我的错，都是我的错，我明知这些事，居然没有去怀疑过她，害得我可怜的和璧落得这个下场。"

忘情宗一干弟子初入江湖，看到她哭得这般伤心，一时间也不知道该说什么。

就在这时，一道声音传来，苍老且饱含恨意。

"哭什么？事已至此，最关键的难道不是找到章慕诗吗？"

众人回头望去，看到灯火通明的孙府内。一位一袭蓝袍的元婴期青年扶着一位白发苍苍的老太太缓缓走来。

老太太年逾花甲、佝偻着腰，拄着拐杖，满脸的皱纹也难掩那种尖锐的恨意。

她旁边的修士样貌普通，气度出众，身上的蓝袍绣着几根白色飞羽，落在衣襟和袖口处，赫然是浮花门的衣着。

孙家家主见到两人，急忙过去迎接道："母亲，二哥。"

老人是孙府的老太君。而浮花门的这年轻修士叫孙君昊，是孙家除却那位传奇老祖外第二位资质出众拜入浮花门的修士，也是死者的二叔。

孙君昊朝孙家主点了下头，而后朝各位忘情宗弟子做了个礼，道："多谢各位道友不远万里前来调查我侄儿的事，孙某感激不尽。"

明泽看到他微微愣住，疑惑道："既然道友就在城中，为何不自己亲自出手为血亲报仇呢？"

孙君昊苦笑："实不相瞒，我昨日才出关，得到噩耗今晚刚从浮花门赶到家中。"

明泽点头："原来如此。"

孙君昊说："不知道友现在可有发现？"

元婴期的修士找一个人轻而易举，但是找魔种却很难。

因为当魔种被魔操控，那么气息就会全然隐匿，上古魔神的诅咒根本不是他们能够追逐的。众人只能根据蛛丝马迹去推断方向。

明泽偏头，指着东边的窗户道："新娘是从这扇窗离开的，我之前用神识探了下孙府的构造，这扇窗逃出去，通向孙府的后门，门后是一条河，新娘应该是沿河走的。我们到时候兵分两路。"

孙君昊："好的，有劳了。"

孙家家主扶着老太太离开。

孙夫人以袖掩泪一直在哭着道："都是我的错，如我当初留心一下，怎么会落得这个下场。"

她的哭声哭得老人头痛。孙老太君停下步伐，拐杖重重一击地，回眸眼睛充血，嘶声怒道："够了！别哭了！让我耳根子清静会儿！"

孙夫人被她吓住，拿帕子捂住鼻口，无声啜泣。

因为谢识衣的缘故，言卿一直不怎么敢冒到人群中去。虽然整个忘情宗也没几人真正见过谢识衣。但谢识衣气质过于特殊，那种高高在上漠视一切的态度太明显。他怕被打。

言卿想到这，没忍住低声笑了下。

明泽吩咐完后，让他们自行选择方向。

言卿从袖子里拿了块人间的铜板出来，跟谢识衣道："幺幺，我们打个赌怎么样！你猜新娘是去了河的上游还是河的下游。"言卿抛了下铜板，道："我猜上游。"

谢识衣静静看他，冷淡道："我不关心新娘去了哪里。"

言卿知道他的话外之意，把铜板收回袖中，默默叹息："知道了，别催了，在试着结婴了。"

既然是自己放出的历练豪言，言卿还是很认真的，懒洋洋勾唇一笑说："要我说多少次，勿以善小而不为。"

他们两个是最后才走的，刚踏出孙府的后门，突然就被孙夫人喊住："等一下二位仙长。"

言卿一直都觉得自己是个平易近人的好性子。毕竟上辈子在黑水巷当叫花子时，如果靠谢识衣两人得活生生饿死。多亏他嘴甜卖乖，见人说人话、见鬼说鬼话，善于坑蒙拐骗，才能活下来。

"孙夫人有事吗？"言卿转过身，朝她弯眼一笑。

孙夫人实在是没办法，才鼓起勇气出声喊住这两位仙人的。之前这二位仙人一直在人群末尾墙角的竹影里，让人看不真切，她也就没多想。

出声后，没想到其中一人转过身笑看过来的一眼，容色昳丽，竟让她愣在原地。

月色如霜，穿着蓝白衣袍的少年有着双好看的桃花眼，眼型精致，笑起来时自带风流之感。他旁边的人甚至步伐都未停下，被这桃花眼少年强制地扯住袖子，才无奈驻足。

孙夫人只觉得紧张惶恐心都要跳到嗓子眼，可是一想到儿子死去的惨状、又忍不住潸然泪下，对着言卿直接跪下，深深磕头，啜泣道："仙人，都是我考虑不周，害了我的孩子。我一想到这件事就难过得不知如何是好。仙人你们带上我吧，我随你们一起去找章慕诗。"

言卿绕着红线，虽然眉眼弯弯，可是半点没有被打动，只是道："孙夫人没必要把责任都担在自己身上。一切没发生前，谁又能知道章小姐是魔种呢？"

孙夫人眼泪夺眶："仙人，魔种体内魔苏醒前总是有些预兆，江金寺章七姑娘失踪的事，就是给我的警示，可是我没放在心上。"

言卿笑笑，还是拒绝了她，"夫人，你回去休息吧，魔种凶残异常，你跟过去，只会拖我们后腿。"

孙夫人愣住，这才发现自己脑子不清醒的情况下，提出的要求多无理。

"是，仙长说得是。"她面红耳赤，颇为羞愧再度磕了个头，由丫鬟搀扶着离开。

从孙府的后门出来，是一条叫作长明的河。

长明河水湍流不息，在月色下闪着点点寒光。

言卿抛铜板抛出来的是往上游走，也就听天由命跟着去找。河流的最上游是条瀑布，瀑布旁边有条上山的路。台阶血迹斑驳蜿蜒，鲜红刺目，看样子，新娘应该就是从这里逃进了这山里。

"踏破铁鞋无觅处，得来全不费工夫。"言卿收好铜板，微笑说："看吧，我的直觉一向很准。"

谢识衣漫不经心问："找到之后呢，你打算怎么做？"

言卿乐得不可开交："这话怎么能从你嘴里说出来呢？魔种作恶多端，见到就该诛杀，不是吗，盟主？"

谢识衣意味不明笑了下。

他们能看到这些血迹，前面过来调查的弟子自然也能看到。

众人沿着血迹追寻，最后停到了一座寺庙内。牌匾上端端正正写着的三个大字"江金寺"。

这名字言卿熟悉，正是孙夫人口中章家七姑娘遇害的地方——章慕诗跑到这里做什么？

他和谢识衣走进去的时候，明泽为首的一群忘情宗弟子已经围成了一圈，目光警惕地看着跪在佛前穿着嫁衣的新娘。

章慕诗作乱杀人后，没有逃进山谷，也没有刻意隐藏起来。

她留下各种痕迹，跌跌撞撞跑到了佛寺。

江金寺因为之前章七姑娘被豺狼咬死之事，封锁关寺，如今空无一人。

寒风吹动地上的黄纸。

红烛给金佛镀上一层猩红血色。神像高坐佛龛之上，掌心托莲，悲悯众生。

章慕诗生吃丈夫后，指甲里还残留着殷红的血肉，十指纤纤、几处指甲已经翻开裂开。她跪在佛像前，嫁衣如血。凤冠银饰全都在奔跑的过程中掉落。众人在后面只能看到她瘦弱到不堪一折的腰和蜿蜒到地上的漆黑长发。

很难想象是这样一个瘦弱的女人，造成洞房花烛夜那样的血腥惨状。

明泽有些怀疑，皱眉道："章慕诗？"

章慕诗背对着他们，弯着腰，手指不知道在轻轻抚摸着什么，哑声道："你们是专门过来诛魔的仙长吗？"

众人听到她的声音都一愣。印象里的魔种在魔觉醒后都是疯癫狰狞失去理智的。她只是一个凡人，为什么现在还那么清醒？

章慕诗的声音很古怪，干哑破碎，像是破旧的风箱。她说："你们不用急着杀我。我杀了孙和璧，孙家不会放过我，我也早就不想活了。我服了药，明天就会烂肠而死。"

章慕诗说到这里，幽幽笑了下，她从蒲团上站起身来。

众人这时也终于看清楚了，她刚刚在摆弄什么东西。

一具尸体。

一具传言里早被豺狼啃咬得不成人样的女孩尸体。

头骨四肢都干干净净，上面的污渍被章慕诗一点一点弄干净，还那个女孩最后的体面。

明泽没说话。

章慕诗转过身来。清乐城人眼中，章家的五小姐章慕诗德才兼备，知书达理，精通书画，是出了名的大家闺秀。可是她如今披头散发，形容枯槁，脸颊凹陷、颧骨突出，森然犹如从墓穴中走出的女鬼。

明泽下意识看向章慕诗的眼，魔苏醒时有一个非常明显的特征是眼睛，可是章慕诗通红的眼睛里，不见一丝绿色。

明泽沉声道："章慕诗，你到底是不是魔种？"

章慕诗凄然一笑，她眼中泪光闪烁："仙人，我不是魔种。但我若不这样做，你们怎么会来。清乐城真正的魔种可另有其人。我在这等了你们三天，你们可算是来了。"

明泽一瞬间愣住，皱紧眉头："你说这清乐城的魔种另有其人？"

章慕诗笑得绝望又讽刺："是啊，我这就带你们去。"

众人愣住，他们初下山，万万没想到第一次接任务就遇到这样的事。

章慕诗脚上各种伤口发脓结痂，可她像是完全感知不到这种痛般，麻木地往山下走。

清乐城浮灯节万千红灯高挂，她瘦骨伶仃，行走在街上恍若游魂。

她带着他们去的地方，居然就是孙府——

这么沿河一来一回的功夫，天空已经泛白。

青街窄巷地上还有未来得及清理的彩纸花炮，是她出嫁那天锣鼓喧天遗下的。一转眼喜事变白事。

章慕诗本来是很平静的，可看到孙府大门的瞬间，整个人突然激动起来，步伐，越走越快，踏过遍地的烟灰踏过青石路。

因为走太快，她不小心摔了一跤，却又手撑着地爬起来，扬臂抓着那门环，一声一声死命敲着，眼睛充血，声音凄厉无比："开门！刘锦云！你给我开门！——刘锦云！开门！"

打开门的是孙家管家。

管家看到章慕诗的瞬间,吓得跌倒在地上毫无血色,尖声大叫:"魔种!魔种!啊啊啊魔种!"

这一晚上本来就没几个孙家人入眠,大清早的所有人都被声音惊动,走出房门。

孙夫人在见到章慕诗的一瞬间,恨意甚至战胜了对魔种的恐惧,眼睛顷刻红了,大步走过去,一巴掌直接挥到了章慕诗脸上,颤声质问:"章慕诗!你还敢回来!我们孙家到底哪里亏欠于你?!"

她骂着骂着自己先哭出声来:"我们孙家到底哪里对不起你,章慕诗,你要这样对我……你要这么对我。"

后面的孙家家主被她这举动吓得脸色苍白。

章慕诗捂着被扇红的半边脸,跪坐地上,没有反抗,也没有发疯,只是幽幽地笑了。

"刘锦云,你居然有脸问我?"

孙夫人看到她的笑容后,惊觉自己刚刚做了什么。踉跄地后退两步,可是看着章慕诗的脸,又忍不住泪如雨下:"章慕诗,我一直把你当亲女儿看待。章家七姑娘出事后,城中都在议论你、猜测你,可我没有,我信任你,我怜爱你,因为你是我认定的未来儿媳,所以从未怀疑过你——可你呢?你就是这么对我的。章慕诗——"她失声痛哭:"你瞒得我好惨啊!"

"你竟然是魔种!你竟然是魔种!你瞒得我好惨!"

孙老太太拄着拐杖立在一棵槐树下,怒气溢满每道皱纹,对忘情宗弟子说道:"你们在干什么!为什么还让她活着——你们仙门不是见到魔种就格杀勿论的吗!为什么还让她在这里撒野?!"

章慕诗手指俯撑在地上,闻言豁然抬头,牙齿颤抖:"孙老太太,真正的魔种难道不是孙和璧和你那位宝贝幼孙吗?"

她又看向孙夫人:"刘锦云,你有脸说我瞒得你好惨?我们之间到底谁骗

203

谁——到底是谁明知自己的儿子是魔种却隐瞒消息！我们之间到底谁瞒着谁！"

孙夫人被她狰狞的神情吓到了，哆嗦着不敢再说话。

孙老太太气得浑身都在颤抖："章慕诗，你还敢在这里胡言乱语！来人！来人！给我把她拿下！"

孙府的下人们两股战战，动也不敢动。

清乐城传出魔种消息后，人人自危不敢出门。他们是因为忘情宗的人在，才敢出来看一眼，却怎么也不敢上前碰一下章慕诗的。

章慕诗从地上站起来，她死期将近，眉眼间却只有疯狂的恨，脸上似哭似笑，扭曲癫狂。

"知道我为什么要吃你儿子吗，刘锦云？"

孙夫人一直后退，捂着胸口，差点就要喘不过气来。

章慕诗却只是说："因为我饿啊。刘锦云。"

章慕诗重复说："因为我饿啊。"

孙夫人听到这句话，彻彻底底说不出话了，像是见到了鬼一般愣愣看着她，可眼神却不仅仅单纯是恐惧。

章慕诗眼泪大滴大滴落下："熟悉吗？刘锦云。我相信这句话孙和璧和你的小儿子，这些年没少和你说吧。"

"我饿啊。因为我饿啊。"

"他那天也是这么对我说的。"

"在我亲眼见着他们一起把我七岁的胞妹活生生吃掉后。孙和璧跪在地上哭着和我道歉，他说他不是故意的，他说他只是被魔操控了。

"他说他也是受害者，他说他只是饿啊。

"孙和璧说，当年孙家那位先祖测出他体内有魔以后，给他吞下一颗珠子。珠子可以控制体内的魔，他活了二十多年都没出过事。江金寺的那天，只是珠子失效了而已，他回去后就会重新找先祖要一颗珠子来。他要我可怜他，原谅他。"

章慕诗提及那一日，依旧是恍惚绝望的。

她牙齿打战,笑了起来,道:"孙和璧说,他是被魔操控,饿得不行了才吃了我的妹妹。"

——"慕诗,我饿啊。我不吃我就要死了。"

——"魔在我身体里,它要出来,啊!它在跟我说话。慕诗,我饿啊!慕诗,救救我!"

江金寺诡谲血腥的夜晚,八百佛像静穆无言。

孙和璧跪在地上,满手鲜血抓着她的裙裾痛哭。

不远处,是个与她妹妹同样岁数的七岁男孩。孙家最小的小少爷孙耀光。孙耀光坐在女孩尸体上,舔着指间的血,牙缝里还有血红肉丝,朝她一笑,表情满是嘲讽和挑衅。

孙和璧求她、骂她、最后直接威胁她。

说她把他敢把他是魔种的事宣扬出去,他就让章家灭门,让她死无葬身之地。

他说他的先祖是浮花门太上长老,即便他是魔种,天底下也没什么人敢动他。

他说,他爱她,求她原谅他。

其实那一天是个好日子。

山寺桃花开得烂漫,她在出嫁前与胞妹上山祈福,祈求宜家宜室,求百年同心。要嫁的人没见过几面,可是父母之命媒妁之言,她也愿意用一生的温柔去维护这份姻缘。

胞妹牵着她的手随她一同上山,声音清脆悦耳,笑吟吟念诗:"纤云弄巧,飞星传恨,银河迢迢暗度……"

柔情似水,佳期如梦。之后每一个夜晚,她好像都能被这声音唤醒。什么东西落到嘴角,像江金寺冰凉的血。惊醒才发现是自己的眼泪。

章慕诗从回忆里抽身,喉咙涌血,厉声道:"孙耀光呢,孙老太太,孙夫人,孙耀光呢?你们的宝贝孙子呢?他怎么不出来!你让他出来见我啊!"

孙老太太气得呼吸不畅,差点就要晕过去,拐杖重重击地:"你们仙门就

205

这么放任一个魔种作乱的吗？！"

孙君昊叹口气，刚打算出手。

明泽出声拦住了他，"且慢。"

他望向孙老太太，态度不卑不亢地道："老太太放心，我们不会放任她害人。麻烦还请您如实回答，章慕诗说的是否是真的？"

老太太当即反驳道："她当然是在胡言乱语，血口喷人，一个魔种的话怎么能算数！"

明泽道："那么还请您让孙家的小少爷出来见我们一面。"

老太太沉默片刻。

孙夫人咬唇道："各位仙人，耀光之前金光寺回来后就生了一场大病，现在正卧病在床，不能见客。"

老太太这时却突然冷下脸，漠然道："章慕诗已经找到了，你们可以走了。君昊，关门，送客。"

孙君昊一时间分外头痛。

孙家祖上出了位九大宗的太上长老，以至于这位老太太一直都是眼高于顶，无法无天。

清乐城是座凡人之城，九大宗弟子极少来这里。

她文化低、见识浅薄，之前遇到的都是无门无派的散修，看在浮花门的面子对她毕恭毕敬，让她一直觉得修士也不过如此。

所以可能老太太也不知道，现在站在她面前的这一群修士，根本不是他们能招惹的，也不是想送就能送走的。

孙君昊对老太太无奈叹息道："母亲，要不你先回去歇着吧。"

说完又对明泽道："抱歉，家母刚白发人送黑发人，情绪有些不正常。多有得罪，希望道友不要怪罪。"

明泽没有接受道歉，只说："孙道友，让你们孙家的小少爷出来。"

孙老太太何曾受过这种怠慢，当即怒不可遏。

孙君昊怕她惹祸上身，赶忙说："母亲，您先回去，我来处理这件事。"

孙老太太性子顽固，不依不饶，尖声骂道："还有没有理了？你们一群仙家弟子，居然听信一个魔种的连篇鬼话！我孙儿怎么可能是魔种？！当年孙家先祖回清乐城，专门用手上的黑异书为和璧和耀光两兄弟探过神识，黑异书都说没有魔。你们宁愿信一个魔种，不愿信仙器！愚蠢！愚不可及！你们算个什么仙家弟子啊！颠倒黑白，蛮不讲理，怕不是跟这个贱人一伙儿的！"

孙君昊头痛欲裂。

明泽听到黑异书时，皱了下眉。

黑异书是一种玄阶的探魔仙器。

当今修真界，地阶仙器都在九大宗禁地里，唯一的天阶仙器在仙盟手中。用黑异书来判断一个凡人是否是魔种绰绰有余，堪称权威。

孙老太太见明泽皱眉，当即气焰更甚，森森冷笑道："好啊，我把我孙儿叫出来，要是你们查不出魔，也给不出一个解释，就给我跪下道歉！"

孙君昊头都炸了："母亲！"

他慌乱之下，把孙老太太扯到身后，汗涔涔地对明泽道歉："抱歉道友，家母现在过于悲恸，神智有些失常。"

明泽看了他一眼，没说什么。他是个心思单纯的人，被世家宗门养得很好，并没觉得被一个凡人冒犯，只是道："那把你们小少爷带出来吧。"

孙夫人死死拿着手帕，手指紧张到发白。不一会儿，孙家那位卧病在床的少爷在仆人的带领下走出来。是个七岁大的男孩，脸圆圆的，长得也有些胖。皮肤白嫩，穿着富贵，一看就知道是从小被家人捧在手心养大的小少爷。

孙耀光江金寺回来后就生了场大病，现在脸色也不好，发青发白，眼神闪躲恐惧，手指局促颤抖地抓着仆人的衣袖。

他看到忘情宗弟子后，脸色更白了，眼眶红红的，仿佛下一秒就要害怕到哭出来。

孙耀光扑到孙夫人怀里，呜咽道："娘，他们是谁？"

孙夫人小心翼翼地抱住他，说："耀光乖，别怕，没事的。"她说完才抬起头来，对明泽道，"仙人，耀光出来了。你们看出来他是不是魔种了吗？"

一时间忘情宗弟子哑然。

他们听完章慕诗的话,又见孙老太太态度反常,才强制要求见孙耀光的。

结果现在人来了,他们却不知道怎么办了。忘情宗给出的宗门任务,基本都是魇已经彻底苏醒为祸人间,他们下山斩妖除魔罢了。

从未遇到过这种情况:杀人的新娘不是魔种,真正的魔种还没觉醒。

明泽抿唇,随后道:"孙耀光,让我看一下你的眼睛。"

魇生于识海现于眼。

孙耀光怯怯不安:"娘……"

孙夫人咬唇,对他柔声道:"别怕,给这位仙长看看眼睛,他不会伤害你的。"

孙耀光这才胆怯地抬头看过来。他在江金寺受了惊吓,犹如惊弓之鸟,清澈的眼珠子里只有迷茫、恐惧、逃避。

明泽心里其实本来就没报什么期望。毕竟只有魇苏醒时,人的眼睛才会变绿。

所以真看到男孩干净纯澈的眼,也只是重重叹了口气。

孙老太太当即怒道:"现在你们满意了吗?!你们看出什么来了吗?"

章慕诗用这样血腥决绝的方法就是为了报仇。

她拿自己的命换孙和璧的命,她七妹的命当然也要让这个小畜生偿还。她三日片刻未曾合眼,就未等待着真相到来的一刻。

她手指攥紧,眼神看向明泽——魔种横行于世,仙家以诛魔为己任。

她等着明泽出剑,把这个被孙家保护得水滴不漏的小畜生杀死!

她等着明泽出剑,让她混乱喋血的人生得以瞑目!

只是,一秒,两秒,三秒。

冷风卷过她满是泪痕的脸,章慕诗有些迷茫,声音很轻问:"仙人,孙耀光是魔种啊,我亲眼见到他吃了我的妹妹,你们为什么不杀他?"

明泽也没处理过这种事,为难道:"章姑娘,现在还没有人能确定这位小少爷是不是魔种。南泽州有令，没有确凿的证据，是不能随意杀人的。"

章慕诗："那要怎样才能确认？"

明泽抿唇。

忘情宗一命弟子道："师兄，要不我们传信给宗门，让宗门来处理这件事吧。"

孙君昊闻言瞬间出声道："不可，道友，就这么一件小事，还是不要麻烦忘情宗。"

其实明泽也不想麻烦宗门。他们第一次接任务就传令求助的话，指不定要被多少人笑话。

孙君昊说："这事既然由我孙家引起，那就由我孙家解决吧。魔种无论修为，都是祸害修真界的大忌。我出关之时，恰好先祖也在宗门中。"

孙君昊道："这位章姑娘说，先祖包庇后人。我这回传令先祖借一下黑异书，我们亲自来探一探耀光识海是否有魔吧。"

听闻能借到黑异书，明泽愣了下。魔是上古时代神的诅咒，能够窥测到它的仙器，都是难得一见的至宝。

之前章慕诗说，浮花门那位孙家先祖给孙和璧吃下一枚珠子可以抑制魔的觉醒。明泽是完完全全不信的。

这个世界上，还没有修士能够对魔神留下的东西做手脚。

章慕诗听到这个建议，骤然尖声反对："不！仙人不要，不要信孙家！"

明泽安慰她道："章姑娘放心，黑异书没有人能动手脚的。这次不是孙家人来探，是我们来探。"

他说罢转身，对孙君昊道："那就有劳孙兄了。"

孙君昊点点头，马上抬袖，一枚白色飞羽便出现在空中。

"去！"

他出声那代表着浮花门信物的飞羽立刻以电光之势飞向南泽州。

宗门之间用以传令的法器都是瞬息万里。

如果不出意料，很快就会得到回复。

飞羽传令出去的瞬间，整个孙府前院，气氛陷入死寂。

孙君昊怕老太太再口无遮掩，转身道："母亲，您先回房休息吧。"他一而再再而三地打断她的话，孙老太太再蠢也发现不对劲，没有顺着之前的话对忘情宗众人蛮不讲理，拄着拐杖，叫人搬来一张椅子，面色沉沉坐下。

言卿的第一次宗门历练，没想到居然不是斩妖除魔，而是站在门口，看这群人你来我往，扯来扯去。

他站着也累，直接靠在了墙上。

竹叶斑驳落下细碎的光，言卿若有所思问道："谢识衣，你说那男孩是魔种吗？"

谢识衣语调清冷地道："你真那么好奇，不如过去看看。"

言卿："哦。"

他说到做到，还真就从人群末尾，一边喊着"让一下"一边挤了进去。忘情宗弟子只感觉人群中钻进一条滑鱼，有些脾气躁地想扯住他、可是还没碰到，先被一股寒冰之意蛰了下手掌，痛得他立马收回，但细看皮肤上又什么东西都没有，好像刚刚只是他的错觉。

言卿站到了人群中间，他上辈子也接触过很多魔种，不过都不是凡人。

等修为到大乘洞虚期，人和"魔"是可共存的。或许也不能说是"共存"，因为你根本不知道是人吞噬了魔，还是魔吞噬了人、占据躯壳。他们变得有思维，有理智，学会伪装。但魔种天性的嗜杀嗜血，不减反增。

言卿绕着手中的魂丝，盯着那个小男孩看。

明泽突然发现身边出来一个人，稍微愣住，说："燕道友。"

言卿说："明泽兄，你们去调查这个小孩的房间了没？"

明泽："房间？"

言卿点头："既然章姑娘亲眼看见孙家的小少爷吃了她胞妹。说明他若是魔种，体内的魔已经开始醒来，日常生活总会有些预兆的。"

明泽恍然大悟，点头，欣喜道："对，燕道友所言极是。"

明泽对孙夫人道："可否让我们去孙小少爷居住的地方看上一眼。"

孙夫人面露难色。旁边一直沉默不语的孙家家主苦笑说:"仙长,说来也巧。小儿先前居住的地方,不久前被大火烧得干干净净了。"

明泽诧异:"大火?"

孙家家主点头道:"对。耀光从江金寺回来后,就一直失魂落魄的,日日被夜半惊醒大哭大闹,说房间里有脏东西,我们担心他,便将那间屋子烧得干干净净,耀光如今和他娘睡在一起。"

章慕诗在孙耀光出来后,就一直忍着恨意没有上去亲手掐死他。

孙耀光出生便被测出有灵根,是孙家第三位有望修仙的人物,从小被保护得滴水不漏。她之前就一直没能接近他。现在能够杀死孙耀光的,只有那几位仙长。

孙家家主的话落地,章慕诗大笑出声:"脏东西?孙耀光!不做亏心事,不怕鬼敲门!你跟我说,让你夜夜惊醒的脏东西,是不是就是那个被你一口一口吃掉的章慕月!是不是?"

孙耀光骤然大哭,扑入孙夫人怀中:"娘!我要回去!娘!我好怕我要回去!"

孙夫人也陪他一起哭,哽咽说:"别怕,别怕。"

言卿看着这对母子,轻轻嗤笑一声:"被火烧了?这也太巧了吧?"

孙家家主面红耳赤,不知道说什么。

孙君昊开口解围道:"道友,飞羽传令很快的,也不急于这一时。我们就等等吧。"

言卿说:"等着也无聊啊,孙道友,我们来聊聊天吧。"

孙君昊愕然:"什么?"

言卿说:"我很好奇,平白无故的。你们先祖几年前为什么会祭出黑异书,专门为孙和璧孙耀光两兄弟测魔?"

孙君昊皱眉道:"当时先祖出门游历,偶然路过清乐,回门一看罢了。和璧耀光是家中嫡系,先祖为他们测一测魔,难道有问题吗?"

言卿:"哦,有道理。"

有道理个鬼。

莫名其妙测嫡系识海内有没有魔,唯一的意义,或许就是在很多年后,有人指认他们是魔种时能嚷出一句"以前测过"吧。

言卿想到这里,觉得好玩,笑出声来。

孙君昊警惕地看着眼前容貌昳丽的少年。不知道为什么,明泽作为忘情宗内峰弟子都没有让他觉得可怕。但这个看起来散漫不着调的外门弟子,却让他下意识觉得难以应付。

浮花门的飞羽果然很快,不多时,一阵青色的风自南泽州遥遥刮过来,卷起清乐城的万千灯火,锋利强势,浩瀚笼盖住整个孙家。那是大乘期巅峰的强者,差一步进入洞虚。

威压席卷过来时,在场所有人都忍不住双腿颤抖,想要跪下。

作为浮花门的太上长老,孙家这位先祖自然不会亲自过来。

孙君昊是他收入门下的徒弟,又是他的后人,所以他才那么快给出回应。

与飞羽一起传来的,是一个盒子,那盒子上布着紫龙盘绕的大乘期阵法。

外人一碰即死。

飞羽裂开在空中。

同时传来万里外孙家先祖威严低沉的话。

"事情我已了解清楚,黑异书借给你,查明真相后,孙耀光若非魔种,即便是忘情宗弟子,也得给我孙家道歉!"

孙君昊大喜,跪在地上双手捧住盒子道:"多谢师尊。"

他将盒子打开,瞬间一道混沌黑光照上苍穹。

混沌的雾不知出自何处,蕴藏的造化万千,叫人肃然起敬。

孙君昊本来想直接测的,但是想了想,又把书递给明泽,道:"明道友,你来吧。"

明泽点头道:"好。"

他将黑异书拿在手中。黑异书说是"书",其实不如说是一团凝成了形状的雾。黑异书只需要元婴期的修士便能启动。

他走过去,取了一滴孙耀光眉间血滴入书中。

闭目，中指食指合并，往里面注入灵力。

血渗入书中。
如果是魔种，黑异书便会变红。
如果是正常人，则血会被雾气完全吸收。
孙府上上下下都屏息凝神。
孙夫人死死攥紧袖子。
孙老太太拄拐杖的手也带了点颤抖。
章慕诗冷眼看着一切，等着真相到来。

书页翻动的声音响起。
下一秒，黑异书上似乎有一层淡淡的红雾，明泽睁眼大惊，但是下一秒黑雾翻涌，那血雾好像只是血本身的光泽，瞬息被吞噬、被溶解、被黑异书黑色的雾遮掩得干干净净。
……不是魔种。

章慕诗紧张道："仙人？"
明泽愣愣地合上黑异书，不知道为什么，不太愿意去看这个马上就要痛苦死去的女人的眼。她用命换来的复仇，最后居然只是一场误会。
"章小姐……"明泽涩声道，"孙家小少爷，不是魔种。"
万籁俱静。
章慕诗站在风中没有说话，鲜红的嫁衣衬得脸色越发煞白，她噙着泪笑起来，热泪大滴大滴地往下落："不是魔种，孙耀光生吃了我妹妹都不是魔种。那到底怎样的是魔种？孙耀光不是魔种，那么我是吗？"她又哭又笑，最后状似疯癫。就像是最后一根理智的弦被这句话弄断，章慕诗偏头，赤红的眼如索命的恶鬼，死死盯着孙耀光。
孙耀光病体虚弱，被她这么一看，嘴一扁，瞬间大哭起来，稚嫩幼小的手指颤抖，抓着孙夫人的衣襟，崩溃得号啕大哭："娘！我要回去！娘！我好怕！娘！娘！我要回去！"

"章慕诗！"孙老太太脸上还没来得及浮现得意，就彻底被章慕诗的行为激怒。

孙君昊暗舒口气的同时，也有理由出手了。

他袖子一拂，便让章慕诗一介凡人倒在了地上，吐出一口鲜血来。

孙君昊蓝袍白羽，上前一步，满是厌恶说道："章姑娘，你杀了我侄儿，本就是我孙家不共戴天的仇人。刚才由着你胡闹，不过是看在忘情宗的面子上罢了。你现在若还执迷不悟，休怪我不客气。"

章慕诗没说话。匍匐在地上，眼泪流太多已经让她有一种失明的错觉。这一刻，她听不见任何人的声音。

脑海中两种尖锐的声音交融。左边是女孩山寺桃花阶上的清脆笑声，右边是孙和璧跪在地上崩溃的号啕大哭。

她身躯颤抖，手指也一点一点陷入地里。

纤云弄巧，飞星传恨。

——慕诗，我饿啊，我饿啊。

银河迢迢暗度。

——魔在我的身体里，它在对我说话，你听到没有？啊，它要出来了，魔要活了！

金风玉露一相逢，便胜却人间无数。

——慕诗，救救我！救救我！

柔情似水，佳期如梦。

——我不想杀她的，我也是受害人，慕诗，你原谅我。我根本控制不了自己，我被魔操控了。我根本不想杀人。我只是饿，我饿得不行了。慕诗！慕诗！

忍顾鹊桥归路。

——章慕诗，你这是要干什么？

两情若是久长时，又岂在朝朝暮暮。

……孙和璧，我也饿啊。

章慕诗其实对洞房花烛的那一晚没什么印象了。是报复是泄愤是走投无路下的鱼死网破，反正当时她眼睛充血大脑一片空白。

　　新娘子出嫁是要饿上一天一夜的，于是她空腹梳妆，空腹上轿，空腹握着剪子等到半夜，可那时候她什么都感觉不到。没有饿，没有渴。

　　割下孙和璧的头时，也没有感觉。

　　现在，时过境迁，大悲大恸之下。耳边一声声割裂的哭嚎、笑语，竟然唤起了她三天三夜滴水未进的感官。

　　腹如火烧，口如铁烤，垂涎欲滴。

　　原来，这就是饿啊。

　　她眼神迷茫，恍惚回忆了洞房花烛夜那一晚的味觉。

　　饿。

　　孙和璧……原来当时，我是真的饿了啊。

　　孙老太太冷声道："我孙儿本就在江金寺受了惊吓，现在又经你们这一出，回去之后怕不是要病情加重。你们做何交代？"

　　明泽将黑异书合上，脸一会儿红一会儿白。他刚欲开口，旁边忽然搭上一只手，苍白秀丽，说不出的好看。

　　不知道是不是他的错觉，燕卿腕上的红线垂落黑异书上时，那黑雾似乎凝结僵硬住了。

　　言卿拿过黑异书，手指敲了敲，垂着眼笑道："黑异书不能做手脚，魔不能做手脚，但人的识海可以做手脚啊……"

　　这也就是为什么地阶天阶的窥魔仙器都不能私有的原因。每种仙器验魔的方法都不同，碧云镜是照镜，流光琴是听声，黑异书是测血。鬼知道当年，那位大乘期巅峰的孙家先祖有没有预想过今天，在这血里动了手脚。

　　"燕卿兄，你要干什么？"明泽警惕道。

　　孙耀光看似扑在母亲的怀里害怕地发抖大声痛哭，可是泪眼婆娑中，还是趁着所有人不备，悄悄抬头往这边看了一眼。

言卿就趁他抬头的这一眼，手中的红线成长蛇，隔空狠狠刺穿他的脑门。

"你在做什么？！"

"耀光！"

孙家人骤然怒吼。

言卿："借点血。"

他红线收回，直接将尾端的血甩在黑异书上。这一回黑异书像是慑于某种恐惧，运转得飞快，黑雾翻涌，最后——纯粹炽烈的赤红之色，几乎把整片天空照亮。

魔！

孙耀光是魔种！

本来还震怒不已的孙家人顿时脸上褪去全部血色。

孙耀光哭得更大声了。

孙老太太气急败坏骤然辱骂道："你做了手脚！你对耀光的血做了手脚！"

言卿嗤笑出声："孙老太太。做手脚这种事——只有把魔藏起来的，没有能凭空变出来的。"

明泽愣住了："燕兄，这是怎么回事？"

言卿道："你们取血取得太浅吧。"他把黑异书丢给明泽，淡淡道："既然已经测出是魔种，现在可以杀了吧？"

明泽点头。

九宗三门当年早就下规矩，凡是魔种，格杀勿论。只是他刚要动手，孙君昊却护在了孙耀光面前。

"不，明道友手下留情。"

明泽紧皱眉头，不肯退让，"既然已经查出是魔种，孙道友你这是打算包庇？"

孙君昊苦笑地道："不是……我没打算包庇。只是道友，就算小侄是魔种，可是他现在还没来得及作恶啊！"

明泽说:"什么都没做?那江金寺——"

听到这个熟悉的名字,孙耀光像是重回噩梦,骤然啼哭出声,他绝望崩溃地大喊:"是二哥逼我的!他杀了人,他拉着我一起,他逼着我,是二哥逼我的!救救我!我好怕!娘!我回来一直在吐,娘!救我!——"

孙君昊听得闭上眼,叹息一声,出声说:"他不过是一个七岁小儿,哪来的能力杀人?如果章姑娘所言属实,章家七姑娘应该是和璧杀的。"

"和璧当时逼着亲弟弟动手,耀光他从江金寺回来后就大病一场,魂不守舍,现在还没康复,也是受害人。而且害死章七姑娘的和璧已经以同样方式惨死,算是冤有头债有主。"

"明道友,"孙君昊抬头,轻声说:"耀光又做错了什么呢……他虽是魔种,可他什么恶都没来得及做,到现在精神都不正常。秦家有言,魔种未必都会害人,没有谁生而为恶。魔不是他们能选择的,我们凭什么这样决定一个七岁男孩的生死,在他还没做错事的情况下。"

"若是今日害死章七姑娘的是耀光,哪怕他才七岁,我也会亲自动手清理门户,不让他长大继续害人。但在这件事里,耀光是可怜人。

"我知道你担心放任他留在凡间会伤及无辜。

"放心,我会通知先祖,将耀光送往四百八十寺囚禁起来。

"还请明道友,今日放他一命。"

四百八十寺是紫金州三家所创立,用于"除魔",给尚未作恶的魔种一线生机,天下谁都会他们给一分薄面。

魔是什么?

谢识衣说是恶,可是放眼整个天下八荒九重,或许只有他一人会给出这个答案。

站在仙盟盟主的立场,站在别人根本无法代入的角度。

言卿不知道谢识衣到底经历了什么,会说魔是恶。可是在言卿眼中,在无数人眼中——

魔是人无可救药的病。

是具体存在的、长在识海里的瘤。它以人的识海为容器，慢慢长大。有朝一日张开眼、露出獠牙时，就是人间噩梦。

它是游离于空气中的魔神诅咒，无差别地去感染每一个人。没有人能确定自己和身边人是不是魔种。

秦家说查遍古籍，研究出了"除魔之术"，可是至今为止，四百八十寺内部都不愿向外展现。

言卿重生后，了解了很多上重天的事。

魔种，仙盟，九宗三门。

只有这一次下山历练，才亲眼目睹上重天各方势力的矛盾根源所在。

如果这一次来的人，不是明泽，而是仙盟的人，恐怕这小孩子早就在黑异书变红那一刻死了。或者更早些，在章慕诗拿命指认他是魔种的时候，仙盟就会出手——不会给孙家人任何时间和资格多说一句话。

仙盟不会顾虑孙耀光是不是无辜、有没有犯错，不会顾虑他背后的太上长老，不会顾虑四百八十寺。

无须理由的生杀之权。

言卿玩着手里的红线，看着孙老太太，看着章慕诗，看着孙夫人，看着孙耀光，若有所思。

他上辈子活在恶人堆里，杀人夺命可不会牵扯那么复杂的感情。他算是知道谢识衣为什么对清乐城这件事都那么冷漠了。或许章慕诗和孙家的矛盾，在他看来，连闹剧都算不上吧？

言卿听完孙君昊的话，第一时间是想笑。孙君昊居然那么自信说出四百八十寺，信誓旦旦搬出秦家来。当着谢识衣的面，还真有勇气啊。

"娘，我怕，娘……"孙耀光哭得上气不接下气，他大病未愈，精神惶惶，稚嫩幼小的脸上是迷茫无助，如今太过恐惧，只能手指发白牵着母亲的衣襟。

孙君昊于心不忍别开视线说："明道友，孙和璧已经被章小姐吃掉，冤有头债有主，江金寺一事怎样都该画上一个句号了。耀光的事，我看还是交由秦家来处理吧！"

对于一个从未作恶的魔种到底该不该杀。这并不是明泽一个初下山的弟子能决定的。谁都没想到第一次下山就遇到这样的事，扯到浮花门，扯到秦家，扯到四百八十寺。

明泽喃喃道："我……好，我到时候……"

言卿突然出声："等一下。"

孙君昊的心瞬间警惕起来，死死盯着那个让他觉得恐惧的少年。

言卿微笑说："孙道友，我还有一个疑问，想请孙夫人和孙老太太回答。"

孙君昊唇瓣颤抖地说："你说。"

言卿淡淡道："既然多年前，孙家先祖曾用黑异书为孙耀光测过一次魔，那么当时是什么情况呢？"

这个问题一出，所有人都愣住了。

是啊，孙耀光是魔种，孙和璧是魔种，那么当年浮花门的太上长老为什么不说？

言卿说："修真界包庇魔种可是大罪啊。以及，为什么要交由四百八十寺处理。"

言卿状似随意问："四百八十寺远在紫金洲，现在事发在南泽州。我们不该交由仙盟处理吗？"

仙盟！孙君昊愣住，豁然瞪大眼，溢满是恐惧。但是他很快就反应过来，愤然出声："道友你是在说笑吗？耀光不过一介凡人，怎么能够交给仙盟？"能让仙盟出手诛杀的魔种，哪个不是屠城灭国为祸一方的恶魔？

言卿说："我说可以给，就可以。"

孙君昊目眦欲裂，一咬牙齿。手指间瞬间又出一枚飞羽，直飞浮花门的方向，忍怒看着言卿道："你不用拿仙盟吓我。既然你对当年的事心存疑惑，不如就直接问我师尊吧。"

言卿微笑，从善如流："好啊。"

明泽愣住，按住拉他的衣袖，担忧道："燕道友……"单纯如他，现在也能看出浮花门的那位太上长老有多护短。他们不过是忘情宗万千弟子中的一个，谈何资格去与九大宗之一的太上长老对峙。

言卿朝他一笑，"别怕，我就是有点好奇而已。"

好奇这浮花门是不是真的和他有仇。

其他宗门的人言卿都还没见到过，先把浮花门上上下下认识了一遍。他连镜如玉都不怕，还怕这么一个所谓的太上长老？

明泽咬唇，还是很担忧："燕道友……你……"

只是他话还没说完，突然自南泽州方向气势汹汹卷过来一道青色剑意。

剑意毁天灭地，哗啦啦让孙家屋檐上的瓦片齐齐翻卷，噼啪落下来——饱含怒意、杀意，好像蠢蠢欲动，要将这群忘情宗弟子各个头颅斩下！

"小心！"

"躲开！"

言卿本来还想躲呢，结果发现这些碎瓦，根本近不了他的身。离他毫厘的瞬间，被寒光粉碎，眨眼化成齑粉。他身边有一层别人根本看不到的阵法为护，来自化神期巅峰的剑意，无人能近。

言卿愣住。看样子谢识衣对他结婴之事真的挺在意的。

他心中疑惑，为什么？他重塑元婴时，会发生什么吗？

只是他还来不及去多想，一声怒火震裂苍穹，打断他的思绪："你们就非要针对我孙家吗？"

旁边的人都东逃西窜，面露痛苦之色，识海翻涌、肺腑揪在一块。在大乘巅峰强者的滔天怒火下，碎瓦落叶都带了浩瀚的威压，覆盖整片天地。

唯一不受影响的，或许就只有谢识衣和言卿。

身为浮花门的太上长老，孙家先祖自然不会亲自前来，与飞羽共同越过山河万里的，是一方水雾迷镜。

茫茫泛青色的雾气在空中散开，随后露出一块椭圆形的镜子——镜子里是浮花门的青苍峰主殿。

庄严肃穆的宫殿里盘腿坐着一位白发苍苍的长老，身上也是浮花门的青蓝色衣袍，边缘白色飞羽猎猎。

他双手放在腿上，随后缓缓睁开眼，目光锐利如刀剑，隔空刺向言卿——

大乘期的修士，差一步入先天境。

修真界普遍认为，练气筑基金丹元婴大乘这些阶段都是后天境。

只有突破洞虚境，拥有能够撕碎虚空的能力，才算是真正脱胎换骨拥有与天相抗的能力，故名先天。至于洞虚之后的化神期，则是近乎伪神的存在。

先天境的强者，是可以扭转空间的。

孙家这位太上长老虽然没有完全到达洞虚境，可是如果只是与言卿遥遥对视，用内力去碾碎他的神识对他来说是轻而易举的事！

孙家先祖怒道："忘情宗是怎么养出你们这么一群不知好歹的废物的？我今日就帮你们师父好好管教一下你们！"

他想拿言卿杀鸡儆猴。

孙家先祖扬起手，做了一个死死掐紧的手势，眼神狰狞，看样子是打算把言卿掐着提起来。

但是他注定失败了。

——镜中横空出现雾气凝聚的大手，威风凛凛袭向言卿，但碰都还没碰到，就已经被一道至冷至粹的寒光剑意斩断、毁灭，毫无反抗之力。

孙家先祖脸色煞白，收回手。

在没人看到的地方，他掌心出现一道冰蓝见骨的伤口。

——化神期。

孙家先祖呼吸骤然急促，脸色凝重起来。他重新看向言卿，虽然不知道这弟子背后是谁，又是何关系，但他还是压下了怒意。沉沉道："就是你要见我？"

言卿微笑："嗯。"上辈子敢这么对他出手的人，可能头骨早就被放进红莲灯里了吧？"

言卿倒也懒得跟他废话："想问前辈三个问题罢了。"

"当年你用黑异书测孙和璧孙耀光二兄弟识海，测出来的结果是什么？"

"若是魔种，为什么不向仙门禀报？"

"若不是魔种，孙和璧所言的可以抑制魔的珠子又是何物？"

言卿说完，笑道："前辈，请。"

孙家先祖何曾受到过这种冒犯，当即怒发冲冠，重重一拂袖！他伤害不了言卿，但是那罡风刮起，整个孙府前院的人都开始尖叫惊慌，匍匐在地上瑟瑟发抖。

孙家先祖震怒："你拿什么身份质问我这些问题？"

言卿想了想，眨眨眼，笑着说："以一个正义善良的忘情宗弟子身份。够吗，长老？"

正义善良的忘情宗弟子，这本来就是这次他下山历练想要体会的角色。

言卿对上重天从来没有滤镜，他只是对谢识衣身边的环境有滤镜罢了。

九大宗分割南泽州，心思叵测、争权夺势，想也知道不可能太平无忧。

孙家先祖冷声道："孙家的事我自己会处理，不需要旁人插手过问。"

言卿问："怎么处理？送去四百八十寺？"

孙家先祖听到这个词，面色唰得冷下来，怒道："四百八十寺是紫金洲秦家所建之地！还轮不到你一个小小弟子质疑！"

"我不同意。"

尖声反对的人是章慕诗。

她都快死了，还有什么怕的呢？

怒火重重把理智燃烧殆尽，哽在喉间的是彻骨猩寒的血。她赤红着眼从地上爬到言卿身边，声嘶力竭："仙人！我不同意！我要孙耀光血债血偿！他就是魔种！他那天朝我笑了，他那天朝我笑了啊。"

章慕诗伸出手，想要去碰言卿的衣角。但是言卿为了不让阵法伤到她，沉默往后退了一步。

她迷惘地放下手，继而抬起头来，空洞麻木的眼睛静静看着眼前的少年。

222

看着这个——所有人或沉默或讽刺或权衡利弊或不知所措时，唯一为她站出来的人。

章慕诗颤抖着哭，轻声说："仙人，江金寺的那一天，孙耀光朝我笑了。他不是无辜的，他不是被逼的。他坐在我妹妹的尸体上，舔着手指上的血朝我笑了……他怎么可能是无辜的？"

另一边，孙耀光像是被"江金寺"三个字刺激，重新陷入无法自拔的噩梦，号啕大哭："娘！救我！娘！救我！救我！"

孙夫人精神崩溃，缓缓跪了下来，她一样痛苦绝望。

满脸泪痕地看着章慕诗，在地上重重磕头："章姑娘，算我求你了，你放过耀光吧，算我求求你了。"

她磕得额头见血，说："章姑娘，耀光才七岁，他怎么可能有能力杀掉你的妹妹。他才七岁啊，他的一生才刚开始。

"你那天神志不清，一定是看错了。他江金寺回来就绝食了三天，一直吐一直吐什么都吃不下。

"章姑娘，求求你设身处地想一想，如果今日被发现的魔种是你妹妹呢……"孙夫人语无伦次，神志不清，最后凄然笑了起来："她什么都没做，她自幼被宠爱到大，她心思单纯，她怕血怕痛——就因为一个生而具有的魔，就要被杀掉吗？

"凭什么？凭什么……"

孙夫人一声哭过一声，泣血绝望。

章慕诗静静看着她下跪道歉、看着她磕破头颅，什么都没说。

孙家先祖鄙夷地扫一眼这两个女人，声音讽刺说："看到了吗？这就是你所谓的正义善良？"

言卿垂眸，手指缠着红线，轻轻一笑说："看到了。"

他往前走，墨发随风飘扬，衣袂掠过一地的鲜血眼泪。

言卿站在了孙耀光面前。

孙耀光愣住。

他下意识松开了紧抓住孙夫人衣袖的手,胆怯地往后退。

言卿微微俯身,墨色长发垂落脸侧,好看的桃花眼笑起来,唇角弯弯,似有含情。言卿褪去那种吊儿郎当的活泼,认真起来。他指间的红线很长,落到地上,端详着孙耀光,含笑道:"小弟弟,有没有人告诉你。害人其实是种不好的习惯。"

言卿似乎叹息:"而且,做过的事,是瞒不过去的。"

尤其,是在他面前。

言卿手中的红线一下子缠上了孙耀光的脖子——

孙家先祖震怒:"你在做什么?"

孙耀光脸色开始变青变紫,呼吸困难,眼里满是恐惧。

孙老太太:"耀光!"

孙家先祖:"住手!"

言卿眸中的红色散去,马上收手,将红线一圈一圈绕回手腕上是,说:"好了,小弟弟,让我们看看你这几日是不是真的绝食了吧!"

孙耀光忽然捂住肚子,蹲在地上,哇地一下吐了出来——

吐在地上。

是红的、白的、黄的肉。

他再度重重呕吐——

孙家的仆人们何曾见过这种阵仗,纷纷脸色大白尖叫。

孙老太太没说话,等人过去扶时,才发现人已经彻彻底底晕了过去。

风过天地。

孙夫人所有眼泪止在眼眶。

孙耀光还在呕吐,呕出胆汁,呕出鲜血,好想要把五脏六腑都呕出来。

章慕诗看到这幅情景,只觉得好笑,身体一阵冷一阵热。

言卿轻声道:"你们孙家可真有意思。章小姐杀了孙和璧后,你们一口一个魔种,恨不得将她挫骨扬灰,说魔种人人得诛。

"等你们的小儿子成了魔种,又变成了魔另有隐情,他罪不至死,没有人生而为恶。

"魔到底是什么呢？"言卿是真的有了些疑惑："需要我从他脑子里挖出来给你们看看吗？"

没有人说话。

清乐城正值浮灯节，每家每户都挂满了灯笼。又恰逢孙家喜事，从街头到街尾撒了长长一地的彩纸、红糖。如今这些都被风吹起，飘过大街小巷呜呜作响，像是新娘花轿里绵长绝望的啜泣。

真相水落石出，尘埃落定，就在众人以为一切要结束时，浮花门的太上长老忽然重击座下黑石。

——瞬息之间，一个青色的阵法笼罩在这片天上，将孙家锁住。

孙家先祖语气冰冷说："即便如此，我也不会将我后人的生死交给你们处置。"

"我会让秦家来。"孙家先祖道："我会通知秦家人过来，审判孙耀光的一生过错、来判定他最终结局。在这之前，你们谁也别想离开。"

浮花门的太上长老彻底撕开虚伪假面，露出护短至极的狰狞之色，森森看向言卿，一字一句说："你还没有资格，来杀我孙家人！"

只是他话音刚落。

孙夫人突然发出尖叫："耀光！"

那个青色的阵法似乎是将谢识衣的最后一丝耐心耗尽——

顷刻之间，满院的竹林震裂。万千片薄薄的青叶腾空而起，无视孙家先祖的威压，破空而去，携带万千深邃剑意，穿入孙耀光的喉咙——

再穿入他的手脚、身躯。

孙耀光呜咽一声，痛不欲生抬起头，眼睛里似乎有暗绿之色在涌动，可马上，那两颗眼珠子也被青叶横穿而过。

万叶穿身，毫无反抗之地。

他稚嫩的脸上满是怨恨阴毒之色，缓缓倒在地上，死不瞑目。

孙夫人的尖叫卡在喉咙里。变故突生，所有人都被吓傻了。

谢识衣步下银辉浮动，衣袍拂过遍地鲜血。语气很轻，跟落雪一般，淡淡地问道："那么我有资格吗？"

一瞬间，孙家先祖脸上所有狰狞嘲弄之色都凝固了。

满院的人僵硬地抬起头来。

看着那个一直在角落在末尾，冷眼看这一切的少年慢慢走到纷争的中央。

他的衣衫不染纤尘，看过那么多人的生死爱恨，也没有落下哪怕一丝清冷的视线。好像无论是魔是魔种还是纷乱的鲜血眼泪，都是尘世微埃。只有到言卿旁边时，才垂眸看了一眼他指间的红线，轻描淡写问道："历练得如何？"

言卿："……"言卿把手收进袖子里，露出一个笑来："还好吧，收获颇丰。"

谢识衣轻轻笑了下。

孙家先祖坐在浮花门宫殿，人如同石像。

掌心那道冰蓝的剑痕好像现在发作起来，寒意穿行四肢百骸。

逆血心头涌起，击破瞳孔耳膜。他声音颤抖，一字一字道："……谢应。"

他好像在荒芜冰冷的噩梦中。

孙家先祖苍老阴鸷的眼神里，慢慢涌现出一点血色来，牙齿咬得咯咯响。

谢应怎么会出现在这里？

他应该在闭关！

他应该在霄玉殿！

在宫灯万盏、帘幕千重，冰玉长阶不见尽头的阴影中！

他怎么可能在这里？！

谢识衣并不想在这久留。视线从言卿身上移开后，落到了那本黑异书上。

他苍白的手指从袖中探出，黑异书像是遇到什么极其恐怖的东西，黑雾乱蹿，但还是被他牢牢握在手里。

谢识衣拿着书，漫不经心问："回答我，当初你测出了什么结果？"

孙家先祖被划伤的那只手现在已经开始结晶结霜，他骤然尖叫，眼中恐惧四散："是魔种！我当初就测出他们是魔种！"

谢识衣接着问:"为什么不向仙门禀报?"

孙家先祖颤声,语气中全是苦涩:"是我鬼迷心窍,是我想包庇子孙,但当时他们确实什么都没做啊!"

谢识衣抬眸,语调很平:"珠子又是什么?"

孙家先祖沉默片刻,可是那寒冰直入心脏,他血色全无,抬起头来。谢应入主霄玉殿的那一晚,谁都不会忘记。

孙家先祖咬牙道:"珠子不是抑制魔的,是我用来改造他们识海的。"

谢识衣神色冷淡,手指轻敲。

黑异书在他手中无声挣扎,却根本无法逃脱——浓雾被清寒的灵力包裹、粉碎。

孙家先祖瞪大眼。

谢识衣问道:"你还有什么想问的吗?"

这话是对言卿说的。

言卿这才反应过来,谢识衣问的三个问题,全是他前面问了却被孙家先祖无视的。

一时间没忍住笑出来。

言卿眼带笑意,"有,我想问仙尊,孙家其他人怎么解决?"

谢识衣淡淡看他一眼,头都没有回,顷刻之间,地上的所有青色竹叶浮于空中,成恢宏必杀剑阵——

照着每个人孙家人苍白无血色的脸。

言卿意料之中,心中叹口气,拉住他的袖子,说:"算了吧!"

大抵命运总是如此弄人。

……最疯狂漠视人命的人成了正道魁首。

他们分离之前,最后的决裂,就在障城——血与哭嚎交织的屠城之夜。将彼此间早就有的裂缝,彻底拉成天堑。

天堑的两岸是善恶,是对错,是正邪。

又或许都不是。

可能只是谢识衣拿着剑,眼中蕴着血,安静问出的那句话。

——"言卿,我时常在怀疑,你是不是我体内的魔。"

魔是什么呢?

言卿又重新看这片人间。

孙耀光的头骨和眼睛都被青竹叶刺穿,在他彻底死去的一刻,从眼睛里有什么东西流了出来。黑色的、浓稠的、邪气横生的,好像混沌初始的蒙昧生灵,缓缓挪动。碰到那些青叶的瞬间,又马上滋滋冒白汽,毁灭在八荒九重里。

这就是魔。

它不是虚无缥缈的"恶"。

它是真实可见的"毒"。

孙夫人失魂落魄地跪在地上。

孙老太太因为惊吓过度晕了过去。

孙家主迷茫又愕然,完全不知所措。

言卿说:"章慕诗的仇,让她自己来报吧。"

谢识衣垂眸看了眼言卿扯住自己袖子的手,淡淡地"嗯"了声。

自从孙家先祖嘴里喊出那个名字后,前院的所有人都怔住了。

谢识衣早已习惯被万人瞩目,复而重新看向浮花门的太上长老,他对人间的恩怨没有一点兴趣,只是笑了下,眼眸深冷,语气清冷平静。

"孙长老,魔的寄生无迹可寻,可孙家一门居然同时出了两个魔种,说是巧合未免过于巧。我现在怀疑,你是否也是魔种?"

孙家先祖目眦欲裂,又惊又惧,震怒道:"谢应,你怀疑我是魔种?!"他一下子从黑色长石上站起来,指向自己的眼睛,一字一字几欲癫狂道:"我怎么可能是魔种?!笑话,我怎么可能是魔种?你大可用你手里的千灯盏来探,你看我是不是!"

言卿一愣,突然想起天枢曾经说过的,哪怕是千灯盏,也最多只能测出大乘期修士识海内的魔。而孙家先祖是大乘期巅峰的修为,半步洞虚期。

言卿下意识偏头看谢识衣。

谢识衣没有理会，轻描淡写笑了下说："孙长老，我若认定你是魔种，不需要千灯盏。"

这句话说出去的瞬间，浮花门太上长老所有的愤怒犹如被冷水兜头熄灭。他僵在原地，直直盯着谢识衣。

水雾镜因为主人剧烈起伏的胸膛而变幻。

那道掌心的伤口寒意扩散、冻结脉络鲜血，熟悉的冷意让他好像回到了霄玉殿，回到了血溅台阶的长夜。

"谢应……"孙家先祖眼眸赤红说："你当真要做得这么绝？"

谢识衣问："你在怕什么？"

孙家先祖如果知道清乐城这么一件小事会牵扯到谢应，哪怕今天孙家被灭门，他都不会现身。

他在怕什么？

他怕这个疯子，怕这个杀人不需要任何理由的疯子！

孙家先祖牙齿战栗，正欲说什么。

突然，一声清悦动人的笑声在他身后传来："渡微仙尊。"

声音温柔明媚，恍若清风拂面。

混乱水镜瞬间稳定凝固，镜面变得透彻干净。浮花门青苍峰宫殿明光华灿，落在来人鬓发斜插的白色珠花上。她的声音即便远在南泽州，也如贴着人耳廓响起，亲亲柔柔，似笑似叹："那么久不见，你出关后的第一件事就是杀人吗？"

孙家先祖愣住，回过头后瞳孔瞪大，跪下行礼道："见过门主。"

浮花门门主镜如玉就像紫霄记忆中那种，年龄样貌都不曾变。蓝色长裙白色绲边，鸦发低绾，红唇噙笑。化神期的修士，拥有无视空间的能力。

她出现的一刻，镜子更清晰了，可孙府前院却起了一重厚厚的雾。

除了言卿和谢识衣。

所有人都在雾里迷失，什么都看不见。

镜如玉的指甲上总是涂着瑰丽的蔻丹，但她整个人的气质又是清澈的。皮肤白皙，黑发如缎，水蓝长裙清丽无双。眼眸一弯，似乎无限柔情。

"渡微仙尊，别来无恙啊！"

谢识衣一如在青枫林中的表情回视她，冷漠的、审视的。

镜如玉早就习惯了这样与谢识衣交锋，避开他的注视，微笑地把视线落到了言卿上面，开口说："这位小道友有些陌生啊？"她颇为感兴趣："一百年来，我还从未见过渡微身边出现过什么人呢。"

言卿还未开口。

谢识衣已经低笑一声，语气若冰晶凝结道："镜如玉，不该你问的问题，我劝你最好闭嘴。"

镜如玉的笑容僵了一秒，眉宇间的狰狞恨意一闪而过。抬袖掩唇间又是笑语晏晏，娉娉婷婷。她优雅从容道："好，不聊这位小道友。那我们来聊聊苍青吧。"

苍青就是孙家先祖的道号。

镜如玉说："渡微觉得苍青是魔种？"她年长谢识衣百岁，于是唤"渡微"时总会放低声音，有种温柔味道。

谢识衣没说话。

镜如玉静静道："九宗以斩妖除魔为己任，若苍青是魔种我绝不姑息。不过他是我宗太上长老，辈分崇高，门下弟子无数，况且你隔着水镜断定或有不准，不如改日你来我浮花门亲自看一眼？"她说："你来浮花门，若是亲眼见了，还认为是魔种。不劳烦仙盟出手，我亲自清理门户。"

"如何？"

谢识衣听完，漫不经心道："镜如玉，你若是真想见我，不如直接去霄玉殿。"

镜如玉平静的表象裂解，笑容僵冷。

"殷列和你说了什么，对吗？"谢识衣并不想在言卿面前和她多言，唇角勾起，似笑非笑，眼底一层薄薄的冰，声音极轻道："我闭关的一百年，你们可以好好猜猜——我到底去做了什么。"

他的声音很轻,带着浓浓的嘲意。

镜如玉面无表情,站在水镜前。珠钗森寒,蓝裙无风自动。

谢识衣这一次下山只是为了看言卿结婴。因为孙家浪费的时间,已经耗尽他最后的耐心,现在对于镜如玉对于孙家先祖,他都没有搭理的想法。

最后对镜如玉留下的话,清晰又平静。

"慢慢猜。"

谢识衣转过身,将视线落到言卿身上,从袖中伸出手抓住了言卿的手腕。言卿刚刚用这只手取的孙耀光眉心的血,现在那魂丝末端、还有些湿润的红。

"看够了吗?"谢识衣问道。

言卿视线还在落在镜如玉鼻尖上的那颗痣上呢,听到谢识衣这问话,瞬间回神,对上他的眼眸后,轻咳了声,"看够了。"

谢识衣垂眸:"那就跟我回去。"

言卿:"啊?"

谢识衣冷淡开口道:"你自己现在丹田什么情况你不知道?"

言卿:"……"啥?

孙家先祖布下的阵法对于谢识衣来说不堪一击。魔种带来的人间惨剧于他眼中也如闹剧。

从他决定出手的一刻,或许就想早点终结这场历练,带言卿回去。

谢识衣没有在孙家前院停留多久,言卿如今是金丹期,已经可以承受化神期造就的传送阵。

冰寒的剑光破开重重迷雾,阵法成形的瞬间,二人消失在原地。

"门、门主……"苍青长老到现在才缓过神来,噩梦惊醒,冷汗涔涔,哑声开口。

镜如玉沉默很久,脸上的笑容散得一干二净。

她静静看着言卿离开的地方。

那里谢应布下的传送阵法,禁锢重重,她现在竟然还是看不透。

看不透谢应现在的修为,看不透谢应现在的道。

无情道碎,修为毁尽。只一百年……重回化神巅峰?

果然是,谢应啊。

镜如玉扬起脖颈,感觉血液里什么东西在尖叫,疯狂刺激着她的灵魂。逆血心头涌起,又被她一点一点,缓慢咽下。

镜如玉诡异地笑一声,忽然往前走,水镜一点一点扩散,最后居然直接成了一个通道。

尊贵无比的浮花门主衣裙轻轻落在这片土地上。浓雾随着她的到来尽数消散。孙府前院地上一片狼藉。

青色的竹叶污浊的献血、眼泪,配上一群或傻站着,或匍匐着,或跪着的人。真是人间乱象。

"门主!"

孙君昊浑浑噩噩跪下来。

忘情宗弟子们不知所措,大脑还因为刚才的事一片空白。

清醒的凡人心惊胆战看着这个女人。

镜如玉莲步轻移,没有理任何人,视线落到了章慕诗身上。

章慕诗在孙耀光死去后恨意消散,支撑自己活下去的最后一根芯就被拔了。眼中含着泪光,是欣慰是解脱,是最后窥见光明的释然。

她披头散发跪在地上。

嫁衣染着自己的血和丈夫的血。金风玉露最好的年华,硬生生被磋磨成这般模样。她活不到明天了,却也终于可以死得瞑目。

镜如玉垂下眼睛,看了她一会儿,随后指尖凝出一道莹白的光,注入了章慕诗眉眼。化神期修士可以直取凡人的记忆。作为代价,被取了记忆后,人会马上死。

但镜如玉做事从来随心所欲,怎么会顾忌章慕诗的死活。

顷刻间,章慕诗一生记忆瞬间如走马观花般出现在她眼中。

是嫡母死去，留下自己和妹妹相依为命。

是章府后院，各种腌臜龌龊阴谋诡计。

是光阴流转，襁褓里的婴儿倏忽长大。

是山寺桃花，女孩牵着她笑吟吟抬头念诗。

是喋血的夜，是疯魔的恨，是锣鼓喧天花轿里紧握剪刀的手！

是最后江金寺前手指颤抖，一根一根，摆正至亲的骨头。

——用一生来报血亲的仇。

"值得吗？"镜如玉道。

她俯身。

镜如玉的眼睛是杏眼，瞳色很深，笑起来，盈盈若水波："你叫章慕诗？"

章慕诗在这个女人靠近的一瞬间，就觉得窒息恐惧，仿佛是一种对危险本能的直觉。

镜如玉说："还真是姐妹情深啊！"

她轻声说完，静了片刻，忽而一笑说："哦，我也有个姐姐，也像你这样，很会照顾人。"

"如果我被人杀害，她当初应该也会不惜一切代价为我报仇吧……"

一片青竹叶落到镜如玉的手中。

镜如玉似乎是想到什么，用只有两人能听到的声音，静静叙述说："我和她是双生子，同样的样貌，同样的家室，从小到大，什么都是一模一样。或许这样，才是最容易被拿来比较的。

"她早我一刻落地，可这一刻足以让一切天差地别。

"其实我和她小时候关系特别好。但是在浮花门，双生就是原罪。"

镜如玉手里拿着这片叶子，看着章慕诗，勾唇一笑。

"这世上没有谁比她更适合用于和我做对比。

"这世上没有谁会不拿我们做对比。"

镜如玉说："于是我们的关系越来越差，越来越差……"

那枚青竹叶碎在她的裙边，镜如玉似乎有些出神。眼光微闪，又控制住情绪，一笑说："不过，是不幸，也是万幸，璇玑殿起了一场大火……好像把我们之间的隔阂烧没了。"

浮花门璇玑殿大火。

世人对此讳莫如深，猜测万般。

人人都觉得火跟她脱不开关系。

人人都不敢明面上说出来。

实际上，他们猜错了。

她虚实血腥充满算计的人生里，只有这一场火，是真正无辜的。

镜如玉说："章慕诗，你还恨吗？"

章慕诗说不出话来。

镜如玉笑说："我帮你报仇吧。"

她脚下赤色的化神期灵气动荡开，炙热滚烫，逼得所有人尖叫。

孙府的丫鬟仆人们四处逃窜。孙君昊和忘情宗弟子愣住后，知道此地不宜久留，来不及震惊，快速离开。

还剩在原地的只有失魂落魄抱着儿子尸体的孙夫人，已经昏厥的孙老太太和被一而再再而三的变故吓傻的孙家家主。他们都在多年前知道真相，又将秘密深深隐瞒。

浮灯节的万千灯笼被炙热灵气卷动，慢慢腾空，往孙家这片飞过来。街头巷尾的彩纸爆竹也被吹扬上天，喜气洋洋，好像还是婚礼的那一日。整座清乐城居民都死死地关着窗，眼神惊恐地从缝隙里看外面——灯火万千成海，涌向孙家。

大火将孙家点燃的那一刻，"轰"的一声，所有的灯笼落到了火海中！熊熊大火，燃尽了一切。

火舌卷着章慕诗的嫁衣，也将她的脸照得通红，犹如回光返照。

章慕诗愣愣地看着眼前的女人。

镜如玉看着她，笑着说："我帮你报仇了，你也不用恨了。其实我不杀你，你也快疯了吧？"

章慕诗不说话，身躯颤抖，煎熬五脏六腑的不知是饥饿还是这场火。

镜如玉立在火中，抬头，却是看向孙府的门楣。

看着瓦片带着火星噼里啪啦落下。

看着房梁带着牌匾势如破竹下坠。

这火光太大，热度太高，灯笼太过鲜红。让她恍惚觉得，自己又回到了那一日的璇玑殿内，身边是无处可逃的赤灵天火，遮天蔽日，退无可退。

镜如尘在找她。

在浓烟滚滚里声嘶力竭喊她的名字。

说来也讽刺，她恨镜如尘恨得要死，嫉妒得快要疯魔。可是镜如尘却一直待她这个妹妹很好，温婉善良的浮花门未来门主，果然名不虚传。

"姐姐……"当时她是真的害怕了。

赤灵天火是上古玄火，真的能活活把她烧死。她惊慌失措，抱臂蹲在角落里，什么算计什么嫉妒什么野心都没了。脸色苍白，眼中全是恐惧的泪。

玄火压制下，不能使用法术，不能使用灵力。

她就是一个弱小单薄的少女，在绝望关头，她看见灰烬里那跌跌撞撞跑过来的白色衣裙，如见救赎。

"如玉！抓住我！"镜如尘发钗零乱，满是担忧，眼中还蕴着红丝，在火海中朝她伸手。

她眼泪瞬间夺眶，起身扑了过去："姐姐！"

镜如尘那个时候是洞虚期修为，比她多了一丝识路能力。抓着她的手，步步谨慎往外走。璇玑殿的赤灵天火烧得突兀，又来势汹汹，其他人根本来不及赶到。

她们在火海中手牵着手，只有彼此。

四周是天火乱坠，是炙热地狱。

好像多年的隔阂消失得一干二净，重新回到蒙昧最初母胎相依的时候。

万幸有惊无险，她们虽然受了一些小伤，却也平安无阻地到了璇玑殿的大门口。

　　璇玑殿是浮花门主峰主殿，装扮极尽人间华贵。琉璃作瓦，碧玉为饰。她现在还记得，玉白的门匾上方，镶嵌着一颗玻璃珠。流光璀璨，像是天上的星星，像是姐姐的眼。

　　然后，镜如尘惊喜地回头对她说："如玉，我们得救了！"

　　轰——

　　孙家在大火中被焚烧殆尽。

　　镜如玉从回忆里抽身，神色隐晦不明，转身离去。

　　等言卿回到玉清峰，终于知道了谢识衣那句话的意思。

　　他自视丹田后，发现里面的灵气已经浓郁到快要溢出。

　　充沛丰盈，盘旋在他的金丹附近，到了可以结婴的阶段。

　　大概是因为他用了魂丝，虽然没有动用魂丝最本质的功能。可是从孙耀光眉心取血，沾染上魔的气息，还是受了刺激。

　　在修真界，元婴是一道分水岭。

　　元婴以后，每一步晋升的跨越都大如天堑，难如登天。即便是从元婴初期到元婴中期，很多盛名加身的天才可能都要磋磨百年。

　　可结婴对于言卿来说就跟喝水一样简单。

　　"谢识衣，我结婴时会发生什么吗？"

　　言卿好奇地眨眨眼。

　　不怪他，以化神期的修为重修，真的没人会将结婴这种小事放在心中。

　　谢识衣没说话，踏入玉清峰的瞬间，阵法重重落下，梅花卷起，落雪飞霜。他带着言卿，一路穿行到了梅林中心的寒池。

　　谢识衣说："把衣服脱了，进去。"

　　"脱衣服？"言卿愣住，困惑地眨了下眼，想到什么也就问出来了："幺幺，结婴为什么要脱衣服啊？"

　　谢识衣很少跟人解释些什么，说话很缓，垂下眼往寒池里注入一些灵力，清冷道："结婴是修士凝聚灵气成'本我'的过程。你之前达到过化神期，'本我'早已固定,重塑元婴需要先破后立。破'本我'的过程,很痛。"

言卿颇为好奇地问:"很痛?有多痛?"

谢识衣淡淡看他一眼,说:"是你不能忍受的痛。"

这话可把言卿逗笑了,咬牙切齿地道:"我不能忍受?举个例子?"他上辈子走过万骨窟走过十方城,就没人敢在他面前说这话!

谢识衣戏谑道:"大概就是从屋顶摔下去一万次吧。"

"……"

言卿满肚子冷嘲热讽的话咽回去。

谢识衣拿这个做比喻,他竟然一时间哑然,找不到话来反驳。

初见的时候,他们对彼此的印象都很差——他觉得谢识衣就是个孤僻冷漠、不要命的疯子。谢识衣觉得他就是个怕苦怕痛、性子急的废物。

冰释前嫌的那个夏夜,竟然恍如隔世。

言卿没忍住笑了下,从回忆里抽身,无奈道:"好吧。"他抬起手来,袖子下落露出细白的手腕。手指缓缓卸下冠的瞬间,满头青丝也随之散落。

他褪去外衫、解开里衣,非常自然地踏足入寒池之内。

玉清峰梅林里的这方池子,虽然叫寒池,但是一点都不冷。水是乳白色的,言卿的墨发和红丝浮现在上面,他手在寒池里搅了搅,忽然想到什么,笑着问道:"幺幺,你以前经常来这里吗?"

谢识衣拒绝回答这个问题,冷冷淡淡说:"结婴吧,我在一旁守着。"

言卿:"呵。"

他后背靠在池子边缘,闭上眼,手里拿着根随手扯断的草玩,一折一折。对于言卿来讲,结婴的流程过于简单,以至于他根本就懒得去集中注意力。

脑子里全是谢识衣那声满是讽刺之意的冷嗤。

言卿越想就越气,狠狠一折手里的草,心想,当初他怎么就没这样好好欺负一下谢识衣呢?

温热的池水包裹着每一处肌肤,丹田内的灵力凝聚时也产生热流。言卿找到点感觉,注入神识,开始认真结婴。

梅花纷纷如血,落在他的发上肩上,而后坠入池中,轻盈得像是一个吻。
谢识衣安静地站在他后方。
言卿忽然想到。
其实这场景挺好玩的,角色转换,就是他们上辈子在十方城的重逢了。

第7章 | 十方城

言卿在十方城就是个传说。

十方城这位少城主,以残暴闻名,以容貌闻名,以阴晴不定闻名,以笑里藏刀闻名。甚至于因为言卿爱好太诡异、说话太阴损,十方城这样一座恶人之城,基本没人在意这位"十方城美丽传说"好看的脸。提到他的名字全是敢怒不敢言。

红莲之榭顾名思义种满了红莲。

楼阁建立在莲池上方,雕梁画栋,整座楼都是红色的。

回廊九曲十弯、悬挂洁白晶莹的头骨,点燃一路幽蓝的灯。

魔域百城朝祭之日,言卿咬着折扇,边走边束发,长廊旁边男男女女跪了一地。

他旁边的老太监顶着十年如一日的上坟脸,拿着拂尘,满脸褶子。老太监后面跟着一群小太监,全是淮明子"好心好意"安排给他的用人。

老太监捏着嗓子尖声道:"少城主,您七魂六魄不稳,依老奴看,双修是最快速的固魂方法。这些人都是老奴从十方城各处给您挑选上来的,无一不是样子好、身段好、体质好的人。您看看,有满意的吗?"

言卿随手将一缕墨发别到耳后,拿下嘴里的折扇。红色衣袂拂过木板拼接的回廊,最后步伐微停,视线落在了一个穿着白衣的少女身上。

少女察觉到他的注视,马上端正跪姿,缓缓抬头,朝他露出一个笑来。

"少城主。"

怯懦软甜的声音。清纯可爱的脸庞。娇小、不盈一握的腰身。

一身素白更显楚楚可怜。

言卿眨眨眼，好奇问道："你是因为马上要来见我，所以提前先给自己披麻戴孝吗？"

少女："……"

老太监："……"他开始揉拂尘。

言卿继续往前走，这回是个浓妆艳抹的妩媚少女，衣衫半遮半掩，含情脉脉，准备朝他露出一个笑。

言卿先倒吸一口凉气，拿扇子制止了她，好生相劝道："别笑，姑娘。你知道我这红莲之榭的回廊是用什么做的吗？赤檀木，千金一块。你这脸上的脂粉一笑就掉一地，我怕到时候很难扫啊。"

姑娘："……"

老太监拂尘揉得更用力了。

言卿走过红莲之榭真的就皇帝跟选妃一样。还是个特别难搞、尖酸、难伺候的皇帝。

"看这位阿姨哭的，七公公，你不会是强抢民女吧？万一人家家里还有个三岁孩子呢。你可真缺大德。"

少女故作泫然若泣状。

老太监被他这指桑骂槐的话，活生生又气出一道褶子。

言卿到门口还不安生。一只黑蛤蟆从莲池跳到了脚下，呱呱叫了两声。跟随着他"皇帝选妃"，受了一路折磨的一行人，瞬间屏息凝神。

言卿低头，若有所思盯着那蛤蟆看了几秒，随后打开折扇，掩面一笑，桃花眼弯弯，道："我说七公公，你这也太客气了吧，怎么都自家人都送到我面前来了呢？"

七公公已经要气得两眼一白晕过去了！

但好在他能在言卿身边那么多年，就不是省油的灯，很快咽下心头的血，拿着拂尘跟在后面，眼神如毒蛇一样阴鸷，轻声道："老奴就好奇了。这些年老奴寻了千百个美人。少城主都不满意，普天之下，到底有谁能入少城主的眼呢？"

言卿一袭红衣墨发雪肤，衬得人也是风流缱绻，纠正他说："七公公这话就着相了,这世间难得的是美人吗?难得的是缘分!"

七公公敢怒不敢言:"缘分?老奴愿闻其详。"

言卿懒洋洋跟他扯皮:"姻缘一事是上天安排的!那么,缘分自然也得从天上来。"

"我的有缘人,理应走过我走过的路,被上天安排过来。"

"喏,她就应该诞生在万鬼窟中——尸山血海,青烟雾障,踏着白骨朝我走来。"

七公公心想:走来取你命的吧!

魔域位于九重天下三重,阴气逼人,鬼气森森。万鬼窟更是万年来恶人之冢,能从里面活着出来的,哪个是等闲之辈。

十方城是魔域主城。所谓的百城朝祭,对于一群没有规则以杀立权的人来说,就是走个流程。

言卿走在街上时,人群如潮水散开。托他身边这位老太监的福,整个十方城听闻他要出行,所有人都把自己脸上涂得红红白白、穿得红红绿绿,生怕自己的"绝色美貌"被荒淫无度的少城主看中,然后掳回红莲之榭。

"参见少城主。"

"参见少城主。"

人群沿街跪了一路。

无论是魁梧壮汉还是耄耋老者,都打扮得"多姿多彩""姹紫嫣红"。

言卿倒吸一口气,万花丛中过,拿折扇挡眼,不忍直视。

十方城的城门轻易是不开的,这一日也是。其余城池的城主就站在门口,藏身在魔域常年笼罩的黑色雾障里,神色阴沉,齐刷刷等着言卿登上城门、酹酒于地。

说是酹酒于地,酒杯里装的其实是血,是上一回擅闯十方城的黑城城主的心头血。

那人的头颅现在还挂在十方城城门前。

是威慑,也是恐吓。

"诸位久等了。"

言卿说什么都带着笑意,慵懒温和。

这抹身影出现在城头时,下方的所有人都屏住了呼吸,将眼底肃杀收敛,沉默不言。

言卿苍白的手搭在墙垛上,腕上的魂丝垂下。织女丝是上古神器,鲜艳夺目,飘逸瑰丽。但城门下的人都知道,它从人的眼睛刺入识海割碎神魂时有多恐怖。

言卿随意低头看了眼,随后问道:"怎么好像少了个人,嗯?赤城城主没来?"

老太监在旁边幽幽道:"回少城主,赤城城主几日前去了万鬼窟。"

言卿道:"稀奇,他居然去万鬼窟,我还以为他要来十方城报仇呢。"

老太监皮笑肉不笑,说:"不会的,少城主说笑了。"

言卿说:"酒杯呢。"老太监拍掌,叫人端着盛着血的三个酒杯上来。

杯子是碧玉盏做的,杯壁透明澈透,杯中液体摇摇晃晃,渗出微微邪光来。

言卿惯会找人不痛快,懒洋洋来了句:"怎么血少了不少。七公公,你没有趁我不备偷喝吧。"

七公公呵呵道:"老奴哪来的胆子呢,是少城主记错了。"心中恨得要命:你要是有不备之时,早就死了千万次了。

言卿端起第一杯酒,往前一步站在墙头,勾唇笑了下。

挽袖,便将那一杯盏鲜血自城头酹下。

鲜血成一条长线,断断续续滴在地上。

言卿跟寒暄似的笑说:"城主闭关,这次的朝祭由我来主持。要我说,黑城城主死得也是奇怪。拜访十方城的方法那么多,怎么就走那么极端的一条呢。这别人不知道的,还以为我们是个多么不好客的城池。"

城下诸位城主:"……"

言卿说完，又缓缓道："听闻赤城城主与黑城城主兄弟情深，那真是可惜啊。"

他语气很轻，尾音跟轻烟一般散于天地，微微一笑。

"可惜，这兄弟相送的最后一程，居然没能赶上。"

第二杯酒酹完，他手指轻轻松开，瞬间碧玉盏落到地上，"砰"的粉碎溅开。

"言卿！"

这粉碎的一声，同时伴随着一声压抑绝望的嘶吼。

障雾呼啸，恶鬼嘶吼。十方城作为主城，最关键的地理位置，就是它的对面就是万鬼窟——

魔域没有太阳，白天也是青苍色，黑云沉沉，天地混沌。言卿恍若未闻，平静地拿起第三盏碧玉杯，红衣如血，腕似凝霜，是世间唯一艳色。

"言卿！"声音来自魔域赤城城主，饱含恨意饱含恐惧，可现在又多了一丝颤抖，甚至众人听出了一丝绝望求助的味道。

言卿也愣住。一直带笑实则冰冷异常的眼，自城楼上静静望过去。

魔域常年阴森，笼罩着雾，笼罩着障，笼罩着撕不开的夜。万鬼窟是罪恶之源，言卿是从里面走出来的，知道里面是什么样子，是成山的白骨、是腥臭的血河，是遍地盛开的黑色的以人肉为养料的花。

现在，他站在十方城的城墙上，看着有人从那里面爬出。

赤城城主断了一只手，披头散发，像是后面有什么极其恐怖的东西在追赶。

他匍匐于地，颤抖地挪动，身下鲜血长长拖了一路。

"言卿！"

他提起头，声嘶力竭，眼中却是求助的光。

不过最后的嘶吼终结在一只冰玉般冷的手上。

从黑雾上伸出一只手，苍白，修长，不由分说地捏上他的脖子。

咔嚓一声，赤城城主眼中最后的光涣散，口中溢出鲜血，缓缓倒在地上。

十方城城内城外所有人都愣住了，言卿也不说话。

众目睽睽之下，有一个人从万鬼窟中走出。

魔域的一切都与鲜血、黑暗有关，那个人却一看就与这里一切毫不相关。

鲜血从剑尖缓缓滴落，他往前走，踏过赤城城主的尸体，踏过遍地白骨，雪衣依旧清寒无暇。他墨发如瀑，身姿高挑，清雅似雪中竹。走在地狱，也像是闲庭漫步。

从他出手掐死赤城城主的一刻，所有人都能感受到了他的修为威压——化神期巅峰。

放眼整个魔域……唯有言卿和淮明子，有资格一战。

老太监吓得脸色煞白地道："少城主！这人来者不善！我们要不要去通知城主？"

言卿把玩着手里的酒盏，视线往下看去，神情在城墙的阴影中晦暗不明。他说："不用。"

老太监："什么？少城主！你要去哪里——"

各方城主震声怒骂。

"你是何人？！"

"擅闯十方城者，杀无赦！"

然而十方城城门打开的瞬间，所有人都愣住。

"十方城门开了？"

"少城主！"

"言卿……"

地上还有碎裂的杯盏和点滴的血，两扇漆黑城门缓缓打开，变换的光影里，言卿的身影出现在尽头。他很少出城门，不是在红莲之榭敲头骨玩，就是在城墙上用魂丝杀人，红衣翻卷一如鬼魅。

唯一一次，站在了十方城的城门口，竟然为了迎接不速之客。

老太监急匆匆跑下来，又惊又气，尖尖细细道："少城主！你开城门干什么？"谁都不知道那雪衣杀神是干什么的。现在淮明子闭关，以那人化神期巅峰的修为，真要鱼死网破，他们谁都讨不了好。他心里恨极同时阴暗地想，最好言卿和这人打起来，两败俱伤，让他坐收渔翁之利。

其实像他这么想的人很多。他们看到言卿走出来，却没有一个跟着上前。很多人震慑于言卿的修为，又垂涎其身份。言卿愿意当这个出头鸟，他们乐见其成。

言卿那段时间其实精神一直紧绷着。

黑城城主突然背刺，像是一切的导火线，淮明子那个老头对他的忌惮提防越来越重，不知道在算计什么。

身边是居心叵测的老太监，红莲之榭跪满了看似千姿百态实则满含杀机的所谓美人。

他用吊儿郎当的嬉笑态度，漠然看过每一个人。却在今天，脸上所有笑意散得干干净净。

言卿衣袍掠地，腕上的红线在指间缠了一圈又一圈。

风吹旷野，万鬼窟遍地是荒骨。

谢识衣不悔剑上还滴着血，他从混沌黑暗中走出，白衣清霁，抬眸时，如雪落湖泊。

鬼使神差的，言卿脑子里想：真不知道上重天名门望族忘情宗，是怎么养出他这样一身杀伐的。

所有人都在等着言卿动手。或者等着这个不速之客先动手。可两人慢慢走近，谁都没有说话。

万鬼窟前白骨森然，就像神陨之地分离的夜晚。

没有预兆的相遇。

没有告别的分离。

以至于他们重逢，好像都不知道以何种身份。

言卿之前在城头酹酒三杯，看到谢识衣时忽然思维飘忽，想到了很久以前。谢识衣不喜欢喝酒，最讨厌梨花酿。

言卿本来对酒无感，却因此硬生生把梨花酿奉为人生追求——反正谢识衣吃瘪，他就快乐了。

登仙阁结课宴上，同门云集推杯换盏，谢识衣作为仙阁第一，在言卿的"帮助下"被迫接受了很多敬酒。喝到最后，冷着脸跑回了房间，面无表情坐在窗前冷静。言卿憨笑："不是吧，这就不行了。"谢识衣忍无可忍问："你有病？"

言卿得意说："不好意思啊，我千杯不倒，还以为你也是呢。"

谢识衣抿唇，懒得搭理他了。

外面的人撒酒疯，开始哭诉别离，开始嚎雄心壮志。房檐上的铃铛轻轻响，言卿好奇地眨眼说："谢识衣，你有想过之后成为一个怎样的人吗？"

谢识衣醉酒后人依旧清醒，骨子里的恶劣和锋利更甚，冷笑一声："跟你陌路的人。"

言卿也不气，还给他鼓掌："好啊，英雄所见略同。"他存心气他："幺幺，我最近新学了一个法术，我一定要使给你看看。不然以后成了陌路人就没机会了。"

谢识衣听到"幺幺"两个字本来就冷的面容更冷了。

言卿故意道："幺幺，你闭上眼。"

"幺幺，我现在能操控一些风了。"

他一口一个恶趣味的幺幺，让谢识衣本来被酒熏得有些薄红的脸，恢复冷白之色。眼里的迷离散去，露出看傻子的目光。

不想搭理他，最后索性趴在桌上闭眼睡觉。言卿哪可能让他如愿，直接伸手，操纵着外面的风，去碰他的脸不让他睡。

"别睡啊！幺幺！"

"谢识衣！"

言卿其实是想操纵风弄开他的眼的。但刚开始御气总是多有意外，于是不小心让风扯到了外面的杏花，瞬间哗啦啦，叶子、花瓣、水珠，砸了谢识衣一脸。

谢识衣："……"

言卿："……"

言卿赶在他发飙前先态度良好的道歉："对不起！谢识衣！我这就帮你弄

干净，你接着睡！"

鬼知道谢识衣这个疯子会不会去自残让他遭罪啊！

谢识衣深深浅浅地呼气，选择紧闭眼睛无视他，薄唇抿成一条线。于是苦兮兮的言卿就只能操纵风去给他把脸上的花瓣叶子取下。他不敢再出差错，只能屏息凝神，认认真真去拂干净他睫毛上的露珠，眉眼上的花。一笔一画，最后竟然像是借风在为他画眉、理鬟。

手指触到唇瓣的时候。

谢识衣猛地睁开了眼，像是酒意回潮，眼中亮着火、脸上薄红，咬牙切齿说："你玩够了没有？"

言卿其实下意识想说"好像还没"。但他们之间把对方彻底惹毛谁都没好结果的。于是，言卿作为一个异世的孤魂野鬼只能道："够了够了。"但他不爽，还要存心膈应一句："幺幺晚安。"

幺幺："……"

幺幺生闷气彻夜难眠。

……

"少城主，小心！"

不悔剑出动的时候。谢识衣广袖翻卷，抬眸间，漆黑的眼眸似蕴着飞雪万千，看着言卿仿佛完完全全一个陌生人。

言卿少有分神的时候，安静抬头看着那道剑意，立于原地。

十方城一瞬间众人喜、众人忧——

喜言卿终于要死了。

忧言卿就这样死了。

喜这人实力深不可测，连言卿都能斩于剑下。

忧这人实力深不可测，连言卿都能斩于剑下。

谢识衣修的是无情道，断绝七情六欲，于是剑意也是极寒极冷的。擦过耳边时像是遥遥九天孤寂的长风，卷着雪粒摩擦皮肤。

言卿以为这剑会刺入身体。没想到，谢识衣靠近的一刻，不悔剑如冰晶碎裂。

与此同时，他一只手摁在了言卿的肩膀上，往前，身体靠近，姿势无比亲昵又无比危险。

可在外人眼中，则是二人交锋时谢识衣落了下乘。

谢识衣从尸山血海的万鬼窟中走出，气息依旧深凉近雪，笼罩而下，把他整个人包围。轻轻说："带我回去，言卿。"

言卿心存万般疑惑：谢识衣为什么会来魔域？又为什么会从万鬼窟中走出？

可问题还没得出答案，已经被谢识衣这句话弄得大脑空白一片。

——带我回去。

带他回去？回哪去？

十方城阴晴不定的少城主难得愣住，精致漂亮的桃花眼倏忽抬起。

言卿总是虚虚实实带着笑意的黑眸，散去迷雾，漏出真实的诧异，愣愣看着他。

谢识衣刚刚的那一剑或许是做给魔域其他人看的，看似冰冷残酷、杀伐万千，真靠近他的刹那，却又在不被人见的地方碎为星辉。没有伤他分毫。

他将手搭在言卿肩上，俯身靠过来，呼吸落在言卿的耳朵边。谢识衣青丝眉睫好像都染着经年不化的霜雪，气息却是温热的，声音也清冷平静，说："带我回你那里，你现在很危险。"

言卿的惊讶褪去后，一瞬间又是好气又是好笑，暗自磨牙。

其实距离他们自神陨之地分离已经一百年过去了。可重逢竟也如乍见之欢，轻而易举激发彼此最直接的情绪。

言卿听清楚他的话，下意识想反讽句"是吗多危险啊"？

可话涌到嘴边又止住……过于冒失又过于轻浮。

老太监见状懵住，眼珠子转了下，马上拿着拂尘尖声怒道："给我放手！你不要命了？大胆，竟敢对我们少城主不敬！"

谢识衣贸然断掉不悔剑的一刻，自身也遭反噬受重伤，反正言卿能感觉到他现在灵力非常乱。听到老太监阴毒的话，言卿眼里掠过一丝杀意。

他缓缓扬起手，却是虚虚搭在谢识衣的肩上。玉白的手指撩起谢识衣的一缕发，扬起下巴悠悠勾唇，用在场所有人都能听到的声音慵懒地笑着说："我就说怎么今天一出红莲之榭，就觉得右眼跳，原来是注定天降好事啊。"

"……"

"……"十方城外的诸位城主满脸惊悚。都被他这不怕死的态度给吓住了。

那雪衣剑修一看就是上重天杀下来的。化神巅峰的修为，说是一宗之主都不为过。身份尊贵，性子清冷。怎么可能容忍言卿的这种侮辱？

言卿笑吟吟，一手扯着谢识衣的发，道："仙人，你长得可真好看啊。跟我回红莲之榭做傀儡怎么样？"

谢识衣身体僵了片刻，随后漠然抬头看他。他睫毛很长，眼珠子跟浸入寒泉的玻璃珠般，幽幽定定地看人时，仿佛紫色的光暗转。像落雪，似玉溅。

要是上重天霄玉殿下的九宗长老听到言卿对谢识衣说出这样轻慢的话，可能也要被吓晕过去……

所有人都屏息凝神，等着这位来势汹汹闯入十方城栽在他们少城主手里的仙人说话。

言卿见他沉默，小时候那种存心让谢识衣不高兴的狗脾气又被激了出来，笑说："仙人，你说话呀，你答应吗？"

说完恶趣味无声喊了句"幺幺"。

幺幺，你答应吗？

谢识衣脸似乎更白了一分，瞳孔微缩。他睫毛惊颤，嘴角渗出一丝血，但很快被抿开、为淡薄的唇抹上一些艳。他云淡风轻别开视线，没有说话。

而在外人眼中，就像是饱受屈辱不愿搭理言卿。

不过那种无声的脆弱，已经叫在场的人悲观地看到了结局。

老太监装着忧心忡忡，过来对言卿假惺惺道："少城主您没事吧？刚刚可真是吓死老奴了。"说完又对谢识衣怒目圆瞪、满是愤怒和警惕："少城主，这人来者不善又修为高深！依老奴看，就该趁现在他虚弱之际将他关进蛇牢里！不然留下他，后果不堪设想！"

言卿慢条斯理收回手，朝着老太监眨眨眼，轻笑说："七公公，你这话说的，可真是唐突仙人啊。"

"我不要把他关进蛇牢，我要把他关进红莲之榭。"

老太监："啊？"

骨灯幽火一夜不灭的红莲之榭，第一次迎来了客人。

魔域的百城朝祭过后，各方城主会入住十方城一段时间。

十方城城主淮明子闭关，现在什么事都落到了言卿这个少城主身上。

可言卿是个完完全全不着调的，对宾客敷衍都懒得敷衍。

所有的视线都落到了旁边的冰雪仙人身上，眨眼都不带眨。

看得魔域众城主敢怒不敢言。

他们站起来朝言卿敬酒。

淮明子闭关期间，人人各怀鬼胎，对言卿说的话也暗含玄机，句句挑拨离间。先表忠心，后表遗憾。恨不得马上拥他为主，一起谋反杀了淮明子。

若是以前言卿或许还会装模作样听听，但是现在，他不是很想搭理这群人。

他在和谢识衣聊天。

他们的修为都凌驾在众人之上，刻意遮掩后，众人只能见他们唇齿微动，却什么都听不清。

言卿说："你一个人来的。"

谢识衣："嗯。"

言卿："为什么？还有什么叫我现在很危险。谢识衣，我看我们之间是你更危险吧。"

谢识衣看他一眼，没说话。

言卿不死心问："你是因为担心我出事才来十方城的？"

谢识衣垂眸看着杯盏里的酒，乌发如缎，神情半暗半明。

半响，言卿听到一声熟悉的笑声，他问："你觉得呢？"

这种笑声太熟悉了。冰冷的，嘲讽的。

言卿摆着折扇，阴阳怪气笑："我说这位仙人，你要不要搞清楚自己现在的处境？"

谢识衣道："我来杀淮明子。"

言卿听到这倒是眨眨眼，好奇地说："你怎么突然想杀淮明子？上重天和下重天隔着一整个人间。多年来两界井水不犯河水，我当少城主这些年，你是第一个杀上门来的。"

谢识衣没回答，只轻声问："你想杀他吗？"

言卿一愣，道："想啊。"

谢识衣道："嗯。"

言卿气笑了，"就一个字嗯，谢识衣，你这态度我很难和你合作啊。"

谢识衣抬眸看他，问："你想瑶我说什么？"

言卿手指拿起一只酒樽，红衣褪下，露出瘦白的腕，微笑地问："你说呢？你现在的身份该对我说什么，你不知道？"

谢识衣几不可见地皱了下眉。

言卿撤开屏障，偏头道："七公公，过来。"

老太监拿着拂尘一直在暗中阴搓搓盯着这边，跟毒蛇一样伺机而动，骤然听到言卿的声音，吓了一跳。马上挺直身躯，往前走，细声道："少城主有什么吩咐？"

言卿微笑道："我看你调教人有一手。来，教教我的新奴隶，按照规矩怎么说话。"

不止老太监，满殿的人都傻了。见过荒唐的，没见过那么荒唐的！这人一看就在上重天身份尊贵，言卿这把人拐来，还不赶紧杀了解决后患，之后定要牵累他们！

"少城主……"有人站起来。却又被言卿一个冰冷的眼神硬生生逼着把所有话咽了回去。

老太监早上被言卿气出的那道褶子，一瞬间更深了。

251

言卿兴致勃勃说:"七公公,你怎么哑巴了啊?平时往我身边塞人不是很勤快吗?现在好不容易我身边有人了,你还不教他点取悦我的办法?"

老太监:"……"

众城主:"……"

他们所有人都看着那位一朝落魄、受此屈辱的清冷仙人。雪衣静落,眉眼漠然看着这一切。

七公公可不敢像言卿这么肆意妄为。谢识衣化神期巅峰的强者,虽然不知道修为出了什么岔子被言卿压制住带回了十方城,但也不是能随意侮辱的。老太监一手搭着拂尘,憋了半天为难地说: "……这,端茶倒水,穿衣理发,事无巨细。当然,最主要的讨您欢心。"

言卿一噎。

打开折扇遮住自己一闪而过的僵硬神情,随后笑吟吟看向谢识衣道:"小奴才,记住了吗?"

灯火满堂,红莲灼灼。满座都看向了坐在上方那位一直不说话的白衣人。

言卿就坐在他旁边,眼也不眨地看着谢识衣冷若冰霜的脸色,越看越起劲。端着手里的酒杯,想到谢识衣不喜欢喝酒,更乐了。桃花眼一弯,嘴角笑意越发狡黠,施施然递过去,"来来,喝酒。"

十方城的人都不忍直视。

——这叫什么,天之骄子一朝落入妖魔之手,备受折磨凌辱?他们只知道言卿喜怒无常,没想到折磨人的手段一套又一套!

谢识衣垂眸,看着杯中酒水。

杯盏碧玉通透,水面清澈。倒映着煌煌烛火,也倒映着言卿的眼,漆黑的、带笑的,狡黠的。

他轻轻笑了下,自雪袖中伸出手,缓缓接过杯盏,一饮而尽,淡淡道:"好的,主人。"

言卿疑惑了一下,"嗯?"

"……"

那绝对是整个十方城最沉默的一晚。

"主人，主人，哈哈哈哈——"白骨幽火照满回廊。只剩他们两个人后，言卿越想越好笑。从小相识过于熟悉，所以真的单独相处时，好像也从未有过隔阂。言卿说："你居然真的喊得出口？"

谢识衣闻言，看向他："这里之前还有过人？"

言卿想到那老太监就晦气，不以为意说："就你现在走的这条路，今早上跪了一排的美人。"

谢识衣沉默一会儿，语气听不出喜怒："那你真是艳福不浅。"

言卿说："得了吧，那种福气我可不敢享受。"

整个红莲之榭，处处是淮明子的眼线、杀机四伏。也就只有言卿的卧室被他布下大阵，隔绝一切飞虫走兽。走进卧室的一瞬间，言卿身体里紧绷的一根弦松懈下来，他打了个哈欠。

化神期修士是不需要睡觉，但是言卿七魂六魄不稳，又在万鬼窟磋磨了一段时间。有时会习惯性睡上一觉，像现在，结束百城朝祭后只觉困倦。

发冠是他早上边走边给自己戴上的，戴得歪歪扭扭，远看还好，近看就会发现附近的头发乱糟糟的。言卿对着镜子把发冠摘下来，不小心扯下几根头发，顿时心疼得他倒吸一口凉气。

他将折扇放到桌上，道："淮明子闭关，我也不知道他在折腾什么东西。但这老头在化神期巅峰很多年了，要对付他，应该很难。"

谢识衣说："嗯。"

言卿坐在镜前，又说："你从神陨之地离开后是去了忘情宗吗？"

谢识衣："嗯。"

提到分别的事，二人又沉默了片刻。言卿手指落在桌上。

他在宫殿搞这面镜子，当然不是为了照人，最主要的是监视。这面镜子能折射万方，把宫殿的每个角落记录下来。

言卿低下头，慢慢解开手指上的织女丝，长长的红线一如衣袍曳到地上。书桌靠窗窗外是莲池，到了夜晚，鬼火莲灯也不会熄灭，赤红灼热的红莲开满湖面，水光潋滟了月色。

风轻轻吹过那挂满九曲回廊的头骨，挨个相碰。长久的日晒让骨头变质，撞在一起时居然真的有了几分铃铛响动的清脆错觉。

言卿一愣，指上红线一扯，忽然半是玩笑地道："谢识衣，听一下，你觉得这声音熟悉吗？"

谢识衣也真的认真听了会儿，随后冷静地给出回答："不熟悉。"

言卿翻个白眼，道："哦，那你真没想象力。"他织女丝一绕，竟然没控制力度，把手指弄出血了。

"……"言卿眨眨眼，盯着那抹红。

唏嘘地想，还好刚刚他没有在扯头发。

谢识衣见状走了过来，轻描淡写问："你在十方城就是这么不设防的吗？"

言卿嗤笑说："你都敢一个人独闯十方城了，有资格问我这问题？"

谢识衣没说话，他垂眸道："我给你解。"

织女丝是神器，划下的伤口，哪怕是化神期修士也不能忽视。

言卿颇感稀奇，阴阳怪气："不太好吧！这怎么好意思呢？"

谢识衣在窗边镜前微微俯身，冰凉的手触上言卿指上的线，漫不经心说："这是我的分内之事，不是吗主人？"

言卿："……"

为什么拿来折辱谢识衣的词却让他自己吃瘪。

织女丝是有灵的，而谢识衣过于危险，他触到线神的一瞬间，织女丝的残影尖叫狰狞，染了言卿血的一端直直袭向谢识衣的眼睛。被魂丝入眼入识海凶多吉少。言卿慌忙把线扯了回来，可红线上的血还是溅到了谢识衣的睫毛上。

言卿心提起来："你没事吧？"

谢识衣情绪内敛，唇角意味不明勾了下说："没事，也就眼睛快失明了而已。"

言卿心虚道："咳，不会的，魂丝没进眼里。我帮你把血擦干净就好了。"

一瞬间沉默无言。

其实他还是觉得骨头相撞的声音，像十五岁登仙阁檐下的铃铛，叮啷叮啷，与心绪一起起伏。

"谢识衣,你觉得这一幕熟悉吗?"言卿忽然开口:"像不像登仙阁结业那晚?"

谢识衣没说话。

"我那时用的是风,花叶带雨全落到了你脸上。我记得我还问过你一个问题来着?"言卿想到这,没忍住笑起来,"我是该说你乌鸦嘴呢,还是该祝咱俩都梦想成真?这陌路人,真成陌路人了。"

谢识衣任由他手指拂去眉睫上的血,在没人看到的地方,身躯僵硬,像是有薄冰在血液里凝结。

言卿道:"我应该叫预言家。"

谢识衣说:"那么,大预言家,你有预言过自己的结局吗?"

预言什么呢?

预言最后一步一步走向死局的终结。

淮明子与谢识衣两败俱伤后,被言卿追杀到主殿,用魂丝碾碎神魂。

淮明子生性傲慢,死时恨意滔天,不惜以自爆为代价,落下炙火玄阴阵,拉着言卿同归于尽。

十方城主殿烧起来的时候,言卿也被困在里面彻底出不去了。

宫墙倾塌、房梁坠落,万事万物灰飞烟灭,他驻足在殿中央。

一片混乱里,言卿耳边响起的只有魔神苍老沙哑的声音。

"其实你可以活着出去的。"

她的声音喑哑魅惑,丝丝蛊惑道:"言卿,一直用修为压制识海内的魔,你不累吗?"

魔神古怪地一笑,幽幽地道:"我真不懂,为何世人如此愚昧,都说魔是我的诅咒。那明明是我赐予你们最大的天赋啊。"

"你让它醒过来。"

"言卿,只要你让魔醒来,你的修为就会突飞猛进,你就能活下去。你本就是天才,而魔的存在只会让你更为强大!"

言卿站在烈火中,墨发红衣,长线蜿蜒到了脚踝边。他回身望向红莲之榭的方向,心里想的却是:谢识衣受伤昏迷后被他锁在里面,现在应该刚醒过来吧……

会愤怒还是会惊讶呢？

言卿无声地笑了下。

其实他一开始就没打算让谢识衣牵扯进他和淮明子的斗争中来。

他被魔神缠上，被种下魔，最后只能是身死作结，或早或晚罢了。

魔神见他没反应，又循循善诱道："言卿，你不想见他吗？"

言卿终于开口，淡淡道："闭嘴。"

魔神彻底暴怒，纯粹碧绿的眼眸如蛇的竖瞳，流露出浓浓的阴毒之色来，说："言卿，你都已经修到化神期了，完全可以和魔共存，你到底在怕什么？把它放出来啊！把魔放出来，你就能突破化神巅峰，你就能成为伪神，你就能活着走出这片火海！"

她厉声质问。

——"言卿，你到底在怕什么？"

"我什么都不怕。"言卿轻轻回答她的话。他手指修长、有种病态的白，被殷红的衣衫衬得更森冷。

他将魂丝一圈一圈绕回指间，平静地说："只是，虽然我无法阻止你放个寄生虫在我识海，但我可以让它一直死着。"

言卿低着头，眼底暗红色慢慢晕开，随后才在大殿内慢慢道："你这一百年说了那么多类似的话，你看我有哪一句听进去了？"

魔神沉默不言。

言卿好奇道："是不是我死了，你就会死，也会闭嘴？"

那个疯女人骤然尖声，难以置信又怒不可遏地问："你想摆脱我？"

她怒极反笑，一字一字，饱含恨意，仿佛来是自灵魂的诅咒。

"言卿，你摆脱不了我的！"

"每个人心里都住着魔，就像影子一样，永生永世无法逃离！我们总会再见的！"

……

玉清峰寒池的水开始逐渐褪去温度，越来越冷。言卿仿佛置身冰天雪地，可回忆里却是烈火肆虐。于是这一冷一热交替下，他五感错乱，竟然忍不住身躯战栗。

丹田内的金丹已经开始慢慢消融，隐约显现出一个元婴的形状。灵力丝丝缕缕绕在元婴身边，谢识衣说重新结婴时，破"本我"会很痛，果不其然，痛得他整个人都在发颤。

灵魂犹如被一根线死死勒紧、再狠狠割裂。

抽丝剥茧，五内如焚。

但对于言卿来说，身体上的疼痛倒是其次的。最难以忍受的，是结婴会逼着让他去回忆十方城大火中死去时的一切不甘，一切失落，一切遗憾。

谁又能从容赴死呢？

他当然不甘，不甘就这么死去。

他当然失落，失落没能到上重天去看一眼。

他当然遗憾。

遗憾这一次分离，居然又没有跟谢识衣说一声再见。

他在十方城里的时光周围全是诡谲冰冷、各怀鬼胎的人，闪烁不安的眼，鲜血残尸，白骨刀锋。唯一的温柔旧梦，好像就只有人间和谢识衣待在一起的那些日子。从赌坊回登仙阁的那一天，火烧云挂在天边，晚霞浓烈得像要烧起来。

谢识衣。

言卿的手在池水中颤抖得不成样子，睁开眼，暗红的血色从瞳孔开始扩散，遍布整个眼白。他精神极度紧张，手指在水中弯曲抽搐，凝聚起天地间的灵气，毫无节制吸入体内——他恨不得用自残来缓解这种痛苦！

意识极度错乱里，言卿听到谢识衣用微微错愕、有些情绪失控的声音叫他："言卿。"

下一秒，铺天盖地的冷意卷过天地，满林的梅花簌簌飘落。言卿只感觉一抹冰冷的气息转眼靠近，紧接着，有人在水中抓住他的手，那瞬间，化神期浩瀚的灵力源源不断注入他体内。

枯涸的脉络若久旱逢甘霖，缓解了烧灼般的痛苦。

"言卿，不要去想。"

谢识衣的声音出现在耳边，言卿抬头，瞳孔中的血色慢慢散去。隔着水雾梅花，看向前方谢识衣的脸。熟悉的面容和眼神，让他一时间竟然分不清是梦是真。

谢识衣的声音格外温柔，说："言卿，不要去想。

"都是假的，不要去想，都过去了。"

言卿的思绪也被他平和的声线渐渐抚平。眼珠子愣怔地看着他，脑海里疼痛难忍，想的却是：那这是真的吗？

他们之间的关系，是恩是仇，是敌是友，是怜是恨。

在那红尘摸爬打滚，籍籍无名的年少岁月里，是提防是信任。对方到底是一经不备就会杀掉自己取而代之的恶鬼，还是无话不说走过无数生死起落的知交。

谁又说得清呢。

两次分离都太过仓促，就跟初遇一样仓促。

来不及告别。也来不及想清楚这一切。

言卿突然轻轻地笑了，可能是太痛也可能是这雾气太重，他眼中居然有些朦胧。看着谢识衣的脸，也如雾失楼台、月照迷津。

"什么都过去了。"他轻声说，"谢识衣，哪些过去了呢？"

谢识衣微愣。雪色衣袍漱冰濯雪，他从来疏离的神色，好像这一刻稍微露出一丝裂痕。

言卿看着他，平平静静说："其实我不知道我怎么重生的。"

"我醒过来的时候，就已经是百年后了，跪在回春派的祠堂里。"

言卿笑了下，又道："令牌不是我提的，但我还是留了下来。"

"谢识衣，你知道的，我本来就不是这个世界的人。"

他刚到这里的时候，虽然失去全部的记忆只保留七岁的心智和脾气，但现代的很多画面，有时也会莫名其妙浮现。言卿清清楚楚地知道自己并不属于这个世界。好在谢识衣小时候性格孤僻锋利，特别招人恨，跟他见面就吵架，直接把言卿那种初临异世的惶恐孤独都给气没了。

言卿继续说："十方城在大火中毁尽，淮明子也死了。"

"我没了恨的人，也没了想杀的人。"

"嗯，我还恢复了那段离奇荒诞的记忆。"关于《情魔》这本书的情节，说出来，你肯定不会信。

言卿勾起苍白的唇，散漫地笑了笑说："谢识衣，你问我的那三个问题，其实答案都很简单。"

"不离开回春派，因为想见见你。好像在这世上，我现在也只认识你一个人了。"

"装疯卖傻，因为不清楚我们之间是敌是友，随意伪装，因为感觉反正也骗不过去。"

"那个问题重要吗？当然重要啊。"

言卿说完，没忍住笑了起来。他现在元婴刚刚重塑，从大脑到四肢百骸都泛着痛意。或许也正是如此，才会随心所欲在谢识衣面前说这么多吧？

他们之间看似最不设防，可又最设防。只有这样意识不清、半梦半醒时，才敢流露一丝真实。

谢识衣一直没说话，愣愣地听着，仿佛一尊没有烟火的玉雕。从琉璃般冰彻的眼眸中看，他现在好像没回过神，视线迷茫安静。

言卿接着自嘲道："谢识衣，怎么能不重要呢？连一句朋友都不敢说，只能道声故人。我们这样的关系，你又为什么帮我？"

梅花飘入池的声音很细微。

玉清峰常年落雪。大的雪花晶莹冰冷，棱角折射出天地的寒光。小的雪花如星如絮，纷纷扰扰地落满青丝。

言卿丹田之内的金丹终于彻彻底底崩析，融合，成了个紧闭双眼的婴孩。

灵气四溢，流光璀璨。结婴成功的瞬间，痛苦回潮，急骤又剧烈。

他脸色煞白闷哼一声，身体往前倒去。

谢识衣几乎是瞬间，伸手扶了一下。

言卿的喉间溢出腥甜的血，浑浑噩噩想：他上辈子洞虚破化神时都没那么狼狈过。嘀咕："怪不得你那么慎重，重新结婴果然很遭罪啊。"

言卿睫毛颤了颤，感觉视线昏昏沉沉，郁闷地说完这句话就打算睡过去。

而谢识衣用灵力为他将每一条脉络都探察过后，忽然开口，语气跟这梅林落不尽的雪般冷淡，听不清喜怒，说话却很清晰，"言卿，你问我为什么帮你？"

言卿愣住，手指下意识抓了下谢识衣的衣袍。

"因为不想你之后再不告而别。"

谢识衣当初以问作答逼得言卿不说话，没想到时过境迁居然又耐下性子，重新将旧事提起。

他像是自嘲般低笑一声，低下头为言卿疗伤，说："这一次，我带你回玉清峰。上重天九宗三门视你为眼中钉，你修为没恢复，寸步难行，只能留在我身边。离开时，总会给我一个理由的。"

言卿听完这话，愣了很久，到最后居然想笑。想笑也就真的笑了，闷声笑了半天。其实这是最符合谢识衣性子的答案。谢识衣如今是霄玉殿主，表面清风霁月圣洁无瑕，却危险冰冷深不可测。从重逢时轻描淡写的套话和后面镜如玉等人对他的态度就能看出。

不过，一开始可能真是这个充满算计的想法。但后面的相处，他敢肯定，这种想法只占了很少一部分。

言卿笑够了，道："哦，所以为了一个有理由的告别。你日日夜夜陪我修行，屈尊降贵到清乐城，现在还进来寒池助我结婴？"

谢识衣："……"

言卿说："幺幺，你好奇心很重啊！"

谢识衣瞥他一眼，没说话，沉默地替他将丹田内杂乱的灵气捋顺。

言卿还不肯罢休，吐槽说："你这性子还真是和小时候一样别扭。承认一句难忘很难吗?"

谢识衣藏于雪袖中的手一颤,又慢慢收紧,垂眸,漫不经心道:"难忘,什么难忘?"

言卿莫名其妙被虫蜇了下,他很快眨眨眼,笑道:"什么难忘?谢识衣,其实当初我在十方城还挺想你的。"

"可能你上辈子很恨我,巴不得我赶紧魂飞魄散。但我……"言卿犹豫片刻还是洒脱一笑。

既然重生了,那就把上辈子到死都没说出来的话说明白吧。

"但我,当时是真的把你当作好很好的朋友来着。你是我在九重天,唯一认识的信赖的人。"

谢识衣睫毛覆下,面无表情,没说话。

言卿说完还有些不好意思,跟谢识衣一直是吵架和互怼多,难得一次流露心意,结果谢识衣居然是这不冷不热的表情?不得不说,言卿有些受挫,愤愤地咬了一口谢识衣的肩膀泄愤。

谢识衣摁住他的头,几不可见皱了下眉:"你属狗的吗?"

言卿没好气地说:"我属什么你不知道?"

谢识衣唇角讽刺一勾,下意识想说句什么,但落到言卿结婴完后虚弱苍白的脸,又沉默着移开视线。没说话,抱着他离开池子。

他起身的瞬间,那些潮湿的水气消散,雪衣墨发不染纤尘。言卿湿漉漉的头发也变干,柔顺舒适贴着脸,暖流漫过四肢百骸。连雪地梅林的风,似乎也变得绵长温和起来。

他现在很疲惫,暖风一熏更是困得不行,道:"话说回来,结婴虽然确实很痛,但也没你表现得这么难啊。我都化神期了,不至于结个婴还失败吧?"

谢识衣没说话,视线望向前方的梅花落雪。

玉清峰飞鸟难越,处处是神识,处处是杀机。擅闯入此地的人,只会死无全尸。血腥和杀意都压在皑皑白雪之下,就像他的那些过往,雪覆无痕。将言卿放回厢房床上,又布下阵法后,谢识衣转身往主殿走去。

走廊上,一片梅花落到他面前,轻飘飘于他指间碎落。

"……结婴失败了吗?"语气很轻,带着似有若无的嘲意。

谢识衣无论是在人间还是在上重天都是天之骄子。

从元婴到大乘,从大乘到洞虚,从洞虚到化神,一路顺风顺水从无阻碍。在旁人眼中,后天境每一步都是难以跨越的天堑,困住多少人千百年。可于他而言,好像就是睁眼闭眼的瞬间罢了。

世人关乎他的赞言很多。

说他站在青云榜遥远的尽头,身为天才,永远不会有凡夫俗子的烦恼。

所以——没人知道,在闭关的那一百年里,他从金丹到元婴,结婴失败了数百次。

结婴困难的永远都是最后一步。破碎本我,会被逼着去回忆一些事情。

最开始的回忆毫无章法。闭眼时想到什么,就会回忆什么。

他想到过那把用后山竹子做的伞。

想到过阴雨绵绵的春水桃花路。

也想到过被困幽绝之狱时,言卿乱七八糟讲的故事。

"从前有个田螺姑娘,走在路上遇到了条冻僵的蛇。然后蛇问,你掉的是金斧头还是银斧头。"

"……白痴。"

可是无论是什么记忆,画面总会转回十方城的那一晚。淮明子被他重伤后,逃窜入主殿。

他也受了伤。言卿弯身将他扶起来,神色慌乱地替他检查一遍身体后大惊地问:"谢识衣,你的丹田怎么了?"

他的丹田早就碎得不成样子了。

言卿以为是淮明子造成的,那一刻似乎真的怒到要失去理智,眼中的恨意深刻疯狂,"我要杀了他!"

谢识衣过于虚弱，没有说话。

其实他入十方城后就时常能感觉到自己的道心不稳。他的无情道好像要碎了。无情道碎，等于修为散尽，丹田崩析。

毁道的痛是细密冰冷的，像锋利单薄的刀在骨骼的每一处蠢蠢欲动。

谢识衣并不是那种只知修行、木讷迟钝的人。相反，他还能冷静又清晰地去分析自己无情道碎的每个阶段。虽然这么做也没什么意义。不过当时毁道重修，他也是迷茫的，好像除了这么做，没有其他方式来消耗这种等待自己灵力散尽的空寂了。

无情是在什么时候毁的

可能毁在从命魂书里算到言卿将死，一人弃下仙盟独入魔域时。

可能毁在从万鬼窟踏着白骨走出，言卿俯身过来挑起他的发丝时。

或许，万事万物早在最初就有预兆。在神陨之地分离，他失魂落魄地走过那九千九百阶时，就写下结局。

"我先带你回红莲之榭，之后我去杀了淮明子。"言卿说。

他扶着他回红莲之榭，白骨幽火燃烧一路。华灯初上，红莲照得亭台水榭热烈猩红。

言卿说："你先在这里等着。"

他把他带回了房屋。

结婴时，谢识衣是用上帝视角看的自己。看到自己脸色苍白，不知道是受伤还是因为什么，鲜血从嘴角溢出，眼睛里有种疯魔的红色。

言卿趁他虚弱之时对他施了法术，逼着他睡过去，轻轻松松地笑了下说："先睡一觉吧，谢识衣，醒过来什么都结束了。"

沉入黑暗的代价，就是之后睁开眼，再也不愿去回想的过去。

闭关一百年的时间里，他每一次结婴，回忆到红莲之榭自己闭眼的这一刻就会失败。

修为反噬，金丹崩析。前功尽弃功亏一篑。

一次，两次，三次，四次，数十次，数百次。

挣脱梦魇，真正破开本我的最后那一次，他也忘了是怎么做到的。他没有睡过去，在不知是梦还是自我欺骗的幻象里，吃力地睁开眼。

无情道毁，灵力溃散。眼里蕴着的血，像是凝固的泪。

他伸出手握住言卿的衣角，声音沙哑，像是祈求又像是挽留，轻轻说："留下来，哪都不要去。"

结婴前和结婴后，人的气质都是不一样的。丹田内有了元婴，修为稳下根基，整个人就跟脱胎换骨一般。言卿到浮台学堂时，衡白见他吓了一大跳，眼珠子都快瞪出来，"燕卿，你竟然结婴了？！"

声音高得像是把屋顶掀翻。

言卿跟谢识衣在寒池把话说清楚后，心情大好，人逢喜事精神爽，看衡白这个"恶毒丫鬟"都眉清目秀的。眼睛一弯，微微一笑："是啊。"

衡白拔高嗓音，难以置信："你就花了半个月从炼气到元婴？！"

言卿："至于那么惊讶吗？我不都跟你说了本大爷是个绝世天才。"

衡白上上下下打量了他一番，咬紧牙关，马上笃定道："肯定是谢师兄给你吃了什么极品丹药！"

"你在开什么玩笑！"言卿嗤笑一声道："我也是有尊严的。我修行全靠自己。"

衡白心想：你放屁！

他被这个"有尊严的"仙门关系户再次气得失语。

好在忘情宗的晨钟敲响，各座峰头的弟子陆陆续续赶了过来。他作为掌事，不能在学生面前失态，暗恨恨瞪言卿一眼。眼不见心不烦，叫他回座位坐好。

言卿落座后，立刻又收获了一堆暗中打量的视线，诧异的、惶恐的、难以置信的。忘情宗选弟子注重天赋，也注重心性，能够到浮台书院的基本都是心思纯澈之人，加之年纪还小，所以对言卿是惊艳和疑惑居多。

言卿接收这些目光，坦坦荡荡，随意靠着窗，抬眸朝他们一笑。他发黑肤莹，唇是一种饱满的红，哪怕穿着忘情宗弟子素净的衣袍，桃花眼也摄人心魄。

衡白坐在上面没忍住又翻了个白眼。

他搞不清楚言卿今天在傻乐个什么劲，破个元婴就高兴成这样？呵，果然是小地方出来的，没见识！

言卿当然不是高兴结婴的事，就结个婴而已，他才懒得当回事。

哪怕谢识衣一而再再而三提醒，也从来没有放心上，甚至潇潇洒洒下了回山。

事实证明，结婴果然不是什么大事，谢识衣被野书骗了。

言卿只是快乐。

回春派重逢时，他一直不知道怎么去面对谢识衣。如果当时就确定是朋友关系，他还用装疯卖傻吗？直接在谢识衣走过来时从从容容地打声招呼说声好久不见不就行了？

就是分不清谢识衣百年后对他是恨多点厌恶多点，还是顾念儿时旧情多点，才干脆装傻充愣，用疯癫掩饰心事。

回春派一开始诸事不顺乱七八糟，他还以为会很糟心，没想到重生到现在一切都还不赖？言卿用手撑着下巴，视线看向外面，勾唇一笑。外面的青竹生得茂盛，苍翠欲滴，阳光也金灿灿的，明媚温暖。

衡白继续翻白眼，没再看已经快乐到神志不清的某人，继续跟他们说正事："这次的青云大会在浮花门举行，你们初入门百岁未至都还没结婴，也轮不到你们参加比试，到时候跟着宗门长老过去看看就好。"

青云大会是修真界的盛事，学堂内的弟子无一不好奇。

"那长老，参加青云大会的都是哪些人啊？"

衡白解释道："南泽州另一个场地，天下散修无论什么修为、无论门派都可以参加。但浮花门的场地，只能是九大宗已经结婴的三百岁以下的弟子。"

结婴之后，每一小阶都是难以跨越的高峰。比如，元婴初和元婴中就完全不是一个概念，难度比金丹到元婴还大。所以，青云大会很多时候都是一群元婴期的弟子在比试。

元婴初，元婴中，元婴后，元婴巅峰。但输赢不一定只看修为，还看个人心法和个人机缘。

衡白现在是大乘初期，上一次他参加青云大会，刚好卡在三百岁到了元婴巅峰，名次应该挺靠前，但是当时谢师兄风头太盛，也没人在意这些。

……

回宗门后，明泽立刻把清乐城发生的事都一五一十跟领事堂的长老说了。领事堂长老听着感觉是在做梦

——啥？浮花门？镜如玉？渡微？

为什么就这么一件安排给新弟子的简单任务，会牵扯到这些人啊！

他不敢擅自做决定，一层一层上报，最后辗转到了乐湛手里。

其实镜如玉出手的时候，乐湛在忘情宗就感受到了。化神期与天地同感，镜如玉直接一把火将清乐城万千灯纸烧尽，也没刻意遮掩气息，南泽州各大宗主估计都知道了。

但这件事里还扯到了谢识衣，乐湛跟几位长老讨论过后，选择将这件事压下去。

乐湛疑惑道："你说，渡微怎么会出现在清乐城？"清乐城不过是一座凡人之城，如果不是这次出了这样的事，他们听都没听说过。

席朝云叹息一声，语气颇为复杂道："我去问了衡白，衡白说……渡微是陪那位小道友去的。"

乐湛一下子哑然，沉默半天后，他道："那你说道祖令牌的事，还作数吗？"

两人沉默无言。

忘情宗道祖留下的令牌是以字为媒的，燕卿在上面写下请求后，令牌便主动回到忘情宗，落到主峰天相宫来。现在那令牌还在乐湛的手中，上面只有一句"愿拜渡微仙尊为师"。

这句话放在南泽州来其实很荒唐又可笑的，是个人听了都会觉得那人是异想天开。

如若是没有渡微的种种反常，他们也未必会放在心上。可无论是九千九

阶还是带人回玉清峰，渡微明显对这位"故人"态度与别人不同。

席朝云也拿不准心思，说："要不，我们去问问渡微？"

乐湛愣住，反问道："问什么？"

席朝云扶额，道："算了，还是我去吧！至于镜如玉那边，你先不要轻举妄动。青云大会在即，现在跟浮花门产生龃龉不好。"

乐湛点头："好。"

席朝云去找谢识衣，结果人刚走到了玉清峰，就撞上谢识衣从里面出来，正路过覆雪的长桥。

席朝云喊了声："渡微。"

谢识衣抬眸见了她，平静道："师叔。"

席朝云道："你这是要去哪儿？"

谢识衣说："去送个东西。"

席朝云更蒙了。送东西？别人口中说出来再平常的话，可是从渡微嘴里说出来只让她觉得梦幻。

"这，你要送到哪里去？"

谢识衣道："浮台学堂。"

席朝云艰难地维持着表情，一字一字轻声道："送给那位燕道友？"

"嗯。"

即便是意料之中，席朝云还是觉得呼吸困难，她手指微微攥紧，目光担忧又温柔："渡微，你……你可知道道祖令牌的事？"

谢识衣抿唇："知道。"

席朝云瞪大眼说："那你答应了？"

谢识衣无声笑了下，道："答应了。"

瞬间空气都安静下来。席朝云愣了愣不知道说什么，恍惚地说了一句："我、我先陪你一同去学堂。"

自玉清峰往外走，雾雪寒霜都在慢慢消融。入眼是烟波浩瀚，青松如海。

席朝云见到几只白鹤飞向云雾，这才反应过来般，长叹口气，惊讶困惑的情绪过后，竟然涌现出一些欣慰和暖意来。她偏头，眼中带了分笑意，柔声说道："那既然他仰慕于你，而你也答应了此事。你想过什么时候进行拜师大典吗？你身份特殊，若是留一人在身边还是早点向天下说明关系为好，这样也是为了燕道友的安全考虑。"

如果燕卿拥有了谢应亲徒的名号，那么即便是九宗三门要对他出手，也会顾忌颇多。

谢识衣淡淡道："没想过。"

"啊？"席朝云心里都已经开始筹划拜师大典举办的地点和邀请的人了，万万没想到会从谢识衣嘴里听到这三个字。

不过她没再多说什么。

席朝云道："青云大会在即，渡微这一次要过去看看吗？"其实以谢识衣的年龄，作为弟子参加都没问题，但是他如今都是化神期了，又身居高位，这种比试定然不会参与。即便如此，席朝云作为长辈还是调笑了一句："你若是参加青云大会，那就是蝉联两次青云第一了。"

谢识衣淡淡道："我不会参加。"

席朝云想说"以你现在的身份，确实不便参加"，话刚涌到了喉咙，就听谢识衣接上后面的话：

"因为有人要大放异彩。"

席朝云："啊？"

他们走到浮台学堂时，学堂在举行一次小比。竹林空出一块平地，旁边亭子里坐满了天地玄黄各教室的弟子。两人都是化神期修为，隐匿气息，没人察觉他们到来。

衡白作为一个大乘期的长老，硬生生被言卿气得年轻了几百岁。不过他本来就长得嫩，加上天生脸圆婴儿肥，混在一群金丹元婴的弟子里面也毫无违和感。

言卿坐在凉亭里看着外面的弟子切磋，兴致勃勃问衡白："衡白长老，你们都是怎么确定青云大会参赛名额的啊？"

衡白翻个白眼说:"你想报名,把令牌交给青云大会的领队长老就行。不过就你这靠丹药堆出的元婴还是不要去丢人现眼了。"

言卿非常有自尊地说:"我不,我要为宗门争光。"

衡白险些被他噎死:"忘情宗不需要你争光,你别丢脸就成。"

言卿低头从袖子里找出令牌,跃跃欲试,"衡白长老,领队长老是谁?我要把令牌交给哪位长老?"

衡白又丢一个白眼,说:"交给天枢,以后凡是这种破事你找他就完事了。"

忘情宗这位闻名遐迩的老好人几乎承包了所有宗门琐事。

衡白见言卿这副初生牛犊不怕虎的愣头青样子,心里又是不屑又是牙酸。但想来想去,还是决定让言卿不要那么莽撞无知,谨慎问他:"你都知道你的对手是哪些人吗?"

言卿心想,这可真是个好问题。他刚来上重天,除了浮花门流光宗,其他几宗名字都不知道。

衡白见他什么都不知道的样子就来气,咬着牙跟他科普:"南泽州九大宗,按实力大小也分前后。前四宗为忘情宗、上阳宗、浮花门、流光宗。后五宗为御兽宗、灵药谷、佛相寺、占星楼、合欢派。"

言卿的注意力全被最后一个吸引,挑眉问:"合欢派?"

衡白气死,没好气道:"对啊合欢派,不过你想什么呢?合欢派既然是九大宗之一,那么功法自然正统,不是你想的那些玩意儿。"

言卿倍感冤枉,说:"你觉得我在想什么?"

衡白呵呵冷笑道:"反正肯定不是什么正经的。"

言卿没忍住笑出声,认真纠正说道:"你错了,衡白长老,全天下没有比我更正经的人了。"当初红莲之榭,他可真是万花丛中过片叶不沾身。断情绝爱,清心寡欲。虽然对外声名狼藉,但是七公公知道他有多洁身自好。

衡白没理他,又提醒道:"你虽然修为到了元婴期,可没经历过实战,也没在外历练过。身上又没法宝傍身,连功法都不知道修的哪一路,你确定要参加青云大会?"

269

言卿颇为诧异，问："堂堂忘情宗，连个法宝都不舍得给弟子准备吗？"

衡白："啥？"

言卿继续诧异，说道："功法还得我自己去找，你们不会给我吗？"

衡白："……"

这人怎么能那么不要脸啊？

衡白被他的无耻和理所当然气得心梗，再也聊不下去了，气冲冲拂袖离开。

把衡长老气走后，言卿一个人坐着，甩着令牌玩。他之前下山历练，怕不得志出来坏事，给它在袖子里搞了个芥子空间，让它一只鸟在里面安家。

言卿探入一丝神识进去，发现不得志居然把里面折腾得还不错。

它就把窝建立在灵石中间，顺便搬了很多树枝装点，每天感受着睁开眼就睡在钱堆的快乐。

"不得志。"言卿喊它。

快乐到起飞的不得志耳朵动了动，非常不耐烦地问："干吗？"

言卿勾唇一笑说："出来，我带你去青云大会大放异彩。"这是当初他亲口跟谢识衣夸下的海口，当然不能自己打自己的脸。

不得志顿感不妙，它被言卿坑了太多次，立刻抱着一块最大的灵石不撒手，死都不肯出去，"不，本座不要！"

言卿嫌弃它没见识，说："眼光放长远点，要是青云大会夺得第一，灵石大概可以把你这破地给填满。"

"哈？"不得志嗖地一下探出个头来。

它死活不肯变成鹦鹉，还维持着它那尖耳红眼骨翼的丑样子，眼珠子瞪大，问："真的？"

言卿："真的。"

不得志瞬间从芥子空间里爬了出来，抖抖翅膀飞到了言卿的肩膀上，自信满满："行吧，本座姑且信你一次。"

它又看了言卿，不得志对人类的修为没什么概念，就是觉得言卿好像厉害了点，眨下眼，马上就更自信了："哦，怪不得你当初幽牢用那么卑鄙的手法跟我结契,原来是打的这个主意啊!笑死,本座的血统果然能够精进修为!"

言卿怀疑它以后肯定是笑死的,微微笑,"如果不是不能把你送人,我现在肯定把你送给你命运般的主人。"一个一口咬定他结婴是靠丹药,一个洋洋得意觉得他结婴是靠自己。天生一对。

不得志问:"谁啊?"

言卿说:"忘情宗的恶毒丫鬟。"

不得志嘀咕:"什么玩意?"

言卿觉得不得志的口音简直是海纳百川。可能它在留仙洲那些年干啥啥不行,光学骂人去了。

"燕兄。"就在言卿真琢磨着怎么把不得志拐去御兽宗搞清楚身份时,一道清脆腼腆的少年声打断了他的思绪。

第8章 | 青云

言卿回过头,就看到明泽握着剑站在斑驳的竹林阴影中有些紧张不安地看着自己。

言卿:"明道友。"

明泽当初在玉清峰外见到言卿,就知道他和谢识衣有关系。那日孙府的事,识趣地没有多问。只是不好意思地抓抓头发道:"燕兄,等下我会下山去南市买些符纸,你要不要跟我——等等,燕兄,你结婴了?"明泽说着说着,发觉不对劲,一下子瞳孔紧缩,惊呼出来。

言卿说:"对啊!"

明泽震惊到失语,好在他心里早就对言卿的身份有一层滤镜,所以接受程度良好,转而欣喜说:"燕兄,那这一次的青云大会你是不是也会参加?"

言卿:"嗯。"

明泽眼放光彩,兴奋地道:"太好了!"

知道这件事后,明泽一下子就跟打开了嘴的小麻雀一样,噼里啪啦怎么都要劝说他下山。

南市是南泽州最大的交易市场,各种来路不正的丹药、符箓、武器都会在里面贩卖。九大宗弟子什么都不缺,去南市纯粹想碰碰运气罢了——万一遇到什么非常贴合自己功法的天材地宝呢?

言卿除了上次宗门任务,还没去过南泽州其他地方,当即和明泽一拍即合。

浮台学堂的宗门切磋言卿没兴趣,无奈被小肚鸡肠的衡白记恨,点名让他上台。衡白坐在他对面的凉亭,随意抽了根签子,冷冷地说:"燕卿,你和孙旭比试一场。"

另外一个被点名的叫孙旭的弟子是地阶学堂的。

修为已经是金丹巅峰，本来颇为不屑，可看到站在言卿旁边的人是明泽后。

又马上提起精神来，严肃着脸走上台。

"燕道友，请赐教。"

清乐城的事，宗门下令要求保密，所以也没人知道言卿的名字。

言卿抬头看了衡白一眼，衡白不出意料朝他露出冷笑。其实言卿大概也知道衡白的意图——这是打算让他在实战中被人打得落花流水，知难而退？

果然大小姐身边的丫鬟都是刀子嘴豆腐心的。

"好的道友，请教了。"言卿风度翩翩的一笑，穿过竹海，从容站到了比试台上。

可是等孙如拿出本命剑后，言卿才愣在原地，发现好像他的魂丝不能随意做武器啊。魂丝本就是至邪之物，用于自保可以。这么大大咧咧站在比试台上使用，有点不太合适。

言卿诡异地心虚了会儿，才跟衡白道："等等，衡白长老，我发现我没武器啊！"

浮台学堂所有弟子满脸迷惑："……"

你都拜入忘情宗了还没武器？

衡白也是气不打一处来，对他说："自己找！"

言卿本来打算随便捡根竹枝的，但是视线在地上转悠了圈，忽然看到一角白色的衣袍。言卿微愣，抬头，就看着谢识衣和席朝云就站在林海的尽头，静静看着这边。

席朝云素颜荆钗，蓝色衣袍，温婉含笑。而旁边的谢识衣玉冠雪衣，清雅出尘。

竹林落下几片青绿的叶子，分割阳光。

衡白倒在亭子里，拿着把扇子扇着被言卿气出的火气，白眼翻到天上："

愣着干吗？要么赤手空拳上，要么捡根树枝！还在磨叽是什么啊你，到时候青云大会上哪来的时间给你磨叽！难道等着天上给你掉下绝世神兵？"

旁边的弟子们笑成一团。

言卿勾唇笑了下，快步往谢识衣那边走。

衡白不爽地道："你要去哪儿——"

结果，众人的视线跟随他的背影，看到了竹林尽头的两人，大惊失色。

他们或许从来没机会见到谢识衣，可席朝云没人会陌生。忘情宗太上长老，鬓上的荆钗为上古神木所化。化神后期，彩玉峰主。

"席、席长老？！"

言卿跑过去，发丝和衣袖卷着金光也卷着竹叶，眉眼带笑，靠近的时候，好像也有阵青色的风。他先跟席长老打招呼："席长老好。"

随后，直接笑着望向谢识衣："谢仙尊，借你的剑用一用。"

席朝云也刚想跟他打招呼呢，结果就被言卿后面的话吓得温婉的笑都僵在脸上，眸里满是错愕。

——借、借剑？

谢识衣冷冷道："你自己没武器吗？"

言卿语气轻快，道："这不我的武器见不得人嘛，快快快。"

谢识衣漠然看他一眼，袖中却慢慢变出不悔剑来。不悔剑是上古神兵，从剑尖到剑刃都是通透雪白的，剑柄处也好像凝聚着蓝色寒霜。

席朝云忙出声，说："渡微不可，不悔剑是神兵，旁人使用会被反噬……"

但她话还没说完，言卿已经接过不悔剑，潇洒将它握到了手里。刚入他手的一刻，不悔剑涌现浩瀚杀机，不过很快又如潮水般散去、重新沉睡。

"谢了。"言卿扬唇一笑，拿着剑转身，他这样进入忘情宗又住在玉清峰，和谢识衣的关系怎么可能在宗门里能瞒下去。反正，他本来就没打算遮掩。

少年如风一般来，又如风一般走。只剩席朝云僵在原地，转头去看谢识衣，眼神是诧异、是震惊、是难以置信。

她脸色微微苍白，语气发颤："渡微，你……"

谢识衣闻言，抿唇垂眸，语气很淡说："师叔，你已经知道答案，就不要问了。"

在一众弟子惊悚的目光中，言卿轻而易举赢得了比试。

晚上，南市。

"你那时拿的真的是不悔剑？！"

"不悔剑握在手里是什么感觉啊？上古神兵不都是有剑灵的吗？你怎么没被反噬？"

明泽现在才从白天的震惊中回过神，眼神里的崇拜都快要溢出来，分寸都忘了，直接开展话痨本质、噼里啪啦问个不停。

"还有，为什么谢师兄会来啊？居然把不悔剑借给你！

"谢师兄真的不愧是我门首席弟子，青云榜首。风姿气度，都叫人敬仰。

"白天师兄旁边的人好像是席长老。"

他在那喋喋不休，言卿拽着昏昏欲睡的不得志边走边看。

谢识衣是过来给他送珠子的，当初他给他的仙盟信物，因为珠子本身至纯至冷，结婴时谢识衣给他卸了去。至于不悔剑为什么不反噬——主人允许就不会反噬了呗！

南泽州的南市开在一处暗巷，这里的房屋和墙都建的特别低，到了晚上时，红色灯笼高挂，夜鸦低飞，幽蝶白蛾栩栩而起。南市的交易都是极为隐秘的，所以来此地的人每个人戴上面具，更为其添了分鬼魅的色彩。

言卿看着南市街边卖着的东西心道，这里不愧是知名黑市，地上的东西千奇百怪。功能也匪夷所思。

前方有一处人比较多，言卿凑热闹走了过去。

是个卖草药的老头，地上摆着各种乱七八糟长相奇怪的草药，旁边立着块牌子，"包治百病"。

大言不惭的四个字，引起了不少人的兴趣。

人人问道："你这药真的包治百病？"

闭目养神的老头睁开一只眼，道："那是自然，这些草药都是老头我九死一生从沧妄海底挖来的，包治百病，童叟无欺。"

——沧妄海底？

是个人听到这都会翻个白眼，然后骂句死骗子。

但有个人不是。

她蹲在地上，白色的衣裙珠光蕴藉，一看就是出生尊贵的世家小姐。但是动作却是非常随意不讲究的，伸手拿起一根黑漆漆的草药，掰断一小块，直接丢到了嘴里，嚼了嚼。

老头被她这举动气得瞪圆了两只眼，张牙舞爪扑过去，"哎哟，小丫头片子你干什么？还敢偷吃？吐出来！给我吐出来！"

白裙的少女见他扑过来，赶紧抱头叫嚷说："我就尝尝嘛！又没尝多少，我就看看你这药到底是什么，你那么激动干吗？"

老头气不打一处来："还没多少？我这药卖多贵你知道吗？就你吃的那么点，把你卖了都赔不起！"

白裙少女呸呸吐出一团黑草后，索性跟他吵起来，"还多贵？你这不就是南泽州处处都是灵犀草嘛！真以为把它涂黑了，就能飞上枝头变凤凰坐地起价啦？不要脸！"

老头急得去捂她的嘴，只想把着丧门星给撵走，"你这鬼丫头偷吃不成开始胡言乱语血口喷人了？！好啊，我今天就替你的爹娘好好管教下你！"

白裙少女吓得尖叫一声："啊，骗子要杀人灭口啦！"

可老头还没碰到她呢，就已经被一道黑色锁链狠狠捆住了手。从黑暗中走出一个带着金色面具的青年男子来，很高、很瘦，皮肤苍白鬼气森森，像是一道亘古不变的影子。

白裙少女见到来人，马上站起来，委屈又高兴地喊道："飞羽！"

言卿没有去看那个金色面具的男人，他只看到白裙少女在起身的一刻，裙裙稍稍摆动，露出脚腕——那里没有血肉，只剩伶仃一根白骨。

"小姐。"

名唤飞羽的青年声音喑哑，在少女伸手要去扯他衣袖时却又恭恭敬敬退后一步。

白裙少女似乎早就料到了这样的情况，吐吐舌头，说："没意思。"

飞羽说道："既然没意思，那我们就回宗门吧。"

白裙少女立刻摇头，道："我不，好不容易出来一趟，我才不要回去呢。天天待在那鬼药圃又没个说话的人，再待下去我要疯啦！"她想了想，嘀咕说："哼，我跟这骗子吵架都比回去开心。"

她的语气轻快，态度也娇蛮。

完全就是个十六七岁被家族千娇万宠的少女形象。可是这样的形象，和她并不符合。

她举手投足的气质，应该是落落大方，温婉从容的，不是这样任性天真，跟没长大一样。

言卿落在她只剩白骨的脚踝，又落到她脸上。白色羽毛的面饰，也不能掩盖那狰狞的被大火烧伤的痕迹。红色的疤，像附生的虫子，聚集在她的脸颊上。

"飞羽飞羽，这里是不是有个拍卖场啊？你带我去看看吧！"少女估计只有十几岁的心智，烂漫活泼，眼眸清澈无辜，笑起来时格外纯真。

飞羽沉默很久，哑声道："好，您想去哪儿，我都陪您。"

"好耶！"她高兴地鼓掌，没再理地上瑟瑟发抖的骗子老板。

少女旁边的黑衣修士是大乘期修为，言卿不敢轻举妄动往前走。

但是从少女露出的半张脸，他已经猜出她的身份了。这张脸并不陌生，相反他来南泽州，第一个熟悉的或许就是这张脸。琼鼻朱唇，精致无瑕，唯一的区别或许就是，她的鼻尖上没有那一颗痣。

当年飞舟下仙宴，云鬟雾鬓，裙裾生花，言笑晏晏间倾倒众生的少女。如今在这漆暗黑市，半蹲在地，一口一口嚼着枯烂草药。

……她是镜如尘。

早在从回春派到忘情宗的路上,言卿就问过天枢镜如尘死了没有,天枢说没死,但是那么多年,怕是也销声匿迹,没人敢去打听。

赤灵天火让她两腿残疾、修为废尽,现在看来人也失忆了。当初温婉亲和的浮花门门主变成现在无忧无虑的少女模样……也不知道是幸或不幸。

明泽颇为不解问道:"燕兄你刚刚在看什么?"

言卿收回视线,说:"没什么。"他问道:"拍卖会是什么地方。"

明泽是土生土长的南泽州人,眼睛明亮笑道:"燕兄对这个感兴趣?拍卖会就在前面,算得上是南市最繁华的地方了,你感兴趣我们可以过去看看。"

言卿:"好哦,那就去看看吧。"

黑市的拍卖会在地下,鱼龙混杂之地,多数人都戴着面具。他们下山脱掉了忘情宗弟子的衣衫,明泽穿着一身金白,言卿换了件青色衣衫。拍卖会场地很大,中间的圆台旁,一圈一圈环绕着建了好几层的座位。现在拍卖还没开始,不少人就在场地旁边进行自由交易。

言卿在人群中,一眼看中了个卖书的小贩。小贩鬼鬼祟祟蹲在角落里,前面摆着一摊看名字就乱七八糟的书。关键是,生意居然还不错,不少男男女女都装得"毫不在意"走过来,然后飞快丢下一块灵石,顺手塞本进袖子里,大步离开。

言卿慢悠悠地念出了一本书的名字。

"我在忘情宗那些年?"

小贩抬起头来高高兴兴道:"哎哟道友好眼光,这本书是最近卖得最好的。"

言卿颇感兴趣,问:"讲的什么?"

小贩滔滔不绝道:"讲主人公一介散修,在青云大会上大放异彩,顺利成为忘情宗弟子后,却因为身世卑微、灵根低劣,在宗门里备受欺辱。后面无意中得到神器,暗中修炼,步步问鼎化神,最后惊艳整个忘情宗的故事!"

跟着他一起过来的明泽差点被口水噎着——这什么跟什么啊!且不说青云

大会两个场地,哪轮到一个散修大放异彩?就说主角灵根低劣,哪来的资格拜入忘情宗?

言卿听得津津有味,点评道:"励志。"

小贩见有戏,坐直起身体跟他聊得更欢了,问:"客官要不要来一本?"

言卿问:"你们有没有给主角安排什么感情线啊?"

小贩:"啊?"

言卿说:"难道主人公没有一个瞧不起他退婚的未婚妻?或者难道宗门内没有一个天天找他碴的刁蛮大小姐?"

小贩觉得他说的很有道理,道:"妙啊客官,我下本就按你说的来。"

明泽:"……"

言卿拦住他,"算了算了,虽然是小说,但是也不能太脱离现实。"忘情宗可没有刁蛮的大小姐。

他视线一转,又落到小贩面前的其他书上,《百年一度青云榜》《修真界美人谱》《留仙洲杂谈》,还有,《冷酷剑修爱上我》。

"这又是什么……"言卿拿起那本《冷酷剑修爱上我》来,翻了几页后深深被折服。

言卿乐得不行,"无情道?百年化神?青云榜首?你这男主不就是谢应吗!为什么你还要编个假名,叫什么鬼慕容墨天啊?"

小贩从他嘴里听到那两个字,吓得人一激灵,恨不得扑过来捂住他的嘴,叫嚷道:"哎哟,客官你可小点声吧!别污蔑我!"

言卿安慰他:"你怕什么,谢应总不能专门为这事拿剑过来杀了你吧?"

"我当然没那个能耐。"小贩左看看右看看,确定没人听到后,暗舒口气,死不承认并且再三警告道:"客官,渡微仙尊不是你我可以拿来开玩笑的,你不要命我还怕死呢!反正,我的主角叫慕容墨天,编的,跟渡微仙尊一点关系都没有,你不要提到真人!"

言卿心说,生平经历直接照搬,你就差把谢识衣的生辰安上去了,还自创?

言卿道:"哦好的,这本我要了。"

他从芥子里拿出一块灵石时，困得要死的不得志瞬间清醒，红色瞳孔瞪大，问："你要做什么？！"

言卿说："买本书。"

不得志心痛得要死，看不下去，干脆拿翅膀挡住眼睛。

小贩喜笑颜开接过灵石，献宝似的把那本《冷酷剑修爱上我》递给言卿："客官好眼光！好好看，有惊喜哦！"

明泽跟见鬼了一样，震惊得话都说不完整："燕、燕兄，你对这种书感兴趣？"

言卿随手把书卷起丢进袖里，朝他懒洋洋一笑："没兴趣。"

就是觉得谢识衣看了肯定会很有意思，不知道本人看到会是什么神情，不过一定很精彩就是了。哈哈哈哈。

明泽完全搞不懂他那意味深长的笑是怎么回事，不过随便一想都知道不是什么好事。

年纪还小的明泽看了两段就觉得伤风败俗，犹豫地告诫言卿："燕兄，你我刚刚结婴，初入大道，心思还是不要放在情、情爱一事上为好。"他说"情爱"两个字都说得耳朵通红，磕磕巴巴。

言卿扑哧一声，不以为意说："你放心吧！要不是我没那天赋，我就去修无情道了。"上辈子他在十方城，被那阴阳怪气的老太监天天送美人到眼前，早就被膈应得断情绝爱。

明泽愣住，问："啊，无情道？"

世上道法三千，每个人都在上下求索，历经红尘百转，为窥一线成神之道。修行一事从来不拘泥于表象，很少有人能具体说出自己修的是什么道。

唯有无情道，应该是修真界唯一有名且具体、最接近天道本源的道。它其实对资质要求极高。所谓"无情"，一开始就要剥离人性，以"神"的角度开始修炼，速度自然是凌驾于众生之上。

可整个上重天，真正意义上的无情道或许只有谢识衣一人，心若琉璃，洞彻冰雪。

凡尘间有过很多杀妻杀子杀父杀母以证无情的修士,不如说是以杀入道,以欲望入道。是无情,但也并非真无情。

言卿用手指把被不得志咬住的头发扯出来,眉眼弯弯一笑说:"对啊,无情道的修炼速度你没看到吗?"

明泽一下子不说话了。

确实……谢师兄的出现,重新在南泽州定义了天才两个字。

他们在这里跟卖书小贩耽误一段时间后,拍卖也终于开始了。在黑市每个人都隐姓埋名,所以也没有身份高低贵贱之分,散修世家都坐在一块。

言卿和明泽去得早,占到了前排的位置。

不得志站在他肩膀上,左看右看:"你来这里干什么?"

言卿随意道:"看看有没有顺手的武器。"

不得志惊了:"什么?你不是有武器吗?你不是玩毛线的吗?"

言卿笑了,说:"你那么可爱会说话,紫霄当初不分青红皂白把你抓起来,可真是瞎了眼。"

不得志咬牙切齿恨恨不休,说:"就是啊,那老不死。"

言卿:"但凡紫霄长点心,就该当场把你烤了。"

不得志:"哈?"

他们主仆之间交流,明泽是听不到的。明泽认认真真看着拍卖台,眼珠子一眨不眨,他是真心实意想在青云大会前弄点适合自己的法器和丹药,所以手握成拳,聚精会神。

态度完全不同于言卿和不得志——一个吊儿郎当出来玩玩、一个困得要死只想睡觉,南市大多数人隐藏着自己身份,但是也有人坦坦荡荡地走进来,就戴了个面具身上的衣服都没换。敢这么招摇的,基本都是九大宗弟子,不怕被人惦记。

拍卖台上正在拍卖的一串佛珠被一位僧袍修士以六百灵石的高价拍下。言卿看着那人,杏黄道袍,脖子上挂着一串很长的青色珠子,刻着"佛相寺"。

言卿嘀咕:"为什么佛门中人那么有钱啊,他们难道不该讲究钱财乃身外之物吗?"

不得志也又酸又纳闷,给出提议:"是啊!你要不要换个宗门,去佛相寺当弟子?"

言卿断然拒绝道:"不,佛门不适合我。"

不得志:"哪儿不适合,你进去连剃发这一步都省了。"

言卿嘲讽道:"难道不是你更适合?进去直接可以修闭口禅。"

之后两位灵药宗的女生拍走了一块灵芝。

灵药宗作为天下第一药宗,和虽然取自"妙手回春"但上梁不正下梁歪的回春派一笔真是高下立现。灵药宗的衣服是绿色的,色泽浅淡,边缘绣着藤蔓缠枝。清新自然,格外雅秀。

不得志红眼转了圈,说:"你说灵药宗是不是到处都是仙草?!"

言卿:"应该。"

不得志眼珠子又转了一圈,自信道:"改天本座去拜访一下。"

言卿嗤笑:"怎么?你又要去顺其自然?"

不得志很烦,"云舟上我故意这么说让那些人放松警惕的,笑死,你以为本座真那么没文化?本座去灵药宗当然是去趁火打劫的了!"

言卿懒得搭理这位成语大师。

拍卖会进行到最后,搬上来一团奇怪的东西,像是一团被烧焦过余下的灰烬,会拿到这里拍卖的东西,往往都是来历含糊不明,放不到正规的拍卖场所去,也不会跟人说清楚明白。

负责拍卖的老头只是慢悠悠道:"最后一件东西,起价三万灵石。"

三万灵石四个字一出,满座哗然。

不少人嘀咕:"三万灵石,买一团灰?这是干什么?"

"想钱想疯了吧?"

"哪会有冤大头啊!"

老头面对这些质疑,也面不改色。

南市的拍卖不会有人做评估，往往都是物品的原主人设起价，一切随缘。

这最后一件拍卖品出来的时候，言卿脸上的笑彻彻底底散了。他随意搭在座位扶手上的手指一僵，抬眸时，眼睛深处黑云暗涌。

拍卖的老头报完价后，一句话不说，就站在那里杵着。

现场沸反盈天，大家交头接耳聊得不亦乐乎，纷纷猜测那团灰烬是什么。

南市的拍卖会再怎么不正规，能把这东西放到压轴出场，定有不被他们知晓的秘密隐情。但三万灵石的天价，也不是常人能够轻易拿出来的。

不得志察觉主人不对劲，瞪大眼道："不是吧？你真对这个感兴趣？"

它翅膀拽着言卿头发扯了扯，决定用残酷的现实打醒他，"别想了！咱们现在身上加起来三百灵石都没有，你买不起！"

言卿淡淡说："我对这个没兴趣，我对把它拿出来的人感兴趣。"

十方城的火是淮明子魂飞魄散前放的，堪比天火。言卿那时抱着和魔神同归于尽的心情，自毁神魂身体骨灰都不剩，而织女丝在他身死道消的瞬间也消弭天地。

现在拍卖台上放着的那团灰烬，言卿不确定是什么，但他能肯定出自十方城，因为灰烬上的气息言卿太熟悉了——或许是十方城的城墙？

这团灰烬里残留着化神期陨落时落下的魂火，确实很值钱，拿回去泡来喝估计都比上百种天阶灵草有用。

"你真的要拍下它？！"不得志见他神情严肃，瞳孔震荡，难以置信。

言卿懒洋洋一笑，摇头，慢悠悠说："不，我就想看看，卖它的人是谁。以及，买它的人又是谁。"

能够认出它并花三万灵石买它的，绝对也不是普通人。

这个人在最后一秒姗姗出现了。

"三万灵石。"

吵吵闹闹的拍卖现场刹那间鸦雀无声：啥？真有这么个冤大头？

说话的人声音很低，沙哑晦涩，像是长久待在古墓里不见天日。众人寻声望去,看到了一个带着金色面具的黑袍人,高瘦阴冷,手里拿着一根长长的鞭子做武器。他旁边站着一个白裙少女,活泼又明媚,正兴致昂扬地左顾右盼,灵动的眼睛里满是好奇。

站在拍卖台上的老头抬头看了他们一眼,不慌不忙:"好,三万灵石一次。"

"三万灵石两次。"

"三万灵石……"

即将敲定的最后关头,一道满是戏谑的声音传来。

"我出五万灵石。"

众人一惊,顿感匪夷所思。又来一个冤大头?

他们满腹疑惑,即便是九大宗核心弟子,也不一定能轻轻松松拿出五万灵石吧,这人是谁?可众人看到来人后,全部的疑惑都卡在喉咙里。脑袋轰隆隆响,脸色煞白、话都说不出来了。

南市照明的只有一盏盏昏暗红灯,那人手抱长剑,从黑暗里走出来,是个身姿挺拔的青年。单眼皮,凤眼,眼皮薄唇也薄,笑起来时唇半勾不勾,整个的气质都是亦正亦邪。他的骨相天生带点刻薄感,让人感觉不好相处。但让人真正不敢轻视的,是他身上的衣衫。

玄黑色锦衣长袍,边缘暗红的线勾勒出宛若饮血而生的莲花。

——仙盟!

这是仙盟的人?!

摇摇欲坠的灯光落在每个人或震惊、或畏惧、或惶恐的脸上。

拍卖台上一直处变不惊的老者也傻住了。

仙盟二字在上重天代表了太多东西。寻常百姓不明所以,多是敬畏憧憬。可会摸索到黑市的人即便不是九大宗弟子,也在南泽州打滚摸爬很多年,知道眼前要笑不笑的青年有多恐怖。他就是一把不受约束的利剑。

仙盟弟子无视所有人,视线跟钩子般牢牢盯着前方,继续戏谑说:"老头,我出五万灵石,没别的意思,就是想看看,拿出这东西的人是谁。"

镜如尘眨眨眼,不明所以,伸出手扯了扯飞羽的袖子,小心翼翼问道:"

飞羽飞羽，他是谁啊？"

　　飞羽紧紧抿住唇，默了一会儿，沉声道："小姐，不要说话。"镜如尘乖乖地点头，眼睛弯起，用口型道："好，我不说话。"

　　仙盟的人出现后，在场的人都哑然。

　　上重天最神秘也最冷血的存在，没人会想去触其锋芒。

　　老者站在拍卖台上，后背被汗打湿，颤抖地开口说："这……仙、仙人，宝物的原主人把东西给我后就走了。说卖出去后，灵石先存在这里，他过几月再回来拿。"

　　仙盟青年毫不掩饰地讽刺一笑，拆穿他，"你在开什么玩笑？能把东西拿到这里来卖的人，不是走投无路就是急缺灵石。我猜，他现在就在后台吧？"

　　老者脸上毫无血色。

　　仙盟青年眼眸转而冰冷。咻，手中的剑豁然出鞘，在老者的脚边劈开一道又深又长的裂痕。咔咔两声，地板粉碎，露出了拍卖台下的楼梯暗道。

　　要是别人敢在这里放肆，老者早就怒声质骂喊人驱逐了，但这是仙盟的人，他只能冷汗涔涔站在一边，不知所措。甚至在那青年缓缓靠近时，老者扑腾一声跪在地上，哭嚎着求饶："仙人饶命，仙人饶命，我就是个负责拍卖的，我什么也不知道啊，仙人饶命！"

　　仙盟青年没有理他，大步往前，视线落在放在展台上的一团黑灰时，凤眼一眯，瞬间从他袖中出现一个金色的小方盒，悬于空中、光芒大盛，将那堆灰烬吸收封印进去。

　　金色方盒收回青年袖中。黑市卷过一阵大风，铺天盖地，蕴含的冰冷杀伐之意叫人脚软。

　　仙盟青年头也不回往拍卖台的底下走去。

　　剩下一群人从后怕中慢慢回过神来。

　　言卿看着他的背影，若有所思。南泽州黑市这种鱼龙混杂的地方，都能这样出入自由、任性妄为，仙盟的地位果然至高无上啊！

不得志嘎嘎怪笑，非常得意："好耶，你的灰被人抢走了！"

言卿不以为意说："被人抢走那就去追回来呗。"

不得志的笑容僵在脸上。

不得志："你要去哪里？！"

言卿微微一笑，从座位上站起来。拍卖会被仙盟的人打断，在场人都纷纷离席，逃也似的离开这里。

他们对仙盟万分畏惧，却也万分信任——能让仙盟出手，这拍卖会底下绝对有非常恐怖的存在。保命要紧，此地不宜久留。

只有言卿抱着不得志，青衣墨发，逆人流而行。

明泽大惊失色，在混乱中抓住他的手，额头冒汗，问："燕道友你要去哪里？前方危险，我们还是先回宗门吧！"

言卿最不怕的危险就是来自十方城的危险，他眨眨眼笑着说："没事明兄，你先走吧！我对那灰有些兴趣，想去看看。"

明泽心急如焚："不行燕兄。仙盟出手，说明事态紧急。那底下指不定是什么修为高深的魔种，你这么过去是去送死。"

言卿自信满满，理所当然说："这不是有仙盟的人在嘛！我相信他会保护好我这个无辜弟子的。"

明泽："……"

你到底是哪来的自信这么觉得的啊？

明泽头痛欲裂。

仙盟会保护他一个无辜弟子？开什么玩笑！仙盟是游离于世俗善恶外的存在，他们以除魔为己任，首要任务就是杀人，也只有杀人。虽然九大宗创立仙盟的初衷是护天下太平，但身为仙盟弟子从来没有救人的使命。

——魔的存在诡谲莫测，世人又被各种爱恨羁绊纠缠。危急时刻，又该拿什么去评断是不是"人"，又该不该"救"？

所以，仙盟的人不滥杀，但也绝对不会对黎民百姓有一丝一毫恻隐之心。

不过在明泽心中，仙盟还是正气凛然的，毕竟绝对的秩序需要残酷的手段维持。

但他担心，言卿可能因为妨碍任务，先死在仙盟手里都说不定。

明泽死死抓住他的手，脸色苍白紧张劝道："不，燕兄你不要轻举妄动。你若是真的想要那些灰，我们可以先回宗门，你让谢师兄出面……"

说完明泽哑然，才反应过来——对啊，燕卿竟然认识谢师兄？

言卿见他的脸色，颇为惊讶道："明泽兄，你怎么回事？上次玉清峰前你不是还把仙盟夸得头头是道吗？"

明泽："……"

夸是一回事，怕是一回事啊！

他哪好意思说他也是第一次见仙盟的人啊！

谢识衣的样貌和气质都过于出尘和疏冷，恍若清风皎月，以至于忘情宗弟子对他带了温和滤镜，好像他首先是他们的首席师兄，后面才是仙盟盟主。

这种温和的滤镜却无论如何都不敢用到仙盟上面。

言卿见他这副模样，笑了笑，伸出手去安慰他："你放心吧，我有分寸。"

明泽心道，你有个屁的分寸。对上言卿的笑容，他又说不出话来。燕卿认识谢师兄，或许仙盟真的会护他周全说不定。

"你，你真的一定要去吗？"

明泽心情万分复杂，甚至有了点不真实的感觉。其实无论谢师兄的哪个身份，对他来说，都遥不可及，只有这个跟他聊天毫无架子的燕卿，真真实实地住在玉清峰。就跟做梦一样，他现在还没跟谢师兄说过一句话，可又仿佛已经窥见明月边缘的清辉。

言卿哪有时间去照顾他的少年心思啊，刚好不得志吵得要死，死活不肯跟他进去。

言卿直接丢给明泽，"你要是实在不放心，可以先在外面等着，哦，顺便帮我看住我的蝙蝠。"

明泽莫名其妙接过一团张牙舞爪的黑东西，低头一看吓得差点没拿稳。不愧是燕兄啊……灵宠都是那么与众不同。

"放开本座！放开本座！"不得志天性贪生怕死，但是真被言卿丢下，又顿觉奇耻大辱。牙齿一咬，逼得明泽松开手后，骨翅一张开，抖着耳朵又屁颠屁颠回到言卿身边去了。

"等着！本座跟你一起进去！"

明泽站在原地，不知所措。

另一边飞羽和镜如尘也没有离开。

镜如尘左看看右看看，弯身偏头，声音又轻又细问飞羽："现在那个人走啦！我可以说话了吗？"

飞羽道："小姐想说什么？"

镜如尘眼眸弯起来，纯澈干净像湖泊："飞羽，刚刚那团灰是什么啊？你为什么想要？"

飞羽沉默半晌，哑声道："小姐，那东西喝了对你的身体有好处。"

镜如尘皱眉，很嫌弃："啊，可我不想喝，那东西看起来好难喝哦。"

"可您的身体需要。"飞羽停了一会儿，握着鞭子的手慢慢握紧，却道："小姐，您在这里等一会儿，不要乱动。"

他手中的鞭子化成黑雾，一条一条如同枷锁形成了个牢笼，把镜如尘困在其中。

镜如尘抬头惊讶好奇地看着这一切，也不觉得害怕，只是瞪大眼眸说："飞羽，你要去哪儿？"

飞羽沉声道："去要回您需要的东西。"

镜如尘神情有困惑有迷茫，但她在浮花门常年一个人待在药圃也习惯了，安安静静，也没有出声挽留。

现在一个偌大的拍卖场，只剩下明泽和镜如尘。

明泽是个初出茅庐的小少年，一个人在那抓耳挠腮，犹豫着要不要跟进去。

"不行。燕兄这样做也太冒失了，我还是传信给宗门吧。"他纠结半天，咬紧牙关从袖子里拿出了一张传音符，肉痛地注入灵气，结果还没等传音符生效,一阵青色的烟忽然飘过来,伴随一阵铃铛清脆的声响。

明泽瞳孔一缩,豁然抬头,就看到青色雾障已经将空空荡荡的拍卖场覆盖。烟雾尽头,站着一个佝偻着腰的老人。老人的手只剩皮包骨,皮肤布满褐色斑点,正有一下没一下摇着铃铛,叮铃叮铃,像是招魂,又像是催眠,他蛊惑说:"过来,孩子。"

……

拍卖会的底层别有洞天,像是一个小型的监狱。上面的动静并没有传到下面来,监牢里应该都是明天要被拿来拍卖的东西,关押着猛禽和宠物。言卿匆匆掠过一眼,往前走。他真想追踪一个人,轻而易举。跟着那仙盟弟子一路往前,最后停在拍卖会的一个隐秘的厢房内。

厢房的灯火幽幽暗暗,而那黑衣赤莲的青年就靠在房门前,抱着剑,单眼皮鄙夷不屑地抬起,冷冷盯着言卿。

不得志瞳孔一缩:"啊!他在等着你!"

言卿说:"我又没瞎。"

仙盟青年站直起身体,幽幽冷笑说:"我好奇拿出灰的人是谁,但我更想知道,谁会对它感兴趣。"言卿抱着蝙蝠,赞同地点头:"不错啊,咱俩想一块去了。这叫什么,英雄所见略同啊?"

仙盟青年并没有被他的话语逗笑,脸上的笑意止住,眼神冰冷,看言卿如看死物。瞬息之间,手里的剑出鞘,卷带着大乘期的修为,直直刺向言卿的喉咙。

言卿心道,这什么狗屁仙盟还真是杀人不眨眼的。

"等等,你不能杀我。"

仙盟弟子顿时露出一抹刻薄至极的笑,道:"不能杀?搞笑。上重天,我不能杀的人,现在还没——"

言卿扬起手,青色的衣袖落下露出细白的手腕。手腕上的红线穿过一颗血玉珠,紧贴着腕骨。珠子流光溢彩,寒气与血色相融。言卿用指握住他的剑,笑问:"你不能杀的人还没出生?"

仙盟弟子:"……"

看到血玉珠的瞬间，他瞳孔一缩，所有涌到嘴边的狠话活生生咽了回去憋得他脸色青青白白，跟见鬼了一样。

言卿忍笑，意味深长教导说："年轻人，话不要说太绝啊。不然很容易自己打自己的脸。"

仙盟弟子："……"他收剑，咽下所有耻辱，也收敛所有傲慢，退后一步单膝跪地，作礼道："弟子虞心，参见尊上。"

不得志探头探脑。言卿心道，果然是见珠如见盟主的信物啊！

不过他拿出这颗珠子，也不是为了借谢识衣名号耀武扬威。言卿神色严肃说："把刚刚拍卖的那些灰给我看看。"

"……是。"虞心真的是觉得自己见了鬼了。几百年我行我素，就没那么憋屈过。关键是他还反抗不了，一看到那颗珠子就生不起任何心思，只觉得寒意刻骨、心惊胆战。

他从袖中把那个盒子祭出来，考虑到言卿现在是元婴初期，修为太低打不开，还默默地将盒子打开，体贴得匪夷所思。

不得志差点被口水噎着——这就白赚了五万块灵石？

言卿伸出手捻了一点粉末放到鼻尖闻了下，神色越发凝重。

虞心见言卿不说话，屏住呼吸，习惯性在盟主沉默时自己主动将一切上报："回尊上，属下追查一个从紫金洲逃出来的魔种来到此地。那魔种被属下重伤，如今灵力溃散、功力不稳，急需大量灵石疗伤。拍卖会上这些灰，应该就是他拿出来的。而这些灰烬来自魔域，能够认出它的人，也很可疑。"

后面的一句话，算是解释了他为什么守株待兔的原因。

言卿道："魔种在哪你知道吗？"

虞心沉默说："魔种体内有魔，属下追查到此无法确定他的方位，但应该就在附近。我此举就是为了引蛇出洞。他如今重伤濒死、走投无路，见我进来不可能按捺得住的。狗急跳墙，情急之下，应该已经现身在外面了。"

言卿道："好。"

说完，言卿把指间的灰烬碾碎。果然不出他所料，炙火玄阴阵下万事万物灰飞烟灭，能够留下灰烬的，就只有十方城那堵不知道起源何时的墙。

虞心说这魔种是从紫金洲逃出,可言卿更倾向于这人是从魔域逃出来的。逃出来前,还偷了点灰。

其实这些灰留着对滋养神魂很有用,不过那魔种现在更迫在眉睫的是补充灵力。

言卿道:"出去吧。"

虞心道:"是。"

外面青色的障雾,不只是困住了明泽和镜如尘,还困住了街头巷尾、无数还没来得及离开的人。众人神色惶惶不安,在大雾里寸步难行、慌乱大叫。

"这是什么东西?"

"为什么我头有点晕……"

"快捂住鼻子!快!"

铃铛的声音幽幽响彻整个黑市,惊悚诡异。明泽被五花大绑在镜如尘旁边,整个人脸色涨红,又惊又怒,色厉内荏道:"你放开我!我是忘情宗静双峰弟子!你要是敢杀了我,我师门不会放过你的!"

在他旁边的老人没有说话,只是一边摇铃铛一边绕着他走动,用鲜血画上夺舍大阵。

老人本是大乘期修为,经历过两次重伤、丹田碎裂,灵力消耗得所剩无几,根本就无法支撑他继续逃跑,如今更像是鱼死网破,孤注一掷。

"忘情宗?"他啧啧怪笑,语气里满是贪婪:"怪不得资质那么出众,原来是忘情宗弟子啊!小娃娃,你一来,我就瞅上你了。"

明泽只感觉浑身上下浮起一股恶寒,像被毒蛇的芯子舔过,问:"你要对我做什么?"

老者哼笑一声,却是恨恨不休说:"我知道仙盟的人跟疯子一样阴魂不散,但没想到他来得那么快。你要怪就怪仙盟那群疯子吧!我若是得了灵石疗伤,也就不用大费心血地夺你舍了。"

夺、夺舍?!明泽豁然瞪大眼。他何曾遇到过这种事,蹬着腿节节退后,后背撞上了铁笼的边缘。他吃痛地抬起眼，对上一双水光潋滟的漆黑眼睛。

镜如尘根本就不受那些青烟雾障的影响，半蹲下来，眨眨眼，小声对明泽说："你怎么样了啊？"

明泽急得都快哭出来："你能不能联系你的那个护卫！叫他快点回来！救命啊！"

镜如尘有点呆："啊？"

明泽伸出手，抓住她的裙裾，急得不行，"姑娘！你快救救我，你想想办法啊！"

那老者估计也是早就料到他是大宗门弟子，事先就用招魂的铃铛，让他把身上所有能够向宗门求助的符咒和自保的法器都交了出去。但是铃铛响时，这个白衣姑娘却不受任何影响。

镜如尘哪遇到过这种事啊，葱白的手指弱弱地扯着裙裾，结巴说："我、我怎么想办法啊？"

明泽道："你应该也是九大宗弟子吧，宗门没有给你求救符吗？"

镜如尘："……啊？求救符是什么东西？"

明泽急得不行："就是遇到危险可以用的东西。"

镜如尘困惑地抓抓头发，嘀咕："我好像没有欸，我只要下山，飞羽都是寸步不离的，就算离开也会像这样搞个笼子。"

明泽开始对她感到绝望了。这到底是哪一宗养出来的天真小姐啊！居然什么都不懂，什么都不知道！

镜如尘看他面如死色，紧张不安地攥紧裙子，忽然脑子里想过一样东西，眼中涌现出光来："哦，对，我想到一样东西，应该可以救你。"她低头从自己的袖子里翻来翻去，最后翻出一面镜子来。

一直冷眼旁观不屑地听着他们对话的老者，在那镜子出来的瞬间，一下子转过头去，警惕起来。

镜如尘拿出来的是块双面镜，边缘由极品的白玉锻造，藤蔓延伸往上弯曲，形成山峦的模样，顶峰镶嵌着一颗碧玉通彻的宝石。让老者震惊的不是这块镜子的华丽，而是里面蕴藏着的、他不得不去警惕的化神期气息。

整个上重天修为达到化神期的大概不超过十五人。

这个女娃到底是谁？

"拿来！"老者一下子走过去，伸出手去抢那块镜子。

镜如尘吓了一大跳，往后躲。

老者能把手伸进去，却不能摧毁笼子，更不能伤她分毫，语气阴鸷："不想死就给我放下！"

"我不，你别过来。"镜如尘其实自己也不知道这块镜子怎么用，这镜子是飞羽给她的，说要是有一天他也不能保护她就动用这块镜子。

但是怎么用，她当时完全没听进去。

老者道："拿来！"

他猛地运气，瞬间烈火成形，往镜如尘身上涌去。

飞羽的笼子还在，同为大乘期，那烈火被隔挡在外，只能沿着边缘燃烧。

老者气得不行，他时间紧迫才就地布阵，却没想到，旁边还有个碍事的女娃！老者刚嫌晦气，打算拎着明泽换个地方。

却没想到镜如尘忽然大叫一声，手中的镜子啪地掉在了地上。

镜如尘整个人犹如惊弓之鸟，蹲下来抱着自己的膝盖，身躯颤抖。

老者愣住，回头看，发现即便火没烧到她身上，那个戴面具的白衣服女娃也如陷入魔怔般，蜷缩着身体，眼中泪水大滴大滴往下落。

"火，火。"她眼中涌现浓浓的迷茫来，手指痉挛般抓着自己的头发。

没想到她胆子那么小，老者拧着眉，心中不屑冷笑，又把明泽放下。夺舍大阵其实是一种伤敌一百自损八千的阵法——只能夺舍比自己修为低的，而且哪怕被夺舍者天赋再好，强行进入他的身体，也会因为排斥被重伤，加上失败的概率非常高。不到万不得已，修真界没人会愿意去夺舍。

"小子，你要恨你就恨仙盟吧！"老者见阵法的鲜血已经开始沸腾，冷笑着，伸出五指，直接抓上明泽的头颅。

但是他的夺舍行为很快被打断，一把剑横穿过来，刺穿他的身躯。没有任何废话，也没有给他任何反抗停顿的时间，直取命门。

扑哧一声，鲜血溅出胸膛。老者眼珠子都要瞪出，僵直着转身，就看到青色的烟里，自拍卖台的暗道缓缓走出两个人来。

其中一个，他见之眼中溢血。

"仙盟！"

虞心收回剑，冷眼看着他。诛杀魔种这种事，对他来说是家常便饭，连话都懒得跟死人多说一句。

"你自己做的孽，别什么都推到仙盟身上好吧！"

言卿低头看地上的阵法，微笑说："果然是夺舍大阵啊！时间刚刚好。"

虞心自觉地后退一步，让他先行。

言卿唇噙笑意看着那位老者。

老者捂住流血的胸口，重重喘气，嘶声吐血而笑道："果然，上重天都是一群道貌岸然之辈！紫金洲秦家出尔反尔，过河拆桥，你们仙盟也没好到哪里去，就跟疯狗一样！"

虞心翻白眼道："你以为用这种话扯出秦家，我就会多给你挣扎的机会。"

老者眼中骤然浮现一丝恨意。

虞心漠然说："老头，秦家会让你跑出来，就说明你不可能知道过多的秘密，没必要诈我。"

老者的牙齿咬得咯咯响，最后关头，眼睛里忽然浮现一丝绿光来。那绿色一点一点从瞳孔蔓延，很快遍布眼球。他的脸在狰狞抽动，后面露出一个扭曲的笑容来。笑容恶意滔天，让人看了就觉得胆寒。

"你做梦！"老者声音好像也变尖了一些。

刚刚虞心和言卿一同走出来时，他就发现了虞心对旁边这个元婴初期的少年有些顾忌。魔苏醒的一刻，老者身上的衣袍也似无风自动鼓起。他的灵根为火，一根火炼瞬间就卷向言卿。人也瞬息一动，站到了言卿旁边，尖锐的指甲直直抵着言卿的脖子，厉声道："别动！站着！你敢追过来我就杀了他！"

言卿："……"

虞心："……"

虞心想骂人。

他真是八辈子都没体会过这种被威胁的感觉。

他们诛杀魔种，从来不会顾忌有没有伤及无辜。魔一经苏醒对杀戮的渴望便不可控，救下一个无辜者，只会牵连更多无辜者。搁以前他直接一剑过去了。

但现在被挟持的人是言卿。

老者见虞心真的不再动，心中暗喜，他碧色的眼珠子厉光一闪，马上带着言卿趁着烟雾浓重，往山林里走。

"燕兄！"明泽反应过来，骤然大叫。

虞心不敢轻举妄动，只能吹声口哨，换了只蜂鸟来。蜂鸟是仙盟用来传信的东西。血玉珠是盟主给出的，他可不敢轻易做决定。

就在这时，拍卖会场那边忽然发出巨响，轰隆隆地面塌陷，连同里面关押的一切一起被摧毁。烟尘散尽，虞心抬头，就看着那个戴面具的黑衣青年慢慢走出来。

飞羽面无表情，没有理会虞心上上下下打量的视线，只是见到蜷缩在笼中的镜如尘时，紧抿了下唇，伸出手，将那个笼子消弭毁灭重新变为他手中的鞭子。

镜如尘双手抓着头发，裙裾之下白骨森然，整个人几乎接近疯魔。

"小姐。"飞羽走近，沉沉地喊了她一声。

镜如尘这一次听到他的声音却没有觉得安全，而是涌现出浓浓的绝望来。热浪灼天，五脏六腑似乎都化了灰。她泪如雨下，抱着膝盖。可是隔着火光隔着泪光，看到那掉在地上的镜子顶端碧绿的琉璃珠，却又整个人恍恍惚惚。

——"如玉，我们得救了。"

是谁在说话？

天火乱坠，极目所见处处是星火灰烬，临门就是清风明月新的生机。镜如尘没有停下步伐，只是在门槛前回眸，似乎是欣慰，又似乎是长舒口气。

可劫后余生的笑容还没完全扬起，就已经僵在脸上。她回头看到房梁被烧毁，一块巨大的木头从天而降——势如劈竹，卷着天火，顷刻之间，就要砸在她身后人的头上。她大惊失色，话都来不及说，伸手去把那个少女拉过来。

然而少女明显没察觉到危机，还为她之前的一句话喜极而泣，扑过来，撞到她怀中，身躯激动到颤抖，似哭似笑说："是啊，姐姐，我们得救了！"她过于激动，手指紧紧抓着她手臂，指甲用力发白。

镜如尘往后跟跄了一步。

在毁灭崩析声中，她好像记得怀中的少女抬起头来、看了她一眼。

少女眼里是泪光是火光，映射着璇玑殿内华贵的琉璃，清丽单纯犹如雨中花，说："姐姐，太好了，我们得救了！"

……

言卿顺势当人质被这人拐走，跟着这垂死挣扎的老人跑进了南市昏暗的街巷里。阴暗潮湿的街道，蜿蜿蜒蜒通向山林间。魔自识海苏醒，老人眼里的碧色更甚，内心翻涌的嗜血杀意好像也在咆哮。但他已经到了大乘期，不至于像凡人般失控。

"小娃娃，你帮我这一次，我给你好处。"老人声音沙哑，重重喘息，手指死死掐着言卿的脖子，手指颤抖得厉害，像是在克制自己不要将言卿撕碎。

言卿装模作样，恐惧道："什、什么好处？"

老人说："你想不想成为天才？"

言卿疑惑地问："啊？"

老人咳出几口血，沙哑道："青云大会在即，以你现在的修为，根本夺不了什么好名次。但我有办法能让你几日之内修为突飞猛进。"

言卿为难道："这不是作弊吗？"

老者讽刺一笑："这怎么算作弊呢？你不用这个法子，九大宗有的是人用。我在拍卖会拿出来的可不止那些灰，还有一些丹药，不过现在都落在地下了。你若是想要，等我伤势恢复，我可以重新给你炼出来。"

言卿问:"丹药?"

老者道:"对。"

他受了虞心一剑,身体如今是强弩之末,把体内的魔唤醒才换来这垂死挣扎的时光。他不敢用法力。知道自己清醒不了多久,他必须把这小孩忽悠住。

"上重天的人没你想的那么干净,小孩,这次的青云大会你会遇到很多前所未见的对手。"

言卿听完笑了,轻轻念着他的话:"上重天的人没我想的那么干净?"

"对。但我可以帮你……"老者心中还没涌现出一丝希望,就听这人慢悠悠接上后面的话。

"可我在十方城那些年,也从来不觉得,魔域的人很干净啊?"

声音散漫带笑,却透着股令人心惊的寒意。

老者瞳孔收缩,骤然抬起头,还没来得及反应,一根细长锋利的红线就已经直穿脑门,探入了他的识海。南市一直青雾缭绕,直到现在他才借着月光,看清了言卿的脸。

言卿轻笑一声,懒洋洋道:"想不到我在南泽州居然也能遇到魔域的人,真是巧了。"

浊黄月色把眼前人的容颜照亮。乌发如瀑,眉目如画。眼尾稍稍上翘,唇色殷红,笑起来有种邪气肆虐的危险。说话又吊儿郎当,带着少年独有的洒脱。

可是这张脸的主人,整个魔域没人敢把他当个少年看待。

尤其是言卿的指间还有那噩梦般的红丝。

老者的瞳孔缩成一个点。

——红丝入识海,直穿云雾,揪出他识海内的魔,冰冷无情地一点一点割碎。

"啊啊啊!"老者骤然大叫一声,两手捂住脑袋,双膝跪地。

言卿手指卷着魂丝,慢慢说:"你既然那么瞧不起上重天,不如把事情都说与我听听如何?"他眨眨眼,一字一字说道:"我总有资格吧?冥城城主。"

老者脸上是惶恐是震惊是绝望,脸色煞白,跟身处极端噩梦般,疯疯癫癫语无伦次:"你居然还活着,你居然还没死?!你怎么可能还活着?"

言卿面无表情,手指一扯,拽着那识海内的魔点点分裂。老者的叫声瞬间拔高,尖锐刺耳,震得寒鸦惊飞。

言卿淡淡道:"我死没死不重要,重要的是你快死了。"

老者终于清醒过来,眼中的情绪扭曲分裂,一半是"魔"的痛苦狰狞,一半是自己的恐惧害怕。他脸色苍白,重重喘息,伸出手去拉言卿的衣角,嘶声道:"少城主,饶命!少城主,饶我一命,我是被紫金洲秦家所害才落到这个地步的,我对魔域绝无二心啊少城主!"

言卿听完笑出了声,说道:"有意思,你对魔域别无二心,可我有二心啊。"

老者的手僵在原地,血液凝固一点一点,抬起头来。

言卿没多跟他废话,漠然问道:"你为什么会出现在上重天,跟秦家又是什么关系?"

魂丝入脑,轻易就能让他魂飞魄散。老者怕得浑身哆嗦,一想到这位少城主的传闻更恐惧不已,如实告知:"我说!我说!百年前您和城主相继死去,十方城焚于大火。魔域群龙无首,百城争相划地为王,纷争不断血流成河。大约在十年前,魔域突然出现一批戴面具穿红衣的人。他们立'梅城',与各城主约谈,顺者生、逆者亡,重新成为魔域主城。"

言卿道:"梅城?"紫金洲,梅山秦家。

"对,梅城。"老者咽下带血沫的口水:"属下见了梅城城主后,才发现他就是紫金洲秦家人!秦家人说,有另一条路能让我们顺利从魔域偷渡到上重天。属下这才鬼迷心窍,听令于他。"

会流落到魔域的人,无一不是罪大恶极走投无路的亡命之徒。而接连上重天和魔域的地方在沧妄之海,被经年不散的浓雾笼罩。

修士坠魔需要淌过沧妄海水,寻到断崖。

可入魔域难,回到上重天更难。

因为入口很多,出口却只有一个。那条从万鬼窟通向上重天诛魔大阵的路,出口被九宗三门严格镇守。

是以,一万年,魔族和上重天从来井水不犯河水。

沧妄海迷雾茫茫，修士必然走散，除非是化神期的修士，没人敢轻易下去。

而魔域之人，也不会傻兮兮上来送死。

言卿这才神色严肃起来，问他："另一条路在哪？"

老者道："我不知道，少城主，秦家人把我迷晕后，才把我带上来的。我什么都不知道。"

言卿又问："秦家带你上来后呢？对你做了什么？"

老者听到这句话，碧色的眼睛里立刻流露出毫不保留的恨来，仿佛和身体里的魔合二为一。

"秦家想杀了我！他们言而无信出尔反尔，想杀我！我逃出来了，但是我还没离开紫金洲，就又被仙盟的人追上了！"老者把怨毒收敛，伸出手，痉挛战栗地抓住言卿的衣角，眼中又重现希冀和贪婪说："少城主！魔域现在还有数十座城池不肯听令秦家，您现在若是回去，定能召集他们重建十方城，将居心叵测的秦家驱逐出魔域。"

言卿听完他这句话，没忍住笑出声来。他拖着调子，眨眨眼道："什么意思？重振十方城荣光，我辈义不容辞？"

他话语里的揶揄戏谑之味过于明显，老者也终于察觉不对劲。

言卿也懒得再跟他说什么，低头笑笑："看在你知无不言言无不尽的份上，我倒是可以赐你一个干脆的死法。"

老者还没反应过来，言卿已经神色冰冷，把魂丝从他眉心直接拽出来，殷红的线上带了一层厚重的黑色浓稠液体。液体流动试图逃窜，却被魂丝牢牢抑制，滋滋冒出白烟。

"魔"被强行从识海剥离的瞬间，老者本就因为虞心的一剑而濒死，最后的支撑也倒下。眼中的绿色逐渐散去，直直望着言卿，身躯后倒、死不瞑目。

言卿提起红线，看着那团恶臭扭动的液体，一时间有些沉默。

他的魂丝可以捕捉魔并把它弄出来，却并不能销毁。

凡人或者低修为魔体内的魔，在寄生的人死后就会烟消云散。

可这老者是大乘期……大乘期魔种的魔，恐怕得不悔剑来诛灭。

299

"魇"开始慢慢安静下来,顺着魂丝往下流,如一条无声的黑色长蛇。

言卿眼眸一利,忽然想到什么,直接把不得志从肩膀上拉下来。

不得志被下了禁言咒,前面言卿和那个老者对话时,就越听越憎越听越傻,现在突然被拉下来,红眼瞪大,浑身竖毛。在被解开禁言咒的瞬间,大声反抗:"你要对本座干什么!

言卿问它:"饿不饿?喂你吃东西,张嘴。"

他捏着不得志的嘴,逼着它张开。不得志最开始抗拒得不行,宁死不屈,但是魇入嘴,尝到那黑不溜秋的东西滋味后,又呆了呆。

甜、甜的?还挺好吃?

它到后面就顺水推舟了,翅膀抱着言卿的魂丝,啊呜张嘴打算把那一团线吞进去。言卿怎么可能让他的口水碰到自己的丝,手卡着它的脸,让它合不上嘴。

不得志:"唔?"

言卿说:"怕你吃太快,吃不饱。"

不得志:"……"

魂丝上的魇一点一点滴入不得志嘴里,被它吃得干干净净。吃完之后,舔了下嘴角,抱着肚子打了个饱嗝,心满意足,好奇问道:"你给我吃的是什么东西?"

言卿:"好吃吗?"

不得志:"还可以。"

言卿认认真真打量他,意味深长问:"你吃完什么感觉?"

不得志转着眼珠子,如实说:"更困了。"被言卿拽下山来参加个劳什子的拍卖会,它原本就困得要死,现在吃了这玩意肚子又暖又充实,更困了,只想睡觉。但是它拿着翅膀打了个哈欠,又猛地想到什么,鸟身僵硬,红色的眼一眨不眨看着言卿。

"不对,这人刚刚喊你什么?"

言卿说:"少城主啊,你听不懂吗?"

不得志"哦"了声，又道："哪个少城主？"

言卿："十方城啊。"

不得志："哦。"

不得志："啊？！"

言卿在不得志整只蝙蝠化成石像往下栽时，难得好心地扶了下它的头，同时语带笑意，安慰道："怎么，你那么惊讶干什么？"

不得志："……"

不得志在留仙洲就是只每天吃了睡睡了吃的蝙蝠，对于世上的所有事都是道听途说。像忘情宗、谢应这样的名字，每天从上重天无数人嘴里说出来，它耳熟能详。而十方城这个词，百年前传遍三界，掀起轩然大波，它不可能不知道。

春和元年，忘情宗首席弟子谢应深入魔域，火烧十方城。

不得志红眼一翻，直接晕了过去。

言卿嗤笑："尿货。"

言卿把不得志放进芥子，挥挥袖，往黑市走。

在他离去的这会儿，黑市的青烟雾障也散得差不多了。众人跟虚脱般，你搀我扶你，靠着墙缓慢站起来。而从拍卖会场逃离的人，稍微了解事情真相抬袖擦汗，后怕道："应该是仙盟的人把魔种解决了吧。"

那雾气和铃铛都恐怖幽森，一看就来路诡异。

黑市的灯笼一盏连着一盏，把街头巷尾照得火热通明。

拍卖会现场，明泽整个人心急如焚，害怕都顾不上了，扑过去拉着虞心的袖子道："前辈！你救救燕卿啊！他现在被魔头带走了，凶多吉少！前辈求求你！你救救他吧！"

虞心烦不胜烦地挥袖直接把他重重甩在地上。

他现在也心神不宁，手心微微出汗，警惕地望着东方，不知道会得到什么指示。

另一边,飞羽弯身把那块镜子捡起,蹲下去,轻声说:"小姐,没事了,火熄灭了。"

镜如尘喃喃道:"火……"

飞羽重复一遍说:"对,小姐,火灭了。"

火灭了。清风拂过废墟焦土,也拂过她沾满泪的脸。镜如尘痴痴呆呆地点了下头,想要站起来,可是步伐不稳、跟跄了下。

飞羽就站在旁边,安静沉默地看着她,也没有去扶。等着她自己擦干眼泪从地上站起来。

"这面镜子,小姐您收好。"飞羽等她站稳,递出那面镜子,轻声说:"要是有一天我也护不住你,你就摔碎这面镜子,会有人来救你的。"

这大概,是那位机关算尽的浮花门主,最后的一丝良知。

镜如尘接过,含泪点头,轻轻说:"好。"

明泽倒在地上,双目无神,自责地快要哭出来,喃喃自语:"都是我拖累了燕兄,都怪我。要不是我引得魔头出来,燕兄也不会被魔头拐走!"

虞心暗道,你算个屁!你哪来的资格引那魔头出来啊!他实在是听得烦,想要拿剑逼着这小屁孩闭嘴,可是一转身,就看到了从自东边走出来的身影,一下子话语卡在喉咙,再也绷不住神情,直接跪下,"参见盟主!"

——盟主!

听到这两个字的瞬间。飞羽骤然瞳孔一缩,之前一直谨遵的规矩在这一刻破功。他直接伸出手抓着镜如尘手腕,将她拉到自己身后,浑身上下浮现寒意,束起重重戒备,藏在袖子里的手紧紧攥紧。

"飞羽?"被飞羽抓住手腕的一刻,镜如尘也吓到了。这是她第一次见飞羽这个样子,她心中有满腹疑惑,可她知道自己不该说话,便安安静静闭嘴。

明泽傻住了,抬头,泪眼婆娑,就看到月色下缓缓走过来的雪衣青年。

谢识衣从玉清峰过来,将停在指尖的蜂鸟粉碎。墨发带霜,长身玉立,视线静静视下，冷漠道："把事情说清楚。"

"是。"虞心掌心的汗密密麻麻涌出，硬着头皮说："属下在拍卖会地下遇见那位前辈后，和前辈出来刚好撞上魔种在行夺舍大阵，将其刺杀，谁料魔种临死之前唤醒魔，挟持走前辈，并威胁我不要追。属下不敢轻举妄动，故才向您传达消息。"

谢识衣没有说话。

虞心顿觉手脚冰凉，快要窒息，轻声道："盟主……"

言卿拎着不得志回来，就看到这一幕：明泽眼眶通红倒在一旁，飞羽戒备地把镜如尘护在身后，而虞心毕恭毕敬跪在地上。

他心中一时好笑，他来到上重天，除了乐湛、席朝云和镜如玉，竟然没有一个人是不怕谢识衣的。

言卿挥挥手，出声笑道："你让他起来吧，我没事。还没走两步，那老头自己先死了。"

虞心愕然地抬头。飞羽也是紧皱着眉头，看向来人……这人是在跟谢应说话？

谢识衣在月光下回头，看到言卿的一瞬间，无形间的疏冷压迫感如潮水般散去，神色却也依旧不见轻松，只道："你当初答应过我的三件事，现在就忘了？"

"……"言卿现在才想起玉清峰被谢识衣叮嘱的三件事，不要惹事不要下山，卡壳了一会儿，马上慢吞吞地说："这不是白天那个比试我发现自己少了个武器吗？所以就下山来找了！"

谢识衣并不意外言卿会回来，若是言卿真的陷入危险，根本轮不到仙盟的人向他传信。

他听到言卿的解释，无声笑了下，语气淡淡地说："你来这里找武器？"

言卿心里翻了个白眼，行了行了，知道你金枝玉叶大户人家瞧不起这里。

言卿反问道："有问题吗？"

但他看到谢识衣就马上想到慕容墨天，心里乐得不行，就连刚刚被魔域的

303

事惹出的沉重心情都消散不少,桃花眼一弯,笑起来说:"仙尊,你不要嫌弃啊,要知道绝世珍宝往往都是大隐隐于市的。这里有可多惊喜了。"

谢识衣还没说话,言卿已经非常自然地走过来,他脑子里全是谢识衣亲自听小贩讲故事的表情,那得多精彩啊!以至于都忘了在外人眼中注意分寸,直接去拉谢识衣,微笑道:"走走走,仙尊,我带你去看惊喜。"

明泽:"……"

虞心:"……"

飞羽:"……"

谢识衣垂眸,没有挣脱他,问:"惊喜?"

言卿继续说道:"对,绝对会让你震撼不已,你可以期待一下哟。"

谢识衣慢吞吞看他一眼,轻描淡写地说了一句:"哦。"

但是没走两步,言卿又想到谢识衣在南泽州的身份,提了嘴:"不对啊!是个人见了你都抖成筛子。不会等下你一出去,小贩直接都吓跑了吧?"

谢识衣平静说:"不会。上重天见过我的没几个人。"

言卿:"哦,好的。"

南市里的红色灯笼次第亮起。沿着屋檐,沿着墙壁,沿着纵横街巷的线,浩浩荡荡浮于高空。桂华流瓦,千门如昼。青雾散后,众人从角落里走出。南泽州最大的一处地下交易场所,晚上重新繁华热闹起来。

言卿提前给谢识衣做心理准备:"你以前看过话本吗?"

谢识衣说:"没有。"

言卿又说:"不是吧,话本你都没看过,那你这两百年活得多没意思啊!"

谢识衣看他一眼,平静道:"你说的惊喜,就是带我去看话本?"

"……"言卿顿觉没意思,吐槽说:"下次你就算猜出来,能不能也装作不知道?"

但言卿的计划泡汤了。小贩胆小如鼠,被青烟和铃铛一吓,竟然直接卷铺盖屁滚尿流跑了。等他到原来的地方,只剩下一方空荡荡的空地。

谢识衣轻笑一声,慢悠悠说:"你这是找好了场地,打算亲自给我说话本?"

言卿："……"

谢识衣道："哦，还真是惊喜。"

言卿呵呵一笑，语气阴森，每个字咬得很重，"仙尊你好厉害啊，这都被你猜到了！不就一个话本嘛？我讲给你听啊！"

谢识衣垂眸看他一眼，没理他的阴阳怪气。刚好二人走过一个地摊，上面摆着各种铜铁打造的刀和一看就粗制滥造的剑。谢识衣停下，勾了下唇，对言卿淡淡道："大隐隐于市的武器。有你满意的吗？"

言卿也不生气，从从容容蹲下去，拿起一把木剑，对买家道："店家你这武器好啊——看这外表看这气势，看这锋利的边缘，不卖个十万灵石说不过去吧？"

店家："啊？"

言卿斩钉截铁说："一口价，十万灵石，少一块我都不要。"说完，他偏头对谢识衣不阴不阳道："仙尊，这钱你总不能让我出吧！要知道，我们说书人都清贫得很啊！"

谢识衣漫不经心说："我身上没有灵石。"

言卿反唇相讥道："你身上值钱的东西不是很多吗？"

谢识衣垂眸看他一眼。

"……"自拍卖会后就默默跟在二人身后的虞心见状，上前一步："前辈，我身上带了灵石，我来出钱吧！"

"算了。"言卿只是打算折磨谢识衣而已，真花十万灵石就买这么根破剑，他自己都受不了。

毕竟他现在还是个每月一百灵石的穷鬼。

言卿放下木剑，说："人还是要自食其力为好，不能总靠别人。"

虞心被他气到了，心想：哦！所以你管我们盟主要灵石就不叫靠别人了？

虽然上重天见过谢识衣的人很少，但黑市鱼龙混杂，言卿还是不愿拉着他在这里多待，怕引起一些没必要的麻烦，尽管一般都是谢识衣去找别人的麻烦。

回忘情宗必然经过九千九百阶，言卿拿出袖子里的话本书，光是看目录都能推测出大概剧情。

随便翻开第一页，借着月光念道："修真界有这么一位传奇人物，叫慕容墨天，样貌出众，气质高冷。青云榜榜首，化神期巅峰，是天下第一大宗首席弟子，也是修真界赫赫有名的天之骄子，无数痴情种都为其折腰。无奈慕容仙尊不近人情、薄情寡欲，向他示爱的人无一被他拒之门外，噗哈哈哈哈哈哈哈！"

念完言卿就乐得合上了书，笑得不行，越想越觉得好玩，问道："仙尊，这是真的吗？"

谢识衣听完没有一点表情，只是在言卿太快乐没看路时，拂袖帮他卷散脚下的一根枯枝，不作回答，轻声问："你觉得我现在是惊还是喜？"

惊喜惊喜，是惊是喜？

言卿上辈子拜七公公所赐声名狼藉，所以非常能理解谢识衣现在的心情。

但是听到他的问话，只想气气他，想也不想说："那当然是喜不自胜了！么么，看来你在上重天的生活非常丰富多彩嘛！艳福不浅艳福不浅。"

谢识衣没说话。

言卿眨眨眼，问："所以真的假的？"

谢识衣偏头轻轻看他一眼。

月色红梅相映，他认真看人时，眼眸深处的幽蓝若隐若现，跟碎玉流星般。许久，才收回视线道："假的。"

言卿："嗯？"

谢识衣说："能见到我的人很少，敢到我面前放肆的人更少。"

这是虚构的民间话本，这是世俗臆想中的他。

却同样……是他们之间错失的一百年岁月。

谢识衣顿了顿，静静道："拜入忘情宗的一百年，我都在修行。之后接手仙盟，就一直在霄玉殿。我并没有不近人情，只是会走到我面前的人，没有一个需要人情。至于薄情寡欲——"说完，他低声笑了下，音色凉薄，"我自己都不知道我有这个性格。"

"啊？"言卿没想到会得到他那么认真的解释，一时间拿着话本在风中懵了懵，许久才讪讪说："哦。"

谢识衣淡淡问:"你还要讲吗?"

言卿反问:"你要听吗?"

谢识衣抬眸看他一眼。

其实他听过这些评价。这类民间话本没人敢让他看见,不代表他不知道。

可知道也不意味着想了解。

但是九千九百阶过于漫长,而言卿的兴致溢于言表。

谢识衣说:"讲吧。"

"好。"言卿眼眸倒映星光,眼眸完成月牙,又重新把那个话本翻了出来。他现在纯粹就是无聊了,念之前还多嘴提一句:"谢识衣,你还记得以前幽绝之狱我给你讲的那些故事吗?"

谢识衣:"记得。"

乱七八糟,毫无逻辑。

言卿颇为自信说:"我觉得我当初要是没去魔域,在人间当个说书人也不错。"

谢识衣凉凉道:"你确实可以把自己饿死。"

言卿翻个白眼,把书拿出来拍了拍:"谢识衣,话不要说得那么绝情。你但凡会一点书里面的甜言蜜语,也不至于像现在这样人见人怕。"

谢识衣神色冷淡,垂眸,安静看着言卿脚下的路。

言卿照着第一段往下念,说:"开始了。"

他直接看目录,都能猜出大概情节。

言卿边看目录,边一目十行,说道:"慕容师兄收了个唯一的徒弟。徒弟被天下人嫉妒,视为眼中钉。他们对小徒弟暗中下手脚,令小徒弟不是被绑就是被暗算。慕容师兄每次都不远千里把小徒弟救出于水火。"

就类似的被绑然后相救的情节,笔者灌水了一百来章。

言卿翻啊翻,可算是翻到有个与众不同的情节点了。

"哦。后面,小徒弟被查出识海内有魔,是魔种。慕容师兄为了保护他,心甘情愿——背叛宗门?众叛亲离,跟他浪迹人间……"

言卿读到这里,沉默了片刻。

一瓣梅花擦过书页，把"众叛亲离"四个字照应出一层薄薄的血色。

言卿出了下神。

众叛亲离。

——【他为白潇潇毁无情道、碎琉璃心，叛出宗门，颠沛流离。

最后获得的，却是白潇潇含泪的一剑。】

言卿拿着书，神情晦暗不明。

其实从回春派谢识衣对白潇潇完全陌生的态度来看，言卿也不认为《情魔》是本剧情正确的书。但他一重生，关于现代的其他记忆都还没恢复，就先被逼着接受了《情魔》这本书的内容。内容也是含含糊糊的，只记得关于原主的剧情和谢识衣最后的结局。这是一本他并不感兴趣、匆匆看过一眼的书，了解大概讲的什么却又完全不清楚剧情，连提前预知预警的能力都没有。

他的重生莫名其妙，那么这段记忆，在言卿看来也不简单。

言卿之前是不知道该用什么身份，向谢识衣问及白潇潇。现在则是因为涉及魔神，不愿把谢识衣牵连进来。倒不是怕谢识衣没有能力与魔神相抗。

他怕的是……谢识衣入局，到最后的敌人，会成为他自己。

十方城的一百年，魔神为了让他唤醒识海内的魔，提出了很多蛊惑人心的要求，言卿并不是完完全全没有动摇。

"谢识衣。"言卿开口，眨眨眼，吊儿郎当地笑："点评一下。"

谢识衣："什么？"

言卿道："剧情怎么样？"

谢识衣淡淡说："很好。"

言卿差点被口水噎着，凶狠威胁他："别敷衍我，如果你是慕容墨天，你会这么做吗？"

谢识衣看他一眼，回忆了下剧情，漫不经心说："不会。"

言卿问："不会怎样？"

谢识衣："不会收徒。"

言卿憋着笑，说："确实，我想象不出你为人师尊的样子。"

简直就是误人子弟。

言卿不假思索道："哦，那你会为了徒弟叛出宗门吗？"

谢识衣："……"

言卿问完就尴尬得恨不得从九千九百阶跳下去。但他还是假装淡定，不动声色换了个话题，"仙尊，你喜欢喝粥吗？"

谢识衣就从来没回答过这种问题。他似乎是轻轻笑了下，眼神没什么笑意，说："你可以猜猜我会不会。"然后再回答后面的话："不喜欢。我不是更喜欢要饭吗？"

言卿："……"

言卿没想到黑水泽这么一句话能让谢识衣记到现在。暗自腹诽：心眼真小啊幺幺，至于那么记仇吗？

言卿说："我认真问的。"

谢识衣说："好。"

言卿难以置信："你就回我一个好？"

谢识衣低笑一声："你想要我回什么？"

言卿："……算了。"

果然谢识衣对小时候的那碗粥也完完全全没印象了。所以，这《情魇》到底是什么鬼？

回到玉清峰后，言卿跟谢识衣说了声，跑到梅林里去选树去了。他弄把武器就是为了敷衍一下外人，花钱去买还不如自己亲手做。

"你这些树真的可以砍吗？"言卿抬头，看着细雪中盛放的梅花，好奇问道。

谢识衣语气冷淡地道："随你。"

言卿说："那我砍了啊。"

他能看出这梅花林里有阵法，动一棵树都危机重重，不过放眼整个忘情宗确实再没有比玉清峰的梅树更适合用来做剑的了。

言卿现在是元婴期修为,砍断一棵树、粗略弄出个剑模型轻而易举。他把剑拿回去对着灯光慢慢削。

谢识衣在他对面坐下,雪衣透地,乌缎般的黑发上似淌过寒月流光。

言卿在削剑的时候,忽然想到什么,说:"谢识衣,你还记得你在障城做的那把伞吗?"

谢识衣:"记得。"

言卿笑说:"要是当初那片竹林也像现在这样想砍就砍就好了。"

为了做把伞他们当初可真是受尽折磨。

要躲过避开竹林的主人,还要避开里面的毒蛇。

谢识衣听他提起障城的事,一时间愣怔后,竟然轻轻笑了下。

言卿用薄薄的刀片削掉木头上的倒刺,道:"我记得,当时你五感都出了点问题。"

谢识衣:"嗯。"

言卿吹干净剑上的木屑,到现在才打算跟谢识衣说正事,沉声说道:"我今晚南市,从那个魔种嘴里套出点话来。秦家十年前,在你闭关的时候,暗中派人下魔域建立起了梅城,正在勾结拉拢百城。"

谢识衣听完,微愣道:"梅城?"

言卿点头:"对。最重要的是,他们找到了魔域通往上重天的方法。"

谢识衣皱了下眉。

言卿问道:"你知道秦家想做什么吗?他们和淮明子有联系,习得了御魔之术,现在又入主魔域。我怀疑可能对你不利。"

谢识衣手指搭在桌案上。他在霄玉殿从来都是幕后做最后决定的人,隔着长阶帷幕,万般心思无人知晓。这大概是他第一次跟人说这些,他垂下眸,话语清晰分明,冷静道:"当年秦家提出除魔之术,建立四百八十寺,可是多年来,没有一例成功、内部也从来不对外展示。上重天虽有疑惑,但四百八十寺作为魔种唯一可以活下去的地方,形如监狱,九宗三门不会去深究。"

"紫金洲近沧妄海,四百八十寺地势诡谲,秦家戒备重重,我一直找不到好的时机进去。"

"至于你刚才所言，"谢识衣抬眸，眼神清冷而确定："我并不认为秦家有能力找到另一条路。若秦家真有能力在上下两重天之间来去自由，秦长熙不会拐弯抹角来确定我现在的情况。魔域通向上重天只有一条路，出口在诛魔大阵，毗邻霄玉殿。"谢识衣说："要么，他们从魔域带出来的不是人。要么，他们操纵了霄玉殿，对霄玉殿了如指掌。"

言卿顺着他的思路，下意识觉得后者不可能，便道："你是说，我见到的冥城城主不是人？"

谢识衣淡淡道："都说到了大乘期，修士和魔可以共存。其实我一直好奇，到底是人暂时制服了魔。还是魔有了理智，吞噬了人。"

言卿愣了愣，神色也严肃起来，之前在十方城他就有这个怀疑。

到了大乘期，居然能够与识海内的魇共存、随意控制它的苏醒与否——这样的魔种，皮囊之下到底还是不是人？

魇是诅咒，是寄生虫，没有理智只知杀戮的。可是人们忘了，魇在人的识海是和修士一起变强大的。大乘期的魇……到底是个什么情况，或许只有魔种本身知晓。

他上辈子自始至终没让识海内的魇苏醒过，对于魇，也是完全一知半解。

谢识衣见他神情，漫不经心将手收回袖中，出声轻道："你现在修为太低，以后在关于秦家的事上，不要轻举妄动。"

言卿回神，笑道："嗯，你放心。我当务之急难道不是青云大会吗？"

天阶的千灯盏在谢识衣手里。地阶的探魔仙器九大宗门各一盏，藏于禁地。尚未认主的玄阶仙器，离他最近的，或许就是瑶光琴了。

谢识衣伸出手探了下他的丹田和经脉后，确认无恙后，才起身准备离开。

言卿见他起身的背影，想起件事好奇说："幺幺，青云大会你会参加吗？"

他说完也觉得好玩，如果谢识衣参加青云大会，那也真是够轰动的。可能是近万年来，唯一一个化神期的参与者了。

谢识衣淡淡说："不了，留给你出风头的机会。"

言卿闷笑了好久，扬了扬手里的木剑，说："哦，定不辱命。"

他已经把令牌丢给了天枢，大概过两日就要启程去浮花门了。或许青云大会，才是他真正的开始。

红梅细雪，烛火幽微。

大概是跟谢识衣说起了那把伞，言卿闭眼修行时，思绪也忍不住回忆起了障城。

障城，不悔崖之审。外人眼中轰轰烈烈的天之骄子陨落，对当事人来说，其实也不过寻常。

骄傲早就在四十九天孤寂的暗室被磋磨遗忘，恩义也在步过漫长春水桃花路时悉数斩断。

是非对错任由旁人审断。

他们说他有罪，说他无罪，猜测他的脆弱绝望，等待他的卑微狼狈。可阴雨不歇的障城三月，谢识衣抬起头看天空时，只想要一把伞。

做那把伞的时候，谢识衣很安静，言卿也很安静。唯一回响在天地间的，只有屋檐细雨落在青石板上的声音，滴答滴答，像在细数过往。

过往如侄偬大梦，从天才到小偷，从云端到淤泥，从万人惊羡到过街老鼠。为不属于自己的原罪，被强制折断羽翼，受尽颠倒折磨之苦。

真如一梦。

废了经脉被关进幽绝之狱时，谢识衣小时候就受过伤的眼睛又看不见了。

幽绝之狱没有光，也没有声音。

往上是漆黑不会流动的水，孕育着寒光冷气。历代罪人被打入这里只有死路一条，在无休止的寂静和压抑中把自己逼疯。

谢识衣就坐在一块长满青苔的台阶上，脸色苍白垂着眼，看不清表情，像一尊没有生气的玉雕。

言卿那个时候已经可以控制风了，用风卷过谢识衣额前的发，轻轻触过他暗淡灰青的眼。想了很久，很小声说："谢识衣，我给你讲故事怎么样？"

七七四十九天里，言卿绞尽脑汁，抓耳挠腮，把自己听过读过的全部故事讲了个遍。

到后面自己都迷糊了，想到哪儿讲到哪儿，不知道重没重复也不知道串没串。

甚至不知道谢识衣有没有听进去。

谢识衣就坐在青石上，双眼暗淡，听着他的声音、手指却在墙壁上轻轻描摹着什么。苍白的指尖划过潮湿漆黑的墙壁，一笔一画，像是蝴蝶轻轻掠过断壁，安静温柔。

惊鸿十五年，从幽狱出去，审判那天，春水桃花的那条路下了场雨。谢识衣的眼睛还没完全好，半明半暗。耳边也是阵阵的疼痛。轻雾蒙蒙的视野里，只有条笔直往前的路，尽头通向哪里他也看不清，结局会如何他也不知道。

那是他被揭穿身份沦为废人后，第一次出现在众人视线里。

围观的人有很多。熟悉的，陌生的；与他交好的，与他交恶的；过去崇拜他的，过去嫉妒他的。

道道视线交错在雨中。

言卿嘀咕道："要是等下五大家不肯放过你，我们就从不悔崖下跳下去。"

谢识衣当时是真的被他逗笑了。

再如何惊才绝艳，天资聪颖，当时也不过是两个十五岁的少年，在风雪般的命运里，只能踽踽独行。

谢识衣饶有趣味地说："不悔崖跳下去，那不是必死无疑吗？"

言卿冷漠说："反正我死也不要死在白家那群恶心的人手里。"

谢识衣提醒他："你不怕痛了吗？摔死很痛的。"

言卿毫不犹豫："不怕！大丈夫终有一死，或轻于鸿毛，或重于泰山！"

谢识衣又笑起来。

言卿用激将法，问："怎么？你不敢啊？"

谢识衣说："没有不敢。"

言卿道："那说定了，到时候别反悔啊！"

"嗯。"谢识衣往前走。

步步踏过万人审判的路,踏过斑驳错落的前半生。抬眸时,晦暗发青的瞳孔隔着烟雾,像是在隔空,安静注视着某一个想象里的幻影。

——如同幽绝之域墙壁上的一笔一画。

世人都在争论对错,都在企图看穿他的骨骼灵魂,来高高在上悲悯他的喜怒哀乐。

言卿又不放心,说了句:"别后悔哦!"

不悔崖前,遍地桃花水。

谢识衣轻轻一笑,说:"不悔。"

白家想要他的命。

但他们没死成,被路过的乐湛救了。

其实,就算乐湛没来,谢识衣也不认为自己会死。

那把伞最后做成功后,他和言卿就伞面要不要画画,吵了起来。

言卿觉得摆脱了障城这一群恶人,应该好好庆祝,可以把伞面画成大红色!

谢识衣想也不想拒绝,给出的理由也干脆利落——"难看"。

"你闭嘴!"审美被质疑,言卿气得想跳出来掐死他。

谢识衣只是单纯想要一把伞,打算拿白布直接一罩。言卿怎么都不愿接受。

言卿试图说服他:"白纸伞在我们那里都是死人的时候用的!不吉利!"

谢识衣冷若冰霜,说:"红纸伞还是嫁娶的时候用的,怎么?你要嫁人?"

言卿:"……"他总有一天要把谢识衣毒哑!

言卿最后咬牙切齿直接威胁他:"谢识衣,你要是敢顶着个白伞出门,咱们谁都别想去留仙洲。"

谢识衣抿着唇,最后还是妥协了。

他用朱笔在伞纸上花了几枝梅花。

离开障城的那天,雨越下越大。他当时就是个凡人,在障城什么都没有留下,孑然一身撑着伞往外走。街上有小孩看到他,怪笑唱着大人教给他们的唱词,"一桩桩、一件件、一桩一件、一件一桩,桩桩件件、件件桩桩,谁忠谁奸，谁是谁非，细说端详，那才得两无妨！"

《狸猫换太子》，声音尖锐，满是恶意。

谢识衣大病未愈，唇角却是似笑非笑地勾着。

言卿抢过他的身体，将伞旋转倾斜，水珠四散，梅花油纸伞拂开雨雾也拂开阴霾，轻声说："谢识衣，别看，别回头，我们走。"

别看，别回头。
我们走。

到留仙洲后，言卿问他当时幽绝之狱在画什么。

谢识衣淡淡回答说："在画你。在想，你那么吵，长什么样子。"

言卿气笑了，马上不要脸地说："反正是你画不出来的玉树临风英俊潇洒。你见到我，肯定大受震撼，此后自卑到镜子都不敢照。"

谢识衣闻言反驳说："我从来不照镜子。"同时，讽刺了言卿一句，"哦，我等着我大受震撼的一天。"他自幼样貌出众，对赞美的话语和惊艳的眼神，习以为常，从来都是他叫人大受震撼。即便不曾在意外表，也没有人会好看而不自知。

言卿用梅树削完木剑后才发现一件事：自己上辈子的武器是魂丝，根本不会用剑啊……

宗门里，再初级的忘情宗弟子，剑法招式也早就熟练于心，浮台学堂不会开设类似的课，他只能自学。

他去找谢识衣借剑谱。

谢识衣坐在玉清殿上，视线冷冷落下，道："我没有剑谱。"

言卿难以置信，觉得谢识衣肯定是骗他，问："没有剑谱？你作为忘情宗的首席弟子怎么会没有剑谱？"

谢识衣没解释说他功法承于上古神祇，根本不需要这些，只问道："你要剑谱做什么？"

言卿举起手里的剑，理所当然地道："学剑招啊！虽然我就是拿剑装个样子，但是也不能连招都不会使吧——到时候青云大会站在台上比画得乱七八糟，那不是很丢脸？"

谢识衣闻言笑了，轻声反问："你觉得你学了剑招在那儿比画就不丢脸吗？"

言卿参加青云大会这件事他本来就是反对和不赞同的。

言卿："……"确实。

他临阵磨枪肯定也练不出什么结果。

谢识衣是上重天剑道第一人，在他面前用剑，无论怎样都是自取其辱。

不过言卿还是严肃认真，意味深长地说："仙尊，请你不要用那么傲慢的语气，去羞辱一位剑道的后起之秀。知不知道什么叫三十年河东三十年河西？"

"好。"谢识衣从善如流，颔首，手中出现一张传音符，平静说："我等着。"

他传信给了乐湛，叫乐湛从藏书阁找了一堆低级入门的剑谱送到玉清峰来。

言卿开始在学堂天天抱着剑谱研究。

下课后，他走进竹林深处，结果迎面撞上了同样下课的天阶教室弟子，明泽在人群中一眼就看到了他，两眼放光，跟身边的同学道别后，乐颠乐颠地过来找他。

"燕兄！"

言卿见了他，先上上下下打量了他一番，问道："明泽道友？你从南市回来后，没受伤吧？"

明泽把头摇得跟拨浪鼓一样，不好意思地说："没有没有，我没有受伤。倒是燕兄你被那魔种拐走后没发生什么事吧？"

言卿幽幽吐口气道："我没事。"

明泽不好意思地抓了抓头发笑道："我本想跟着你的，但是那位仙盟前辈说，我被魔种施了阵法，需要早点回宗门休息，于是我就先走了。"

言卿没忍住看他一眼，说道："你跟我解释什么。说起来，那天还是我拖累了你。"

明泽："不不不，如果不是我落入魔爪也不会害得你被抓。"他视线落到不得志身上，又好奇地问："话说，燕兄，你这灵宠到底是什么啊？看起来像是蝙蝠，不过仔细看又更像是只鸟。它有名字吗？"

言卿看了一眼不得志。不得志骤然被问名字，马上精神起来。但是它被言卿下了咒，在别人面前都不能说话，就很憋屈——它"雷霆灭世黑大蝠"的威名，难道只能被一个人知道？

言卿笑笑说："我也不知道它是什么。名字，有啊，叫不得志。"

明泽说："啊？不得志？"

……郁郁不得志？为什么会有主人给灵宠取这个名字啊。

言卿意味深长说："这个名字吧，也是有一番来历的。"

来历就是因为这蝙蝠太能杠了。

这么能杠的人生活一定很苦吧，所以句句"似诉平生不得志"。

言卿笑意莫名，却缓缓说："说来话长。"

明泽愣住，说来话长？反应过来后马上肃然起敬。看向不得志，目光万分复杂，对不得志的印象也从"一只狰狞邪恶的鸟"变成了"一只背负沉重过往的狰狞邪恶的鸟"。

不得志问："这人咋看本座的眼神为什么那么奇怪啊？"

言卿低笑一声，道："被你的名字给震惊到了吧？"

明泽又道："燕兄，等下我要去静怒峰一趟，你要我跟我一起去吗？"

言卿一愣，问："静怒峰？"

明泽道："对啊，我师祖前几日出关，才知晓紫霄前辈陨落的事，托我到静怒峰送个东西。"

言卿点头，静怒峰，看来就是紫霄在忘情宗的洞府了。

"好。"

紫霄虽然身为太上长老，但是一生孑然，不收徒弟也不招童仆，所以居住的静怒峰只是一座外峰。

静怒峰没有布置任何阵法，也没有像谢识衣的玉清峰般霜雪皑皑飞鸟难渡。

　　走进去，先看到的就是那大片的青枫林。春光灿烂里，叶子积了厚厚一层。

　　明泽拿出了一个小小的纸鹤，让它在前面引路，边走边好奇说："紫霄前辈性子暴躁、疾恶如仇，也不知道为什么会在洞府前种下那么多的青枫。"

　　言卿沉默了会儿，轻轻说："可能是因为，青枫树在民间，寓意着相思吧。"

　　明泽："啊？"

　　言卿伸出手，一片枫叶飘零手心，说道："也寓意着留恋。"

　　掌裂的叶子被风从手中卷走。

　　枫叶形状如同张开的翅膀，自由飞翔，而青枫扎根故土，挺拔沉默，像是安静的挽留。

　　言卿在洞虚秘境看过他的生平，走在枫林里也没那么陌生。

　　他看到了很多熟悉的地点：看到了布满灰尘枯叶的石桌石椅，看到了破旧的三层青石台阶，也看到了模仿旧时故居的厢房回廊。

　　紫霄的居所在枫林深处。

　　镜如玉就在这里雨中下跪，在这里掩面而哭，在这里无助地伸出手，鲜红丹蔻起落间，落下无数血色。也在这里，从不受重视的少女，代替姐姐成了尊贵无双的浮花门主。

　　恩怨两清，最后的告别是蓝裙少女风中回首，扮作黄泉故人轻轻的一句"哥哥，我原谅你了"。

　　紫霄当时或许差点走火入魔吧。

　　言卿不无讽刺地一笑。

　　明泽没敢走进去，就站在门扉前小声道："我听师兄们说，紫霄长老在宗门是个特别古怪的人。他身为太上长老，却总是提着时怼刀，游历四方惩恶除奸。很少出现在众人面前。"

　　言卿："很少出现在众人面前？那你师祖是怎么和他相识的？"

　　明泽道："不知道。我只知道师祖承过紫霄长老的恩情。"

　　言卿道："既然承了恩，你师尊为什么不亲自过来。"

明泽颇为尴尬，说："因为，后面师祖又和紫霄长老结了仇。其实，紫霄长老的性子率直，在上重天挺多仇人的。"

言卿笑笑。

明泽又说："燕兄，你知道为什么这座峰叫静怒峰吗？"

言卿问："为什么？"

明泽道："我听师兄们说，这里原本叫观霞峰的。是紫霄长老拜入门后宗主赐此峰给他后才换了名。静怒静怒，也是宗主对紫霄长老的劝诫。"

言卿说："劝诫得很有道理了。"

紫霄是个什么样的人，从洞虚秘境就可见一斑。孤僻、凶恶、暴躁、易怒。言卿现在还记得，秘境里的第一幕，那个一只眼珠子受了伤的黑衣青年，疤痕贯穿整张脸，提着刀从乡陌归家的路上，眼中的怒意几乎要把灵魂灼烧。

之后便是血流成河，记忆深处，苍茫大雨下。两位老人临死前担忧的眼神，女孩哭喊扑过来的一句哥哥。

过往种种，化为如今静怒峰成片的青枫林，铺成回不去的故乡。

明泽从袖子里拿出一个盒子，把盒子打开，是一杯酒。

他奉师祖之命，将酒酹在地上，算是最后的告别。

把酒杯放在地上，明泽说："燕兄我们走吧。"

言卿点头。

明泽若有所思望着青枫林，说道："我之前听过谣言，说紫霄长老在人间是杀亲证道，但我后面拜入静双峰后才知道了真相，紫霄长老是被奸人所害，那个奸人设置幻象迷惑他，让紫霄长老以为亲人都死在妖魔手里，妖魔还变成他父母的模样，在家等着他上门送死。长老提刀雨夜回家，杀光妖魔报仇雪恨。清醒过来，才发现死的不是妖魔，是他的父母和妹妹。"

言卿对这些早有了解，于是没说话。

明泽抓耳挠腮，很不能理解地说："燕兄，你说，怎么会误杀呢？在紫霄长老动手的时候，他的父母都不会喊他名字吗？如果是血肉至亲，怎么会分不出真假呢？"

319

言卿回想着洞虚秘境中的一幕，静静说："大概，他那时被愤怒冲昏了头。"
枫林簌簌作响，枫叶轻轻落下。
……

浮花门。

叶片落入一双秀美白皙的手中，又被内力粉碎。镜如玉结束修行睁开眼，从璇玑峰的卧松石上走下来。她往外走，旁边新面孔的侍女恭敬上前说："门主，秦家三公子已经在璇玑殿等候多时了。"

后山到璇玑殿的路上，宫婢侍卫在长廊跪成一排，深深折腰，大气都不敢出。

镜如玉问侍女道："秦长熙来了多久了？"

侍女不敢直呼秦三公子的名字，颤声说："回门主，来了有几个时辰了。"

璇玑殿是浮花门主殿，专用于议事，闲杂人等不得入内。侍女毕恭毕敬地候在门外，镜如玉走进去的时候，秦长熙没有坐在位置上，而是抬着头，打量着璇玑殿上方的门匾。璇玑殿取名"璇玑"，装扮也是极尽人间华贵。门匾尤其用心，璇玑二字由上上任门主亲笔撰写，蕴含了浩瀚的化神期道意，周围以琉璃点缀起北斗星河，璇玑玉衡两相闪烁。

秦长熙带着银色面具，穿着一身红袍，见她进来，先装模作样行了个礼，"见过门主。"

镜如玉微笑："你我之间不必多礼。"她语气平静道："不知秦公子刚刚在看什么？"

秦长熙笑了笑，拿着折扇说："我在看门匾之下的珠子。"

镜如玉挑眉问："珠子？"

秦长熙："对，这颗珠子看似平平无奇，却包含造化万千，想来应该是琉璃翠玉珠？"

镜如玉微笑不变，说："秦三公子倒是好眼光。"

秦长熙与镜如玉交流不多，关系说不上亲密。更知道浮花门现在这位门主，耐性并不是很好。笑笑过后，便直入主题："其实我今日过来，是想问门主，这一次浮花门将青云大会的场地布置在何处？"

镜如玉红唇微勾，似笑非笑，满是戏谑地说："秦公子，你问我青云大会？"

青云大会虽说是百年一次的上重天盛事，但也只是"盛"在那些宗门弟子和天下散修眼中而已。一个宗门新招几个弟子，根本不会被长老放在眼里，何况宗主。

对于他们这样身份的人来说，青云大会犹如过场。世人津津乐道的青云榜，也不过是少年人好出风头的象征。青云大会，唯一让镜如玉在意的只有九宗会在这件事里集聚。

镜如玉毫不在意道："我将青云大会交给了我派苍青长老处理，具体的我也不知道。"

秦长熙意味深长，笑笑道："我劝门主，这一次还是亲自安排吧。"

镜如玉说："嗯？此话怎样？"

秦长熙说："门主可曾见了谢应。"

镜如玉听到这个名字，脸色瞬间冷了下来，眼神直直盯着他，语气若冰霜："见了。你说谢应百年前十方城破无情道到底是真是假。我看他——"

秦长熙问："看他现在依旧是化神巅峰对吗？"

镜如玉沉默不言。

秦长熙手指摸着折扇上镂空的梅花，说："谢应对你说了什么？"

镜如玉冷笑连连道："他让我好好猜猜，他闭关这一百年都去做了什么。"

秦长熙朝她一笑，好生安抚道："门主别生气，毁道重修不是那么简单的事。他竟然敢毁无情道，丹田内必然会留下重伤，百年后行事总会收敛些。"

镜如玉继续冷笑："收敛？闭关出来连杀秦家、萧家、殷家六人，这就是你口中的收敛？"

秦长熙没有直面回答她的话，笑道："镜门主，谢应现在不在霄玉殿。"

镜如玉微愣，问："不在霄玉殿？"

秦长熙点头道："对，上次我和殷宗主去见他，根本就没有看到真人，只有一只蜂鸟停在那里——谢应如今，在忘情宗。"

镜如玉挑眉。

谢应自入主霄玉殿后，就很少再现身南泽州。诛魔大阵上风雪万重，他们每一次拜见，都只能遥遥看到坐于高位，那只握笔的手。轻描淡写用朱笔写下名字，落下生死。

"他回忘情宗做什么？"

秦长熙微笑："我听流光宗说，谢应收了一个徒弟。"

"徒弟？"镜如玉表情露出一丝裂痕，语气调高，透露出震惊。

"对。"秦长熙点头，语气沉沉地说："据流光宗承影长老所言，谢应的那个徒弟资质平庸，修为低下，尚未筑基，或许可以为我们所用。"

镜如玉面色沉沉，说："那我应该见过他。"

秦长熙："嗯？"

镜如玉说："是不是一个少年？"

秦长熙挑眉道："对，你在哪儿见到的？"

镜如玉淡淡说："清乐城。"她说完，抬眸，薄薄的柳叶眉跟刀锋般冷，杏眸深沉："谢应就守在那个少年身边，寸步不离。秦三公子，你觉得这像是谢应的性格吗？"

秦长熙微笑说："就是因为不像谢应的性格，才能说明这个少年对他的重要性。"

镜如玉眼中嘲意更甚，冷笑："不，我是说。这么明晃晃地把一个自己的弱点放在我们面前，像他的性格吗？"

秦长熙愣住。

镜如玉平静道："谢应若是真有在意的人，怎会让你我知晓。这其中，怕不是有诈。"

秦长熙说："镜门主什么意思？"

镜如玉漠然道："要么，那个少年是谢应用来引你我的饵；要么，那少年本身就很危险。"

秦长熙断然摇头道："不会。我将那少年的身份调查得很清楚，他名唤燕卿，是回春派长老之子，自幼娇生惯养，张扬跋扈，心思简单，也不存在被夺舍一事。"

镜如玉唇角似乎带着笑，但那红唇也没弯到一个真实的弧度。

"秦三公子调查得那么清楚，可是有计划了？"

秦长熙虽是未来的秦家家主，但毕竟也还没真正的承位。虽然能与殷列称兄道弟，但在镜如玉这里，可没有他父亲的权力和地位。

上重天九大宗虽对四百八十寺没有异议，却也从来不会主动向秦家靠拢，依旧以南泽州仙盟为首。

浮花门和流光宗是秦家近百年才结交的。这两宗里，殷列和镜如玉完全就是两种性格。

殷列急功近利刚愎自用，而镜如玉心细如发步步谨慎。

秦长熙银狐面具下唇角微微一弯，道："镜门主放心，既然您对这个少年心存提防，我们也不会要求您亲自出手。长熙只是想向门主提出一个建议：青云大会分为两轮，第一轮擂台比试，决出前五百人。第二轮，门主开放浮花门汀澜秘境如何？"

镜如玉挑眉："汀澜秘境？"

秦长熙："对。"

汀澜秘境是之前浮花门一位太上长老用来养蛊虫之地，地势险恶、毒虫野兽横行。那位长老陨落后，秘境便一直荒废了。

秦长熙道："第二轮的规则，就比谁先走出汀澜秘境。"

镜如玉对规则一点兴趣都没有，只问道："你要在秘境里面动手脚？"她提醒他："青云大会，九大宗都会派一位太上长老跟随确认门中弟子安全，洞虚期的修士可不是那么好敷衍的。"

秦长熙笑道："镜门主放心吧，我还不至于蠢到那个地步。"

镜如玉微笑，笑意不达眼，不说话。

秦长熙拿着折扇，又朝她施施然鞠躬行了个礼，脸色严肃起来，缓缓说道："镜门主，想要杀掉谢应，是不可能一点险都不冒的。"

镜如玉抬手理了下鬓发，沉默片刻，开口轻声说："好啊，我答应你。但

323

是若被九大宗发现端倪，我不会救你。"

秦长熙站起身，银狐面具下的眼睛弯起："放心，我自有分寸。"

他在临走前，又看了眼璇玑殿门匾上的那颗琉璃珠，碧玉通透，流光溢彩。

秦长熙有些好奇，但是璇玑殿的火本是浮花门的秘事，镜如玉生性多疑，他也不方便问及，只能作罢。秦长熙生平喜好珍珠宝玉，到任何一地总是会率先注意到这些。

青云大会是百年一次的盛事。这次地点定在浮花门，除了天枢这个管事的长老，忘情宗一般还会派一位太上长老前去镇场。乐湛本来还在犹豫派谁去的，没想到渡微竟然跟他主动请缨。

忘情宗能够一直位列九宗之首，有个很重要的原因就是，门内有三位化神期的修士。其余宗门一般都只有一位：不是宗主就是某位隐世不出的太上长老。

修为到了洞虚期就已令众生忌惮，放眼整个修真界，洞虚期修士不过五十，数都数得过来。即便是忘情宗，也只有七位内峰峰主。

乐湛皱起眉来："渡微，你真要去浮花门？"

渡微和镜如玉的关系势如水火，整个上重天都看在眼里。当初霄玉殿喋血的夜晚，三颗滚在地上的头颅，更是把所有平静的表象撕裂。

谢识衣："嗯。"

乐湛一时心情万般复杂，道："若是出了什么事，你直接和我联系。"

谢识衣淡淡道："好。"

他视线转而望向天相宫的中心，漫漫金光里悬着一块令牌。纯黑玄石，古朴没有任何花哨的雕刻，上面一行用血写就的字。

乐湛顺着他的目光，解释说："这就是燕卿小友当初传回宗门的令牌。"

谢识衣从雪袖里伸出手，刹那间，令牌从天相宫金阵中脱身，卷着冰蓝的灵力落到了他的手中。

他垂眸看着上面的一行字，血书写道：愿拜渡微仙尊为师。

谢识衣轻轻笑了下。

乐湛叹息一声，道："这本来就是燕卿小友之物，他如今在你身边，你若是想要就拿走吧。"

谢识衣："多谢师父。"

晚上，玉清峰。

言卿闲得无聊在那里扯红线玩。虽然明泽再三跟他叮嘱，要他去浮花门之前多准备些丹药和符咒，在擂台上比试时或许会派上用场。不过言卿重生过后就是个穷光蛋，别说丹药符咒，就是剑都靠自己削的，加上现在心烦意乱，压根就没时间去想这些事。

不得志看他玩毛线看困了，脑袋一栽，伏在言卿手边睡觉。

言卿用红线在手指间打了个死结，发现过来时低骂了声"晦气"，举起手对着光开始自己解。

等他把结解完，已经是半夜了。

但是谢识衣还没回来。

言卿时不时看一眼窗外。

月光清寒照在雪地上，寒梅映雪，空旷孤寂不见来人。

一时间也不知道是舒口气多点，还是失落多点。

翌日。

浮台学堂参加青云大会的弟子，只有言卿和明泽。

明泽作为一个初出茅庐的小鸡仔，又紧张又期待，亦步亦趋地跟着言卿了。

天枢带他们去场地之前，夸赞说："你们两个能够在浮台学堂就参加青云大会，说明资质都是万中无一。"

旁边的衡白立马发出不屑的嗤笑。

天枢暗戳戳拍了下衡白的手背，眼神不满，小声警告："马上就要去浮花门了，你给我拿出做长老的样子来。"

"哦。"衡白翻个白眼，嫌他啰唆，大步向前，往宗门的练武台那边走。

明泽早就发现不对劲了，小心翼翼地问言卿："燕兄，我怎么觉得衡白长老好像有点针对你呢？"

言卿懒洋洋道:"把好像两个字去掉,他确实在针对我。"

明泽满脸疑惑问道:"为什么啊?燕兄你天赋出众性格又好,衡白长老为什么针对你啊?"

言卿心道:因为我玷污了他心中高不可攀的首席师兄。

言卿微笑,不以为意说:"大乘期强者的心思,深不可测。"

明泽紧皱着眉头,为他感到特别郁闷,小声嘀咕:"那也不能这样啊!"

言卿笑了笑,心想:浮台学堂或许是整个忘情宗最单纯的地方了吧。

天赋一事,往往最容易滋生不甘和嫉妒。他一个从偏远荒地来的修士,本来是学堂里修为最低的废物,一夜之间突然修为突飞猛进,成了佼佼者,和明泽并肩。

明泽的第一反应居然是惊喜。

在过分崇拜天才的修真界,能够一直保持初心的,要么就是一路青云直上、碾压所有人的天之骄子,要么就是一直乐呵呵想得开的傻白甜。

明泽就是后者。说起来以衡白的年龄某种意义上应该算前者。

而忘情宗有三百余峰,一峰上千人。这数万人,即便刚入宗门时心性简单,随着阅历增长也不会再过于单纯。

到练武台后,言卿也终于见了除浮台学堂外的其余忘情宗弟子。

有老有少,有男有女,都穿着忘情宗的道袍,蓝衣白衫,腰佩银剑。女子清婉出尘,男子仙风道骨。

明泽刚过去、就被人喊走,喊他的人是位女修。元婴后期修为,样貌清丽,语气却颇为严肃:"明泽,过来。"

"师姐?"

明泽不好意思地跟言卿道:"燕兄,那是我静双峰的师姐,我先过去了。"

言卿点点头:"好。"

忘情宗弟子基本都是以自己的峰头为主聚在一起。言卿虽然挂名在天枢的雁返峰,但从来没在雁返峰修行过,一个人都不认识。天枢有自己负责的事,衡白被拉着过去清点人数。

于是热热闹闹的练武台,只剩言卿一个人抱着只黑不溜秋的鸟,孤孤单单,成了最独特的存在。

不少人都在暗中打量着他。

言卿早就习惯了万众瞩目,还饶有兴趣朝他们一笑。少年唇红齿白,笑意吟吟,他五官生得浓艳,眉眼却全是风流,怀里抱着一只凶狠邪恶的黑鸟,更为那种难言的美添上分诡艳煞气。

众人面无表情收回视线。

对于这人是谁,心里或多或少有了数。言卿当初随谢识衣入忘情宗时,练武台上就有很多人。乐湛和席朝云亲自相迎,没人会忘记。

紫霄令牌的事他们不知晓,于是对言卿的印象就是个下届来的愚钝修士。传言里,竟然还和谢师兄关系不错?简直荒谬!

人群中一位少女盯着言卿,幽幽说:"我记得当初他刚入忘情宗的时候,都还没有筑基吧?"

她旁边的师兄语气里难掩嫉妒,"这得吃了多少灵丹妙药啊,才能堆出这样的修为啊?"

少女讥笑一声说道:"不用羡慕,上一个这样靠灵丹堆修为的人,我记得是流光宗的殷无妄。表面功夫罢了,出手就知道金絮其外败絮其中。"

"说得也是。"

众人暗中对言卿议论纷纷,能入忘情宗的在外无一不是天才。最是瞧不起言卿这种空有外貌的草包,资质平庸,修行都是走捷径,入宗门也入得不光彩,叫人不齿。

不得志外表长得邪恶狰狞,一开口却是个傻白甜,转着红眼珠子,说:"我看他们都是一起的,你要不要偷偷摸摸混进去?一个人杵着多尴尬啊!"

言卿懒洋洋说:"不用,高手从来都是孤独的。"

青云大会是崭露头角的好机会,忘情宗三百岁以下的修士基本都会参加,卡在一个不够沉稳又不够单纯的年龄。

人数众多,为了方便管理,去往浮花门也是以峰为单位,乘坐飞舟。

天枢在那里念名单："松山峰、宝送峰、益青峰，上第一艘云舟。"众弟子按照安排，如潮水般分散上了停在空中的百艘云舟。

到最后，就只剩言卿一个人。

言卿抱着不得志，好奇地问天枢："长老，我呢我呢？"

云舟上的数千名忘情宗弟子，顿时露出各种古怪的表情。心生不屑，面露嘲讽。反正更多的是看好戏，看言卿出糗，同时心想：即便入了宗门，又有谁承认他的身份呢？

天枢笑吟吟道："燕小公子啊，你和他们不是一起的。"

言卿："啊？那我和谁一起。"

天枢理所当谈说："你自然是和渡微一起了。"

言卿："……"

言卿笑不出来了：他不要！

当即去跟天枢求助，笑容颇为扭曲："这哪行呢！天枢长老，我都拜入雁返峰了，你让我跟着你吧！长老，天枢长老？"

天枢被他这举动搞蒙了："啊？"

衡白在旁边翻个白眼，刚想开口嘲讽他的不知好歹。很快又想到言卿在课堂上看的那种下流书籍，马上刹车闭嘴，忍辱负重说："天枢，让他和我乘坐一艘船吧。"

言卿对他的意见瞬间烟消云散，看他如见救世主，眼睛放光真诚地道："衡白长老，你人太好了，你以后天天对着我翻白眼都行！"

衡白："……"

衡白气得没忍住又翻一个白眼。

云舟上等着看言卿好戏的人都愣住了。修士虽可以放出神识耳听千里，但是衡白和天枢在，他们不敢放肆。

于是隔得很远，听不见对话，就看到燕卿和两位大乘期的长老交谈自若、丝毫不拘束。

在他们想象里，少年绝对是要碰壁的啊？

天枢是个老好人暂且不说，衡白可不是个好相处的。衡白长老虽然长着张乖巧的娃娃脸，但是宗门内弟子都知道这位年轻气盛的大乘长老骨子里傲气得很。

结果现在那少年几句话的功夫，已经让衡白长老活生生把眼睛都要翻得抽筋。

众人："……"

天枢左右为难，见他态度坚决，才无奈说："好吧。"

言卿长舒口气，诚心诚意笑了起来，说："多谢天枢长老！您人真是太好了，拜入您的雁返峰简直是我三生有幸！三生有幸！"

言卿刚说完，耳边就传来一道熟悉的清冷嗓音。

伴随一声低低的冷笑，语气没什么温度。

"哦，所以拜入我玉清峰，就那么见不得人？"

言卿："……"

衡白喜上眉梢，道："谢师兄？"

言卿回过头，就对上谢识衣的眼眸，初晨清辉下，跟水浸过的玻璃珠一样，幽黑冷透。

言卿尬笑："仙尊。"

谢识衣不慌不忙看着他，慢慢道："你什么时候拜入雁返峰的，我怎么不知道？"

言卿尴尬得浑身紧绷，捏着不得志的翅膀，讪讪道："我肯定跟你说过的，就是仙尊您贵人多忘事，忘记了也正常。"

谢识衣问："你刚刚唤天枢师尊？"

言卿："对啊，有什么问题吗？"

谢识衣没什么情绪笑了下，说："哦，那你还真是我小师弟了。"

言卿："……"他现在真的很想捂住谢识衣的嘴。

天枢一点都不想掺和进这二人的事情里，毕竟最后倒霉的总是他这个老实人。

老实人擦擦汗，虚弱笑道："渡微，云舟马上就要启程了，你带着燕道友先上船去吧。"

谢识衣垂眸说:"嗯。"

言卿已经对天枢绝望,打算跟衡白求助,但他刚一偏头,还没挤眉弄眼开口,手腕就已经被谢识衣给握住了。
谢识衣的手很冷,语气也淡,对他说:"不要多事。"
言卿:"……"
想骂脏话。到底是谁多事?

谢识衣是玉清峰主,却不是忘情宗的太上长老。这次带领他们,估计还是以首席弟子的身份。
虽然说是"首席师兄",但整个忘情宗估计也没人敢把自己和谢识衣的关系定义为师兄弟。谢识衣从来没回应过,某种意义上,言卿还真是他第一个承认的"小师弟"。
上云舟的时候,言卿还在上面看到了熟人。
虞心。
虞心依旧薄眼薄唇一脸刻薄相,换了身简简单单的黑衣,抱剑守在一旁,见他们上来恭恭敬敬喊了声:"盟主,前辈。"
言卿好奇道:"你这副打扮,也是要去参加青云大会?"
虞心暗想,爷要是还有资格参加青云大会那不轻轻松松拿个第一?!但是谢识衣在,他尿得要死,只能不太熟练地朝言卿露出一个略显僵硬扭曲的笑:"回前辈,属下已经超过岁数了,参加不了青云大会。这次是随同您一同去浮花门,保护您的。"
言卿诧异问:"保护我?"
虞心点头:"嗯。"
言卿颇为震惊,偏头问谢识衣:"你为什么要专门派虞心保护我?你不是说要我一直跟在你身边吗?!"
谢识衣垂眸看他一眼,轻轻笑了下,语气凉薄:"哦,你居然还记得我说过的话?难得,我以为你在我面前都是聋子呢。"

言卿："……"虽然谢识衣给出的三条禁令，他是全部犯了个遍，但这话还是听得言卿咬牙切齿。

我上辈子怎么就没把你毒哑呢！

言卿进了房间，谢识衣去了另一间。

虞心已经在外面等候很久了。

"盟主。"

谢识衣垂眸，袖中清蓝的不悔剑意化成薄薄阵法，将房屋笼罩。

一入内，瞬间从屋檐上飞下好几只蜂鸟，色彩鲜艳夺目。细长的尾羽却泛着寒光，森冷锋利。绕在谢识衣身边，低低鸣叫，不敢靠近他分毫。

谢识衣坐到了桌案边，雪衣委地，墨发如瀑。

虞心在离他几步外的地方，恭恭敬敬说道："盟主，秦长熙现在还未离开南泽州，秦家这百年与浮花门暗中勾结，居心叵测，这次青云大会，我怀疑秦家和浮花门会从中作梗。"

谢识衣淡淡"嗯"了声，随后抬眸，平静问道："我上次让你们杀的六个人，查清楚了吗？"

虞心马上神色一凛，严肃说道："查清楚了。"

"殷家殷献、殷关两兄弟多在人间活动。在他们的威慑下，人间很多国家暗中设立监禁室。魔种觉醒后，交由官府缉拿，送进监禁室，等着上重天秦家下去接人。"

一只蜂鸟落到谢识衣的指尖。他垂眸，神色冷淡："继续。"

虞心道："至于秦长风、秦长天、萧落崖、萧成雪四人，暂时都在紫金洲行事，没有把手伸到南泽州来。"

"萧家二兄弟负责在紫金洲捉寻魔种。秦家二兄弟，跟各大拍卖会和黑市都有牵连。"

虞心想了想，补充说道："属下上回追踪的那个魔种，从紫金洲逃出来后走投无路，第一时间也是选择去拍卖会。"

谢识衣问："你调查了那个拍卖会场吗？"

虞心愣住，道："没有……属下进去后，又有人跟进去了。他出来时，拍卖会地下塌了。"

谢识衣没说话，修长冷白的手指一勾，瞬间满屋子的蜂鸟悉数化为齑粉，簌簌如星辰湮没。

他当时从玉清峰过去，虽然注意力只在言卿身上，可不代表他察觉不到当时的形势。实际上，即便是轻描淡写看一眼，谢识衣也知道发生了什么。

未完成的夺舍大阵，笼子旁边的烈火痕迹。

镜如尘惶恐的脸，还有，手里紧握的双生镜。

谢识衣说："把这次参加青云大会的各派弟子名单给我。"

虞心一怔，毕恭毕敬道："是。"

虞心其实很少这样和谢识衣直接接触。

这位年轻的霄玉殿主，久居高位，心思莫测。他也不知道为什么有这个荣幸，被盟主点名跟随，不过想想也知道，多半因为言卿。对于谢识衣留下的命令，他只会一丝不苟去执行，根本不敢去问为什么。

霄玉殿的九宗会晤，虞心在暗处见过很多次。满座豺狼虎豹，笑语晏晏间刀光剑影，杀机四伏。可想要从盟主这里获得一个答案，付出的代价也远不止是鲜血。

流光宗。

丧事过去好几日，宗主夫人也终于从悲恸中缓过神来。

月过西窗，她神色担忧地坐在床前，轻轻握着殷无妄的手，说："无妄，你真的要参加青云大会吗？"

殷无妄靠在床上，脸色依旧是大病初愈后的苍白。他刚想开口，话到嘴边，又偏头重重咳嗽起来，眉心的红菱印记越发鲜红，同时他眼中的恨也越发明显。用力地反握住宗主夫人的手，抬起头，咬牙一字一字说："嗯，娘，青云大会我一定要参加。"

宗主夫人眼含热泪："可你现在身体……"

殷无妄重重喘气,看着她鬓边最近生出的白发,越发心疼,哑声道:"我现在身体没问题。娘,如今大哥二哥都死了,你只剩我一个,我不能再成为你的拖累。"

流光宗宗主纳妾无数,孩子也多不胜数,个个天赋优异,资质出众。殷无妄从小到大,每次都因为修为在家宴上被嘲讽戏弄。

那些男男女女的眼神像刀子一样,把他灵魂割得四分五裂面目全非,甚至整个上重天都在拿他当笑话。

经年累月的自卑和怨恨积藏于心,让他的性格也慢慢走向极端。现在听到"天才"这两个字,都浑身颤抖、手脚僵硬。

曾经他上面有两位兄长,所以自己还可以当个无忧无虑的幼子,但现在兄长都死了,他不能再继续躲在母亲的庇护后,不能让那些妾室盛气凌人欺负到他娘头上。

宗主夫人头戴白花,眼含热泪摇头,轻轻说:"无妄,没关系的,娘现在什么都不求了,她们想说什么就让她们说去吧,娘现在就想让你平平安安。"

殷无妄恍惚一笑,眼里涌现出一种快要疯魔的情绪来,说:"不,娘,我不想平平安安。"

他口齿间全是鲜血,说道:"娘,我平平安安了一辈子,得到的是什么呢?"

"你让他们想说什么就说什么?不,我要他们都闭嘴!娘,你知道上重天怎么议论我吗?"

"他们说我废物、草包,说我是用灵丹堆出的修为,说我狗都不如!每一个人看不起我!"

宗主夫人听着他的话,心疼得热泪涟涟,再也说不出话了。

殷无妄说完重重地喘息,神情狰狞。

回春派,谢应落到他眉心的那道不悔剑意,让多年的恨和疯狂终于到达了顶峰。

——他竟然连自己的命都保不住。

殷无妄从没见过谢应,却听过无数次这个名字。

像是云和泥,像是光和暗。

谢应是他人生截然相反的另一面。

当他因为资质,被上重天所有人鄙夷时,谢应以天才之名名动天下。

当他参加仙宴,被那些天之骄子奚落得抬不起头时。

谢应遥遥站在只能让人仰望的地方。

甚至,他的父亲对他各种冷落无视瞧不起,却心惊胆战连霄玉殿都不敢踏足。

或许早就不是嫉妒了。

是恨。

不只是恨谢应,更是恨这以"资质"去评判一个人的修真界!恨那些人丑陋恶心的目光,恨那些人高高在上的怜悯!恨所谓的天才!

他不要怜悯,他要把所有人踩在脚下。

他要站在谢应所在的位置!

"娘,我可以的。"殷无妄抬手擦去嘴边的血,眼神里露出一丝诡异阴桀来。他的眼睛像极了流光宗宗主,鹰一样的眸子,锐利威严。

殷无妄轻轻说道:"娘,你当初要我去回春派,我真的找到了那个秘境,也得到了一些机缘启发。我现在已经结婴了。资质也和以前完全不一样。"

宗主夫人一愣,马上喜极而泣,重重抓着他的手,问:"真的吗?无妄,太好了。"她眼角通红,对这个幼子又是怜爱又是心疼,用力地抱住他,没忍住又哭了出来,"无妄,娘真的没想到你这些年,过的都是这样的日子。谁!到底是哪些人说你!娘给你把他们舌头拔了给你泡酒喝!"

殷无妄撒了谎。

他根本没进紫霄秘境,没得到机缘。但他缓缓地拍着他娘的后背,咽下喉中的血,轻声道:"没事了,娘,以后这种事都不会发生了。"

殷无妄闭上了眼。想到了回宗门那一日,他爹急着去处理回春派的事、气急败坏拽着他娘离去后。桃花落雪,白纸翻飞,那位银面红袍的秦家三公子,笑吟吟落到他身上的视线。

秦三公子的声线慢悠悠，微带诧异问道："你是殷无妄？"

殷无妄趴在雪地，眉心因为不悔剑意而发青发寒，可听到这声音的第一瞬间，他还是五脏六腑涌现出无尽的恨意来！

风雪呼啸而过，耳边又响起那些闲言碎语。

"要我说啊，上重天最出名的废物怕就是流光宗那位少宗主了吧……"

"殷无妄现在还在金丹期？真是稀奇。以流光宗的地位，这些年那么多灵丹灵药伺候，狗都能结婴吧。"

"哈哈哈，看来这殷无妄连狗都不如。"

"听说殷宗主都懒得认他这个儿子，少宗主之名还是她娘怕他被欺负，哭死哭活要来的一个假名头。"

"宗主夫人怎么想的？金丹期的流光宗少宗主不更让人笑话？"

"哈哈哈哈哈……"

他在雪地里看着秦长熙。未来的秦家家主，同样是不出世天才，三百岁洞虚初期。殷无妄，殷无妄。从这些天才嘴里说出自己的名字，好像都是讽刺。

秦长熙饶有兴趣地看着他，笑道："殷无妄，你想报仇吗？"说完他又摇着折扇，轻轻笑了下："哦算了。谢应的仇，靠你一人，怕是应该到死都报不了的。我换个问题，殷无妄你想变强吗？"

殷无妄伏在雪地上，唇瓣颤抖，没有说话。

承影也被他爹叫走，剩他一个人。

他现在真的像条狗一样，可怜又可悲。秦长熙的步伐往前走，踏过雪地、蹲下身，银色面具下唇角慢慢勾起。语气轻慢，是根本都懒得掩饰的居高临下。

"殷无妄，我现在有个办法，可以帮你变强。代价是，你答应我一件事怎样？"

殷无妄没说话，可是用力抬起的头，还是泄露了深切的渴望。手指在雪地痉挛，脑海中只有一个想法，变强。

秦长熙见他的神情，意料之中的笑了下，从袖子里拿出一个小瓶子来。

说："把它喝下去，你就能成为天才。"

殷无妄几乎没有一点犹豫，颤抖地从秦长熙手里夺过那个瓶子。把它打开后，里面是一团恶臭黏稠的东西，好像还活着，在缓慢扭动尖叫，被一股奇怪的力量凝聚成丹药的形状，犹如蛇蛹。

他根本不担心秦长熙害他，忍下反胃，将那颗丹药吞下。

秦长熙就站在雪中，笑着看他做完一切后，才慢慢说："殷无妄，我听说，谢应带回宗门的那个徒弟，以前跟你关系不错？"

【未完待续】

全新番外
现代01 | 初遇

言卿在小学六年级的那个夏天，迷上了看小说，混迹于各大网文网站，看了无数热门小说：龙王归来、退婚逆袭、赘婿重生……每次小说中主人公扮猪吃老虎打脸炮灰的情节都会把他爽得头皮发麻。

这种感觉就像在炎炎夏日，吹着空调听着歌，吃了一口西瓜中心最甜的部分。清甜之味直冲脑门！

他的父母都是科研人员，最近言爸爸有事要在国外的一个研究所待上一年，而言妈妈也为升职的事情忙得焦头烂额。

家里除了言卿就是陈阿姨，但陈阿姨又不会陪他，每天雷打不动给他做完饭打扫完就离开。

一个人待在空荡荡的房子里，言卿突然萌生了一个新奇热血的想法——他要写一本小说。他要写一本主人公历经磨难，从小爹不疼娘不爱，被所有人瞧不起，然后一个人得到大佬扶持，默默修炼，终有一日名震天下出人头地的爽文。

灵感给了他无限热情，十二岁的言卿光着脚跳到电脑前，开始兴致勃勃地建起了文档。

"写小说要先取个名啊，我给它取什么名呢？"言卿抓了抓头发，奶白的脸上一双大眼睛满是严肃认真。手指划着鼠标，眼睛一眨不眨看着网页，嫌弃道："这些名字都好土。"

他快速地划到网站底，没有找到喜欢的，决定先把这件事放一边去。可能写完整个故事，他就知道该给这本书取什么名字了吧。

"我还是先想主人公名字吧。"言卿往后一靠，随手拿起桌子上的酸奶喝了几口，"叫什么？叫言卿？不好吧，到时候要是被我爸妈知道了多尴尬啊。他们会打我的。"

他又胡思乱想半天，依旧是没得出结论。

小孩子刚开始做一件事时总是壮志酬筹。他在书名主角都还没构思出来前，就先去网络上各个地方找"同好"。然而这些同好在知道他只是个十二岁的小孩子后，都发出了一连串嘲笑，并给出劝告。

"小弟弟一边玩去。""小孩，听哥一句劝，你现在写的以后都会成为你的黑历史。""你们留点口德，小弟弟要哭了。快给我们的小弟弟调台到少儿频道。""如果巅峰留不住，八点锁定智慧树。"

本来只是玩玩而已，现在他要认真了。

言卿咬牙切齿，当即决定一定要闷头写出一本非常厉害的文，让这群人为现在他们的嘲讽道歉。

互联网从来不缺骗子，于是言卿一头栽进了"名师授课，三天叫你写出绝世好文"的营销里。

名师留的微信叫x11_。

言卿加上人后，为了不暴露年龄，模仿着想象中大人的语气，矜持地跟对面说。

"你好，我想写一本修真小说。"

与此同时，某国东部，晚上十点，谢识衣喝下牛奶刚打算入睡，就收到了这么一条莫名其妙的消息。

他看着那个用一团红色毛线当头像的联系人，皱了下眉，并不记得自己加过这个人。

谢识衣从出生起就在治病，辗转各大医院间，手机一般都由管家拿着。联想到之前他妈妈担心他出院一个人无聊，用他的手机加了很多同龄人。

谢识衣慢慢舒展了眉头。

或许是某个他妈妈希望他结交的朋友吧。

谢识衣对交朋友没有兴趣,但这是妈妈让他加的人。

男孩穿着纯黑色的丝绸睡意,一边慢吞吞看那条信息,一边掀开被子坐到了床上。

他头发刚吹干,紧贴着苍白到毫无血色的皮肤,睫毛浓密,低垂的时候就跟小扇子一样。

x11-:"嗯。"

言卿在等消息的过程中,从抽屉里抽出纸和笔来,在上面大做文章。

他先写了个障城,作为主人公逆袭打脸的新手村。

然后咬着笔杆,决定让男主成为一个一点都不受宠爱的私生子。

正在构思障城五大势力时,那个"名师"回他消息了。

"名师"说嗯。

"啥?"

言卿咬着笔杆傻眼了。

这是啥?一个字就没了?

言卿拿起手机,认认真真把那个"嗯"字看了几遍。

马上回了过去。

yanqing:"然后呢?你就没有别的话说了吗?"

谢识衣刚跟妈妈说完晚安,看到这弹出来的消息,面色冷淡。他因为生病的原因,少有情绪起伏,性格说好听点就是平静,说难听点就是冷漠。

x11-:"你想让我说什么?"

yanqing:"当然是教我怎么写故事啊,我加你就是为了问这个的。"

谢识衣面无表情。

x11-:"那你可以删了。"

言卿气得一口将桌上的西瓜汁吸到底,气得咬牙切齿。

这就是"名师"的态度?!

yanqing:"？？？"

谢识衣看都没看，点了删除键。

言卿看着聊天页面上的感叹号，气得直捶桌。他咬咬牙，非不信邪了。

一连串的好友申请发过去，每句话都是对这个没礼貌客服的控诉。

yanqing:"我要向你的上司投诉！你的服务态度太差了！"

yanqing:"你这人怎么这样啊！我惹你了吗？"

yanqing:"没讲两句就开始给我摆脸色。"

他们之间的时差隔了十二个小时，言卿那边是盛夏的正午，而谢识衣这边，已经是夜深人静入睡时。

他摁下静音键，把手机放到床头柜，关掉台灯，闭上了眼。

谢识衣有自己的生物钟，早上七点起来后，谢识衣被管家告知他今天要陪父亲去见一个人。坐在后座，谢识衣听着管家在前方道：

"言博士是国内精神科的一把手，你父亲专门把他请过来，看来是快要有成果了。病好了后，识衣你要回国吗？"

谢识衣淡淡道："回国干什么？"

管家道："你的奶奶非常想你，但她年纪大了不能坐飞机，你身体又不好，生下来后也没回去过。大家都希望你能回A城陪陪老人家。而且不管怎样，你长大都要回去的。早点回去，多认识些朋友也好。"

谢识衣几不可见地皱了下眉，毫不遮掩厌弃："哪种朋友？我妈妈给我在手机上加的那些朋友吗？"

管家愣了下，点了下头："没错。你有跟他们聊过吗？"

谢识衣漆黑的眼又冷又亮："聊过。"

"怎么样？"

谢识衣漠然道："不怎么样。"

管家挑起眉毛，颇为意外。

他是知道这个小少爷性子有多冷漠的，能让他说出这五个字，看来是真的很不愉悦了。但他还是忍笑说："识衣，你要试着去和你的同龄人接触。"

"我不认为有这个必要。"谢识衣说。

"可你的妈妈希望你交朋友。"管家道。

谢识衣抿唇不说话。

"识衣,你妈妈最大的愿望就是你病好后,能像个正常的小孩子一样哭和笑,学习交朋友。我知道你很聪明,在你眼中很多同龄人又蠢又吵。但你尝试接触他们,会发现另一种生活方式的。"

谢识衣硬邦邦道:"不需要。"

管家缓慢说:"识衣,你的父母并不希望你是个孤僻的天才。"

"可能世上大多数父母都望子成龙,渴望自己的孩子从一出生就展露让人惊艳的智力才华,获得伟大的成就,特立独行,与众不同。但你的父母不是。"

"在华国,神童是个有意思的词。很多事,只是因为是'童'才显得'神'。但神童迟早会长大,长大了的神童是什么呢?商业新贵?科技新星?然而这些你正常长大也能做到。"

"爱你的人,都只希望你在小时候,单纯是个小孩子而已。"

谢识衣依旧抿着唇,闭上眼不说话。

他到酒店见了那个言博士,表现得非常好,乖巧优雅、举止得体。他微笑着喊叔叔,在父亲的陪伴下平静说出自己的所有感受,人离开后,他疲惫地揉了下眉心。

父亲揉了揉他的脑袋,跟他说累了就先回去睡觉。他点点头,回到家重新拿起手机,看着那条忘记处理的验证消息。

沉默一会儿,把人加了回来。

另一边,言卿刚从一个在A市举办的航空航天展回来,他确实对无人机感兴趣,可他也是真的一点都不喜欢自己被当成猴子围观。

眼见一群人绕着他妈妈拿着各种纸和笔劝他报班,言卿只想掉头就走。

言妈妈开车回家的时候说:"你不是对这很感兴趣吗?为什么不报个班。"

言卿沉思了会儿,给出了一句自认为很有哲理的话:"我太小了,还没玩够呢。我不想兴趣还在的时候,就被系统的学习把热爱磨灭。"

341

言妈妈一下子笑出声："可以啊。"
言卿肚子饿了，嚷嚷道："回去后，你给我做糖醋排骨好不好？"
言妈妈："知道了小馋猫。"

言卿是个非常聪明的孩子，智商高到可怕，三年级的时候家中长辈就有让他跳级的想法，被言爸爸和言妈妈一口否决。言爸言妈读书时代都是风云人物，一路跳级上的少年班，各自在自己的领域发光。可对于爱玩爱闹的言卿，他们统一选择让他自由而缓慢地成长。

爸妈为他挡掉了许多"捧杀"的光环。
言卿身上被寄予爱，被寄予期望，却从来没感到过压力。
家族聚会上那些大人们酒桌的笑谈，爸妈都默契地没让他听到。
"这孩子聪明，将来一定能上A大。"
"卿卿未来一定很有出息，肯定会比他爸妈更优秀。"
"言小卿以后也一定是个科学家吧。"
家人都只是一笑了之，没有附和也没有自谦。
言卿的未来，选择权永永远远在他自己手里。
他就这么无忧无虑地长到十二岁，隔了一宿，还惦记着自己的网友。
回到家拿起手机，言卿看到了谢识衣给自己发来的消息。

x11-："抱歉，我昨天情绪不太对。"
言卿恨得牙痒痒。
一句情绪不对就可以为你一言不合删人的没礼貌开解了？
但他喝了一口冰水，强压火气，努力让自己的谈吐像个大人。
yanqing："算了，我也不是那么小气的人。你叫什么名字？本名。"
那边很快传来消息。
x11-："谢识衣。"

言卿盯着这个名字看了半天，莫名不爽，随后露出一个坏坏的笑容来。

他拿着手机进房间，一个一个打字。

yanqing："我加你就是为了谈小说的事，你们不是专业名师吗，给我点意见呗。"

yanqing："我打算写一个主角从小被欺负，被霸凌，吃不饱穿不暖，后面崛起的故事。你看怎么样？"

他唇角勾起，满含挑衅道。

yanqing："哦，刚刚打定主意了，主角名字就叫谢识衣。"

大洋彼岸的谢识衣盯着手机皱了下眉。

第一反应是，对面的人一定是个小孩，因为只有小孩才会想出这样幼稚的报复方式。

第二反应是，这个人加错人了。

x11-："你加错人了。"

谢识衣漠然地想：如果"朋友"都是这种人，那还是让他当个特立独行的"天才"吧。

x11-："你要是写出来，我会让我的律师就名誉侵权起诉你。"

x11-："还有，你的微信名是你本名吗，我最近要养只新的宠物，yanqing挺配。"

言卿差点把吸管咬烂，如果可以顺着网线过去打人，他现在一定把谢识衣揍得鼻青脸肿！

十二岁的言卿和谢识衣都在幸福圆满的家庭中长大。

他们稚嫩，天真，同样意气风发，也同样以自我为中心。

初初长成少年模样便已经有了未来的锋芒。

好像无论在哪个平行时空，他们刚开始总会两看生厌。

隔着互联网，言卿气笑了。舔了下唇上的牛奶，阴恻恻打字道。

yanqing："怎么会加错呢？我命中注定的主角。"

他本来就是上头图个乐子,现在遇到了这个让他厌恶不已的谢识衣,好胜心被激发出来了。决定每天挤出点时间也要好好写写这本《谢识衣受难记》啊。

言卿微笑。

yanqing:"我之后每一章都发给你过目。"

yanqing:"我唯一的读者。"